小書痴的下剋上

為了成為圖書管理員不擇手段！

第一部　士兵的女兒III

香月美夜——著
椎名優　繪　許金玉　譯

本好きの下剋上
司書になるためには手段を選んでいられません
第一部　兵士の娘III

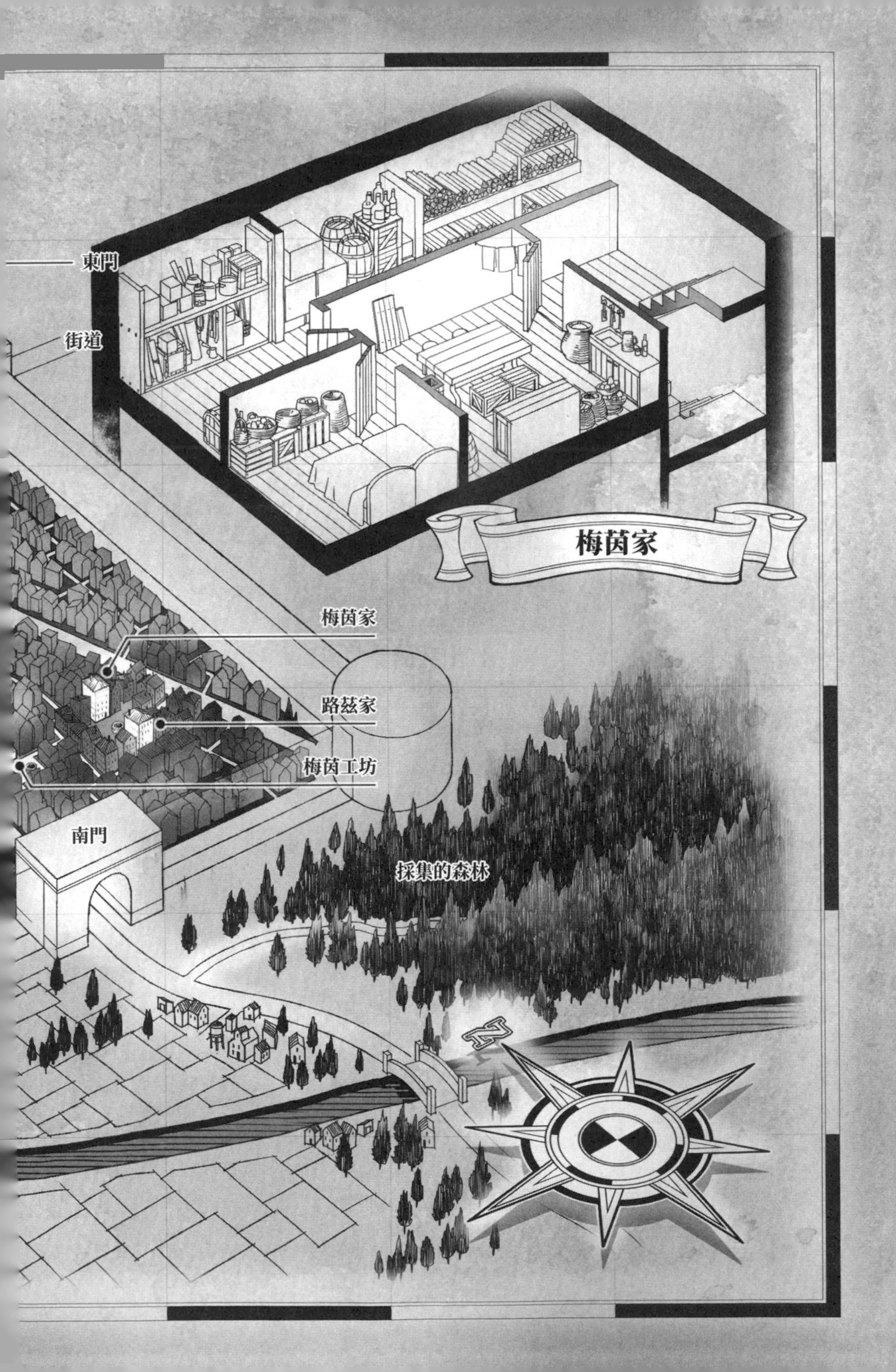
東門
街道
梅茵家
梅茵家
路茲家
梅茵工坊
南門
採集的森林

神殿
北門
公會長家
奇爾博塔商會
商業公會
收購魔石的店家
中央廣場
西門
市場
工匠大道
艾倫菲斯特

✦ CONTENTS ✦

第一部 士兵的女兒 III

第一部

士兵的女兒Ⅲ

序章

「梅茵終於在奇爾博塔商會病倒了。請立刻準備房間和魔導具。」

人在商業公會的祖父派來的使者快馬加鞭，趕來傳達這項消息。

這一天終於來了──芙麗妲的褐色雙眼綻放出強烈的光彩。她仰頭看向迎接了使者的管家，立刻下達指示，要他做好準備。

「爺爺應該也派了人去奇爾博塔商會，要不了多久，班諾先生就會帶著梅茵過來，所以快點做好準備吧。我去一趟爺爺的房間。」

芙麗妲伸手摸向自己無時無刻戴在脖子上的細鍊，拉出鑰匙。細鍊上掛著兩支鑰匙，一支是祖父房間的鑰匙，另一支是祖父房裡金庫的鑰匙。

芙麗妲和自己的侍女伊蒂一同走進祖父的房間，用鑰匙打開了堅不可摧的金庫。裡頭放著不惜花下重金向貴族買來的魔導具，本來曾有將近十個左右，如今只剩下了幾個。

和梅茵一樣，也受到身蝕侵蝕的芙麗妲必須倚靠這些東西延續自己的生命。

芙麗妲一邊藉著魔導具延續生命，一邊藉由祖父經商所建立起的神通廣大人脈，成功與某位貴族簽約，延長了壽命。但是，誰也不知道貴族會不會某天突然改變心意。現在金庫裡剩下的魔導具，說不定將來會需要用來延長自己的生命。芙麗妲用手指摸著自己手腕上貴族交給她的魔導具，微微瞇起眼睛。

「小姐，真的要這樣做嗎？」

似乎沒有留意到芙麗妲短暫的遲疑，伊蒂開口這麼詢問。芙麗妲甩開瞬間的猶豫，往金庫內伸出小手。

「嗯，因為梅茵是我的第一個朋友。而且為了拉攏她過來，這麼做也是值得的。」

芙麗妲輕輕拿起的魔導具有著項鍊形狀，老舊得只要動作太過粗魯，就有可能馬上損壞。不論向貴族開價多高，他們都只願意讓給平民快要損壞的魔導具。明知道貴族是趁火打劫，但一想到能夠換來生命，也只能乖乖掏錢。

「梅茵也會明白的。」

梅茵利用線，就編織出了前所未見的新髮飾，她手上肯定還有其他的新商品；還是現在目光犀利、在艾倫菲斯特成長速度最快的奇爾博塔商會，在她還沒受洗前，就急著辦理暫時登記來慎重保護的金雞蛋。芙麗妲想要這顆金雞蛋想要得不得了。自己的直覺在告訴她，站在商人的立場，也一定要把梅茵拉到自己這邊來。

但是，在她心裡，不只是想要營利而已。年紀相仿、同樣都有身蝕，又準備從事相同職業的梅茵，是芙麗妲第一個找到的同伴。她希望梅茵待在自己身邊。就算今後前往貴族所在的區域，也能一直互相扶持。她是這麼想的。

今後為了活下去，梅茵也必須和自己一樣與貴族簽約。能在這件事幫上忙的，並不是才剛崛起不久的奇爾博塔商會，而是身為商業公會長的祖父。只有向與貴族交情深篤的他們靠攏，才能和條件較好的貴族簽約。

「既然梅茵覺得班諾先生對她有恩，那我們也賣她人情就好了。只要救了她的性命，梅茵一定會感激我們。」

賣了人情以後，要是梅茵能心甘情願地投靠他們這邊就好了，但人的情感沒有那麼容易改變吧。那麼，讓她不得不改變陣營就好了。就算無所不用其極，她都要得到自己想要的東西。

「這個魔導具的價格……爺爺告訴班諾先生是一枚小金幣和兩枚大銀幣，但其實是兩枚小金幣和八枚大銀幣。班諾先生說了梅茵會付這筆錢，但價格變高了，梅茵還付得出來嗎？」

「萬一她付不出來呢？」

希望小姐不會因此蒙受損失——伊蒂低喃說道，芙麗妲便呵呵地笑了。

「那梅茵就必須加入渥多摩爾商會。有了她，大金幣的損失一下子就能補回來。」

芙麗妲與身蝕

那種被熱吞沒，從邊緣慢慢被侵蝕的感覺很熟悉。我和之前一樣盡可能集中精神，與熱對抗，努力把熱逼退。

……我都還沒有把書做出來呢！

我一邊回想以前是怎麼掙脫這股熱意，一邊奮力把熱往中心集中，但不同於先前幾次，這次的數量太龐大了。不管我怎麼壓，都會被反壓回來，還差點被壓垮。

但是，我還是「嘿！嘿！」地吆喝，堅持不懈地驅趕自己身邊的熱意。然後，熱意突然間被大幅吸往了某個方向。就好像吸塵器的廣告那樣，大量垃圾都被吸進了吸頭裡面，四周身蝕的熱意逐漸消失。

……很好！就這樣消失吧！

眼看熱的數量不斷減少，我覺得太有趣了，就接連把熱意推向幫忙吸掉的吸塵器，接著某處忽然傳來了「啪！」的斷裂聲。與之同時，熱被吸走的情形也戛然而止。就算我繼續把熱推過去，也全部又跑回來。

……咦？吸塵器壞掉了嗎？該不會被我弄壞了吧？怎麼辦？

瞬間減少了許多的熱意在我身邊飄浮，我好一會兒束手無策。但當然沒有半個人可以告訴我現在發生了什麼事，這裡也只有我自己一個人。

……總之好像得救了，那之後再想吧。

和剛才不一樣，我把感覺減少了一半的身蝕熱意往中心擠壓。要把變少的熱意抑制下來並蓋上蓋子，就比較沒有那麼困難。就好比把平常不用的東西塞進紙箱裡，再放進衣櫃裡一樣，我用力地擠壓，把熱壓回中心。

在終於結束了的成就感包圍下，我感覺到意識慢慢地浮上表面。

……這裡是哪裡？

張開雙眼，又是我感到陌生的世界。

首先，四周十分昏暗。起先我還以為是不是太陽要下山了，但只有我的頭部附近很暗，腳邊隱約有光透了進來。雙眼雖然可以視物，但不知道那算不算天花板，深綠色的柔軟布幔蓋住了我整個視野，圍起了我躺著的床舖。布幔只在我腳邊打開了一半的縫隙。是用以徹底阻絕他人的視線，用厚布圍起來的有頂蓋的床。能夠用這麼多布，肯定是有錢人。

……難道我這次終於轉生成為貴族了嗎?!

床舖的材質和我家的床完全不一樣。身體底下不再是平常躺慣的稻草，而是很柔軟的布料，還蓋著暖和的針織被單和具有厚度的溫暖棉被。摸起來既舒服，躺起來也覺得很幸福。雖然麗乃那時候也是躺彈簧床，蓋羽絨被和柔軟的高級毛毯，但經過這一年的生活，我的記憶好像已經完全被取代了。不管是翻身側躺，還是把頭轉來轉去，枕頭和棉被都不會發出喀沙喀沙的聲音，稻草也不會從被單底下冒出來，讓人覺得很刺，如今的我甚至覺得這簡直太神奇了。

……稻草棉被其實也很溫暖喔。習慣以後，就算被跳蚤和塵蟎咬，久而久之也睡得著。習慣以後啦。不過，好久沒有躺在這麼舒適的被窩裡了，真想再多睡一會兒。

我因為和多莉睡同一張床，床鋪窄到翻身的時候都必須非常小心，但這張床大得可以任我從這一邊再滾到另一邊。

我滾來滾去地滾到床邊一看，發現床邊擺著椅子和小桌子，還有熄滅的燭臺。每樣東西都讓我感到陌生。

但滾來滾去以後，我也看見了熟悉的東西。就是自己的手和頭髮。我舉起手觀察，再拉拉自己的頭髮，可以確定我依然還是梅茵的模樣。

……看來我沒有重新轉生呢。那麼，我更好奇這裡是哪裡了。

我努力回想自己失去意識前的情況，翻找記憶。對了，記得昏倒之前，班諾說了要通知公會長。

「啊……難不成這裡是公會長家？」

聽說公會長擁有可以抑制身蝕熱意的魔導具，班諾也說他曾和公會長協商過，那麼這裡想必是公會長家吧。也能理解房間為什麼這麼豪華了。

「不好意思，有人在嗎？」

雖然身體倦怠到不想起來，但還是了解一下現在的情況比較好。我躺在床邊，遲緩地伸出手，輕拉了拉像窗簾一樣垂落下來的布。可能是聽到了我的聲音，布幔微微晃動，一名不認識的女性走進頂蓋裡頭。

「請您稍候。」

只說了這句話，那名女性就離開了。在搞不清楚狀況的情形下，我也不敢亂動，就裹在棉被裡頭等待。於是身體變得越來越暖和，睡意再度襲來。

……糟糕，又想睡了。

就在我的意識開始恍惚的時候，聽見了房門打開又關上的聲音，然後是走近的腳步聲。就像在課堂上打瞌睡時，聽到了老師的腳步聲而驚醒，我的意識瞬間回籠。

布幔輕輕搖晃，一對淡粉色的雙馬尾露出來，芙麗妲拿著點燃的蠟燭走進頂蓋裡頭。

「梅茵，妳醒了嗎？關於自己發生的事情，妳還記得多少呢？」

芙麗妲把蠟燭放在小桌子上，往床邊的椅子坐下。感覺到了要談話的氣氛，於是我想坐起來，芙麗妲就制止我。

「這次的熱意應該對身體造成了很大的負擔，妳躺著就好了。」

「謝謝。可是，講話的時候要是躺著，我可能會睡著……」

我撐起上半身坐好後，芙麗妲就苦笑著說：「不可以勉強自己喔。」

「呃……妳說關於自己發生的事情嗎？我還記得自己是在班諾先生店裡的時候，熱意突然爆發，就把我吞噬了……這次身蝕的熱意太過龐大，我一個人根本對付不了，後來就突然被吸到了某個地方去。難道是芙麗妲妳做了什麼嗎？」

截至目前為止，熱意還從來沒有像那樣急遽消失不見過。恐怕是用了班諾說過的魔導具吧。那不就代表我弄壞了非常昂貴的魔導具嗎？我的臉色不禁變得慘白，芙麗妲卻和我相反，帶著可愛的微笑連連點頭。

「妳幾乎都說對了。我盡可能把妳身上的熱意，都塞進了快要損壞的魔導具裡頭。

雖然魔導具壞了，但梅茵身蝕的熱意應該也減少了很多。妳覺得呢？」

「嗯，真的輕鬆了很多。可是，我聽說魔導具很貴……」

我面無血色地詢問後，芙麗妲就露出了非常開心又愉快的笑容報上價格。

「是呀。剛才那個壞掉的魔導具要兩枚小金幣和八枚大銀幣喔。班諾先生說過梅茵會支付這筆錢，但妳真的付得出來嗎？」

班諾在為絲髮精的額外資訊報價的時候，肯定已經知道了魔導具的價格。否則的話未免太剛好了。

……嗯？可是，班諾先生一開始的報價是兩枚小金幣吧？這樣不就不夠嗎？還是他覺得賣了紙張之後，可以籌到這筆錢？

對於班諾的報價感到有些矛盾，我向芙麗妲點點頭。

「……我付得出來。」

「妳居然真的有這筆錢……這下子就不能把妳拉過來了。」

芙麗妲吃驚得微微睜大眼睛，不滿地鼓起臉頰。

「要是梅茵付不出錢來，我還想要求妳別去奇爾博塔商會，改來我們渥多摩爾商會登記呢。因為爺爺告訴班諾先生的魔導具價格，是一枚小金幣和兩枚大銀幣，我還以為妳身上的錢絕對不夠。看來班諾先生還是比我技高一籌。」

……那時候拒絕兩枚小金幣的我，幹得好啊！還有把資訊費提高到剛好足以支付這筆錢的班諾先生，簡直英明！連在性命攸關的魔導具價格上都會設下陷阱，萬一我真的必須來這種店上班，脆弱敏感的胃一定會破個大洞！

我撫胸鬆了口大氣，芙麗妲就稍微正色，說：

「剛才那個魔導具舉例來說，就只是把快要溢出杯子的水吸走而已。杯子裡的水並沒有消失，而且隨著妳長大，水量也會再度增加。」

我聽了點點頭。先是一年前，然後是半年前、一個月前，最後是現在。身蝕的熱意越來越難以應付，如今在被魔導具吸走了以後，已經穩定很多。雖然大幅減少了，但我自己最清楚，今後還會再度增加。

「麻煩在於，比起身體長大的速度，水增加的速度更快。所以，直到再度滿出來之前，我想大概只剩下一年的時間。」

因為同樣都是身蝕吧，我很切身地感受到芙麗妲說的全是真的。我點頭後，芙麗妲像是刻意摒除所有感情，面無表情地淡然說道：

「所以梅茵，妳要仔細想清楚再作選擇。要就算被貴族豢養也要活下去，還是要和家人一起生活，就這樣子死去。」

我一時間無法理解她的意思，眨了眨眼睛，芙麗妲就傷腦筋地笑了笑。

「魔導具基本上都是貴族所有。發現我得了身蝕，爺爺就不惜花錢，到處搜購對貴族來說已經沒有價值可言、不久就會損壞的魔導具，所以我們家裡還有幾個。但現在就算再去外面找，恐怕也找不到了。」

「咦咦咦?!沒有價值可言、不久就會壞掉的魔導具，還要兩枚小金幣和八枚大銀幣嗎?!」

我的眼睛瞪得老大，芙麗妲眨了幾下眼睛後，慢慢地偏過臉龐。

「如果這些錢可以延長壽命，其實也不算很貴吧？畢竟可以正常運作的魔導具，還要大金幣才買得起呢。有了身蝕的平民若想活下去，就只能和貴族簽約，專為貴族效力，然後買下魔導具，為了償還欠款，一輩子都要為貴族做牛做馬喔。」

看芙麗妲說明得一副這是理所應當的樣子，我想芙麗妲自己一定也聽過了這樣的說明無數次。

「……難道芙麗妲也簽了約嗎？」

她也和貴族簽約，買了魔導具嗎？我問完，芙麗妲就露出了花開般的燦笑點頭。

「是呀，我已經和貴族簽約了。雖然對方允許我在成年之前都住在這裡，但等成年禮結束，就會成為貴族的愛妾。」

「啥?!愛、愛愛愛、愛妾?!妳真的知道愛妾是什麼意思嗎?!」

簡直不敢相信會從柔弱又可愛的小女孩口中聽到這兩個字，我張口結舌。芙麗妲反而詫異地看著我。

「……看梅茵的反應，妳知道愛妾是什麼樣的存在吧？」

一般六到七歲的孩子不會知道愛妾是什麼。甚至是明知道意思，還泰然自若地宣稱自己將來會成為愛妾，這真是太離譜了。

「雖然對方也提議過，可以當第二或第三夫人，但爺爺說了，一旦成為正式的妻子，繼承權和正妻之間的優先順序這些事情就會很麻煩。尤其我們家因為比下級貴族還要富有，很有可能引發無謂的紛爭呢。」

「噫————！公會長！怎麼能對小孩子說這種話?!」

我忍不住失聲大叫，芙麗妲的表情變得有些嚴肅地看著我。

「梅茵，這也跟妳有關喔。如果妳選擇要活下去，就代表要在貴族的世界裡生存。如果不夠圓滑小心，就算有魔導具，還是會因為其他理由被殺，這種例子還不少喔。為了保護自己，蒐集資訊是很重要的。如果都沒有人告訴妳，危險的會是自己喔。」

「對不起，是我想得不夠周詳。」

顯然和平至上的日本人思考還是根深柢固。不同於可以安穩度日、生活安逸的那個世界，這裡可是異世界。我立刻道歉，芙麗妲就露出苦笑。

「沒關係，是我的情況非常特殊。因為爺爺是公會長，不是和許多貴族都有生意上的往來嗎？還會有貴族主動想和我們攀關係，甚至請求援助，所以才能夠選擇對我自己和家人來說，條件更有利的對象。」

「條件嗎……？」

我不由得歪頭接著問道，芙麗妲的表情就像在說：「問得好！」開始說明：

「我可以在貴族區開店唷。不是貴族老爺把宅邸裡的一個房間或別館賜給我，而是可以自己開店。雖然開店的費用和生活費必須由我們自己支出，但以後就可以在貴族區開設分店，還能夠繼續原本因為身蝕而必須放棄的經商，所以我非常期待呢！」

芙麗妲的小臉閃閃發亮，說著對未來無比期待的話，掛著花朵般的燦爛笑靨。

「……這樣子啊。但芙麗妲都沒有想過，要和喜歡的人結婚嗎？」

「哎呀，梅茵，妳在說什麼啊？反正到頭來，結婚對象都是由父親決定的呀。雖然可以從幾個人選當中挑選，但還是要和父親決定好的對象結婚喔。」

……啊啊，我的常識，在這裡並不是常識。對喔，結婚對象都是由父親決定的，完全是兩個家庭的結合。

「所以能在貴族區擁有據點，家人都很滿意，雖然要把三成的營利交給貴族老爺，但可以擁有自己的店，又能藉此和老爺保持物理上的距離，遠離各種麻煩，對我來說條件很好唷。」

看她帶著那麼可愛的笑容，描繪著將會成為愛妾的未來，明知道兩邊的常識不一樣，我的心情還是非常五味雜陳。

「我擁有可以提供金錢援助這方面的優勢，但梅茵對貴族來說，沒有任何好處吧？說不定妳以後的生活，反而還會羨慕我這種妳無法接受的愛妾身分呢。所以妳要仔細想清楚，選擇自己比較不會後悔的生活方式。」

……啊，原來是這樣。因為我也是身蝕，需要貴族的庇護才能活下去。

所以芙麗妲的意思是，在下一次身蝕的熱意又達到飽和之前，必須想好自己今後的打算。要一輩子為貴族做牛做馬，還是待在家人身邊然後死去。

「謝謝妳，我會好好想想以後要怎麼辦。能夠知道這麼多事情，真是太好了。」

「是啊，梅茵身邊沒有人了解這方面的事吧？如果妳對身蝕有什麼疑惑，就來找我商量吧。在這方面真正可以了解彼此的人，我想就只有我們兩個人了。」

因為身蝕是非常罕見的疾病，知道的人也很少。有個人可以商量未來的事情，就不會那麼無助了。

「給你們添麻煩了。我得回家才行。」

感覺得出來房內越來越暗，現在應該是太陽開始下山的時間了。再不快點回家，家人會擔心的。

事情都談完了，我想要下床，芙麗妲卻把我推回床上。

「放心，妳就繼續躺著休息吧。今天妳的家人也一直待到剛才喔。」

「『今天也』嗎？咦？我到底昏迷了多久？」

居然過了一整天嗎？我瞪大雙眼，芙麗妲就用手托著臉頰，微微偏過頭。

「妳是昨天上午的時候被送過來，現在已經是傍晚了。大概是消耗了大量的體力，從妳退燒到醒過來為止，經過了很長一段時間呢。所以已經說好就算妳醒了，直到後天的洗禮儀式之前，都先留在這裡休養並觀察情況喔。」

看來在我還沒恢復意識的時候，公會長和班諾兩邊的人以及家人，已經有過了一番討論。光是想像家人接到通知時的樣子，胃就痛了起來。

「看今天的情況，明天早上路茲會再過來一趟，妳的家人也會過來吧。妳今天還是先躺下來，閉上眼睛好好休息吧。」

「芙麗妲，謝謝妳。」

「在和家人討論之前，妳先想想自己想怎麼做吧……明天等妳恢復了精神，再一起做之前說好的點心吧。」

芙麗妲喀答一聲站起來，拿起蠟燭靜靜離開，視野於是變作一片黑暗。

我回想著芙麗妲說過的話，本來想要好好思考整理，但身體顯然想要休息，就算坐著，眼皮還是沉重地掉下來。我窸窸窣窣地鑽進棉被裡頭，再也抗拒不了舒服的被窩，轉眼間就失去了意識。

芙麗妲與做蛋糕

隔天早上，我頭一次走下床，觀察自己所在的房間。

……噢噢噢，好像飯店。

約莫四坪大的房間一角擺著有頂蓋的床鋪，除此之外只有一張圓桌、三張椅子和暖爐，陳設非常簡單。但是，地板上鋪著具有厚度的地毯，窗戶也掛著搖曳的窗簾，以及應該是為了阻隔屋外的視線，玻璃窗設計成了有著波浪弧度。乍看簡單，其實每樣東西都要價不菲。

而且，已經有個女傭坐在門邊的椅子上等我醒來了。

「早安，請在這邊洗臉。等您換好衣服，我再帶您前往餐廳。」

「是、是。」

溫水已經準備好了，讓我能夠馬上洗臉，女傭還遞來乾淨的布。被人照顧得這麼無微不至，讓我有些膽顫心驚。

「恕我失禮，但您現在身上的衣服不太適合在屋子裡頭走動，所以還請換上這件衣服。」

女傭遞來的衣服似乎是芙麗妲的舊衣。好久沒能穿到這種完全沒有補丁的漂亮衣服，我內心十分雀躍。女傭還幫我梳了頭髮，但髮簪由我自己戴上。她一臉新奇地盯著我的髮簪，但一句話也沒有說，幫我做好了準備。

被帶到餐廳時，芙麗妲和公會長已經在等我了。給公會長添了這麼多麻煩，我都還沒有向他道謝。

「公會長，早安。這次真的非常感謝您的諸多幫忙。」

對於我的答謝，公會長輕輕點頭回應。芙麗妲快步走過來，摸了摸我的額頭和脖子。微冰的手讓我忍不住輕聲低叫，縮起身體，但她絲毫不以為意。

「梅茵，早安。妳好像完全退燒了呢。」

「早安，芙麗妲。我現在精神很好喔，整個人都神清氣爽。」

原來是在確認我退燒了沒有。明白了芙麗妲突如其來的舉動，我嘿嘿傻笑，芙麗妲也開心地回以笑容。

我們一起走向餐桌後，公會長哼了一聲。

「恭喜妳恢復了精神，但魔導具的援助就只有這麼一次。我們家的魔導具必須為了芙麗妲保留起來，以備不時之需。」

「爺爺！」

「公會長說得沒錯喔，這些魔導具都是為了芙麗妲收集的。公會長，真的很謝謝您願意把這麼寶貴的魔導具讓給我。」

公會長運用自己的身分，把人脈和金錢活用到最大極限，才買到了這些珍貴的魔導具。雖然我會付錢，但這次願意讓給我，真的只能說是幸運。

「梅茵，妳要好好想想將來打算怎麼做。」

公會長閃著厲光的雙眼投來像要把人射穿的視線，我小聲地倒吸口氣，忙不迭點頭。

「那麼，得通知梅茵的家人妳醒了才行呢。我們會派使者過去，梅茵有什麼話想轉達的嗎？」

聽到使者，我瞬間愣了一下，但公會長和芙麗妲當然不可能親自跑去我家，派遣使者才是正常的。我轉向使者。

「請幫我轉達，我想向芙麗妲道謝，所以帶『簡易版洗髮精』過來吧。」

在我們家還是都稱作簡易版洗髮精，但這個名稱無法馬上記住吧。想要記住傳言的使者臉龐抽搐。

「『簡易』……？呃，非常抱歉，能請您再說一次嗎？」

「呃……只要說是能讓頭髮變得有光澤的絲髮精，我想我的家人就會明白了。多給你添了麻煩，但就拜託你了。」

「能讓頭髮變得有光澤的絲髮精是嗎？我知道了。」

目送了問完我家位置的使者離開後，我才發現公會長正摸著下巴盯著我瞧。那種讓人有不好預感的笑容，記得之前好像也看過。

「芙麗妲，梅茵手上好像有不少有趣的東西哪？」

「是呀。本來想用魔導具把她換過來，結果如意算盤卻撲了空，害我好失望呢。」

在沒有人能幫我的情況下，被這兩個人包圍太可怕了。感覺不知不覺間會被吃掉！

「關於魔導具的錢！我先付給您吧！」

要是突然冒出什麼奇怪的理由，把價格提高就糟了，所以我立刻拿出公會證與公會長的卡片重疊，完成付款。

「居然真的有這筆錢……班諾這臭小子。」

公會長不甘心地悶哼。看樣子班諾成功地鑽出了公會長布下的天羅地網。

……班諾先生，幹得好啊！救了我一命。

「梅茵，要多吃一點喔。」

「我開動了。」

我覺得自己完全克制不了臉上燦爛的笑容。

……因為早晨餐桌上的麵包居然是白麵包！只用小麥做的白麵包耶！還可以蜂蜜想加多少就加多少，實在是太奢侈了！

吃完了香甜又好吃的麵包，喝了口湯。雖然湯的鹹度恰到好處，但感覺蔬菜的美味都流失掉了。果然也是先把青菜燙熟過後，就把燙青菜的熱湯倒掉了吧。這似乎已經是這裡固定的調理方式。不過，培根煎蛋非常好吃，還有水果當作點心。早餐豪華得就和在日本吃過的一樣，讓我大受感動。公會長家的早餐太好吃了。

大口吃著早餐時，公會長皺眉注視我。

「梅茵，妳是在哪裡學會用餐的禮儀？」

「我並沒有特別學過啊。」

雖然麗乃那時候我看了很多關於禮儀的書，也在家庭餐廳實踐過，但從來沒有正式學習，所以不算說謊。公會長的眉頭皺得更深了，用明明白白寫著「無法理解」的表情看著我，但我盡可能不放在心上，吃完早餐。在意就輸了。

吃完早餐，公會長就出門工作了。我和芙麗妲正在喝茶的時候，收到了有客人來訪的通知。原來是家人想在工作之前至少先看我一眼，所以專程繞過來。

「梅茵！……噢哇?!」

父親正往我飛撲過來，卻被母親一把推開，把他擠到了後面。

「梅茵，妳醒了嗎？太好了！路茲告訴我妳在班諾先生的店裡暈倒，還被送到芙麗妲小姐家的時候，我嚇得心臟都要停了。」

「對不起，讓你們擔心了。因為有些事情只有同樣是身蝕的芙麗妲才知道。」

要是老實說自己用了一個要價高達兩枚小金幣和八枚大銀幣的魔導具，媽媽肯定會當場昏倒。

「芙麗妲小姐，真的非常感謝妳。」

「媽媽，妳帶來了我要當謝禮的『簡易版洗髮精』嗎？」

除了錢以外，我能想到的謝禮就只有這樣東西。而且芙麗妲明天就要參加洗禮儀式，正好趁這個機會幫她把頭髮清洗得柔亮動人。

「帶是帶了，但這種東西可以當作謝禮嗎？多莉。」

「芙麗妲，很謝謝妳救了梅茵。」

多莉說完，把一個小罐子交給芙麗妲。芙麗妲笑容可掬地接下，微微彎腰行禮。

「不用客氣，我很高興可以幫上忙喔。」

「真的太感謝妳了。路茲說了，當時梅茵的情況非常危險，真的非常感謝妳救了我女兒。梅茵，身體要是好得差不多了，今天就先回家吧？」

父親的眼神在說快點回家吧。因為讓家人擔心了，能回去的話我也想回去，但芙麗姐帶著笑容擋在中間。

「不，這件事就和昨天討論過的一樣，為了觀察情況，直到洗禮儀式當天為止，都讓梅茵留在這裡休息。否則要是身體突然發生什麼狀況就糟了。」

「……是嗎？」

「給妳添麻煩了，那就拜託妳了。」

母親向芙麗妲彎下了腰。這是行禮的方式嗎？我往前跨了一步想看清楚，多莉就忽然伸出雙手包住我的臉頰。

「梅茵，我們要去工作了，妳不可以再像平常那樣任性喔。」

「我知道啦，多莉。明天洗禮儀式結束後再來接我吧。工作加油喔。」

急急忙忙地喊著「得快點才行」的家人前腳剛走，接著就換路茲走進來。

「聽說妳醒了。發燒呢？真的都退了嗎？」

路茲和芙麗妲一樣，摸摸我的額頭又摸摸脖子，確認我還有沒有發燒。但從屋外進來的路茲比起芙麗妲，手要冰上一百倍。

「等一下，路茲！你手好冰！」

「啊，抱歉。」

「讓你擔心了吧，我已經沒事了。」

「……但妳的沒事，只能維持一年的時間吧？」

路茲似乎知道身蝕，也知道魔導具，嘟著嘴像在說現在還不能開心。但是，對於曾被逼到了絕境的我來說，能得到一年的緩衝時間可是非常重要。

「我會趁著這段時間好好想想，找找看有沒有什麼好方法。首先要把書做出來。」

「梅茵，妳滿腦子就只有做書！那我去通知班諾老爺一聲。他昨天才說過，在考慮要不要今天下午來探望妳。」

一提到班諾的名字，芙麗妲的表情馬上變得不高興。剛才都是站在一步後方，聽著我和路茲的對話，現在切進兩人之間。

「哎呀，下午可不行。我們說好了下午要一起做點心。對吧，梅茵？」

總覺得現在不太適合讓芙麗妲和班諾見面。最深受其害的人好像會是我，也可以預見到屆時兩個人會隔著我互相瞪視，害得我裡外不是人。總之，就只有不好的預感。

「路茲，不好意思，你幫我向班諾先生說一聲，我之後會再去店裡拜訪他。」

「是可以啦……但妳們要做什麼？新的點心嗎？」

比起班諾，路茲似乎更好奇我和芙麗妲說好要做的點心。我吃吃笑著搖搖頭。

「關於要做什麼，得先和廚師討論過後才能決定喔。」

「哎呀，不是由梅茵決定嗎？」

現在還不知道可以使用什麼材料和器具，當然想不出來要做什麼。而且，如果廚師很樂於幫忙，就可以製作會比較花時間的點心；但如果覺得協助我們做點心很麻煩，我就會選擇簡單一點，希望可以趕快做完。

「現在完全不知道可以用哪些材料和器具，當然決定不了啊。」

「可是，妳不是做給路茲吃過了嗎？」

芙麗妲噘著嘴巴，無法接受我的說明。但是，和生活水平相近、擁有的工具也和我家差不多的路茲家比起來，芙麗妲家光是一樣材料就有天壤之別，根本不能相提並論。在路茲家，用路茲家的材料，由路茲他們自己努力做出來。

「我並不是做給路茲吃，只是教他怎麼做而已。對吧，路茲？」

「對啊，因為梅茵沒力氣又沒體力，身高也不夠。」

「傍晚就會做好了，我會幫你留點試吃的份。」

「真的嗎?!我很期待喔！」

芙麗妲似乎對路茲產生了對抗意識，瞪著路茲走出去的房門後，就可愛地鼓起臉頰，一臉不滿地看著我。

「梅茵，妳對路茲太好了。」

「才沒有呢，剛好相反。是路茲對我太好了。」

聽到我這麼說，芙麗妲的小臉更是不高興了。坦白說，我完全不懂她為什麼不高興。芙麗妲突然伸出食指，指著一臉為難的我。

「那麼，我也要對梅茵很好很好！」

「咦？為什麼？」

「因為梅茵明明是我的第一個朋友，梅茵的第一個朋友卻不是我，太不甘心了。」

……這麼可愛的生物是怎麼回事？好想往她那圓鼓鼓的腮幫子戳下去。

明白了芙麗妲會不高興是因為吃醋後，我只能露出難為情的笑容。

「那我們一起玩些沒辦法跟路茲，只有女孩子能玩的事情，妳的心情就能變好了吧？」

「女孩子才能玩的事情？」

我回想著會和多莉一起興奮大叫，玩得很開心的事情。

眼前歪著腦袋瓜的芙麗妲的興趣是錢。一般女孩子在玩的娃娃遊戲，大概也不會走和常人一樣的路線。雖然那也很有趣，但可以一起玩的時間並不多。

「像是一起洗澡，幫彼此洗頭髮，還有躺在同一張床上滾來滾去聊天，這些事情都是女孩子之間才能做的吧？」

「哇，聽起來好棒喔。那首先為了做點心，我們先去找廚師吧。」

芙麗妲牽著我的手，帶我來到了廚房。裡頭有位體態豐腴的女性，剛收拾好烹煮早餐後的杯盤狼藉。年紀看起來和我母親差不多，但氣質和路茲的母親卡蘿拉比較相似。

「尹勒絲、尹勒絲，關於今天要做的點心……」

「是是，大小姐，您要和朋友一起做對吧？您已經講過好幾遍啦。」

「可以請問現在有哪些材料嗎？」

聽到我的發問，尹勒絲輕挑起眉。

「還要先問材料，妳到底打算用什麼材料？」

「呃，想請問有沒有麵粉、奶油、砂糖和雞蛋。我們家做點心的時候沒有砂糖，所以都是用果醬或蜂蜜，請問這裡有嗎？」

材料與工具的有無，會大幅影響點心製作的選擇。在路茲家之所以都只能做鬆餅和法國吐司類的點心，都是有原因的。

「砂糖有啊。」

「真的嗎？太棒了！那、那麼，請問也有烤爐嗎？」

「有啊，不就在那裡嗎？」

尹勒絲稍微挪開身體，就看到了一個巨大的木柴式烤爐。我內心的期待不斷膨脹，在胸前緊緊交握雙手，抬頭看著尹勒絲。

「既然有烤爐，那也有烤爐用的器皿和鐵板吧？那也有磅秤嗎？」

「當然有啊。」

尹勒絲聳聳肩，像在說別問這種廢話。我開心得都想要當場跳舞了。

「嗚哇！那我們可以烤『蛋糕』了！」

腦海裡接二連三地蹦出了點心的食譜。有些食譜我都還記得分量要多少。

……慢著？雖然知道食譜，但這裡的重量單位又不是公克。這下子怎麼辦？

因為滿腦子只想著要做點心，就徹底忘了，做點心的時候光有材料和器具是不夠的。如果不量出既定的分量，成品就會失敗。

在路茲家做帕露煎餅的時候，我都當成大阪燒在煎，所以膨脹的樣子和厚度每次都不一樣。對象又是只要分量夠大就心滿意足的男孩子們，所以這麼做也行得通，但真正要做點心的話，就需要量出正確的分量。都要在芙麗妲家借用烤爐了，絕對不能失敗，也不能夠先實驗。

……有沒有什麼點心不需要按照標示的分量，還是做得出來呢？

我努力回想即使不知道有多少公克，還是能做出來的點心，最後在法式甜點的食譜書中發現了一個正好吻合的目標。

「呃，我打算做『磅蛋糕』這款點心。」

磅蛋糕的法語是Quatre-quarts，是四個四分之一的意思。是一種把麵粉、雞蛋、奶油和砂糖，用等比例做出來的蛋糕。因為每種材料都放相同的量，就算不知道這裡的重量單位，只要每種材料都用磅秤秤出一樣的重量，就可以做出磅蛋糕了。

「我從來沒聽說過呢，這是什麼點心？」

「是一種把麵粉、雞蛋、奶油和砂糖用相同比例做出來的點心。」

「妳真的要做這種東西嗎？」

尹勒絲吃驚得瞪大了眼，我不禁畏縮，撤回前言。

「……不行的話，也可以做其他的點心喔。」

「並不是不行，但妳真的知道怎麼做吧？」

「是的。」

說好了請尹勒絲配合做點心的時間，先預熱好木柴式烤爐後，我們就從廚房撤退，開始尋找製作點心時要穿的圍裙。沒有幫忙做過家事的芙麗妲，也從來沒有穿過圍裙。

「這件怎麼樣呢？」穿上女傭找出來的圍裙後，再把偌大的手帕摺成三角巾蓋住頭髮，準備工作就完成了。

兩人在說好的時間前往廚房，尹勒絲就動作滑稽地睜大雙眼，笑了起來。

「哎呀，大小姐，看您的打扮真是幹勁十足哪。」

「是呀，因為我也要一起做嘛。」

這裡當然沒有蛋糕模，所以我決定拿小型的圓鐵鍋代替。

「那麼，麻煩妳說明一下要怎麼做吧。不先知道整個流程，怎麼做得出來？」

「好的。首先秤好重量以後，要在和人體體溫相同的溫度下打發雞蛋和砂糖。」

「要怎麼做才能有和人體體溫一樣的溫度？」

「呃，就是把熱水倒進比這個鐵鍋還大的大碗裡，浸在裡頭加熱。」

「啊，就是間接加熱吧。那在秤重前得先燒好熱水。」

這裡沒有瓦斯爐，無法馬上就燒好熱水。明明是理所當然的事情，但因為沒在這裡正式做過點心，所以很難留意到這些細枝末節。

「把雞蛋和砂糖打到起泡是最重要的。打到變得有點黏稠以後，再加進篩好的麵粉，用切拌的方式混合麵糊。然後倒入融化好的奶油，也一樣盡可能別影響到打好的蛋泡，大概地切拌幾下就好了。」

「還要融化奶油嗎？是全部都混合在一起後才烤吧？」

「對。」

大概已經掌握了流程，尹勒絲拿出磅秤放在作業檯上，要我們替已經拿出來的材料秤重。一邊請尹勒絲教我們怎麼使用磅秤，我和芙麗妲一邊為每樣材料都秤了一份相同的重量。期間尹勒絲開始燒開水。

首先秤好雞蛋和砂糖的量，放在大碗裡間接加熱成人體體溫的溫度，再請尹勒絲打到起泡為止。起泡的程度會影響到磅蛋糕的蓬鬆程度，以及好不好吃。兩個人再趁這時候秤好麵粉和奶油。

「材料都秤好了，為了之後方便取出蛋糕，先在鐵鍋上塗層奶油吧。」

在鐵鍋塗上奶油，再撒上一層薄薄的麵粉。因為沒有烘焙紙，也只能這麼做。

「接下來先篩好麵粉吧。讓麵粉之間有越多空氣，口感會越鬆軟喔。」

我小心著不讓麵粉撒到四周，篩起麵粉。總共篩了三次。

「哇，原本黃色的蛋現在變得好白，分量也變多了呢。」

芙麗姮羨慕地直盯著尹勒絲喀沙喀沙地打泡的手。一眼就能看穿她也很想試試看，尹勒絲笑著把大碗和打泡器推向芙麗姮。

「大小姐，要試試看嗎？」

「要！」

芙麗姮開心地握住打泡器開始攪拌，但很快就宣告放棄。在這裡做蛋糕沒有自動攪拌機，只能靠力氣決勝負。對有著身蝕的我們來說太強人所難了。

「梅茵，這樣可以了嗎？」

「可以了！那把麵粉加進去。」

再次把篩網架設在大碗上面，邊過篩邊把麵粉倒進去。然後我拿起木鏟，示範如何用切拌的方式拌勻麵糊。

「就像這樣攪拌之後，再把奶油放進去。已經融化好了嗎？」

「好啦。煮好熱水以後，我就先把奶油放在爐灶旁邊了。」

「尹勒絲廚師，請和我交換。手臂到達極限了……」

「真是的，兩位小姐一點力氣也沒有嘛。」

尹勒絲苦笑著接過我手上的木鏟，再請她以同樣的方式倒入奶油攪拌。

芙麗姮把當作蛋糕模的鐵鍋拉過來，雙眼發亮地看著。

「倒進鐵鍋裡面以後，要像這樣往桌面輕敲幾下，讓底下不要有空氣。」

鐵鍋很重，這項任務就交給尹勒絲了。尹勒絲大概打從一開始也不覺得我們能幫上忙，照著我的說明執行步驟。

「最後放進烤爐裡面烘烤，就大功告成了。」

因為我不會用木柴式烤爐，還是交給尹勒絲全權負責吧。尹勒絲唰的一聲把裝了麵糊的鐵鍋放進熱燙的烤爐裡頭，喀鏘地關上蓋子。

「等我們收拾整理完，應該也烤好了。」

尹勒絲動作麻利地清潔收拾時，我們也介於妨礙與幫忙之間在旁邊幫忙，不久烤爐就飄出了濃郁的香氣。「烤好了嗎？」芙麗妲站在烤爐前面毛毛躁躁地靜不下來，那副模樣非常可愛。

「還沒喔。」

我回道，但也緊張萬分地注視烤爐，很擔心是否真的會成功。這次做磅蛋糕，可是大手筆地使用了十分珍貴的材料。是在別人家用別人的材料，還是我第一次做給芙麗妲吃的點心，所以絕對不能失敗。

「……要不要看一下情況？」

尹勒絲打開烤爐，看了一眼磅蛋糕。只見磅蛋糕膨脹的程度還不錯。不過，裡面和外面兩邊的烘烤色澤不太一樣。

「尹勒絲廚師，裡面那邊好像烤得比較熟，可以轉過來換邊嗎？」

尹勒絲把磅蛋糕轉了一圈，再把鐵鍋放回去。就算戴著形似連指手套的厚手套，我

還是沒辦法把手伸進這麼燙的烤爐裡頭。真為廚師熟練的動作感到五體投地。

喀鏘地緊緊關上蓋子後，尹勒絲低頭看向我。

「接下來要怎麼知道蛋糕熟了沒有？」

「要用像竹籤那樣細長，前端又削尖的棒子插進蛋糕裡面做確認，請問這裡有嗎？」

「嗯……我只想得到用來烤肉的這種鐵棒呢。」

尹勒絲翻找了一陣後，拿出了烤肉時用來串肉和蔬菜的鐵籤。因為從來沒看過有人會用鐵籤檢查蛋糕的熟度，老實說也只能試試看才知道是否行得通。

……感覺可能會被鐵籤戳出一個大洞，但沒有竹籤也是無可奈何。

而且麗乃那時候也曾經因為沒有竹籤，就用筷子確認熟度，所以應該沒問題。

尹勒絲將鐵籤插進蛋糕裡頭檢查，上頭沾了一點麵糊。

「裡頭好像還沒有熟。」

「妳怎麼知道？」

「這裡不是沾了一點還沒熟的麵糊嗎？等到完全沒有沾黏，就表示蛋糕熟了。」

等到磅蛋糕內部都熟了，表面也有些變成了深褐色，所以烤爐有可能太熱了。但因為這裡的烤爐和我用過的烤箱不一樣，沒有那麼容易就能調節溫度，所以這部分只能交給專家憑經驗和直覺去判斷了。

「下次要留意烤爐的溫度呢。」

尹勒絲嘀咕說著，從烤爐裡面拿出磅蛋糕。拿出鐵鍋裡烤好的磅蛋糕後，形狀就好像是圓形的蜂蜜蛋糕。

「好棒喔！」

「嗯，看起來真好吃。」

兩人看著烤好磅蛋糕的眼神都閃亮發光，我內心也湧起了難以言喻的成就感。

「其實為了不讓蛋糕變乾，應該要用擰乾的溼毛巾包起來，放兩到三天之後再吃會更好吃。不過，現在要不要先嘗嘗味道呢？」

請尹勒絲用菜刀切了一小片，我用手指捏了一塊磅蛋糕試吃。趁著別人聞到味道聚集過來之前，由製作的人自己偷偷捏一點來吃，正是試吃的最大樂趣。

「嗯，非常成功喔！」

已經習慣試吃的尹勒絲也緊接在我之後吃了一口。有些猶豫要用手指捏東西來吃的芙麗妲看到尹勒絲試吃了後，也急忙放進口中。

「哇！」

兩個人試吃了以後都瞪大雙眼，一骨碌轉過來看著我。眼神就和早上公會長的掠食者眼神一樣，散發出了非常危險的氣息。在開始問我奇怪的問題之前，最好溜之大吉。我一把抓起芙麗妲的手。

「芙麗妲，這個蛋糕就等下午茶或飯後當甜點時再吃吧。接下來是洗澡。」

製作點心的時候，雖然我們並沒有真的幫到什麼忙，但因為篩了麵粉，袖口沾滿了麵粉。時間還很多，就用絲髮精替芙麗妲把頭髮洗乾淨吧。說完，我走出廚房。

但走到廚房門口的時候轉過身去，不忘道謝。

「尹勒絲廚師，非常謝謝妳的幫忙。」

芙麗姐與沐浴

牽著芙麗姐的手走出廚房，女傭已經在等著我們。

「兩位在移動到其他地方之前，請先沐浴淨身吧。」

「哎呀，伊蒂也跟梅茵說一樣的話。」

芙麗姐吃吃笑著邁開腳步。大概已經料想到了我們會因為製作點心而弄得全身髒兮兮，伊蒂早就做好了沐浴的準備。她提著裝有替換衣物、毛巾和絲髮精的籃子，為我們帶路。

「請往這邊走。」

看見伊蒂從屋內的樓梯往下走，我不禁張大眼睛。班諾店裡的辦公室也有通往樓上的樓梯，所以屋子裡若有樓梯能夠通往店面也很正常。可是，自己可以走在店裡頭嗎？我悄聲問芙麗姐：

「……下樓不會走到店裡面去嗎？」

「妳放心吧。」

伊蒂直接經過商會所在的一樓大門，繼續往下走。

走下往地下室的樓梯，就看見了兩扇門。一扇門平凡無奇，另一扇堅固又氣派。伊蒂打開氣派的那扇大門，讓我們走進去。

一走進去，腳底就感到非常溫暖，讓人懷疑地板底下是不是裝了地暖系統，房內溫度也很高。另外還有兩個大木檯，上頭蓋著布，看起來就像是按摩指壓床。

「好了，請把鞋子和衣服都脫下來吧。」

這裡可能是按摩室兼更衣室吧。在伊蒂的催促下，我脫下身上的衣服。芙麗妲也在伊蒂的協助下脫好了衣服。

接著再打開房內的另一扇門，裡頭是約有三坪大的浴室。大得足以媲美日本溫泉旅館的家庭浴池，浴缸也大得可以讓兩到三個大人伸長雙腳。

「咦咦咦?!怎麼會有這種地方?!」

意想不到的豪華浴室讓我忍不住放聲大叫，聲音在浴室裡頭形成了回音。

腳底下是一整片乍看下像是白色大理石的地板，同樣材質的浴缸裡頭裝滿了水。浴缸邊緣有個手持水壺的少女雕像，熱水從水壺涓涓流出，流進了浴缸裡頭，等量的水再慢慢地從浴缸裡頭溢出來。因為熱水的關係，浴室很溫暖。天花板鋪著瓷磚，鄰近天花板的窗戶灑下了燦爛明亮的日光。因為四面全是白色大理石，交互反射的光芒使得浴室非常明亮。

看我吃驚得呆站在打開的房門口，芙麗妲開心地吃吃笑著，從我旁邊走進浴室。

「呵呵，嚇到了吧？爺爺特地重現了貴族宅邸裡頭的浴室喔。雖然平常不能使用，但因為明天是洗禮儀式，爺爺特別准許我用呢。」

「這裡居然……有浴室。」

一年以上沒有看過的浴室就在眼前，還比麗乃家的浴室更寬敞又豪華。

「這是從外國引進來的，貴族間都說這對美容和健康很好喔。」

伊蒂穿著衣服走進來。只另外換上了布料較硬以預防潑溼的圍裙，而且可以把整個裙子包起來。裙子也為免弄溼往上掀起了一些，那一部分綁起打結。

伊蒂馬上就要替芙麗妲洗澡，我急忙拿出絲髮精。

「伊蒂小姐，洗的時候請用這個。像這樣，稍微潑一點點……」

我說明後，伊蒂就臉色有些為難地低頭看向芙麗妲。

「伊蒂，不然今天就讓梅茵幫我洗頭髮吧？」

「呃，我可以幫妳洗嗎？」

伊蒂把位置讓給我，於是我開始洗起芙麗妲的頭髮。伊蒂趁這時候將肥皂抹在毛巾上，擦洗芙麗妲的身體。

「像這裡有浴室，可以使用大量熱水的時候，就直接把絲髮精倒在手上，再抹在頭髮上清洗。記得指甲不要立起來，要用指腹輕柔地清洗頭皮。」

「好癢喔，可是好舒服。」

伊蒂大概經常為芙麗妲清潔保養，頭髮本來就相當柔順，還有少許光澤。說不定根本不需要用到絲髮精。富人階層很可能早有一套自己的美容秘訣，也許絲髮精會很難推銷。我一邊洗著芙麗妲的頭髮，一邊想著這些事。看來得向班諾報告這件事。

「洗好以後，就要沖洗頭髮。為了把頭皮上的絲髮精都洗掉，請小心慢慢沖洗。」

我說完，伊蒂就用桶子裡的水沖掉芙麗妲身上的泡沫。身體洗乾淨後，芙麗妲就大步走向浴缸，撲通地泡進去。她要做什麼？我好奇地看著，只見芙麗妲把頭靠在浴缸邊緣，讓頭髮垂落在浴缸外。緊接著，伊蒂再仔細地沖洗她披散在浴缸外側的頭髮。

……噢噢，原來是那樣子讓人洗頭的啊。好險我剛才沒有說「我要沖了喔」，就把水淋在芙麗妲頭上。差一點要闖下大禍。

我目瞪口呆地觀看著千金小姐的沐浴方式時，芙麗妲的頭髮也洗好了。可以盡情用水的環境真是太美好了。

眼見芙麗妲洗好了，我也拿起絲髮精的罐子想要洗頭。芙麗妲唰地從浴缸走出來，張著晶亮雙眼靠近。

「我也想洗洗看梅茵的頭髮。」

……可以讓芙麗妲這樣的千金大小姐為我洗頭嗎？

我偷偷向伊蒂投去徵詢意見的視線。伊蒂輕嘆口氣，也在我旁邊坐下來。

「小姐，那我們一起洗吧。我也想練習怎麼使用絲髮精。」

……嘴上說想練習，其實是如果發現小姐洗不好，就打算偷偷幫忙吧？伊蒂小姐，太感謝妳了。

由兩個人一起替我洗頭髮，大手與小手的手指在頭皮上動來動去。感覺非常癢，但又不能笑。我拚命忍下想笑的衝動。

「梅茵的頭髮好柔順喔。」

「但我的頭髮因為太滑了，沒辦法用繩子綁起來，所以才會用髮簪。」

「但能用木棒盤起頭髮，還真是神奇呢。」

「唔，是因為身邊沒有其他東西，對我來說這是下下策啦……」

幫我大致洗完了頭髮以後，伊蒂就把洗頭髮的工作交給芙麗妲，開始為我清洗身體。因為芙麗妲正幫我洗頭髮，所以我無法逃跑，只能乖乖地任人宰割。

「這下子梅茵也洗乾淨了。」

搓洗了我頭髮好一會兒的芙麗妲終於心滿意足，收回了手，我就朝桶子伸長手。但是，伊蒂手腳比我更快地拿起桶子。

「好了，我幫妳洗頭髮，快進浴缸裡泡著吧。」

「我、我可以自己來。」

「梅茵小姐是客人，快進去吧。」

在伊蒂面帶笑容的堅持下，我也和芙麗妲一樣泡進浴缸，把頭靠在邊緣。讓頭髮垂落在外面後，伊蒂就為我細心沖洗。溫水先倒在頭皮上，手再溫柔地摩擦頭髮，按摩頭皮。平常伊蒂都會幫忙芙麗妲沐浴吧。熟練的動作非常舒服，感覺會直接睡著。

……啊啊，好像在美容院。太舒服了。

「梅茵，沒有浴室的時候，妳是怎麼洗頭的呢？」

芙麗妲的提問讓我瞬間清醒過來。這裡可不是美容院，不可以睡著。我轉動眼珠，想要尋找傳來芙麗妲聲音的方向，就看見芙麗妲來到我旁邊，也把頭靠著浴缸邊緣，擺出和我一樣的姿勢。我仰頭看著熱氣後方的天花板上，瓷磚所形成的鑲嵌圖案，說明平常怎麼洗頭髮。

「沒有浴室的時候，會先在和剛才差不多大的桶子裡面裝滿半桶水，再倒進絲髮精攪拌均勻。然後把頭髮浸在桶子裡面，用洗髮液潑溼頭髮清洗。洗完以後要不斷用布擦拭，不讓洗髮液殘留在頭髮上，最後再用梳子梳頭。」

先把絲髮精稀釋到多少殘留在頭髮上也沒關係的程度，然後反覆沖洗，再用毛巾反覆擦拭，盡量不讓絲髮精有殘留。這也是在沒有熱水的情況下，千方百計想洗頭的我想出的權宜之計。要是我家有這種浴室，根本不必煩惱。

「絲髮精是梅茵的東西嗎？」

「不是，現在所有的權利都在班諾先生手上。應該快要開始販售了。」

「是喔……」

芙麗妲好像有話想說，但在她開口說話之前，伊蒂先停下了手。

「這樣子就好了嗎？」

「謝謝妳。真的非常舒服喔。」

我坐起來道謝，伊蒂也迅速起身。

「那麼，我去準備接下來的東西了。請兩位泡暖身子再出來吧。」

看著伊蒂走出浴室，我才讓肩膀以下都泡進熱水裡。然後掬起熱水，潑在自己臉上，深深地大口吐氣。

……呼啊，簡直是天堂。

「梅茵真是的，看妳的表情好像快融化了呢。梅茵喜歡泡澡嗎？」

「那當然啊，好想每天都泡！可以像這樣伸長手腳，肩膀以下都泡在熱水裡面，實在是太奢侈了！」

我笑容滿面地用力點頭，芙麗妲的表情卻是不怎麼開心。

「……芙麗妲，妳不喜歡泡澡嗎？」

「並不討厭，可是太熱了，泡完以後頭都很暈。」

「啊，妳那是腦充血，表示泡太久了。」

我反射性地回答後，芙麗妲雙眼圓睜。

「因為每次都要我泡久一點，所以我泡的時間都和洗澡時一樣喔？」

「但洗澡時的熱水很快就會冷卻，這個浴室的熱水卻會一直從那個雕像重新添加，所以要是泡一樣的時間，只會腦充血，覺得很不舒服喔。今天試著早點出來吧？」

「好。」

我和芙麗妲一起提早走出浴缸。就我而言是有些太早了，但芙麗妲似乎已經泡得很暖，全身都變成了粉紅色。

「會不會不舒服？還好嗎？」

「嗯，今天沒事。」

泡完澡，伊蒂表示要用香油按摩，但我婉拒了。

雖然很好奇什麼是香油按摩，但我下次就沒有機會泡澡了。回家後和多莉互相擦澡的時候，不敢肯定能把香油擦乾淨。

我穿上衣服，擦乾頭髮，看著伊蒂為芙麗妲按摩。

「按摩感覺好愜意喔。」

「其實我不太喜歡這樣浪費時間，但爺爺說了，如果要融入貴族的社會，最好要先習慣。」

這樣啊，我可以明白。雖然芙麗妲只覺得太燙又不舒服，但不論泡澡還是一臉厭煩地接受按摩，全都是為了適應貴族社會的一種練習。事前了解的有無，會對芙麗妲往後的人生帶來截然不同的影響。

「如果有機會先習慣，還是先適應比較好喔。畢竟常識和習慣的差異很大的。」

「所以我們家裡面，也收集了不少貴族宅邸裡會有的東西喔。」

之前我才覺得，珂琳娜家的生活水平應該和婚前差不了多少，但同樣是商人的住家，兩邊的感覺未免差太多了。原來公會長家會這麼豪華，不單純只因為是財富萬貫的商人。餐點、浴室和生活用品的品質會相差這麼懸殊，全部都是為了芙麗妲，引進了貴族日常生活中也會用到的事物。

「公會長真的很疼妳呢。」

「……這些都是為了未來所做的投資。為了不讓我在貴族區開店後適應不良，也為了不要平白浪費好不容易取得的據點，爺爺從現在開始就在精打細算了。」

芙麗妲有些不滿地嘟起嘴唇。我想芙麗說的這些都沒有錯，但如果沒有愛情，也無法做到這種地步。

「開店是芙麗妲的夢想，所以公會長是想支持妳吧？公會長在訂做髮飾的時候，看起來就只是一個眼裡只有孫女的爺爺喔。」

「是嗎？」

……該不會芙麗妲其實是很黏人的孩子？

因為身蝕很少能夠外出，好不容易可以擺脫身蝕的時候，卻又受困於與貴族的契約。一旦確定要成為貴族的愛妾，就必須走在這條路上活下去，在境遇與旁人截然不同的情況下，自然也交不到朋友吧。

芙麗妲必須要學會能在貴族社會裡生存下去的堅強與心機，也必須在成年之前，吸收足以經營一家店的知識，每天一定從早到晚都在學習吧。雖然也是為了自己，但生命、生活和家人的期許都壓在自己身上，這名小女孩肩上的重擔恐怕不是一般人可以承受的。再加上，家人雖然為她付出了大筆金錢，卻也顯而易見是為了自己的將來在做打算，所以無法敞開心胸向家人撒嬌吧。

……所以才會對我這麼執著嗎？

同樣有著身蝕，又在受洗前就接觸商人這個行業，連路茲也說我們在奇怪的興趣上都會不受控制這點很像。比起其他孩子，我們兩人的共通點更多，確實比較聊得來。所以才想把我挖過來嗎？

「梅茵，好厲害喔！頭髮好光滑！」

我正出神發呆的時候，按摩完換好衣服的芙麗妲用手梳著自己的頭髮，發出了讚嘆聲。正用梳子為她細心梳頭的伊蒂也開心地撫摸頭髮。

「真的，變得非常光滑又柔順呢。」

「看到妳這麼高興，真是太好了。這是答謝你們讓給我魔導具的微薄回禮。」

「哎呀，梅茵，妳都已經付了該付的錢，不用在意這種事嘛。」

會說這種話的芙麗妲不愧是商人，但我苦笑著搖了搖頭。

「這是我想向妳道謝的心意。如果公會長沒有為了芙麗妲收集魔導具，就算我有錢也救不了自己啊。」

悠悠哉哉地洗完澡後，回到樓上的時候，廚房再度飄來了引人食指大動的香氣。尹勒絲又再一次挑戰做磅蛋糕了。

「難得學了新食譜，可要牢牢記下來才行。」

尹勒絲可靠的笑容讓我輕笑出聲。要是美味的點心可以因此流傳開來，我也很高興，所以真心誠意地為她加油。聽到又烤了一個磅蛋糕，芙麗妲也笑得很開心。

「既然尹勒絲又烤了一份，那可以吃掉我做的那一份了吧？我想和梅茵一起享用茶點，妳準備一下吧。」

「我馬上就端過去。」

我們正要在餐廳享用茶點的時候，路茲剛好來了。

「梅茵，我來了！味道好香喔。」

路茲在點心方面的嗅覺真敏銳呢。我在心裡暗暗偷笑，但路茲一看到我，馬上瞇起眼睛，仔細打量我的臉色。

「喂，梅茵，妳今天是不是太勉強自己了？因為已經退燒了，就不懂得節制吧？現在馬上去睡覺。妳會因為太累又發燒喔。」

「咦？咦？騙人？我沒有覺得不舒服啊？」

我歪著頭，摸了摸自己的臉頰，路茲卻皺眉搖頭。

「妳只是太興奮了，沒有發現到而已。臉色其實很差喔。」

「哎呀。可是，用了魔導具以後，梅茵身蝕的熱意應該已經穩定下來了，今天也只是做做點心、一起泡澡而已呀？」

芙麗妲也幫我說話，說了今天做的事情。

「……原來如此。妳如果沒有身蝕，原本應該很健康吧。但梅茵就算沒有身蝕，身體天生就很虛弱。她每次都是很突然就昏倒，不了解她的人根本分不出來她到底是因為身蝕而昏倒，還是因為太累才昏倒。」

路茲按著太陽穴嘆氣說道，芙麗妲和我忍不住面面相覷。

「梅茵，真的是這樣嗎?!」

「芙麗妲不是虛弱體質嗎?!」

原來雙方都自以為很了解彼此的狀況。芙麗妲以為我的身蝕好了就沒事了，我卻以為芙麗妲同樣是身蝕，身體也很虛弱，所以一起行動應該沒關係。

「我聽不懂『泡澡』是什麼，但反正一定是第一次嘗試，妳就想表現自己厲害的一面，興沖沖地又做了一大堆事情吧？」

「嗚嗚……其實我沒有做很多事情啦。」

但是，精神一直是在緊繃的狀態下，還天真地以為芙麗妲沒問題的話，那我也沒問題，這些也是事實沒錯。

「妳的臉色很明顯就是今天做太多事了。不要小看自己的虛弱喔。因為妳真的超級虛弱。」

「不要一直說我虛弱啦！」

「這是事實啊。而且明天是洗禮儀式，妳也要回家了吧？要是因為這樣而發燒，妳家人不知道會有多生氣。」

為了答謝芙麗妲他們幫我抑止了身蝕的熱意，自作主張做了一大堆事情後，要是因此發燒病倒，就枉費他們的好意了。期待我健健康康地回家的父親也會大發雷霆，母親還會罵我居然給芙麗妲家添了這麼多麻煩，多莉肯定還會傻眼地對我說：「梅茵，妳為什麼就不能乖乖待著別動呢？」

「啊哇哇哇哇……」

「說得也是呢。明明把妳留在我家，絕對不能讓妳病倒了。梅茵，妳今天還是先上床休息吧，好嗎？」

連一臉擔心的芙麗妲也對我這麼說，我用力點頭。

「好。路茲，謝謝你提醒我……芙麗妲，不好意思，能麻煩妳分這個『磅蛋糕』給路茲嗎？」

「嗯，那當然。伊蒂，妳帶梅茵回房間吧。」

被帶回客房後，一躺在床上，連我也感覺到了自己其實非常疲倦。全身都虛軟無力，身體也有些發燙，不只是因為好久沒泡澡的關係。不論是在不能失敗的壓力下製作點心，還是跟往常不同，今天是泡在浴缸裡面洗澡，這些都是用梅茵這副身體初次嘗試，所以我根本不知道怎麼拿捏分寸。

不愧是路茲，居然一眼就看穿……

自己的體溫溫暖了柔軟棉被的同時，我的意識也完全沒入了黑暗。

芙麗妲的洗禮儀式

一覺醒來的時候，房外非常熱鬧嘈雜。

伊蒂以外的另一名女傭就坐在門邊的椅子上，等著我起床。看起來非常年輕，應該還不滿二十歲，感覺和善又親切。下了床，我嘿咻地推開比想像中重的頂蓋布幔，走到布幔外後，她就微微一笑。

「早安。您身體還好嗎？」

「雖然沒有發燒，但還不算完全康復。所以今天直到家人來接我之前，我決定乖乖別亂動。」

女傭格格笑了。

「昨天的晚餐非常熱鬧喔。一聽說飯後甜點的點心是小姐和梅茵小姐做的，主人一家人全都說很想要見梅茵小姐一面呢。還說非常希望您留在店裡工作，討論得非常熱烈喔。」

……不不不，這位大姐，這一點也不好笑。難不成幸好我上床睡覺了，才撿回了一條命？所以今天最好都躲在房間裡面嗎？

要是在主人的店裡工作，一輩子就高枕無憂喔——連說出了這種話的女傭看來也像是要挖角我的手下，我不禁有些警戒。

「那個，房外好熱鬧喔……」

為了轉移話題，我把視線投向房門，女傭臉上的笑意更深了。

「是啊。小姐已經吃完了早餐，現在正為了洗禮儀式在做準備。等您換好衣服，我再帶您前往餐廳。」

因為沒吃晚餐，老實說肚子餓了。但是，從芙麗妲他們就看得出來這家人一定很難纏，一想到要在他們的包圍下吃早餐，胃就好痛。吃得下的東西也會變得吃不下。

「請問，可不可以把早餐送到這個房間來呢？因為身體還沒有完全恢復，不需要吃太多，和第一次見面的人一起吃飯也會讓我很緊張，很可能吃不下飯……」

「呵呵，我明白了。那我把早餐端來這裡吧。」

女傭將芙麗妲的舊衣遞給我，協助我穿上後，就走出了房間。一個人獨處後，我就抱住腦袋原地蹲下。

……完蛋了。情況好像變得越來越奇怪了？我知道公會長和芙麗妲都盯上我了，可是，連他們的家人也盯上我是怎麼回事？因為磅蛋糕嗎？可是，都有砂糖了，這裡當然也有甜點吧？之前來這裡的時候，不是也端出了薄薄的披薩餅皮上，放了蜂蜜淋堅果的點心嗎？雖然非常不願去想這個可能性，但該不會其實砂糖也才剛開始在市面上流通，甜點文化並不發達……不會真的是這樣吧？

抱著腦袋苦惱哀號時，聽見了去拿早餐的女傭走回來的腳步聲。我立刻站起來，裝作若無其事地迎接她。

「那麼請慢慢享用。」

經過昨天的早餐，好像已經對我的喜好瞭若指掌。端來的白麵包上加了果醬和蜂蜜，還有甜甜的果汁。雖然湯的量偏少，但培根煎蛋是足量的一人份。觀察力如此敏銳，我的弱點大概也三兩下就會被查出來。

看來等吃完早餐，直到家人來接我之前，最好都以身體不適為由躲在房裡比較好。公會長和芙麗妲就已經是非常可怕的威脅了，我實在無法一個人應付他們整家人。多麼想把班諾和路茲召喚到這裡來。

我一邊思索著今後該如何應對，一邊一個人慢吞吞地吃早餐，伊蒂就突然衝進來。

「早安，梅茵小姐。您的身體還好嗎？」

如果只是來問我的身體狀況，神色未免太慌張了。印象中伊蒂除非必要，否則很少開口說話，所以我險些鬆開手上的麵包，很老實地回答了。

「現在是沒有發燒喔。」

「可以請您幫我一起準備嗎？想請您教我怎麼戴髮飾。」

髮飾是我做的，教客人怎麼戴，也算在售後服務的範圍內吧。應該不會有賣力過頭，或是因此又被盯上這種事情發生。

我稍微加快速度吃完早餐，在伊蒂的帶領下前往芙麗妲的房間。芙麗妲的房間在三樓。依據伊蒂的說明，二樓是公會長這一輩的住家，三樓則是兒女和孫子輩的住家。不過，因為屋內有樓梯連接，三餐也都一起吃飯，所以沒有什麼隔代分居的感覺。

「小姐，我帶梅茵小姐過來了。」

芙麗妲的房間在門邊立著屏風。繞過屏風之後，房內的構造就和客房一樣，一角擺著附有頂蓋的床，床的另外一邊擺著造型就像書桌的櫃子。房內中央有張小桌子，還有幾張椅子。窗簾和頂蓋的布幔都是很有女孩子氣息的紅色和粉紅色，但沒有任何娃娃和裝飾品，整體非常簡單樸素。

桌子上擺了幾個髮飾和梳子，芙麗妲正坐在椅子上，讓人梳著頭髮。蓬鬆的櫻色頭髮放了下來，任人細心梳理的芙麗妲，看起來就像是等身大的洋娃娃。

「梅茵，早安。身體有好一點嗎？」

「芙麗妲，早安。雖然沒有發燒，但感覺還沒有完全恢復呢。」

為免對方勉強我做什麼事情，我老實地報告自己的身體狀況。芙麗妲的小臉微微沉下來，垂下眼皮。

「是嗎？不好意思把妳叫過來。因為姊姊的髮飾是梅茵做的，所以我才在想，當時為妳姊姊綁頭髮的人，是不是也是梅茵呢？」

「是我沒錯喔。」

「那可不可以也請妳幫我綁一樣的髮型呢？」

多莉的髮型是從兩邊往中央編髮的公主頭。雖然不是不適合芙麗妲，但難得做了兩個髮飾，雙馬尾又很可愛，我個人還是希望可以綁雙馬尾。

「嗯……因為都做了兩個髮飾，不必綁完全一樣的髮型，還是綁成兩邊吧。我會幫妳編髮，好嗎？」

「請您務必教我。」

伊蒂的雙眼熠熠發光。我請她用梳子將芙麗妲的頭髮分成兩邊，再一邊編髮一邊說明到右耳上方的編法。

「從這邊撈起頭髮以後，再和這撮頭髮合併，然後拉過來編成辮子。」

伊蒂看著我的做法，也為左半邊的頭髮開始編髮。果然習慣綁頭髮的人還是比較厲害。我的手太小，又不靈巧，頭髮老是會從掌心裡滑出去。多莉的頭髮因為有天生的自然捲，就算有些凹凸不平，有些地方綁得太鬆，綁好後整體的感覺還是很華麗。但芙麗妲的髮質只要一綁不好，就會非常明顯。

「要是學會了，最好兩邊都由伊蒂來綁吧。我的手太小了，很難抓緊頭髮。」

「梅茵小姐的手這麼小，一定很辛苦吧。那麼，就由我來編髮吧。」

手指一旦記住了動作，伊蒂就編得得心應手。而且也因為平常摸習慣了芙麗妲的頭髮，沒有任何的凹凸不平，還用梳子分得很整齊。和我為多莉綁頭髮時完全不一樣，分線非常清楚分明。

……嗚嗚，逼我體認到自己的手有多不靈巧，太讓人傷心了。

「要是能有更多的時間練習就好了……」

伊蒂看著芙麗妲編好的頭髮，打從心底感到懊惱地低喃。看到伊蒂這麼強烈地表達情感，我驚訝得瞪大眼睛，芙麗妲就一臉傷腦筋地露出苦笑。

「其實啊，伊蒂本來想趁昨晚找妳商量，再練習一整晚呢。」

「啊，可是因為我太累，很早就上床睡覺了……對不起喔。」

因為自己的虛弱給人造成了困擾嗎？我趕緊道歉，伊蒂就忙不迭搖頭。

「千萬別這麼說。因為您身體不舒服，這也是沒辦法的事。我只是遺憾要是能更早知道的話，就能幫小姐打扮得更漂亮了。」

……原來如此，伊蒂的興趣就是打扮芙麗妲吧。畢竟可愛得像是等身大的洋娃娃嘛，我懂。我也忍不住就卯足了勁編織可愛的髮飾。

完成了到耳際上方的編髮後，伊蒂就把精心製作的髮飾插在綁好的繩子上方，固定好髮飾。髮飾由四朵深紅色的迷你玫瑰花組成，所以不管從正面、側面還是從後面看，都可以看見一朵玫瑰花。在淡粉色的頭髮上，以白色滿天星為雛形的小花看起來就像是白色蕾絲，更加襯托出了玫瑰花的鮮紅色。不時從底下探出頭來的綠葉也帶來了相得益彰的效果。

「嗯，比我想像的還要可愛！太適合芙麗妲了。」

「小姐，您真的非常可愛喔。」

幫忙梳妝打扮的女傭們齊聲稱讚，伊蒂拿來今天的服裝走到芙麗妲跟前。芙麗妲一站起來，女傭們就迅速將椅子往後拉。所有人都在頃刻間進入替芙麗妲更衣的預備動作，我也急急忙忙往後退。

芙麗妲抬起手臂，伊蒂就攤開正裝，讓袖子套進她的手臂，另一邊的袖子也同樣套進芙麗妲舉起的另一隻手。緊接著好幾個人聯手扣上鈕釦，綁緊繩子。芙麗妲只是站著而已，正裝就穿好了。能在近距離下親眼見識到電影和書中出現過的名媛更衣場面，我不由得發出讚嘆聲。

……要是沒有長年累積的經驗，絕對沒辦法這麼順利更衣。換作是我，在抬起和放下手臂的時候，很可能會因為沒看見就打到人。

「梅茵，妳不嫌棄的話，要不要待在我房間觀看洗禮儀式的遊行呢？為了眺望窗外的風景，我房間的窗戶是可以清楚看到外面的唷。」

供我暫住的客房是波浪狀的玻璃窗，但芙麗妲房間的窗戶是平坦的玻璃，所以可以清楚看見窗外景色。連洗禮儀式的隊伍要走進神殿時都能看得一清二楚，這個房間的窗戶根本是貴賓席。

「可以嗎？」

我的視線在窗戶和芙麗妲之間來回，芙麗妲就吟吟微笑。

「嗯，當然可以呀。如果妳一個人會害怕，我就讓伊蒂陪著妳。」

「請務必讓我陪同！」

伊蒂的臉龐頓時發亮。哪怕隔著這扇窗戶也好，她一定很想親眼看看自己服侍的芙麗妲小姐身穿正裝參加遊行的模樣吧。芙麗妲都要她陪著我了，到時候她就可以光明正大地從這裡參觀。我正覺得房間主人不在的時候，還待在房裡會有些不自在，所以芙麗妲的提議可說是一舉兩得。

「有伊蒂在，我就放心了呢。」

聊著這些事情的時候，芙麗妲也穿好了靴子。蹲在芙麗妲腳邊的女傭們俐落地站起來，往後退了一步。

著裝完畢的芙麗妲在原地轉了一圈。白色正裝的領口鑲了一圈看來就很溫暖的毛皮，刺繡也是紅色和粉紅色的亮色系，都和髮色及髮飾互相輝映。

「有沒有哪裡奇怪的呢？」

「沒有喔，小姐非常可愛。」

「好棒喔，太棒了！芙麗妲，太適合妳了。」

「小姐，主人一家人都過來了。」

大家正異口同聲地盛讚時，得知芙麗妲已經做好準備的家人也都過來觀看。最先從屏風後頭走進來的人就是公會長。

「噢噢，芙麗妲！這真是太漂亮了。冬天的洗禮儀式上還能戴著這麼栩栩如生的花朵，妳簡直就像是帶來春天的萌芽女神。太可愛了！」

「爺爺送的髮飾也很適合我吧？」

芙麗妲用手指輕碰著髮飾笑道，公會長也咧開了嘴角。

「嗯，非常適合。妳這麼開心的笑容才是這世上的無價之寶。」

公會長才剛開始誇讚，芙麗妲的家人也陸續走進房裡。

「哇，芙麗妲。好適合妳喔。」

「在我看過的女孩子裡面，妳是最可愛的耶。」

年紀大概相差了好幾歲，兩名看來十到十五歲的少年也齊聲稱讚芙麗妲。

……咦？我之前還以為芙麗妲不習慣受到稱讚，但看來平常哥哥他們也會稱讚芙麗妲啊？

我正歪頭納悶時，芙麗妲卻露出了不像是被稱讚的人會有的表情仰望兩人。

「……哥哥你們怎麼來了？」

「什麼怎麼了。今天是土之日，不是說好大家要一起幫妳慶祝嗎？」

「這我是聽說過，但目前為止這種約定從來沒有實現過，所以我沒想到你們兩位真的也來了。」

……嗚哇，她的哥哥們從來沒有遵守過約定嗎？那難怪會感到不安，也覺得讚美之詞只是場面話。

大概也發現了芙麗妲的懷疑，兩個哥哥臉色鐵青地開始搬出各種辯解。低頭看著自己的孩子們，芙麗妲的父母卻非常我行我素，只顧著打量芙麗妲的髮飾。

「這個髮飾真驚人。」

「是呀，連我都想要呢。這種織法太獨特了。」

所有人都各自說著想說的話，完全不聽別人在說什麼。我正為了如此混亂的家庭關係目瞪口呆時，公會長突然在我面前蹲下來，臉龐猛地靠近我。

「噢噢，梅茵！」

……完了！今天為了不和這家人碰到面，我本來打算窩在房裡不出來的！我都忘記了！無視於我「嗚噫」地輕叫一聲還往後退，公會長緊抓住我的手，感動得眼眶泛淚。

「妳做得真是太好了。梅茵，我要向妳道謝。我第一次看到芙麗妲戴了我送的東西以後，表現得這麼高興。妳說得沒錯，開心比吃驚的模樣更有價值。」

「我、我也很努力做了髮飾，所以芙麗妲這麼開心，我也很高興喔。」

……噫噫噫噫——！班諾先生，救命啊——！

「要遇到能夠分享此等感動的人，實在是太難得了。我決定以後每次要送芙麗妲禮物，就找妳商量。話說回來，梅茵，我有件事情想問妳……嗚咕?!」

公會長突然被人推開，我一瞬間還心想得救了，但也只有那麼一秒鐘。公會長被推開以後，好幾張臉不約而同往我湊過來。

「妳就是梅茵嗎？我聽芙麗妲和父親提起過妳。」

「是，那個……」

我正要向芙麗妲的父親正式打招呼，身體就被人轉了一圈。眨個眼，眼前就變成了芙麗妲的母親。

「真的很謝謝妳願意和芙麗妲當好朋友。她這幾天看起來非常開心，笑容也變多了。身為她的母親，我一直想向妳道謝。」

「不、不用客氣……」

才想要回答，這次變成兩個哥哥硬是把臉擠到我前面。

……拜託！至少給我回答的時間好嗎！而且臉太近了！臉好近！

我恐慌到連聲音都發不出來，眼珠子來回地快速轉動，全身無法動彈。兩個哥哥還毫不客氣地一下子戳戳我，一下子摸摸我的頭。

「她就是梅茵嗎？因為一直只聽到傳聞，原來真的有這個人啊。不是騙人的。」

「明明都在家裡住好幾天了，還是第一次看到本人耶。梅茵，妳嘴巴怎麼一直動？」

……什麼原來真的有這個人，我是很難遇到的珍禽異獸嗎?!

「兩位哥哥，時間差不多了吧？快點下樓吧。你們快放開梅茵。」

「沒錯沒錯。這種事情可不能遲到，兩位最好快點過去吧。」

我順著芙麗妲伸出的援手說道，慢慢地往後退。其中一個哥哥卻抓住我的右手臂，另一個則馬上抓住我的左手。

「梅茵也一起走吧，一起慶祝芙麗妲的洗禮儀式。」

「妳是我們家的客人，當然可以一起去，而且慶祝也是越多人越好玩啊。」

遭到捕獲的我被兩人從兩邊包夾，就算我像波浪鼓一樣地瘋狂搖頭說：「我在這裡看就好了！」但作風強勢的一家人根本對我的拒絕置若罔聞。

……這就是血緣嗎?!公會長一家人都有不聽別人說話的遺傳基因嗎?!

「哥哥，以前我生病那時候你們不是都被罵過了嗎？過度關心會造成對方身體不適，你們不要一直纏著梅茵。她家人下午就要來接她了，不可以害她發燒病倒。」

四周的人完全不顧我的感受，只是莞爾微笑地看著我們，只有芙麗妲嘆了口氣，制止兩位哥哥。今天的芙麗妲簡直是神的使者！

「可是難得她都來了，當然想跟她交個朋友啊。」

「梅茵的身體還沒完全恢復健康，所以會待在我的房間，從窗戶觀看洗禮儀式。她還不能外出喔。其實梅茵也很想到外面去的呀……」

也許是想起了芙麗妲以前也因為身蝕，不知道什麼時候會暈倒，所以無法外出，只能隔著窗戶羨慕地看著外面的世界。兩個哥哥突然顯得有些落寞，放開了抓住我的手。

「好了，鐘聲就快要響了。得讓小姐到外頭露面才行。」

聽到伊蒂這麼說，一行人才包圍著芙麗妲，吵吵鬧鬧地走出房間。簡直就像是颱風過境，我茫然自失地目送他們離開。沒有和他們一起吃早餐果然是明智的決定。要是他們像剛才那樣連珠炮似的發問，又對我過度關注，事後肯定會睡上好幾天。

「您還好嗎？主人他們都是好人，只是有時候比較強勢一點。」

……哪裡是一點了！根本是超級強勢！

但對伊蒂的吐槽就留在心裡，我走到窗邊。雖然暖爐生著火提供暖意，但窗邊還是很冷。披上伊蒂遞來的披肩，我俯瞰眼下的風景。

天氣十分晴朗，但不時仍有雪花飄落下來。看到窗戶玻璃還因為我的吐氣而起霧，就知道屋外非常寒冷。

玻璃窗外，左右鄰居都對走到屋外的芙麗妲讚嘆連連，她就像女王一樣耀眼。在家人的環繞下，芙麗妲露出了目前為止最燦爛的笑容。從上面往下看，在很少有人戴著飾品的孩子之中，我所做的髮飾確實非常搶眼。也能明白芙麗妲為什麼說她從窗戶看出去，一眼就看到了。

……多莉那時候一定也很醒目吧。長得又那麼可愛，發現她的人一定會議論紛紛。

低頭看著芙麗妲的洗禮儀式，腦海裡浮現的卻都是多莉洗禮儀式的畫面。先是不想去參加會議的父親，然後是穿上了最好的衣服，臉上掛著笑容的母親。突然間，我非常地想見到家人。

「梅茵小姐，您的臉色不太好呢，怎麼了嗎？」

「看到開心地和家人聚在一起的芙麗妲，我好像也開始想念家人了。明明下午就要來接我了呢。」

「梅茵，妳是不是很寂寞啊？爸爸好寂寞喔。」

正午的鐘聲一響，家人就迫不及待地前來迎接我。平常父親那老是濃烈到讓人喘不過氣的愛情，今天卻自然地打動了我的心。

「一點點啦，是有一點寂寞。」

本來芙麗妲一家人還邀請我們一起吃午餐，但母親堅決婉拒：「不能再給各位添更多麻煩了。」而我又撒嬌說：「好久沒吃到媽媽煮的飯了，我想回家吃飯。」這句話成了決定性關鍵，所以沒有被強行挽留，順利地踏上歸途。

「人家也好想吃吃看大餐喔……」

看到多莉鼓起臉頰，我輕聲笑了出來。

「多莉，對不起喔。比起芙麗妲家的豪華飯菜，我更想吃媽媽煮的飯嘛。」

「因為伊娃煮的飯無敵美味啊。」

眉開眼笑的父親讓我跨坐在他的肩膀上，一家人一起回家。雖然貧窮又破爛，但只是好幾天沒有回來，一回到毫無緊張感的家，我卻打從心底放鬆下來。

芙麗妲家有奢侈的大餐、豪華的浴室和軟綿綿的被窩，充滿了無數美好的事物。每樣東西都充滿魅力，深深吸引著我，卻也讓人緊張得感到疲憊。明明乾淨又便利，不知道為什麼，卻不會想一直住在那裡。

……啊，不知不覺間，我的家已經變成這裡了呢。

住在芙麗妲家的這幾天，我才驚覺到自己內心的變化。

冬始

終於回到家放鬆了身心的隔天，我和路茲一起前往班諾的商會。雖然天空飄著細雪，但如果不趁著開始積雪前向班諾道謝，並報告自己已經恢復健康，之後就無法外出了。

「班諾老爺都快擔心死了，怕公會長會不會找藉口向妳抬高價錢，還有要是他想拉攏妳，妳會不會不知道該怎麼辦。」

「啊……該不會是我在心裡面求救了好幾次，班諾先生感受到了吧？」

被芙麗妲一家人團團圍住的時候，我在心裡面不停向班諾求救。說不定有什麼心電感應傳了出去。路茲聽了卻不高興地瞪著我。

「妳就沒有向我求救嗎？」

看到路茲不滿的臭臉，難以形容的酥麻笑意湧了上來。忍不住笑了出來後，路茲更是撇下嘴角。

「妳笑什麼啊？」

「因為路茲不是已經救過我了嗎？」

「咦？」路茲像是出乎意料，愣愣地眨眨眼睛，我不禁大笑出聲。

「你之前已經幫我提醒芙麗妲，讓我勞動過度會發燒了吧？多虧了你這麼說，我才能好好睡一覺，也不用出席晚餐去面對公會長一家人的拉攏，已經救了我一命喔。」

「嘿嘿，這樣啊。」

路茲露出得意的笑容，在和我牽著的手上稍微使力後，往前跨了半步。吹在我身上的風頓時好像變小了，打在臉上的細雪也少了許多。

「你好啊。」

「啊，梅茵！看到妳恢復精神，真是太好了。」

班諾的店裡溫暖又充滿活力。一看到走進店裡吐著大氣的我們，馬克就快步走來。明明已經開始下雪了，出入班諾店裡的客人卻絲毫沒有減少的跡象。一些比較性急的工坊，甚至早就已經關門打烊了。

我環顧店內，喃喃說出這種感想後，馬克微微一笑。

「對我們商會來說，冬天才是旺季。」

我還以為冬季因為經常有暴風雪，大家多數時間都無法出門，只能窩在家裡，所以會過著盡可能不花錢的生活，但看來並非如此。

「被大雪困在家中，因而無事可做的貴族大人們因為閒得發慌，為了新奇有趣的事物，反而更願意打開荷包掏錢喔。」

「這樣啊，娛樂用品嗎……」

雖然做不了遊戲機，但我在腦海裡想到了撲克牌、歌牌、花牌、雙六等熟悉的紙牌遊戲。假使還有餘力，也許可以做做看。想著這些事的時候，路茲拉了下我的袖子。

「妳想到什麼了嗎？」

「……不過，都要用紙比較好呢。」

紙牌遊戲應該也可以用薄木板做，但如果要把木頭削到和紙牌一樣的大小和厚度，就需要削薄木頭的技術。雖然只要委託具有這項技術的木匠就好了，但至少在洗禮儀式結束之前，我都不想破壞掉「由我來想，由路茲來做」這個大前提。

……路茲有辦法削出薄木板嗎？

更何況，我還沒有在這個世界看過顏料。但既然有染料，表示應該存在於某個地方，但恐怕沒辦法在自己家裡上色成撲克牌。

……如果是黑白翻轉棋或將棋，我們自己應該用板子和墨水就能玩了。但遊戲種類最多的，果然還是撲克牌呢。

我在「嗯……」地沉吟的時候，似乎已經被帶進了裡面的辦公室，回神時才發現班諾正近距離盯著我瞧。

「梅茵，妳身體恢復了吧？」

「啊?!是、是的，讓你擔心了。」

我眨著眼睛說，但班諾只是懷疑地蹙眉，繼續目不轉睛地打量我的臉色。

「老爺，你放心吧。梅茵只是在想事情，並沒有身體不舒服。」

聽到路茲這麼說，班諾才終於相信，從我身上放開了手。讓我們在暖爐旁的桌前坐下後，班諾重重吐氣。

「因為當時那個臭老頭一直絮絮叨叨地強調，那些魔導具都是為了孫女蒐集的，所以他會不會真的把魔導具用在妳身上，我也只能賭一把……」

「啊，公會長他們好像是想把我拉到他們店裡去喔。要是付不出錢來，我就必須換去他們店裡工作還債吧？」

「還債嗎……嗯，大概吧。不過，錢妳已經付了吧？」

班諾得意地咧嘴笑道。我點點頭，順便揭露公會長他們其實背地裡還設下了不少陷阱。

「是的。雖然公會長告訴班諾先生，魔導具的價格是一枚小金幣和兩枚大銀幣，但其實是兩枚小金幣和八枚大銀幣……」

「那個臭老頭！」

「幸好我身上的錢剛好足夠支付，真是好險。芙麗妲和公會長好像都沒料到我付得出來，非常吃驚喔。」

班諾懊惱地大力抓頭怒吼後，我就補上這一句話。班諾愣了一秒，嘀咕著說：「對喔，妳提高了資訊費。」於是再度咧嘴笑了。

「不錯，至少反將了他們一軍。不過，面對那一家人妳可不能鬆懈。像妳這樣沒有什麼危機意識的傻ㄚ頭，馬上會被吃乾抹淨。」

關於沒有什麼危機意識的傻ㄚ頭如我可能又惹出麻煩了這件事，最好還是向班諾報告吧。但儘管心裡這麼想，為了晚一點被罵，我還是忍不住迂迴地旁敲側擊。

「呃……班諾先生，我想請問你，這裡普遍可以看到的點心都是哪些東西呢？」

「妳是什麼意思？」

赤褐色的雙眼不善地掃過來，我嚇得一抖，補上辯解說明。

「因為我身邊很少可以看到甜食，頂多只有蜂蜜、水果和冬天的帕露而已……呃，所以班諾先生，想冒昧請教一下，我在芙麗妲家看到了砂糖，砂糖在這裡很少見嗎？」

在我家從沒看過調理用的砂糖，所以我想充其量也只在富人之間流通而已。但是，我還是想從熟知市場的人口中聽到確切的答案，更希望聽到的答案是只是我家很窮，所以才買不起，但其實城裡半數人家都會購買。

但想當然，班諾並沒有說出我迫切希望聽見的答案。

「砂糖在這一帶還很少見。最近才開始從外國進口，聽說在王都一帶和貴族之間非常受到歡迎……慢著，妳該不會又幹了什麼好事吧?!」

因為前科累累，班諾馬上就驚覺有異，眉尾都往上吊了起來。

既然砂糖才開始在貴族階級間普及，那麼點心的種類也還沒有多到可以構成甜點文化吧。磅蛋糕雖是非常簡單又正統的蛋糕，但我無疑又做得太過火了。

「呃，我做了一個叫『磅蛋糕』的點心，好像因此被盯上了……」

「啊，妳說那個點心嗎？那個超好吃的！鬆鬆軟軟的，好像會在嘴裡溶化一樣，我第一次吃到這種甜食……啊，梅茵！」

連吃了磅蛋糕的路茲也狠瞪著我，讓我更深刻地體會到自己真的又搞砸了。

「妳為什麼老是這麼毫無防備就從草叢衝到那群肉食動物前面去?!那當然一下子就被吃掉啊！」

只是做磅蛋糕而已，大家情緒就這麼激動，那幸好我沒有做水果蛋糕——我悄悄這樣安慰自己。雖然是因為不會使用磅秤和木柴式烤爐，結果卻讓我安全過關。

「因為我和芙麗妲約好了要一起做點心，這也是我能想到的謝禮……」

「妳都付錢給對方了，哪還需要什麼謝禮！」

班諾說的話每次都和芙麗妲如出一轍。看來對於這裡的商人而言，只要支付了對等的代價，就不需要再給予額外的東西。

「嗚嗚，芙麗妲也對我這麼說。」

「又來了?!怎麼能讓做生意的對象對妳說教？我之前不是就說了，要懂得分辨對方可不可以妥協嗎？妳這傢伙做事都不用大腦！」

不——！我真是太沒有學習能力了。可是，想盡一份心答謝救命恩人，不是人之常情嗎？

「因為我覺得他們是救命恩人嘛……」

「所以說，妳轉個頭就忘了臭老頭騙了妳嗎？」

「嗚嗚……」

班諾的反駁讓我答不出話來。我一直只認為是因為有錢，對方才救了自己一命。但當時萬一付不出錢來，我就不得不從班諾的商會轉去公會長的商會工作的話，此刻我的心境大概會很複雜吧。

「真是的，對方是因為妳是身蝕，心想妳也剩不了多少時間可以做事，才沒有對妳窮追猛打。他們要是認真起來，妳早在不知不覺間就變成他們的人了。別再老是自投羅網。」

原來是這樣啊，我有些恍然大悟。難怪我覺得他們雖然設下了各種陷阱，卻也沒有真的很強勢。原來是因為反正我不久後就會因為身蝕病倒，再不然就是很快要與貴族簽約，所以才會只是偶爾藉機拉攏我而已。

「呃，班諾先生說的不知不覺間就會變成他們的人，那他們究竟是怎麼做的呢？」

「最簡單的方式，就是接近妳的父母，先清除妳周遭的障礙。女兒的救命恩人都開口拜託了，妳父母自然拒絕不了。說什麼今後也會照顧妳，說服妳父母讓妳在受洗完後更換商會；也有可能在妳不知道的時候，老頭家的兒子就成了妳的未婚夫。這些都只是因為還不知道妳活不活得了一年，這麼做也沒有意義，才沒有展開行動而已。」

「這也太恐怖了吧！」

呀——！我用力摩擦自己狂冒起雞皮疙瘩的手臂，班諾無言以對地看著我。

「妳現在才知道嗎？別再這麼沒有危機意識了……那麼，妳只是把做好的點心交給對方而已嗎？」

不明白班諾這個問題的涵義，我偏過頭，說明了是大家一起做的。

「不，我根本沒有力氣可以做點心，所以是教芙麗妲家的廚師怎麼做，請她幫忙製作。廚房裡面有好多雪白色的麵粉，還有砂糖，自己還有木柴式烤爐耶！太厲害了。」

「是啊，很厲害、很厲害。也就是說，對方連食譜也知道了嗎……」

看到班諾抱著頭唉聲嘆氣，我感到非常不安。我完全沒想到只是做份點心表達謝意，會引發這麼大的風波。

「嗚，我哪裡做錯了嗎？」

「居然無償送給了對方可以賣給貴族的商品，妳是笨蛋嗎？」

坦白說我現在還分不清楚哪些東西可以賣給貴族，哪些東西屬於庶民階級。但是，現在我知道蛋糕的食譜可以賺錢了。以後要小心。

「嗚……那麼我們也請廚師製作，再拿出來賣不就好了嗎？反正對方也還沒有開始販售這項商品……」

「現在砂糖還很難取得。」

我提議可以先下手為強，班諾卻露骨地露出了不快的表情。但就算對我擺臭臉，砂糖的取得也不是我能處理的事情。這是負責做生意的班諾的工作。

「那就只能放棄了呢。只要有懂得運用砂糖和烤爐的廚師，我也可以免費告訴班諾先生『磅蛋糕』的做法喔。」

「……聽妳這麼說，妳還知道其他食譜吧？」

班諾立即機警地看著我。但我想到的食譜，全都要有砂糖才做得出來，說出來也沒意義。而且才剛知道點心的食譜可以賺錢，我立刻挺起胸膛，呵呵笑著宣告：

「接下來要付費才能告訴你。」

「這份強硬給我用在對方身上。」

說得真是太有道理了。我像消了氣的皮球應道：「……我會好好改進。」明明是基於善意做的事情，對方卻會以金錢來衡量，這種事情真讓我不習慣。但是，如果這就是商人的世界，那我也只能適應。

「要報告的事情就這些了嗎？」

「不，另外這是私人的報告，因為我冬季期間基本上都不外出，所以春天來臨之前都不會來店裡，還請班諾先生不用擔心。」

因為自從我在他們面前昏倒以後，馬克和班諾就變得過度保護。就算我不來店裡，對商會的營運也不會構成任何影響，但為免他們又擔心我的身體狀況，這件事還是要預先告知。

「嗯？但妳不是說過，要去幫歐托的忙嗎？」

班諾似乎以為我冬季期間會常常去大門幫忙，這誤會可大了。我家人才不可能讓我這麼亂來。

「呃，其實是有條件的。首先要挑沒有暴風雪的日子，我的身體狀況又不錯，父親當天又剛好是早班或中班。所以冬天這段時間，我大概去不了十次吧。」

「……洗禮儀式之後，妳真的有辦法工作嗎？」

「其實關於這一點，我也經常感到不安。」

班諾神色擔憂地問，但我才想問這個問題。真的有我能做的工作嗎？

「關於妳以後要怎麼工作，看來之後得再想想。那麼，冬季期間的手工活你們要怎麼交貨？為了春天的洗禮儀式，我是希望店裡可以先收到一些髮飾。」

當初本來說好等春天到了再一起交貨，但那樣子就趕不上春天的洗禮儀式。班諾更表示，為了冬天的洗禮儀式趕工做出來的髮飾也即將銷售一空，沒有庫存了。

「那接下來就看天氣，再由我拿過來吧。晴天的時候要去採帕露，所以我會趁陰天的時候拿過來店裡。」

「哦，採帕露嗎？真懷念啊。帕露果汁可是小孩子的大餐呢。」

班諾懷念地輕笑出聲。大概以前也去採過帕露吧。一想像和珂琳娜一起分享戰利品的年幼班諾，我就微微笑了起來。身旁的路茲也想像了採帕露的情景，露出嘿嘿傻笑。

「我今年一定要再吃到帕露煎餅！」

「……帕露煎餅？那是什麼？」

班諾滿臉狐疑。一想到帕露煎餅的做法流傳出去的後果，我全身就冷汗直流。

「啊～路茲，帕露煎餅的做法最好保密喔。不然以後就採不到帕露了。」

帕露果渣不是人類的食物，而是家畜的餌食——因為一般人都這麼認為，所以路茲家才能用雞蛋做交換，換到大量的帕露果渣。但是，一旦被人發現果渣也有利用價值，說不定帕露果渣的價格就會水漲船高。這樣一來，冬季期間將果渣當作是家畜飼料的人們，就會為此傷透腦筋。

「也對。這是只有我們自己知道的樂趣，所以要保密。」

談完事情，離開班諾的店要回家時，道路兩旁已經開始慢慢積雪。感覺到冬天正式來臨了，再也無法外出，我輕嘆口氣。

「不能外出的生活要開始了呢。」

路茲悶悶不樂地看著開始堆積的雪花，微微點頭。連路茲的母親卡蘿拉都說過，家裡的氣氛不太好，當事人路茲感受到的氣氛一定更加不友善吧。冬季期間都只能待在家裡，對路茲來說會很痛苦吧。

「對了，路茲。你每隔三天一次，就帶著學習工具和做好的木簪來我家吧。」

我能夠提供給路茲的，就只有短暫的休息時間。要是每天都叫他過來，可能反而招來家人更強烈的反彈，而且路茲也不好沒有理由就跑來我家，所以讓他在木簪做好了一些的時候再過來，應該比較恰當。聽了我的提議，路茲臉上也有了一點笑意。

「嗯，就這麼辦。不好意思喔。」

颳起暴風雪的日子變多了，走在路上的行人越來越少。為了禦寒保暖，人們都盡量不再外出，待在屋子裡。父親因為是守門士兵，就算時值冬天，還是和去年一樣，工作當然不可能休息。暴風雪的日子也要工作，很少待在家裡。

而在家裡，多莉一有空就勤奮地編織髮飾。知道做髮飾確實可以拿到報酬以後，比去年做籃子還要認真。母親雖然也對手工活躍躍欲試，但必須優先縫製家人的衣服。今年換我參加洗禮儀式，所以首先要縫製正裝。

「媽媽，不能直接修改多莉去年的正裝嗎？」

多莉這一年又長高了，夏天穿過的正裝應該已經有些太緊了。既然如此，不如直接修改不會再穿的正裝，應該可以省下不少工夫吧？

「多莉和梅茵的體型差太多了，修改起來很辛苦呢。」

母親一臉為難地苦笑說道。一般正裝不會每次都做一件，如果是姊妹，就會讓妹妹穿姊姊的。然而，我和多莉的體型實在差太多了。在剛滿七歲的洗禮儀式上，多莉看起來就像有八、九歲，我看起來卻只有四、五歲，根本不可能穿同一件衣服。我在爐灶前試穿上多莉的正裝，結果肩膀和腋下都鬆垮垮的，原本長及膝蓋的連身裙到了我身上，變成長到腳踝。

「嗯……可是，例如裙襬這裡，只要像這樣捏起來假裝變短，還會形成皺褶，不是很可愛嗎？然後在捏起來固定住的地方，再裝飾上這樣的小花，妳們覺得怎麼樣？」

「梅茵，那才不叫修改。變得太豪華了吧。」

我把裙襬捏起來做出皺褶，建議這麼修改後，多莉就笑了。

當尺寸完全不一樣的時候，會先拆掉全部的線，再依我的尺寸裁布，重新縫製一件衣服，這才是這裡所謂的修改。而我說的把幾處裙襬往上捏起來，再用花朵當裝飾掩蓋痕跡，這種想法在這裡顯然是異類。看來這也屬於最好不要多嘴的事情。

「這樣啊。要是看起來會太豪華，那還是算了吧。我只是覺得如果捏起來做修改，以後等我長大了，拆開之後還是可以穿呢……」

只有經濟寬裕的人，才能使用多餘的布。有皺褶的衣服基本上只有有錢人才會穿，一般也無法加上多餘的裝飾，所以當時多莉的正裝才縫製得那麼合身。雖是為了修改舊衣，但我要是穿了有皺褶的衣服，很可能會過於引人注目。我這麼心想著，閉上了嘴巴，母親卻莫名產生了幹勁。她用力扣住我的雙肩，笑咪咪地說：

「……就照著梅茵說的修改看看吧。不行的話再像平常那樣修改就好了，對吧？」

……啊，糟糕。母親燃燒起鬥志了。現在就算我說像平常那樣修改就好了，大概也阻止不了母親了吧？我也要做自己的髮飾、當路茲的家庭教師，還要幫忙煮飯，比去年還要忙碌呢。

但母親都燃起了雄心壯志，我自然逃離不了她的魔掌。雖然是站在爐灶前面，但在只穿著夏季正裝的狀態下，我和母親一起反覆捏起裙襬，討論著要怎麼打褶。這段期間，虛弱的我果然名不虛傳地感冒了。哈啾！

正裝的完成與髮飾

發燒之後過了兩天，燒總算退了。

想不到修改正裝的風險這麼高。照這樣下去，在修改完成的時候，我應該會再發燒一次。一邊想著這些事情，我一邊下床尋找母親的身影。母親和多莉正把桌子推到廚房的爐灶前面，辛勤地做著手工活。看來在我發燒的時候，因為修改不了正裝，就卯足了全力在做手工活。

「啊，梅茵，妳退燒了嗎？那今天繼續修改正裝吧。」

母親顯得有些依依不捨地收拾手上的手工活，把正裝攤開來。

「爸爸呢？今天早班嗎？」

「今天中班，但因為積雪很深就先出門了。」

士兵也會被派去鏟除大道的積雪。雖然鏟雪可以拿到像是特別津貼的酬勞，卻是一點也划不來的重度勞力工作。父親經常一邊喝酒一邊這麼抱怨。

「好了，梅茵，穿上正裝吧。」

看著母親攤開來的薄薄短袖洋裝，我的臉頰僵硬抽搐。要是聽話地穿上正裝，就算站在爐灶前面，十之八九又會發燒。

「媽媽，就算一件也好，可以讓我穿件長袖衣服嗎？」

「可是，這樣就做不出合身的衣服了。」

「沒關係的，我夏天之前會再長大。」

母親用手托著臉頰，露出了非常狐疑的表情歪過頭。眼神不停游移，像在審慎思考，最後嘆口大氣。

「雖然明白梅茵的心情……可是，這不太可能吧？」

……媽媽，至少也回一句「我會期待的」吧！

因為不想再發燒，我硬是讓母親答應我先穿一件長袖再穿正裝，再讓母親修改。

「最不合身的地方就是肩膀了呢。這邊要怎麼辦呢？」

母親說得沒錯，穿上多莉的正裝後，最鬆垮又難以直視的地方就是肩膀。因此我把肩膀到袖口的布料全都集中捏起來，就變成了像是肩膀處有垂褶的露肩洋裝。

「然後，找塊布或繩子在靠近脖子的地方加上肩帶。如果做這件正裝時的布還有多餘的碎布，用那些碎布就好了。沒有的話，就用藍色的布吧。剛好可以配合刺繡和腰帶的顏色，所以我想應該沒問題。」

「碎布還有喔，只做肩帶的話很夠用。」

母親窸窸窣窣地從布籃裡拿出了碎布。先把碎布捲成繩子般的圓條狀，再縫在正裝上變成肩帶。原本鬆垮垮到要露出肩膀的連身裙，就變成了類似無袖背心或者附肩帶露肩洋裝的款式。

「嗯，這下子肩膀這邊就不會掉下來了呢。」

母親心滿意足地點點頭後，又皺眉指著衣服兩邊。因為把肩膀的布料都捏在一起，所以皺褶都集中在手臂底下。

「梅茵，但兩邊擠在一起的這些布料太難看了。這邊要怎麼處理？」

「反正到時候會用腰帶綁起來，就算手臂下面這邊布料皺皺的也沒關係吧？」

「不行，這樣子太難看了。」

「那不然像這樣，摺疊後再縫起來怎麼樣？雖然會花點時間，但也變得很可愛吧？」

我小心翼翼地把母親說很難看的布料等間隔地摺起來，從胸口往腋下的方向摺出三個壓褶。雖然要縫起來很麻煩，但就不會跑出多餘的布，胸口也多了裝飾性的褶紋。

母親沉吟了一會兒後，點點頭說「這樣可以」，然後朝我伸出手。

「但要這麼做的話，妳得先脫下來才能縫呢。」

我脫下正裝交給母親後，立刻穿上好幾層衣服，吁了口大氣。老實說我快冷死了。

正裝完成的時候，大概又要感冒了。

「梅茵好好喔，正裝變得這麼華麗。」

望著母親一針一線地縫起打褶，多莉羨慕地嘆氣。正裝多了很多輕柔飄逸的細節，所以看起來確實很華麗。但是，這都是因為多莉和我的體格相差太多了。如果是一般的姊妹，根本不需要這樣大幅修改，所以讓母親這麼費心，我反而很過意不去。

「因為我的身材和多莉差太多了嘛。重新做一件衣服太辛苦了，所以才會這樣子修改。而且，這件正裝原本是做給多莉的吧？多莉每次都穿新衣服，我都是穿多莉穿過的衣服喔。」

「啊，對喔。」

穿不了新衣，是老大以外的孩子的宿命。但其實多莉平常穿的衣服也都是鄰居給的，所以很少能穿到新衣服就是了。

「那趁媽媽修改的時候，我也來做自己要戴的髮飾吧。」

在母親縫好打褶之前，我決定來做自己洗禮儀式上要戴的髮飾。既然要做，我想做和成品不一樣的款式。

「媽媽，我想做自己要戴的髮飾，可以用家裡的線嗎？」

「嗯，因為現在不必做妳的正裝了，可以拿一些去做喔。」

去年我說要做髮飾的時候，大家都無法理解，所以費了一番心力才拿到線。但今年都已經知道髮飾是什麼，所以沒有遭到拒絕，很順利就拿到了。感受著相互理解的重要性，我拿起原色的線。

「記得是這樣子編……」

一邊摸索記憶，我一邊用小鉤針編織出鈴蘭般的圓形小花。做完了一個手工活髮飾的多莉，探頭看起我手上的小花。

「梅茵，這是什麼？形狀跟芙麗妲的小花，和手工活的小花都不太一樣耶？」

「這個我要用來裝飾在洗禮儀式要戴的髮簪上。」

「既然要做，妳不做跟芙麗妲一樣的那種花嗎？那個很華麗又漂亮呢。」

相當喜歡玫瑰造型的多莉用指尖撥弄著鈴蘭形狀的小花，嘟起嘴唇說。想起了為芙麗妲做的精緻又帶有光澤的紅色玫瑰花，我輕嘆口氣。就算做出一樣的玫瑰花，大概也無法那麼栩栩如生吧。

「可是線的品質不一樣，應該沒辦法一樣那麼漂亮喔。」

「不一樣也沒關係，我來做吧。梅茵之前幫我做了髮飾，我也想幫梅茵做。」

多莉的心意讓我很高興，就決定請多莉幫忙編織玫瑰花。讓技巧比我高明的多莉來編織體積較大又顯眼的玫瑰花，成品一定會更出色。

「多莉，謝謝妳。那妳用這些線，做那時候做給芙麗妲的大花吧。然後要麻煩妳再織大朵一點。妳還記得織法嗎？」

「我又不是梅茵，當然記得啊。包在我身上！」

……不好意思啊，妹妹的記性太差了。

交給多莉編織玫瑰花，我繼續努力編織小花。但我再怎麼努力，速度也快不了多少，所以織好三朵小花的時候，母親也縫好了打褶。

「梅茵，妳穿上正裝看看。」

我再度只穿一件長袖，然後穿上正裝。現在變成了上半身綴有褶痕的露肩連身裙。加上打褶以後，飄逸的袖子看起來就是自然的垂褶。

「媽媽，妳去拿腰帶來，我綁綁看。」

我用母親拿來的藍色寬腰帶緊緊地綁起腰部，裙子就像氣球般微微膨起。

「縫的時候還不覺得，但這樣一看還真可愛呢。」

「因為我很可愛嗎？」

「哎呀，是因為媽媽技術好。」

兩個人對望著「噗噗」笑了以後，母親轉了轉肩膀。

「接下來就只剩裙襬了。雖然現在這樣也很可愛，但太長了呢。」

多莉的及膝連身裙，在我身上變成了長到腳踝。不知道是什麼人決定的，但在這裡，都規定十歲前的女孩子裙子要長到膝蓋。順便說，這裡當然沒有迷你裙。真要說的話，一到兩歲的小孩子因為大腿太短了，原本及膝長度的裙子穿起來就像是迷你裙。

而且麻煩的是，太短不行，太長也不行。十到十五歲的裙子要長及小腿。成年之後，則喜歡看不見腳踝的長度。但是，只有出生在不需要工作的家庭的女性，才有辦法穿那種會長到拖地的裙子。身為偉大勞工階級的母親和附近的媽媽們，裙子都是長及腳踝。

「裙襬也和袖子一樣，拉起來抓皺就好了吧？」

「我覺得可以前面和後面都找兩個地方往上拉，媽媽覺得呢？」

「嗯，這樣子最剛好。」

在裙襬上找了四個點，往上捏起到及膝的長度後，垂褶的樣子就好像是波浪窗簾。用線縫起固定後，再放上和髮飾一樣的小花當作裝飾，掩蓋掉線的痕跡。接著拉好垂褶，讓裙襬下緣的刺繡可以清晰呈現，正裝就完成了。

「變得好像是有錢人家小姐會穿的正裝呢。」

胸前有打褶，袖子輕飄飄地擺動，裙襬還有著波浪簾般的垂褶。用了大量的布，多了許多修飾細節的正裝，怎麼看也不像是貧民會穿的正裝。

只是把鬆垮垮到不忍直視的多餘布料往上捏起，再縫好固定，就當作是修改完成的正裝，結果卻變成了在富人階層間也很少見的樣式。明顯和我家格格不入。

「比我想的還不費工夫，所以我是樂得輕鬆，但這樣子會很引人注目喔？」

聽到母親這麼說，多莉輕輕聳肩，指著做到一半的髮飾。

「現在擔心也來不及了吧？髮飾就已經很引人注目了，結果根本沒差啊。」

就連多莉當時只是編了髮，又戴著身邊的人都沒有的髮飾，就醒目得連芙麗妲都注意到了。我做的新髮簪肯定也會引來矚目，所以就結果而言並沒有什麼差別。而且芙麗妲也說過，越受矚目，越能為髮飾帶來宣傳的效果。乾脆就豁出去順其自然吧。

「好不容易都做好了，又這麼可愛，引人注目也沒關係。我就穿這件吧！」

這可是我不惜犧牲自己的肉體，發了燒才完成的正裝。更何況，比起麗乃那時候在高中文化祭上被迫穿上的輕飄飄迷你女僕裝，這件正裝的款式保守太多了，長度又到膝蓋，一點也不會覺得丟臉。

「梅茵不介意的話，媽媽是沒關係。那麼，妳要做什麼樣的髮飾？」

母親興致勃勃地低頭看向多莉在做的玫瑰花。

「比較大的花由多莉幫忙做，我要再做十個以上這樣的小花。」

「我也來幫忙。因為要為梅茵慶祝啊。」

母親呵呵笑著，從裁縫箱裡拿出鉤針。

「那為了慶祝，我可以再拿藍色和水藍色的線嗎？我想要各做三朵小花的份。」

「真拿妳沒辦法，那好吧。」

「萬歲！媽媽，謝謝妳。」

大家一起動著手指，埋頭編織髮飾。三個人一起做，速度就很快，一天就全部做好了。有三朵大的白色玫瑰花、三朵藍色小花、三朵水藍色小花和十五朵白色小花。

「妳要怎麼用這些花做成髮飾？小花不會太多了嗎？」

「做好就知道了，敬請拭目以待。我要偷偷做，不可以偷看喔。」

我咧嘴笑著說，但可以工作的地方就只有廚房，所以根本被看個精光。

感覺得到兩人假裝沒有看見的視線都往這裡不停瞄過來，雖然很想發問，卻又要裝作沒有看見，所以都默不作聲。我暗暗覺得這樣的兩人真有趣。

「我回來了。呼！今天也好累。一整天光鏟雪和照顧那些醉漢就結束了。」

父親這麼發著牢騷走進家門。進屋前好像已經撥過身上的雪，但身上還黏了一些。我和多莉兩個人替父親拍去雪花，一邊問道：

「爸爸，我洗禮儀式要戴的木簪做好了嗎？」

「哦，妳等等。」

父親露出了得意的笑容，從儲藏室裡拿出了細心削好並磨平的木簪。木簪的觸感平滑到感覺得出父親肯定花了不少心力與時間，我的嘴角也不由得綻開笑容。

「做得好漂亮喔！摸起來也非常光滑，一點凹凸也沒有。爸爸，謝謝你！」

於是我把縫上了三朵白色玫瑰花的小布條，縫在父親製作的木簪小孔上。

再拿著針穿過同一塊布，仿效成串往下搖曳的紫藤花，等間隔地串起一朵朵小花。最靠近玫瑰花的小花是藍色的，接著是水藍色，最後是五朵白色小花。縫好後，就變成了各由七朵小花形成顏色漸層的三串花飾。我參考了麗乃那時候浴衣的髮飾，想不到成品比想像中還令人驚豔。

「哇啊，這個會搖晃的髮飾好可愛喔！梅茵，妳快戴戴看。」

「既然要戴，也換上正裝讓爸爸看看吧。只有爸爸還沒看過呢。」

「是啊。這次裡面別穿長袖，媽媽也想看看實際穿上正裝的樣子。」

在家人的催促下，我換上正裝。再在現在的髮簪旁邊，插上洗禮儀式要戴的髮飾，感覺得到左右搖曳的小花碰到了頭髮。

「噢噢，梅茵，太漂亮了！大家一定會以為妳是哪戶人家的大小姐！比我之前看到的芙麗妲的衣服更精緻又可愛，完全看不出來是改了多莉的舊衣。不愧是伊娃，手藝真了不起。」

一邊稱讚我，一邊也不忘機靈地稱讚妻子裁縫的手藝，父親大感佩服地對著正裝嘖嘖稱奇。母親聽了露出苦笑，稍微指正父親。

「質料差這麼多，和芙麗妲小姐的衣服相比對人家太失禮了。不過，只是簡單地修改一下，就變得非常華麗又可愛呢。果然布料多就是不一樣。」

「所以我的意思是要是質料一樣，一定是伊娃做的更出色。」

「討厭啦，昆特真是的。」

父母親突然間自行進入了兩人世界。眼看兩人的互動根本就是所謂的卿卿我我，對我來說真是種精神折磨。從麗乃那時候開始我就沒有交過男朋友，請別在我面前這麼恩愛！

感覺就好像遭到排擠，但協助我回到現實世界的，正是一直看著後頭的髮飾，所以沒有進入我視野裡的多莉。

「嗯，很可愛！梅茵，非常可愛喔！雖然衣服也很華麗又可愛，但髮飾太棒了！搖來搖去的髮飾好吸引人的目光，梅茵的頭髮又是夜空般的深藍色，所以白花非常醒目呢。

我在做的時候還擔心花會不會太大朵了，但真的戴上以後，一點也不覺得呢！」

……不愧是多莉，我的天使。

我順著這道解救我的聲音，一骨碌轉身背對父母。卿卿我我的兩人一從視野裡消失，我就感到如釋重負。

「和多莉蓬鬆的頭髮不一樣，我的頭髮感覺很少，所以髮飾如果不做得顯眼一點，和衣服比起來就太空虛了。」

只是聊了這麼幾句，僅穿著夏季薄薄正裝的我就冷得不停發抖。全身雞皮疙瘩直冒，背部也打起了讓人有不好預感的哆嗦。

「哈……哈啾！」

聽到打噴嚏聲，母親吃驚得一把推開父親，一個箭步往我衝過來。

「梅茵，妳別管正裝了，快去換下來躺著吧。不然又要發燒了。」

「哈……哈啾！媽媽，好像來不及了。我背部冷得一直發抖，脖子卻好熱。」

母親急急忙忙幫我換上睡衣，再把我抱回床上，但我還是可以感覺到熱度正逐步上升。鑽進觸感有些扎人的稻草被窩，我大嘆了口氣。

……唉，但我從一開始就料到自己又會發燒了，所以這也是意料之中的結果。可是，我的身體就不能再強壯一點嗎？

路茲的家庭教師

做著手工活的髮飾時，玄關大門傳來了「咚咚」的敲門聲。互相對看一眼後，多莉走上前應門。

「來了，誰啊？」

「是我，路茲。我把木簪拿過來了。」

多莉打開門鎖，嘰嘰地開了門後，沒有把雪抖落乾淨的路茲就和刺骨的冷空氣一起進了屋裡。

「嗚哇，感覺好冷喔。暴風雪很大嗎？」

「到水井那邊的路積雪都滿嚴重的，但現在還好。」

路茲說著在走進來一步的地方，把雪徹底拍乾淨。

「木簪在這裡。哥哥他們各做了三個，所以總共九個。」

路茲把髮飾要用的木簪擺在桌上。木簪一字排開後，多莉就站起來，把做好的花飾拿過來。

「那馬上把髮飾做好吧？這樣子就能知道還缺了幾個木簪吧？」

在我發燒昏睡的這段期間，母親和多莉好像完成了不少。看著擺在桌上的花飾，我向路茲出題目。

「花飾總共有十二個，路茲帶來的木簪是九個。那還缺少幾個木簪呢？」

「啊？呃……三個。」

「很好，答對了。你很認真在複習呢。那就麻煩多莉和媽媽做髮飾了，我要教路茲學習。」

看到路茲一隻手上拿著裝有石板和計算機的籃子，我於是這麼說。多莉眨了幾下眼睛後，歪過頭問：

「梅茵，我知道妳在大門會幫忙計算，但真的可以教別人嗎？」

「只是教人寫字和計算，當然可以啊。」

極度的不信任讓我不高興地板起小臉，路茲就在旁邊苦笑說：

「多莉，梅茵在文字和計算上真的很厲害喔。不過，虛弱的程度也很厲害就是了。」

……路茲，既然要幫我說話，後半句可以省略！

我瞪著路茲，但母親和多莉都在笑，一點用也沒有。

路茲拿出籃子裡的石板和石筆，我也跑進臥室，從自己的木箱裡頭，拿出從失敗紙張剪下能用部分所做成的筆記本和煙灰鉛筆。我打算打著教導路茲學習的名義，偷偷做書。因為平常母親和多莉勤奮地編織著手工活的時候，如果我在旁邊做書，感覺就像只有我在偷懶一樣，會很良心不安。但如果是趁著教導路茲的時候做書，兩個人的動作看起來都是在寫字，就不會那麼明顯了。

……好，繼續做書吧！

因為不時都會趁著空檔寫點字，一點一點地堆積起來的筆記本上寫滿了母親講的故事，但分量還沒有多到足以稱作書。我興沖沖地抱著筆記本、煙灰鉛筆、石板和石筆，正要走回廚房的時候，聽見了母親的說話聲。

「路茲，卡蘿拉和家人都反對你當商人吧？這樣下去真的好嗎？」

母親毫無預警地開啟了嚴肅的話題，我倒吸口氣，小心著不發出腳步聲，輕手輕腳地回到廚房。在發問的母親旁邊，是全身僵直不動的多莉，正前方則是臉色僵硬地看著母親的路茲。

我在路茲旁邊坐下來後，母親來回看著我和路茲，開口又說了。

「我一直很擔心你說你要當商人，是不是因為梅茵的關係呢？因為你很會照顧人，心地又善良，所以是梅茵說她想當商人，你才陪著她一起當嗎？」

「不是的！伊娃阿姨，我是自己想成為商人，才叫梅茵幫我介紹的。其實把梅茵捲進來的人是我才對。」

路茲立即否定。一開始路茲是想當旅行商人，但聽完說明，知道了市民權的存在後，才決定成為商人。這一連串下定決心的過程，坦白說都和我無關。

母親輕輕點頭，靜靜注視路茲。

「所以想當商人的人是路茲吧。那等你以後和梅茵一起在同家店裡當學徒，路茲也打算和現在一樣繼續照顧梅茵嗎？可是，學徒的立場並沒有你想的這麼簡單，不可能一邊工作一邊還能照顧梅茵。要是分心照顧梅茵，你也無法發揮全力工作。」

這些話想必全都出乎路茲的意料，連坐在旁邊的我，也感覺到他屏住了呼吸。同時，母親的話語也刺進了我心裡。因為母親說得一點也沒有錯。我正咬緊牙關時，路茲用力抬頭。

「……我無論如何都想成為商人。都是多虧了梅茵，我才能成為商人。所以，我想在自己的能力範圍內幫助梅茵。但我會想成為商人，並不是為了梅茵。」

「那麼，就算梅茵不在你身邊，舉例來說，假如她因為身體太虛弱而辭掉工作，路茲還是會繼續當商人囉？」

路茲用力交握桌上的雙手，筆直地注視母親的雙眼，慢慢點頭。

「我當然會繼續。雖然媽媽和爸爸一直叫我當工匠，但我好不容易自己開創出了這條道路，一點也不想放棄。就算梅茵現在叫我放棄，我也要成為商人。」

沒錯，路茲擁有自己的夢想。為了自己想做的事情，比起工匠，商人對他更有幫助，在接觸了班諾和馬克之後，又更加堅定了決心。會和我一起行動，是因為這是成為商人的最快捷徑，但路茲並不是為了我才要當商人。

「是嗎……那就好。因為都只聽卡蘿拉的說詞，沒有認真聽過你怎麼說，所以我一直很疑惑。謝謝你願意告訴我這些。」

看在路茲的母親卡蘿拉眼裡，會覺得是我要求路茲陪著我吧。雖然我因為身體不好的關係，一直使喚路茲是不爭的事實，所以也不算完全說錯。但也因為這樣，卡蘿拉在聽路茲解釋的時候，說不定只聽了一半進去，搞不好還以為路茲是在說反話。

之前要我「別教他計算」的時候，我還拒絕了嘛……

「伊娃阿姨，我也有事情想問妳。」

「什麼事？」

母親微微側過臉龐，平靜地望著路茲的那對眼睛，訴說著她一定會認真回答。路茲像是安下心來，輕吐口氣後說：

「伊娃阿姨，妳為什麼都不反對梅茵當商人？如果真像爸爸和媽媽說的那樣，商人是種會被身邊的人討厭的不當工作，妳為什麼都不反對？」

……因為商人都是藉由抽取佣金獲利，所以我能明白工匠都對商人沒有什麼好感……可是，說商人是種會被身邊的人討厭的職業，不會太過分嗎？

彷彿聽見了我的心聲，母親看著我，面露難色地垂下眉尾。

「每個人對商人的看法都不一樣，所以對於這項職業，我也不好說什麼。不過，是啊……之所以不反對，大概是因為一直以來，梅茵身體都很虛弱吧。」

看到路茲一臉不明所以地歪著頭，母親輕聲笑了。

「說實在的，我根本沒想過梅茵可以工作。也從來無法想像，會有人需要梅茵。所以，如果梅茵能夠透過自己擅長的事情幫助別人，又能夠努力去做那份工作的話，我當然不會反對呀。」

母親的話讓我胸口一窒。感受到了母親對自己的愛情，眼眶深處有些發熱。

「這樣啊……那我也會努力去做，不知道他們以後會不會答應。」

身旁傳來了難過的嘀咕，我握住路茲的手。

「希望你父母有一天會答應。」

「嗯。」

「為了那一天的到來，首先要認真學習。」

路茲笑了以後，瞬間氣氛也緩和下來。討論嚴肅話題的氣氛煙消雲散，一直憋氣坐著的多莉也長吁一口氣，拿起裁縫箱，開始把花飾縫在木簪上。我側眼看著這樣的多莉，用指尖輕敲了敲路茲的石板。

「那從複習字母開始吧。你先寫寫看，看是不是都還記得。」

「好。」

出了功課給路茲後，我開始往筆記本寫下母親告訴我的故事，繼續做書。雖然煙灰鉛筆一摩擦到，紙面就會變得比鉛筆還黑，但和墨水比起來，優點就是不用花錢。我一邊寫著故事，一邊不時察看路茲的石板。路茲毫不猶豫地寫下字母。

路茲的學習情況非常順利。因為能夠學習的機會有限，在今後要一起在班諾商會裡工作的學徒中，又知道自己的條件最為不利，所以路茲近乎飢渴地吸收新知。家裡的氣氛又鬧得很僵，不答應他成為商人，所以路茲也考慮過最糟糕的情況就是搬出家裡。因為這樣，路茲更是焦急地想要汲取更多知識，這點連我也感覺得到。

「你已經把字母全都背下來了呢，字也寫得很工整。路茲，太厲害了。」

「是梅茵的範本寫得很好。」

如果筆劃不是寫了無數次，寫到熟能生巧，就很難寫出漂亮的文字。路茲和擁有前世記憶的我不一樣。一思及此，路茲的努力真的讓我甘拜下風。

「既然會寫字母了，接下來就背單字吧。從最常用到的訂單寫法來練習單字吧。」

我在自己的石板寫下木材的訂單。做紙的時候，我已經寫過好幾次訂單，所以三兩下就寫好了。一邊寫，也一邊告訴路茲我在過程中得知的與班諾合作的工坊名稱，和師傅的名字。

「這個是木材行的名字，這裡是下訂的人。我們現在是由班諾先生出錢購買，然後再送來給我們，所以這裡寫的是班諾先生的名字。這個是木材的名字……」

路茲看著我的石板，全神貫注地抄寫在自己的石板上。

「路茲，你要好好練習。等春天做紙要寫訂單的時候，就可以由你來寫了。」

「咦?!我嗎？……知道了。我試試看。」

訂下目標後，路茲似乎就燃燒起了鬥志，更是認真地練習單字，一邊檢查拼字有沒有錯誤。在旁邊監督了一會兒後，我再次攤開筆記本，重新寫起母親說的故事。直到故事集完成，大概還要花上不少時間。

「那接下來練習計算吧？」

寫完了一個故事後，我用力伸懶腰，問旁邊的路茲。在石板上練習寫了好幾次單字的路茲抬起頭來，點了點頭，收起石板，拿出計算機。

我在石板寫下數學題。今天要練習三位數的加法和減法。寫了八道題目後，注視著路茲使用計算機。和上次不一樣，這次他的手指沒有任何猶豫地撥弄計算機。

「你用計算機的速度變快了呢。」

「因為我背了妳要我記住的一位數加法，現在用起計算機就輕鬆多了。」

「嗯，比已經記住的我還快呢……」

因為我不由自主就會心算，用自己教給路茲的簡單算法馬上算出答案，所以手指使用計算機的速度怎麼樣也快不起來。比起用計算機，依然是筆算速度更快。

……而且為了讓路茲練習，計算機一直都借給他，這也沒辦法嘛。

我為自己找著藉口。因為接觸時間太短，不能怪我無法進步。但萬一問我如果計算機就在我手邊，我就會認真練習嗎？我也不太有自信回答就是了。

「看來加法和減法都沒有問題呢。就算位數變多，算法還是一樣。」

「但數字一大，我就會有點混亂。」

路茲搔著臉頰說，但他開始使用計算機才過一個月，成果已經非常驚人。

「不過，乘法和除法我也不知道怎麼算，所以沒辦法教你呢。」

因為不知道怎麼用計算機，所以我暫時先教了路茲乘法和除法的概念，以及九九乘法。九九乘法的唸法不是用原本的「一一一」，而是套上這裡的數字唸成「一一得一」。雖然有點拗口，但只要數字排在一起時可以迅速得出答案，那就沒問題。

現在路茲會唸龐大的數字，換算成貨幣時也不會再算錯。照路茲的吸收能力，只要新人教育期間努力學習，應該就能跟上其他人的腳步。

……可是，那我呢？

路茲工作的時候，我無庸置疑會成為絆腳石。沒有體力也沒有力氣，基本上一無是處。雖然能在商品開發這方面派上用場，但我還不太懂得這裡的常識，如果沒有知道內情的路茲陪著我，一定會遇到很多麻煩。

……而且，連班諾先生也為我擔心呢。

想起了班諾問過我這樣的身體狀況真的能工作嗎？我沉吟著陷入長考。趁著有大把時間可以思考的冬天，必須想出解決方案。我真的能夠不連累路茲，也不連累到店裡的所有人，一邊還能工作嗎？

歐托諮詢室

到了隔天也想不出好答案的我，一邊思考一邊動著鉤針時，父親走過來說了。

「梅茵，妳身體狀況不錯的話，要去大門嗎？今天暴風雪也停了。」

「嗯，我要去！」我抬頭回答，馬上開始準備外出。把石板和石筆放進托特包後，因為要在寒冷的天氣外出，穿上好幾層衣服。

大門有歐托。歐托一定能從商人的角度，還能從家人以外的第三者角度，不假辭色地為我提供意見。我現在這種情況真的能去奇爾博塔商會當學徒嗎？就找歐托商量這個問題吧。

一到屋外，連綿堆疊的積雪讓我啞然失聲。因為基本上冬季期間我都窩在家裡，從來不會外出。看著堆得比自己身高還高的積雪，我忍不住愣愣地張著嘴巴。通往大道的小巷子也鏟了雪，雖然清出了勉強供人通行的小路，但兩側高高堆起的積雪好像隨時會垮下來，感覺很恐怖。

「梅茵，來。」

父親蹲下來朝我伸出雙手，我乖乖地讓父親抱起來，摟住父親的脖子。要是讓我在雪地上自己移動，恐怕在換班前還無法抵達大門。

被父親抱在手臂上後，我頭的位置頓時比積雪還高。冷風一吹，一望無際的雪白積雪就像海面般粼粼地閃著波光。

雪積得這麼高，我還以為大馬路上會沒有什麼行人，但往來匆匆的人影卻比預期中還要多。

「積了這麼多雪，還是有好多人都出來了呢。」

「因為現在暴風雪剛好停了啊。颳起暴風雪的時候，路上就沒有多少人了。」

聊著聊著，天空又開始飄起片片雪花，父親稍微加快腳步。

「又開始下雪了。梅茵，我要加快速度了，抓好啊！」

「呀啊啊！會掉下去啦！」

一路上就這麼吵吵鬧鬧地抵達大門。互相拍掉彼此身上的雪花，馬上前往值宿室。輕輕敲門後打開門，只見暖爐前方有張桌子，歐托正對著一疊疊堆積如山的資料認真計算著。

「歐托，我把你望眼欲穿的助手帶來了。快把暖爐前面的位置空出來。」

「班長，太感謝您了！梅茵，我等妳好久了。」

歐托動作迅速地收拾桌上的資料，整理出了足夠我工作的空間。看他笑容這麼燦爛地歡迎我，由此可知肯定累積了非常龐大的工作量。我拿出托特包裡的石板和石筆，嘿咻地坐上椅子。

「那梅茵，麻煩妳核對這個部門的計算是否正確。」

看來不先解決這座資料小山，就沒辦法找歐托商量事情。看著「咚」地放在眼前的一大疊資料，我拿起石筆迎戰。好一段時間，兩人都安靜地埋頭計算。房內就只有歐托撥弄計算機的聲音，和我用石筆寫字的聲音交錯響起。

「叩叩」兩下敲門聲，一名年輕士兵走了進來。

「打擾了。歐托先生，有事情想問您……」

「梅茵，交給妳了。」

歐托的雙眼片刻不離計算機和資料，指名由我處理。

「咦？我嗎？請等一下。先讓我把這裡算完……」

筆算完後，我在核對過計算的地方標註記號，抬起頭來。年輕士兵看看我，再看向正以殺氣騰騰的氣勢撥著計算機的歐托後，輕嘆口氣拿出羊皮紙。

「怎麼了嗎？……啊，是貴族的介紹函吧。士長現在在嗎？」

「不，聽說今天是晚班……」

「那請你去拿部長的印章，趕快辦好手續，讓對方可以盡快前往城牆。在這種暴風雪中長途跋涉，就算是平常個性溫文的貴族大人，也有可能變得暴躁易怒，所以要盡速處理。如果必須讓對方等候，最好請對方進入可以馬上取暖的等候室，再端上一杯熱茶。」

「我知道了。」

年輕士兵敬完禮後就衝出值宿室。我也回以敬禮，繼續計算。

「妳真的處理得越來越熟練了。」

「因為應對方式都一樣啊。」

歐托沒有停下計算的手說，我也動著石筆回答。大門的工作就和政府機關一樣。只要記住了基本程序，若非特例，都能用相同的方式處理。

計算了好一段時間以後，開始覺得累了。整理好已經核對完成的部分，我「嗯～」地大伸懶腰，歐托似乎也同樣告一段落，開始整理資料。

「工作這麼久應該累了，先休息一下吧？」

歐托從用餐室端來熱茶。我一口一口地喝著熱茶，開始和歐托商量工作上的煩惱。

「……然後媽媽就說，學徒的立場沒有那麼輕鬆，可以一邊工作又一邊照顧我。要是分心照顧我，路茲也無法發揮全力工作。」

歐托一臉這是理所當然地點頭。

「妳母親說得沒錯。無法獨當一面的學徒還想去照顧別人，只會讓自己的程度變得不上不下。如果路茲真心想要成為商人，那他根本無法分心照顧妳。」

「……果然是這樣呢。」

因為現在還不是學徒，不用在店裡工作，只是把商品帶去店裡而已，所以路茲才能一邊注意我的身體狀況，一邊和我一同行動。等成為了學徒，開始工作以後，他根本沒有餘力可以留意我的身體狀況，我也不可能讓他背負這種重擔。

正思忖著該怎麼辦時，歐托平靜地注視著我問：

「梅茵，妳是真的想成為商人嗎？」

「目前是這麼打算。因為想到了好幾樣可以成為商品的東西……」

不隸屬於商業公會就無法進行買賣，所以經商這條路是我很確定的選擇。

「但先不說商品的買賣，我勸妳不要加入奇爾博塔商會比較好。」

「為什麼？」

基本上是班諾決定收我為學徒。雖然現在我對工作這件事感到不安，但想知道歐托為什麼勸我別去班諾的商會。

「現在班諾的商會正在急遽成長，所有人無不鼓足了全力在工作。工作量那麼龐大，我不認為梅茵的體力應付得來。」

歐托輕聳著肩說出的理由，也正是我感到不安的原因，前陣子班諾也質疑過這點。

「……其實班諾先生也問過我，說我真的有辦法工作嗎？」

「雖然有些工作可以只負責計算和核對資料就好，但商人這一行有交貨期限，很難把這些事情，託付給一個身體不知道什麼時候會出狀況的小孩子。」

為了把我擁有的資訊實體化成商品，又為了得到利益，我知道班諾並不想讓我去其他店家工作。但如果真的要在商會裡工作，我沒有體力又沒有力氣，這點將會成為致命傷。沒有人會想僱用一個身體健康有疑慮，不確定能不能每天都來上班的員工。換作我是經營者，也不需要這種員工。

「接下來我要說的話很殘酷，本來是不適合對小孩子說的，但妳想聽嗎？」

歐托微側著頭說，觀察我的反應。但我會找歐托商量，就是想要聽到過度保護的人無法提供給我的客觀意見。我在桌子底下用力握住雙手，好迎接他接下來要說的任何話語，慢慢點頭。

「麻煩你了。」

「我會勸妳不要進店裡工作，最主要的原因就是人際關係。妳一旦進去，人際關係只會搞得烏煙瘴氣。一個剛進來的學徒，如果老是因為身體不舒服就請假、每次也都負責做些輕鬆不費力的工作，別人心裡只會對妳越來越不滿吧？」

雖然是因為身體不好，但任誰目睹上司的偏袒都會不是滋味，就算沒有馬上表現出來，遲早也會出問題。之前我滿腦子都只想著要讓路茲找到工作，卻沒有深入想過自己成為學徒後的情況。

「而且……我想薪水方面也會有問題。」

「咦？薪水嗎？」

至今我從來沒有想過薪水方面的問題，所以忍不住發出了怪叫聲。看著偏頭不解的我，歐托輕輕嘆氣。

「梅茵能為商會帶來龐大的利益，不可能用和一般學徒一樣的薪水僱用妳吧？」

「但薪水本身是一樣的，只是商品的報酬，會以其他名義再付給我吧？」

為了有份穩定的工作，當初簽約時是說好了不收取紙張的營利，但關於今後要推出的商品，我當然會索取自己應有的報酬，並沒有打算無償提供所有資訊。

「就算是以其他名義支付給妳，但一個搞不好，妳這個才剛進去的學徒的薪水，會比已經工作十幾年的老鳥還要高。坦白說，我覺得這種情況會引來麻煩。」

「嗚啊啊啊啊。」

一牽扯到金錢，人際關係就容易變得複雜。歐托的指責非常一針見血。而且一旦人際關係出現裂痕，商會自身也很有可能難以維持營運。畢竟運作一家店的終究是人。

「真的呢。不論從哪個方面來看，我都不適合待在店裡。」

歐托的意見全都中肯又合理，沒有反駁的餘地。我越來越覺得自己若以學徒的身分進入班諾的商會，只會變成紛爭的導火線。

「而且，我還有一件事情很擔心。」

都已經列出這麼多不適合當學徒的理由了，還有什麼都儘管來吧。我這樣想著，請歐托說下去。他稍微將臉龐湊過來，壓低聲音說了：

「現在已經確定梅茵身上的病是身蝕了吧？」

「歐托先生，你知道了嗎？」

我吃驚得瞪大眼睛，歐托輕輕搖頭否定。

「不，我並不知道，只是聽班諾說過他這麼懷疑而已。我現在之所以能肯定，是因為之前珂琳娜跑來問我：『你聽過身蝕這種疾病嗎？』」

「珂琳娜夫人嗎？」

「好像是前陣子班諾難得心神不寧，提起過這件事。聽說是有人身蝕發病，在店裡頭暈倒，差點就丟了小命。那幾天班長也是嚴重魂不守舍。從珂琳娜這麼問我和班長的態度，我才推敲出那個因為身蝕病倒的人就是妳。」

看來這件事流傳得比我想像中要廣。畢竟是在班諾的店裡暈倒，又被送去公會長家，一定很引人側目吧。

「班長好像以為妳的身蝕已經好了，但聽班諾的說明，身蝕是治不好的吧？」

雖然魔導具幫我減少了身蝕的熱意，但今後還會重新增加。芙麗妲也說了，大約再一年的時候又會滿出來。我沉默著輕輕點頭。

「治不好這件事，妳告訴班長了嗎？」

「不，還沒有。因為家人都很高興我治好了，所以很難啟齒……」

魔導具的價格和壽命的期限都是難以啟齒的事情，所以關於身蝕，我一直都不由自主地避而不談。而且，我也只是知道體內的奇怪熱意會逕自成長，超過容量的時候就會死亡，所以很難說明清楚。

歐托神色凝重地緩慢搖頭。

「我覺得妳要坦白告訴家人。班長因為以為妳的病已經好了，所以覺得妳去工作也沒關係。妳要先讓家人了解現況，再和他們商量工作這件事。要是沒有經過深思熟慮就行動，最後只會給周遭的人帶來麻煩。」

目前為止我都是想到什麼就做什麼，沒有任何規劃，給身邊的人添了一堆麻煩，所以很認真地把歐托的話放在心上。

「而且，如果妳需要魔導具才能活下去，想和貴族攀上關係，我覺得妳應該要去公會長那裡。奇爾博塔商會的規模雖大，但畢竟剛崛起不久。不論班諾再怎麼努力，歷史和傳統仍然是跨越不了的高牆，沒有那麼容易可以顛覆。」

「話是這麼說沒錯啦……」

我講話支吾起來，歐托就輕輕挑眉。

「妳有什麼非去班諾店裡不可的原因嗎？」

「我並不是非去班諾先生的店裡不可，只是……公會長的強勢和他的行商手法，讓我很不能適應。」

強硬的手段，也許是成為商人的必要資質，但先前故意把性命攸關的魔導具價格說得比實際價格還低，我實在無法欣賞這種欺騙他人的舉動。我雖然感謝公會長，卻一點也不想接近他。

「但這點班諾也一樣吧？」

「嗯……雖然班諾先生有時候也很強勢，提到錢眼睛就發亮，也動不動就想測試我們，但他也會讓我們察覺到什麼是不好的，感覺得出來想讓我們成長。」

「哦……」

歐托嘿嘿地露出了奸詐的笑容，我「唔」地輕輕倒吸口氣。這段對話一定會原封不動地傳進班諾耳裡吧。

「而且，我還沒有下定決心，不知道自己是不是不惜為貴族賣命也想活下去。」

我好不容易把現在的家人當成是真正的家人了，也稍微適應了這裡的生活，正想要和大家一起生活下去。一點也不會想要為了活下去，就和不知道會怎麼對待自己的貴族簽約，一輩子任其使喚。就像芙麗妲說的，要和家人生活直到死去，還是活著為貴族做牛做馬，真要我選的話，現在的我想選擇家人。

「這樣看來，首先妳必須要決定自己想怎麼活下去。如果妳進入奇爾博塔商會並不是為了要和貴族攀關係，那更應該要考慮看看不進入店裡工作的其他選項。如果商品都是由梅茵構思，再由路茲製作，那只要你們明確劃分好權利與利益的分配，其實我覺得梅茵沒有必要非得進店裡工作。」

我聽完用力點頭。是啊，之前只一直想著要一起行動、一起工作，但如果只考量我能做的事情，也許並不需要進入店裡。

我又輕輕點頭說：「這樣啊。」歐托就露出了爽朗到反而讓人覺得可疑的笑容。

「是啊。比方說，妳可以依據自己的身體狀況，在家裡做些書信和資料的代筆工作，一邊負責商品的開發。商品再賣給班諾，身體狀況不錯的時候也來這裡幫忙，維持和現在一樣的生活，我想這種工作模式對妳的身體會比較好喔。」

……歐托先生說得沒錯。為了我的身體著想，維持現狀是最好的選擇。但是，他那意味深長的笑容真讓人無法釋懷。

「總之，妳得先和家人好好商量。那麼休息結束，我們繼續工作吧。」

歐托收走了杯子後，我拿出石板，喀喀喀地繼續筆算，核對計算有無錯誤。

……和家人商量嗎？要是知道我只剩下一年的壽命，感覺爸爸很可能會失去理智，真讓人害怕呢。

「梅茵，回去了。」

「啊，班長來接妳了。梅茵，今天謝謝妳了，真的幫了我大忙。」

交接完畢的父親來值宿室接我的時候，我因為太長時間都在計算，只覺得頭昏眼花。就算閉上眼睛，腦海裡頭也接二連三地蹦出數字。然而，一直使用計算機的歐托卻顯得精神奕奕，讓我不得不懷疑，搞不好我連只負責計算的辦公室工作也做不來。

「爸爸，你這樣子不會冷嗎？」

回家路上有些颳起暴風雪，父親一隻手抱著我，穿著大衣走回家。因為被包在父親的大衣底下，所以我很溫暖，但父親全身上下都有寒風從空隙間灌進來，一定很冷吧？但是，父親只是笑容滿面地搖頭。

「有梅茵在，爸爸一點也不冷，反而覺得很溫暖喔！」

面對這麼愛家人的傻爸爸，一旦說出身蝕的真相，他會有什麼反應呢？這張笑臉一定會立刻凍結吧。雖然害怕，但不能再逃避這個話題了。

「梅茵，怎麼啦？心情好像很沉重喔？是歐托罵妳了嗎？」

「……不，不是的。爸爸，我有話要說。跟我的病有關。」

只是說了這句話，父親的笑容和腳步都定住不動。嘴角的笑意也倏地收起，用平常從未見過的嚴肅表情緊盯著我瞧。

然後父親先微微垂下雙眼，接著像要逃離什麼般地開始快步前進。

「回家後再說吧，讓媽媽和多莉也一起聽。」

也許是預料到了什麼，父親像是不讓我逃走，在緊抱著我的手臂上加重力道。

家庭會議

「你們兩個回來啦。」

多莉笑容可掬地為我們打開門，卻維持著開門的姿勢眨了好幾下眼睛，有些不安地皺起眉頭。

「爸爸，出了什麼事嗎？你的表情有點可怕耶。是外面很冷嗎？還是梅茵太重了？」

「多莉，太過分了。」

我不高興地鼓起臉頰，父親就苦笑著把我放下來：「梅茵太輕了，應該再重一點。」然後摸了摸我的頭。父親散發出的緊繃氣氛緩和下來後，多莉也放心地輕聲笑了，接著向我道歉：「抱歉、抱歉。」為我拍去頭上殘留的雪花。

「回來的時候有點在颳暴風雪，冷死我了。」

我在心裡面為一秒鐘就改變了氣氛的多莉拍手鼓掌，一邊噘起嘴巴抱怨外頭的寒冷，多莉也學我嘟起嘴唇。

「爸爸都抱著妳了，還把妳包在大衣裡面，怎麼可能還冷嘛。像我就沒辦法這樣。」

多莉說完，父親就回道：「當然可以啊。」一把將多莉抱起來。「應該沒辦法走到大門喔。」我笑著說，走向臥室放托特包和大衣。母親正在廚房準備晚餐。

「你們回來啦……那先吃飯吧。」

什麼都還沒有開口說，母親似乎就從父親凝重的氣息和表情察覺到了異狀。她只皺眉了一秒鐘，就微笑著開始把飯菜端上桌。

「好了，開動吧。」

在母親的催促下，我們吃起了比起平常要安靜許多的晚餐。明明什麼都還沒有說，父親就已經眉頭深鎖，母親低垂著眼皮，多莉則不知所措地察看大家的模樣，氣氛變得非常沉重。我喝著熱湯，觀察三個人的表情。

……真的該告訴大家這件事嗎？要是說了我只能再活一年，爸爸會不會抓狂啊？該按怎樣的順序說明才好？可是，魔導具的價格真不想告訴大家……

吃著吃著，卻越來越在意飯後的事情，心臟開始怦咚怦咚狂跳。

「我吃飽了。」

先把碗盤都收走，母親再泡了具有鎮定效果的花草茶，哐咚哐咚地放在桌上。

「那麼，要告訴我們發生了什麼事嗎？」

母親邊說邊在父親身旁坐下，但父親微微搖頭，淡褐色的雙眼直視著我。現在父親眼裡完全看不見平常那種傻氣的笑意，嚴肅得讓人覺得恐怖，我不禁嚥了口口水。

「是梅茵有話要說。」

父親話一說完，全家人的目光都投在我身上。明明只是和家人說話，我卻緊張得喉嚨開始發乾。該從哪裡開始說明才好？該怎麼說明，大家才會比較容易理解呢？這種問題一直在腦海裡頭打轉，應該要向家人說明的關鍵字句卻完全想不出來。我開始平白地冒汗，越是心急，腦袋越是一片空白。

「呃，是關於我生病的事，那個……」

我一張一合著嘴巴，苦惱著該怎麼開口，父親忽然瞇起眼睛。

「妳的病不是待在公會長家好幾天，治好了以後才回來的嗎？」

「呃，我先說結論吧。這個病是治不好的。」

腦筋一片空白的我不由得跳過了所有說明，直接只講了結論。但是，這等於在家人之間投下一顆震撼彈，沉默一瞬之後，所有人都睜大眼睛，大聲地倒吸一口氣。

下一秒，父親以幾乎要踢飛椅子的氣勢站起來，一掌拍在桌上。

「……什麼意思?!公會長還說治好了，他騙了我們嗎?!」

「梅茵，妳的病並沒有治好嗎?!」

正前方的父親和旁邊的多莉都往我逼近，我揮著手想讓兩人冷靜下來，要他們坐下。

「你們冷靜一點，先坐下來吧。因為我知道的事情也不多，不知道該怎麼說明，才會想到什麼就脫口而出……」

父親「咚」地重新坐下，牙關緊咬到彷彿都能聽見嘰嘰嘰的聲音。母親大概是想讓自己冷靜下來，用顫抖的手拿起杯子。喝了一口後，催促我說下去。

「嗯，那妳好好說明吧。」

看見身旁的多莉也朝杯子伸出手，我也拿起杯子，喝了一口後說了。

「聽說我身上的這種病叫作身蝕，是種非常罕見的疾病。」

「我從來沒聽說過。」

父親聽了點點頭，但多莉緊握著杯子，小聲喃喃說道：

「……之前梅茵跟我說過，這種病要治好非常花錢。」

這次換雙眼圓睜的母親猛然站起來，臉色無比慘白。一定是意識到了他們並沒有付錢給公會長這件事吧。雖然我很想隱瞞魔導具的金額，但恐怕不可能。

「媽媽，我會繼續往下說明，先聽我說吧。」

母親欲言又止地看著我，慢慢坐回椅子上。感覺到所有人都面向著我，我首先開始說明身蝕這種疾病。

「身蝕這種疾病，是體內會有股熱意不受控制地流動，而且還會不斷成長增加。當我非常生氣，或者沮喪得喪失求生意志的時候，熱意就會在體內亂竄，會有一種自己要被吃掉的感覺。」

「被吃掉……」

多莉臉色鐵青地望著我，再看了看我的指尖和髮尾，檢查著我有沒有哪個部位真的被吃掉了。

「平常我也可以讓身蝕的熱意依照我的指示流動喔。只要在想像中把熱意往身體的中心深處壓進去，我就能平安無事，但它還是會不停增加。」

「增、增加的話會怎麼樣？」

多莉全身瑟瑟發抖地握住我的手。

「就會再也壓抑不了，一鼓作氣衝出來，像要衝出我的身體。雖然在衝出來之前，我會先被吞噬掉……所以這次就是這樣，熱意大幅增加以後，我被困在裡面，差一點要被吞沒。是公會長利用魔導具，替我吸收掉了熱意。這次雖然吸走了不少，但以後還會再度增加，聽說絕對不可能根治。」

多莉「嗚～」地呻吟，用好像隨時要哭出來的溼潤雙眼瞪著我。與其說是瞪，其實更像是在強忍著不讓眼淚掉下來。看到多莉這樣，感覺我會跟著她一起哭，所以我別開視線，又喝了一口茶。

「還有，芙麗妲說了，是因為那種奇怪的熱在一點一點吞噬我，所以我才長不大。還說要治好身蝕就需要魔導具，但魔導具只有貴族大人才有，所以非常昂貴，只有像公會長家這種與貴族階級有往來的人才買得到。」

「所以，梅茵可以得救……果然還是多虧了公會長嗎？」

失去了情感可以宣洩的對象，父親洩了氣般用沙啞的聲音問，我輕輕點頭。

「嗯，公會長讓給了我一個他為芙麗妲蒐集的魔導具。可是，他也說了不會再有下一次，所以要我自己決定以後要怎麼做。」

「以後要怎麼做？所以有方法可以治好嗎?!」

父親往前傾身，眼中閃爍著希望的光采。快要哭出來的多莉也雙眼發亮。家人充滿期待的眼神讓我非常難過，但也只能說出方法就只是活下去的那兩個選擇。

「只有兩個方法，一個是和貴族簽約為他們賣命，另一個是和家人生活直到死去為止……」

「為貴族賣命？這是什麼意思？」

父親無法理解似地皺起了臉。多莉大概也不太明白是什麼意思，怔怔地歪著頭。母親依然面如死灰，緊緊地握著杯子，用力到指尖都泛白了。

「芙麗妲是因為和貴族簽了約，讓給了她魔導具，現在才會這麼健康。她說因為他們家是富裕又有權力的商人，才能和條件比較好的貴族簽約。但像我和貴族沒有往來，就算簽了約，延長了生命，也不知道會遭到什麼樣的待遇。」

「……這樣算哪門子的活著啊。」

父親有氣無力地低喃，我也用力往下點頭。因為擁有過麗乃這段人生，我無法接受那種要對貴族言聽計從，無法隨心所欲的生活。

「梅茵，那錢呢？公會長並不是白白就讓給妳魔導具吧？」

母親像是再也按捺不住，開口問了。果然沒辦法不在意這件事嗎？我在心裡嘀咕，點了點頭。

「但我已經付完錢了，所以不用擔心。」

「多少錢？」

「雖然很貴，但畢竟這筆錢延長了我的壽命，所以……」

「所以到底是多少錢？妳不是要把事情都告訴我們嗎？不准隱瞞。」

我一直支吾其辭，母親就動了怒，眼尾都上揚了。我「嗚」地小聲呻吟，稍微別開視線，囁嚅地說出價格。

「……是兩枚小金幣和八枚大銀幣。」

聽到相當於父親兩年半薪水的金額，所有人都瞪大眼睛，驚愕得張著嘴巴。

「兩枚小金幣和八枚大銀幣?!妳怎麼有這麼一大筆錢……」

「……是班諾先生買下了『簡易版洗髮精』的權利。不管是製作、販賣還是決定售價，都是屬於班諾先生的權利，相對地他為身蝕……」

「咦咦咦?!『簡易版洗髮精』有這麼值錢嗎?!」

平常總是負責榨油製作的多莉震驚得放聲大叫。因為只是榨乾從森林裡採回來的果實，雖然付出了勞力，卻不用花到半毛錢。多莉大概完全無法理解，怎麼會有人願意花一大筆錢買下這種事吧。

「嗯，好像是賣給貴族大人的話，可以賺到很多錢喔。現在還有工坊……」

我開始對多莉說明班諾還成立了製作絲髮精的工坊，父親就一臉肅穆地搖搖頭，目光犀利地瞪著我。

「已經發生的事情就別提了。我想問的是以後要怎麼辦。這個病確定會復發吧？」

「嗯。」

「……還能撐多久？聽妳的語氣，妳已經知道還有多久時間了吧？看妳這麼拚命轉移話題，就是不想讓我們問這件事吧？」

「爸爸怎麼會知道呢……」

想不到父親這麼敏銳，我忍不住嘆氣。父親光是聽到身蝕治不好，就激動得踢開椅子，拍打桌面，我實在說不出口自己只剩下多久時間可活。雖然我這樣想，但父親已經問得這麼直截了當，我也無法再逃避。

「我是妳爸爸，當然知道……好了，別再轉移話題。」

淡褐色的雙眼充滿威嚴地注視著我。看到父親心意已決，絕不讓我敷衍帶過，直到我回答前都不放棄的眼神，我死了心地據實以告。

「……大概還有一年。他們說離下次有生命危險，大約還有一年的時間，所以要我好好想清楚。」

屋內霎時彌漫著快要讓人窒息的沉重靜默。我還以為父親會激動吶喊，但他只是用力皺起了眉，低垂下頭。打破沉默的，是多莉的嗚咽聲。

「嗚……梅茵、會死掉嗎？再一年的時間？……怎麼可以！」

多莉不再忍耐，開始放聲嚎啕大哭，跳下椅子跑過來抱住我。我也張手抱住多莉，安慰地輕拍她的背。

「多莉，妳冷靜一點。其實我原本早就已經死了呢。多虧了芙麗妲和公會長把魔導具讓給我，我才能再活一年的時間喔。」

我說這些話想安撫多莉，結果好像是火上加油。多莉的眼淚更是不停地掉下來，左右搖頭說：

「嗚嗚……不要說什麼妳原本已經死掉了這種話！居然只剩下一年的時間！我不要！嗚嗚……梅茵好不容易變得比較健康了！現在還可以一起去森林！我不要梅茵死掉！」

麗乃那時候是因為突然遇到地震就離開人世，所以我沒有親眼目睹到親人的哀傷。那時候我也讓家人這麼傷心地難過哭泣嗎？一定惹他們哭了吧。而現在，我又再一次惹哭了重新得到的家人。不管轉生到哪裡都這麼不孝，我真為自己感到慚愧。

「多莉，不要哭了嘛，拜託妳。不一定要魔導具，我會找找看有沒有其他辦法可以控制身蝕的。」

「要是找不到怎麼辦?!到時候梅茵就會死掉吧？我不要！」

被多莉緊緊抱著，哭著耍賴，我也跟著難過起來。眼眶深處開始發熱，明明想要忍耐，卻連我也掉下了眼淚。

「多莉……不要哭了。我才想哭呢……」

「嗚嗚……對不起喔，梅茵。那我也幫妳找，看有沒有其他方法可以治好梅茵的病……嗚……可是……雖然一直要自己別哭了，但眼淚就是停不下來嘛。」

我也流著眼淚，反覆地拍著努力想停止哭泣的多莉的背。父親語氣平靜地問我：

「梅茵，那妳的想法是什麼？妳也可以選擇像芙麗妲小姐那樣活下去吧？」

「嘶嘶……連貴族會怎麼對我都還不知道，我一點也不想離開家人身邊。嗚……而且芙麗妲說，她是因為和她簽約的貴族允許，才能夠直到成年前都和家人一起生活。可是，那如果簽約的貴族不允許呢？」

答案顯而易見。

「那就表示馬上會被貴族帶走吧？我想願意等到成年的貴族應該非常稀少。」

「……是啊。」

我完全不知道貴族都是怎麼利用患有身蝕的小孩。但是，在簽完契約後還願意多等一段時間的貴族，恐怕少之又少。如果簽完約的同時就要被帶走，那一旦選擇簽約，能和家人相處的時間就會變短。

「所以，我想和家人繼續一起生活，就算之後死掉也沒關係。嗚……因為我現在，一點也不想跟家人分開嘛。」

「梅茵……」

母親的眼中也浮現淚光。她稍微背過臉，不想讓我們小孩子看見地擦拭眼角。父親

則是完全的面無表情，靜靜地注視我。

「因為還有一年的時間，所以我想盡情去做自己想做的事情，不要留下後悔……我可以和家人待在一起嗎？還是說，和貴族簽約比較好嗎？」

「梅茵要和我在一起！不可以走！」

多莉似乎說出了大家的想法，父母聽了都只是點點頭。看到家人都同意我留在家裡，我高興得擦去眼淚，嘿嘿笑了。

「然後，接下來是想和大家商量的事情……」

「還有嗎？」

母親猛地轉身面向我說。但剛才的說明，只是要讓他們明白我病狀的現況，還沒有討論到正題。明白病況以後，才要開始商量。

「是關於我工作的事。」

「妳不是要當商人嗎？」

父親納悶地皺眉。父親沒有情緒激動也沒有失控，只是平靜地聽著我說話，讓我感到十分安心。於是我說：

「我本來是這麼打算，但我對未來的想法好像太天真了，也沒有好好想過……因為以我的體力，根本沒有辦法工作吧？歐托先生也說了，我可能會給店裡的人造成麻煩。」

「歐托那小子……」

父親用帶有焦慮和憤怒的聲音小聲咕噥。但歐托只是誠實地提供給我客觀的意見，可不能害他被遷怒。我慌忙再補上歐托提出的替代方案。

「所以歐托先生建議，我可以在家裡做些書信和資料的代筆工作，同時和之前一樣，把商品賣給班諾先生，偶爾也去大門幫忙，這樣對我的身體比較好。」

「這倒是。歐托說得沒錯，梅茵待在家裡是最好的。妳不要勉強自己。」

這次父親的嘴角揚起了笑容，有些開心地斷然說道。母親和緊抱著我嗚咽啜泣的多莉也大力點了好幾下頭，贊同父親的意見。

「可是，我已經答應要進班諾先生的商會當學徒了，可以反悔嗎？」

對於在這座城市工作沒有多少知識的我，就是想問父母這件事。我將會違反約定，但這樣子沒關係嗎？

「妳還沒有正式成為學徒，況且要是工作的時候突然病倒，對方才頭痛。所以只要好好說明，應該就沒問題。」

「這樣啊。雖然好不容易找到了工作，這樣很可惜，但還是以身體狀況為優先，再找找看其他工作吧。」

首先可以找班諾商量，看有沒有什麼可以在家裡做的工作。到了春天再詳談吧。

「呵啊啊啊啊……」

因為談了很久很久，談話一結束，我就打了一個大呵欠。母親見了輕輕拍手。

「要是事情都說完了，就快點上床睡覺吧。時間很晚了。」

「嗯，晚安。」

「嗚……嗚……晚、晚安……」

我和還在嚶嚶抽泣的多莉走向臥室，一起爬上床。

「多莉，別哭了。妳笑起來比較可愛喔。明天開始再一起做很多事情吧。」

「嗯、嗯。我要和梅茵一起玩很多的遊戲，要一直和妳在一起。」

我安撫著多莉，鑽進被窩。多莉也馬上鑽進我的棉被裡頭，說著「哪裡也不可以去喔」，緊緊地抱著我開始睡覺。只要她能放心就好了，所以我任她抱著，閉上眼睛。

本來還以為父親會更加歇斯底里，或者大吵大鬧，結果出乎我的預料，父親非常認真且寡言地聽我把話說完。可以理智地討論，真是太好了。我安心地吁口氣，意識也漸漸地模糊飄遠。

為了讓多莉放心，我就讓她抱著我睡覺，結果卻被多莉勒得醒過來，差點無法呼吸。我急忙拿開多莉的手臂，掙脫她的懷抱。

……差點就沒命了。不是因為身蝕，差點要因為無法呼吸而一命嗚呼。

我揉了揉脖子，眨眨眼睛。平常在半夜裡醒來，房內都是一片漆黑，今天卻有一道光照進來。我揉了幾下還想睡的眼睛，發現不是我看錯也不是作夢。

房門半掩著，原來是爐灶裡的火還在燃燒。因為沒有聽見說話聲，所以應該不是父母親都還沒睡。看向昏暗的床鋪，母親似乎已經睡了，有一團向上隆起的塊狀物。

……是媽媽忘了熄滅爐火嗎？

我靈敏地滑下床鋪，放輕腳步聲不吵醒多莉，走向廚房。

在只有爐火的昏暗廚房裡，父親正獨自一人喝著酒。此刻的父親完全沒有記憶中一喝醉酒就紅光滿面的模樣，只是沉默地大口喝酒，一個人靜靜哭泣。

彷彿聽見了無聲的慟哭，我悄悄別開目光，安靜地回到床上。

向路茲報告

開完家庭會議的隔天，大家都顯得有些僵硬。父親的笑容一直有些落寞，母親也頻頻走過來抱我，多莉還會冷不防就哭出來。

但隨著日子一天天過去，也慢慢回到了和開家庭會議之前沒有兩樣的日常生活。

「梅茵，這妳不用做，我來就好了。」

「咦？我也要做啊。多莉，明明是妳說不做就學不會的。」

為了讓我自立自強，之前還鼓勵我做家事的多莉卻老是想把我的工作搶走，除了變得比以前更加過度保護之外，其他都和以前一樣。

「哇啊，天氣放晴了！今天要去採帕露！」

這天早上，我在多莉的大叫聲中醒來。天色還有些昏暗，但感覺上沒有什麼雲。看見微微透進來的光，多莉打開窗戶確認天氣，戶外的冷空氣頃刻間大量灌進來。

「多莉，好冷喔！」

「啊，抱歉、抱歉。」

關上窗戶，多莉馬上開始吃早餐。我也在手忙腳亂的家人環繞下吃起早餐。很快就吃完了早餐的父親和母親都準備著籃子和木柴。父親在玄關地上擺了好幾樣東西，回過頭來問正咀嚼著麵包的我：

「那梅茵呢？妳要在大門等我們嗎？」

「嗯……我要不要也一起去採採看帕露呢？」

聽多莉之前的形容，帕露似乎是一種美麗的神奇樹木。因為她說樹木不僅會閃閃發光，還會旋轉，非常漂亮。雖然這種形容讓人一頭霧水，但我也想親眼看看。

我只是基於單純的好奇心才這麼說，全家人卻馬上橫眉豎目。

「不行！梅茵只能留在家裡看家，不然就在大門幫忙。」

「採帕露很辛苦，梅茵做不來的。妳一定又會發燒。」

「對啊！而且妳又不會爬樹，也沒辦法走在雪地上，不可能啦！」

全家人異口同聲，駁回了我想一起進入冬天森林採帕露的提議。連在雪地上都走不到大門的我，確實不可能有辦法在白雪皚皚的森林裡頭採集。

「知道了。採帕露只到中午而已吧？那我在大門一邊幫忙一邊等你們吧。」

我拿出托特包，做好前往大門的準備。本來還擔心父親休假的話，歐托會不會也休假，但父親說，這時期歐托幾乎每天都會到大門報到。

把我和採帕露要用的工具一起放在大雪橇上，一家人就出發了。路上許多行人也都拉著雪橇，往南門前進，感覺整座城裡的人都要去採帕露。空氣雖然冷得刺骨，但人們期待著要去採帕露的心情就像參加祭典般激動，連我也跟著興奮起來。

「不好意思，梅茵就拜託你們了。她會幫忙歐托到中午。」

「是！」

在大門讓我下了雪橇後，我目送前往森林的家人離開：「大家要努力多採點帕露喔！」然後向已經見過好幾次面的守門士兵打招呼，再走向值宿室。

「歐托先生，早安。」

「梅茵？妳怎麼來了？今天班長休息吧？」

歐托訝異地眨眼睛，我輕笑著點頭。

「因為今天天氣放晴，大家去採帕露了。我就留在大門一邊幫忙，一邊等他們。」

「啊，原來是這樣。所以今天是到中午為止囉？」

歐托立刻意會過來，微微一笑，開始在旁邊堆起要核對計算結果的資料。我向正幫我整理出工作空間的歐托，為前陣子和我商量煩惱這件事道謝。

「歐托先生，上次非常謝謝你。告訴家人身蝕這件事以後，我們決定要找可以在家裡進行的工作了。等到了春天，我也會找班諾先生商量……」

「嗯，畢竟妳的身體比較重要。要是班諾想不到什麼工作，我這邊的工作也可以拜託妳在家裡幫忙，所以儘管開口吧。」

「是！到時候再麻煩歐托先生了。」

雖然感覺有些奸詐的笑容還是讓人無法釋懷，但當面道過謝以後，心情就輕鬆多了，我開始埋頭計算。

中午過後，家人就從森林裡回來了，我再度坐上雪橇一起回家。今天因為是三個人一起去採，居然採到了六顆帕露。因為今年和去年不一樣，發現果渣也有利用價值以後，母親幹勁十足。

母親在準備午飯的時候，我們就負責取帕露果汁。多莉從木柴裡頭挑了一根最細的枯枝，放進爐灶裡點燃，然後輕戳帕露。下一秒，帕露的表皮就破了個洞。

「梅茵，流出來了！」

我立刻拿著容器盛裝，留意著不讓濃稠的白色果汁灑出來。甜美的香氣讓人心蕩神馳，取完了果汁後，多莉就把取完果汁的帕露拿給父親。

父親負責壓榨果實取油。因為父親可以使用壓榨器，只要交給父親，一眨眼工夫就可以擠好油。現在帕露的果渣可以用來做菜，所以四顆份的果渣就留在家裡，剩下兩顆份的果渣再拿去路茲家交換雞蛋。

吃完午餐，我就帶著新想到的食譜和果渣前往路茲家。要是路茲家有烤爐，就可以做焗烤和披薩了，但在只有鐵板和鍋子的情況下，能做的料理很有限。

「路茲，午安。請和我交換雞蛋吧。我還順便想了新食譜過來，要一起做嗎？」

「這我當然歡迎，但現在沒有人可以馬上幫忙做，妳先進來等一下吧。」

難得我想了新食譜過來要教大家，哥哥們卻剛好不在。

「哥哥他們去哪裡了？現在天氣放晴，是去玩雪橇了嗎？」

「他們去鏟雪賺零用錢了。」

我因為沒有參加過，所以不知道。但屬於重度勞力的鏟雪工作，也是小孩子們賺取零用錢的絕佳來源。

「路茲，那怎麼只有你一個人留在家裡？」

「我要擠帕露，就這樣放著會融化吧？」

摘回來的帕露確實不能放著不管，但看起來只像是哥哥他們把賺不了錢的家事，全都推給了路茲做，讓我的心情有些鬱悶。但既然路茲和伯母什麼也沒有說，身為外人的我也沒有資格插嘴。

雖然想要至少幫忙擠帕露，但榨油是體力活，沒有我出場的份。我只能看著路茲不停揮下榔頭敲碎帕露，卡蘿拉再負責擠油。

愣愣地看著兩人動作的時候，我想起了還沒有告訴路茲我開過家庭會議。關於決定不進班諾的店裡工作這件事，必須先向路茲報告。

「對了，路茲。我已經決定不進班諾先生的店裡當學徒了。」

「啥?!為什麼?!」

路茲維持著高舉榔頭的姿勢，瞪大眼睛看著我。卡蘿拉也往我看過來，微微睜大雙眼。

「我媽媽不是說過嗎？我只會成為路茲的累贅。而且依我的體力，怎麼看都做不了工作嘛。找歐托先生商量以後，他還指出了很多其他問題。」

「其他問題是什麼問題啊？」

路茲再度「咚咚」地敲下榔頭，用眼神催促我說下去。

「要是一個才剛進去的學徒常常因為發燒休息，身邊一起工作的人會怎麼想呢？」

路茲心領神會地低叫著「啊……」繼續捶打帕露。卡蘿拉用力擠出帕露的油，瞇起眼睛說：

「要是太常休息，會給身邊的人造成困擾。而且如果連人家教東西的時候也休息，傷腦筋的可會是自己。」

「是啊……而且我還打算製造各種商品，到時候領到的酬勞，就會是一筆不小的數目吧？明明我這個學徒很常休息，卻可以領到很多薪水，歐托先生說這樣子也可能會破壞店裡的人際關係。」

「……這倒也是。」

路茲又可以理解地點點頭，卡蘿拉倒是有些張大眼睛。

「關於薪水，我想對路茲也一樣會有影響，但只要你認真工作，情況應該就會和我不太一樣。總之，詳細情況還是和班諾先生商量過比較好。」

「嗯，等到了春天再好好商量吧。」

我認為薪水和報酬可以分開計算，然後私下給。目前為止也都只是重疊公會證，就領到了報酬。

「梅茵，那如果妳不去店裡，洗禮儀式之後要怎麼辦？」

「我和家人討論過了。因為還不知道我的病會怎麼樣，所以會留在家裡做一些書信的代筆工作，一邊製造商品，偶爾也去大門幫忙……生活就和以前沒有什麼兩樣。」

「這樣啊。為了妳的身體，這樣做比較好吧。」

聽到路茲贊成，我安心地吐一口氣。同時，卡蘿拉的表情也變得明亮。

「梅茵不去了，那路茲也沒有必要去了吧？這下子你就能當工匠了。」

我不去班諾店裡工作，跟路茲不去有什麼關係嗎？和歪過頭的我不一樣，路茲聽到卡蘿拉打從心底鬆了口氣的聲音，立刻豎起了眉毛。

「啊?!媽媽，妳在說什麼啊?!」

「什麼我在說什麼？」

卡蘿拉一臉摸不著頭緒，路茲輕輕咂嘴後怒吼：

「是我想當商人啊！跟梅茵沒有關係！之前反而都是我把梅茵捲進來的！」

卡蘿拉聽了大驚失色，不敢置信地凝視路茲。

「你說什麼?!所以你還想當商人嗎？」

「那當然啊！其實我是想當旅行商人，但梅茵幫我介紹的前旅行商人，告訴了我市民權的重要性，所以我才決定成為城裡的商人。」

「路茲，這些話你以前從來沒說過啊！」

「我說了！是妳根本沒在聽我說話，也沒有放在心上吧！」

看來之前真的都沒有好好聽路茲說話，卡蘿拉看著路茲的表情就像是第一次聽說。我想最好不要妨礙母子間的對話，所以閉上嘴巴。

「……我是聽你說過想當旅行商人。可是，這只是小孩子說著玩的而已吧？就只是夢話，怎麼可能當得了，太不切實際了。我完全沒想到你是真的想當旅行商人，還以為過不了多久，你自己就會看清現實了。」

卡蘿拉手足無措地來回看著我和路茲，無力地搖頭。想不到自己預料外的事情全是真的，顯得倉皇失措。

也難怪卡蘿拉會這麼說。城裡的居民除了森林和離這裡最近的農村，幾乎不曾踏出城裡半步。旅行商人更是三不五時才會突然現身的外地人，根本不會被列為將來想當的職業。卡蘿拉會希望路茲「早點認清現實」，才是這裡一般人普遍會有的想法。

「……我是真的想成為旅行商人。離開這座城市，去從沒去過的城市。我想自己親眼看看只在故事裡頭聽過的東西，現在也還是這麼想。」

「路茲，你……」

卡蘿拉坐起身，想要說些什麼。從她的表情就知道一定是不中聽的責難。但是，路茲搶先一步開口。

「可是，以前曾是旅行商人的人對我說了，捨棄市民權是愚蠢的行為。旅行商人也不會收什麼學徒，要我死了這條心。」

「這倒是沒錯。」

卡蘿拉有些放心地吐口氣，咚地重新坐下。

旅行商人似乎是一般人非常忌諱的工作。我還曾經悠悠哉哉地心想，可以去各種地方，感覺就很好玩，但果然還是嚴重缺乏這裡的常識。

「既然旅行商人沒有學徒，就在我考慮要自己從零開始學習的時候，梅茵就對我說了，就算當不了旅行商人，但我可以成為城裡的商人。只要成了商人，以後說不定就可以趁著採購的機會去其他城市。比起當個完全不知道要從何下手的旅行商人，這個目標更實際，也更有實現的可能性。」

「嗯，比起旅行商人的話啦……」

「所以，我才拜託商人收我為學徒。因為是梅茵朋友的朋友，一開始還差點被拒絕。」

「……我想也是呢。」

卡蘿拉用疲憊的嗓音說，聳了聳肩。恐怕作夢也想不到自己的兒子是真心想成為旅行商人，看來有些受到衝擊。

綜觀這座城市的學徒制度，路茲可以成為商人學徒的機率趨近於零。所以就算他說想當商人，卡蘿拉也沒有認真聽吧。搞不好路茲向她報告自己可以成為商人學徒的時候，也只把話聽了一半進去而已。

「可是，對方提出了條件，也答應我們只要達成條件，就收我們為學徒。我和梅茵已經一起達到了條件，對方也答應收我們為學徒了。不管梅茵去不去，我都要成為商人。而且，我已經可以當了。」

終於明白路茲已經自己開創出了自己的道路，卡蘿拉這才認真傾聽路茲說話，眼神有些嚴厲地瞪著路茲。

「……路茲，就算對方答應收你為徒弟，你以為你真的可以不顧父母的反對，成為商人嗎？」

「我已經決定了，就算要住進學徒宿舍也要成為商人。和梅茵一起努力過後，好不容易有了機會可以成為商人學徒，我絕對不會放棄。」

「你說要住進學徒宿舍……？」

學徒宿舍可說是最糟糕的生活環境。首先，因為學徒一週只有一半時間能工作，薪水很低。其次是沒有家人可以依靠。一個小孩子突然就要獨自生活、負責所有家事，無論時間和體力都非常困難。住的地方又是建築物最上層的閣樓，夏熱冬寒，下雨天漏水更是家常便飯，不論搬東西還是搬水都很辛苦。還有不少地方，會像路茲家一樣在閣樓的空間裡養雞，所以也有可能臭氣沖天。

不同於專門租給家庭的房子，宿舍也沒有地方可以煮飯，基本上只能向店裡的人借廚房，不然就是買外面的食物。但在這樣的生活下，手邊當然存不了錢，只能夠預支薪水，最後債臺高築。店家雖然會在不出人命的前提下照顧住宿學徒，但直到獨當一面之前，幾乎都等於是做白工。

「路茲，你要想清楚！你怎麼有辦法過那種生活?!」

一般的父母親當然捨不得讓兒子去過那麼刻苦的生活，卡蘿拉幾近哀號地大叫。但是，路茲只是輕輕聳肩。

「當然可以啊。我早就為此開始做準備了。」

在接下來的春天，路茲可以靠做紙存錢。只要用之前存放在倉庫裡的白色和黑色樹皮做紙，就能在洗禮儀式之前存到一筆不小的金額。而且買完商人學徒所需的衣服等各種工具以後，應該還能剩下一點錢。

此外，雖然學徒期間一週有一半的時間都沒工作，但只要利用這些時間和我一起開發新產品，就可以獲得報酬。這樣一來，商品的報酬一定會比學徒的薪水還多。雖然無法過上豐衣足食的生活，但也不會窮得苦哈哈。只不過，因為沒有多餘的錢可以自己租房子，所以暫時是擺脫不了惡劣的居住環境。

「……你說你開始做準備了，是認真的吧？」

「我很認真。」

沉默了良久後，卡蘿拉深深地嘆一口氣。明白到路茲再認真不過，臉上帶著像是死心又像還無法徹底死心的複雜表情垮下肩膀。

「比起工作風險那麼高的商人，我還是覺得穩定踏實的工匠好一點呢……」

「……要是聽老爸的話成為工匠，不就只能一直像現在這樣嗎？」

路茲不滿地噘起嘴唇，卡蘿拉卻板起臉孔。這句話聽起來就像是對現在的生活有所不滿，卡蘿拉整個人像變成了刺蝟。

「你說會一直像現在這樣是什麼意思？」

「就是被哥哥他們使來喚去，又每次都看他們的心情搶走我的東西，結果到了我手上就什麼東西都沒有了。」

「這個嘛……因為你們是兄弟，雖然有時候會被搶走，但不是也會給你東西嗎？」

卡蘿拉為難地皺眉主張，卻被路茲一口推翻。

「媽妳說什麼啊？食物被吃掉就沒有了，我拿到的也都是他們用過的、已經快要壞掉的東西吧？偶爾就算因為給我的東西太破爛，買了新的給我，也馬上就被其中一個哥哥搶走。」

我也一樣因為是妹妹，所有東西都是拿姊姊用過的。但是，多莉一直很照顧我，路茲家則可能因為都是男孩子，所以比起互相扶持，更注定受到支配。這部分相差懸殊。

「現在我已經親眼看過了商人是怎麼工作，又和梅茵一起努力做了那麼多，體會到自己努力的成果可以掌握在自己手中。我想要像現在這樣不受到阻撓，測試自己的能耐。所以，我一點也不想成為工匠。」

一直以來都被人踩在腳底下的路茲，終於找到了不被家人支配的環境，也成功進入了也許可以實現自己夢想的地方。卡蘿拉頹喪地垮下腦袋嘀咕：

「我沒想到你這麼認真，還以為你只是陪著梅茵瞎起鬨……」

「我才不會因為這樣就決定一輩子的工作。」

「我就是因為這樣想，才一直這麼反對啊。」

卡蘿拉「唉」地長嘆一聲，垂下眼皮。沉思了老半天後，卡蘿拉慢慢地抬起頭來，露出了無可奈何的笑容。

「既然你已經想清楚了，還做好了要搬出家裡的心理準備，那麼想做就去試試看吧。雖然爸爸反對，但家裡面至少我會站在你這一邊。」

「真的嗎?!媽媽，謝謝妳！」

路茲的小臉頓時綻放光輝。原本路茲已經放棄尋求家人的理解了，先是不敢相信地瞪大眼睛，然後高興得跳起來歡呼：「好耶！」一直以來路茲都向著前方努力不懈，現在終於展現出了和他年紀相符的樣子，我也忍不住笑了。家裡面至少有一個人願意支持自己，心情也會截然不同吧。

就算哥哥他們回來了，路茲的心情還是很好。在大家的幫忙下，開始製作我帶來的新食譜。

「札薩哥哥，請你們幫忙預熱鐵板。路茲負責磨好起司加進帕露果渣裡面，要加多一點喔。然後拉爾法，可以幫我把藜薺的葉子切碎嗎？」

我一邊分配工作，一邊往路茲磨著起司的大碗裡倒入帕露油和鹽巴。然後再把拉爾法切碎的、長得像是羅勒的藥草放進去，最後只要攪拌均勻再煎熟。

「鐵板預熱好了。」

「那來煎這些麵糊吧。就和之前煎帕露煎餅一樣。」

等起司融化後，再煎到酥脆的程度，就可以吃了。雖然外觀像是大阪燒，但刨好的起司絲非常濃郁，所以吃起來的味道偏向西式。麗乃那時候，燙完素麵和義大利麵還有剩的時候，經常會把麵條切細，再用這樣的方式利用剩下的食材。

「做法真簡單，還可以填飽肚子。」

「可以再加切碎的火腿和青菜進去，也很好吃喔。」

「那就和帕露煎餅不一樣，可以直接當飯吃了呢。」

大家都面帶笑容，津津有味地吃著同樣的料理。期間，拉爾法想從旁邊搶走路茲又煎好了的那一份，卻被卡蘿拉狠敲一拳。

「不要搶別人的東西，太難看了。再煎一片不就好了嗎？」

被揍了一拳的拉爾法和路茲都有些瞪大眼睛。後來，拉爾法自己重新煎了一片，路茲也放心地吃起自己的食物。卡蘿拉看著路茲露出微笑。

有了母親這個強而有力的支持者，路茲的家庭問題似乎暫時就此告一段落。

整個冬天，我都日復一日地過著做手工活、當路茲的家庭教師、去大門幫忙和發燒昏睡的生活；路茲則是把木簪帶來我家順便學習，偶爾再把做好的髮飾送去奇爾博塔商會。

漸漸地，暴風雪不再那麼猛烈，必須整天待在家裡的冬季也進入了尾聲。

重新開始做紙

積雪開始消融，放晴的日子也逐漸開始拉長。雖然天氣還很冷，但家人已經同意我可以走到奇爾博塔商會，所以我和路茲一起前往商會，結算冬天的手工活。收好幫忙做手工活的所有人提交的髮飾後，和要裝錢的袋子一起放進托特包裡，朝著商會前進。

大道的正中央已經看不見半點白雪，但到處依然可見冬天的殘跡，像是小巷子角落裡尚未完全融化的雪人，還有被鏟到路邊凍得硬邦邦的一座座雪堆。

迎來了春天的人們表情都很明亮，路上行人的腳步也顯得輕快，往來於大道上的運貨馬車和板車一口氣增加了不少。進出奇爾博塔商會的商人好像也變多了，枉費我們特地挑在人比較少的午後前來，店裡頭卻忙得不可開交。

正和路茲討論要不要改天再來的時候，就看見馬克向我們走來。原來是認得我們的店員發現我們以後，去通知了馬克。

「馬克先生，午安，好久不見了。」

「嗯，路茲、梅茵。為融雪獻上祝福，願春之女神偉大的恩澤照耀於您。」

馬克舉起右手在胸前握拳，再貼在併攏五根手指的左手掌心上，輕輕垂下雙眼。完全看不懂馬克在做什麼，我瞪大了雙眼盯著他瞧。

「咦？什麼？」

「……這是祝賀春天的問候語啊！」

馬克的表情像在說「你們怎麼會不知道」，我猜可能是這一帶很常見的寒暄。

「我第一次聽到。路茲，你知道嗎？」

「不，我也是第一次看到。」

「難不成……這是商人之間特有的問候語嗎？」

「在我家一直都是這樣做。雖然沒有仔細想過，但因為工作上都只和商人往來，所以可能真的是商人間特有的問候方式吧。積雪融化以後，貨物買賣就會變得頻繁，彼此就會寒暄說『為融雪獻上祝福，願春之女神偉大的恩澤照耀於您』。」

馬克說完，教我們商人間的問候方式。他說只要在春天第一次見面的時候這麼寒暄就好了。大概類似於「新年快樂」吧，我擅自這樣解讀。

模仿馬克做的，我也在胸前把右拳貼在左手掌心上，練習怎麼打招呼。

「為融雪獻上祝福？」

「沒錯。」

「然後是……願春之女神偉大的恩澤照耀於您吧？」

我在嘴裡頭嘟嘟囔囔唸了好幾次，但有信心肯定明天就忘了。這種時候特別想要筆記本。托特包裡雖然有石板，但沒有筆記本。

「老爺現在正在談生意，今天兩位有什麼事嗎？」

馬克問，我扳著手指列出今天要做的事情。

「呃……首先要結算冬天的手工活。然後因為想重新開始做紙了，想確認委託工藝師製作的大抄紙器做好了沒有。最後是關於學徒的事情，有事想和班諾先生商量，但班諾先生現在在談生意吧？」

「我明白了。那先結算手工活吧，算好的時候，生意應該也談完了。」

馬克帶我們走到店內的一張桌子前。我和路茲並肩坐下，馬克坐在我們對面。

「手工活的髮飾加上這些，全部都交給您了。還請確認。」

路茲說著不熟悉的敬語，遞出放了髮飾的籃子。馬克拿出髮飾清點。

「這裡有二十四個。加上冬季期間提交的，總共是一百八十六個沒錯吧？」

「對，沒錯。」

馬克說的數量，跟我們自己標記在石板上的數量一致，所以點頭附和。一個髮飾五枚中銅幣，我和路茲各從中抽了一枚中銅幣當作佣金，這部分的報酬就存進公會裡頭。剩下的報酬為了方便分配，放進我們另外帶來的袋子裡。

為了不讓路茲家的三個哥哥吵架，除了路茲以外，三個哥哥都是做同樣的數量，所以每個人各是六枚大銅幣和兩枚中銅幣，簡單明瞭。我們家則是母親做了八十三個，多莉做了六十六個，我做了三十七個，數量都不一樣，算起來有點麻煩。總之，母親的報酬是一枚小銀幣、六枚大銅幣和六枚中銅幣，多莉是一枚小銀幣、三枚大銅幣和兩枚中銅幣，我是七枚大銅幣和四枚中銅幣。

「做了這麼多，應該可以撐到下個冬天吧。髮飾賣得很好喔。因為顏色的種類很多，客人都挑選得很開心。」

聽到馬克這麼說，我想像了一家人在挑選髮飾的畫面，不由得也笑了。

「是嗎？那真是太好了。我也做了自己洗禮儀式要戴的髮飾喔。」

「什麼樣的髮飾呢？」

「當天就知道了。」

我「嗯呵呵」地笑道，馬克輕挑起眉。

「哦？那麼當天我會拭目以待。接下來，要談重新開始做紙的事吧？」

「是的。雖然路茲要先進入森林，察看過河川的情況以後才能確定，但春天已經到了，所以我們覺得差不多可以開始了。」

班諾的投資只到初夏的洗禮儀式，所以我想盡快開始動工。

「我知道了，我會問問工藝師。妳訂的是兩個契約書大小的抄紙器，沒錯吧？」

「對，麻煩馬克先生了。」

就在事情差不多談完的時候，辦公室裡的公事似乎也談完了，幾名商人從中走出。

「我去向老爺報告，請兩位稍候。」

馬克走進裡頭的辦公室後，接著要我們進去。因為是今年春天第一次看到班諾，我馬上想用剛學會的問候語打招呼，在胸前把右拳疊在左掌心上。

「班諾先生，好久不見了。為融雪獻上祝福。呃，然後是願春之女神……偉大恩澤的什麼？咦咦咦？」

只要沒有記事本，我連上一秒發生的事情都記不住。路茲見了，無言以對地站到我前面，動作流暢地在胸前把右拳貼在左掌心上。

「為融雪獻上祝福，願春之女神偉大的恩澤照耀於您。」

「對，就是這個！為融雪獻上祝福，願春之女神偉大的恩澤照耀於您。」

拜路茲之賜，我終於想起來整句話了，趕緊重新打招呼。班諾用忍笑的表情回道：

「嗯，為融雪獻上祝福，願春之女神偉大的恩澤照耀於您……不過，妳的問候語講得真是七零八落，以後要好好記住啊。」

班諾笑著敲了敲桌子。我和路茲在桌前坐下，聊起春天的祝賀詞。

「剛才馬克先生才教我們的喔。因為在家裡從來沒有聽過，所以班諾先生應該要說，第一次這樣子算做得很好了。」

「是嗎？那你做得真好呢，路茲。那麼，關於學徒你們要商量什麼事情？」

班諾只稱讚了順暢說出問候語的路茲。我不甘心地鼓著腮幫子，說出今天的正題。

「洗禮儀式結束之後，我決定不來這裡當學徒了。」

「啊？……等一下，為什麼會變這樣？是因為沒有稱讚妳嗎？雖然講得很爛，但我知道妳也很努力喔。」

班諾按著太陽穴，很不自然地開始稱讚我的問候語。

「不是啦！跟問候語沒有關係。」

「那不然是為什麼？」

「呃，因為我不是沒有體力嗎？」

「是啊，到了讓人傻眼的地步。」

班諾的附和毫不留情地一箭刺在我心上。

「嗚……而且班諾先生之前不是也很擔心，不知道我能不能工作嗎？一個學徒要是因為身體不舒服常常休息，又都做些不需要花到體力的工作，考慮到店裡的人際關係，這樣子恐怕不好吧。」

「只有這樣嗎？還有其他原因吧？」

在兇巴巴的赤褐色雙瞳瞪視下，我回想歐托告訴我的其他疑慮。

「呃，還有，開發商品領了報酬以後，我拿到的薪水，很可能會比工作十幾年的資深員工還要多吧？最容易破壞人際關係的因素就是錢了。」

「這些話是誰告訴妳的？不可能是妳自己想到的吧？」

班諾試探地瞇起眼，我大力點頭。從麗乃那時候開始，我就只專注在自己有興趣的閱讀上，所以目光非常狹隘。這一次我也是只考慮到自己的體力，經過歐托的提醒，才注意到了人際關係。

「是歐托先生。」

「哦，是嗎？歐托啊……」

……嗯？班諾先生的聲音怎麼好像變得比剛才還低沉……全身還散發出了肉食性動物的氣息……是我的錯覺嗎？

班諾整體的氛圍突然變得兇猛駭人。我歪過頭，說出自己最感到不安的事情。

「還有，班諾先生也知道我得了身蝕吧？我覺得不要僱用一個一年內不知道會發生什麼事的員工比較好。」

花在我身上的教育費很有可能付諸流水。按理說，商人應該不願意做白工。

班諾用力揉著眉心，目光銳利地看著我。

「那不進我們店裡當學徒，妳打算怎麼辦？」

「我會在家裡做些書信的代筆工作，等路茲沒有工作的日子就一起開發新產品，偶爾也會去大門幫忙……生活就和現在一樣，不會有什麼改變。冬天的時候我和家人討論過了，最好不要對身體造成負擔。」

「知道了。妳不用來店裡當學徒。」

班諾的眼神和肩膀都放鬆下來，然後按著太陽穴開始思索，嘀嘀咕咕地說：「那讓我想想……」於是我就說：

「對了，班諾先生。有沒有什麼工作是可以在家裡做，又能委託給我的呢？」

聞言，班諾的赤褐色雙眼倏然發光。猛一看表情非常沉穩，嘴角卻掛著好似肉食性動物的笑容。

「妳的字很漂亮，有代筆工作的話就交給妳吧。所以，妳偶爾也要和路茲一起來店裡露臉，知道了嗎？」

……為什麼呢？總有種被肉食性動物逮住了的感覺。

但對方二話不說就答應了自己的要求，所以我不再多作思考，提出另一個問題。

「那在這種情況下，公會證會怎麼樣呢？以後我打算透過路茲販賣商品，但我的卡片，就不會是班諾先生店裡的學徒證了吧？會變成擺攤用的公會證嗎？」

原本我受洗完後，預計登記成為奇爾博塔商會的學徒，但到時候如果沒有成為學徒，公會證會變成什麼樣子呢？因為已經受洗完了，總不可能再暫時登記。但是，我並沒有隸屬於某間店家，不登記就無法進行交易。

「我不知道妳打算做多少產品，但把現在在用的倉庫登記成梅茵工坊，再轉成工坊長的卡片就好了。只要和我簽訂專屬契約，就可以一如既往進行買賣。」

「工坊長嗎?!太酷了！要是可以和以前一樣，那就麻煩班諾先生了。」

我開心地拍手，班諾也神情愉快地面帶笑容，點了點頭。

「還有，剛才也向馬克先生說過，我們打算看過河川的情況後，就重新開始做紙。雖然洗禮儀式之前會兩個人一起做，但以後路茲就要開始學徒的工作了，我則是不當學徒，所以我想把做紙的工作全委託給班諾先生挑選的工坊去製作，請問可以嗎？」

「全部委託給別人嗎？但之前說好了，要由妳來決定由誰製作吧？這樣好嗎？」

當初簽訂魔法契約，是為了讓我和路茲可以安心又穩定地在班諾的店裡工作。但因為這是一項新事業，對於會從中獲利的班諾而言，負責製作的對象和工坊應該很重要。但是對我來說，既拿不到薪水也拿不到抽成，只要紙張可以大量流通，老實說不管由誰來做我都無所謂。

「因為我對工坊一竅不通，也不認識有誰想要做紙。只不過，因為有些步驟要把樹皮泡在河川裡頭，所以工坊最好要靠近河川。」

「要靠近河川嗎……這可考倒我了。你們都是怎麼做紙的？」

路茲輕輕聳肩回答：

「先扛工具去森林，然後在河邊製作。如果每天都要做紙，搬運工具這部分可能會有點辛苦。」

「以後如果要大量生產，使用工具也會跟著加大，應該會很難來回搬運。不過，這部分要由班諾先生和工坊的人設法解決。」

「……原來如此。」

班諾似乎接受了，所以我把工坊的挑選和工具的設置全部交給他。

「那麼，請在洗禮儀式之前選好工坊、設置好設備，還有決定好要向哪間木材行購買原料。等洗禮儀式快到了，路茲再去教工坊怎麼做。」

「我教嗎?!」

路茲的雙眼瞪得老大，無聲地張合嘴巴。我笑咪咪地點頭。

「因為有些步驟我又做不來，由路茲親自示範是最快的。而且接下來春天這段期間會反覆做紙，你不想記也記得住。要是你會緊張，我再陪你一起去，所以放心吧。」

「妳真的全部丟給別人呢。」

班諾調侃笑道，我忍不住別開視線。我也知道丟給別人到這種程度是太誇張了。可是，紙漿的比例已經經過改良，現在又有途徑可以大量生產，我想要往下一個階段邁進。一直在做紙這個階段停滯不前，永遠也做不了書。等春季期間做出了自己夠用的紙張，接下來我想嘗試印刷。

懷抱著具有時間限制的野心，我起步踏出班諾的商會。

聽說工作效率極快的馬克，在隔天就把新的抄紙器送到了倉庫。路茲知道這件事後，在去雪融後地面溼滑泥濘的森林裡採集時，就順便察看了河川的情況。

「路茲，結果怎麼樣？可以做紙了嗎？」

「河川的水量雖然因為融雪增加，但只要不下大雨，樹皮應該是不會被沖走。」

路茲如此判斷後，我們就決定開始做紙。

隔天一大早，路茲就去拿倉庫的鑰匙，再火速前往倉庫。走在不穿大衣還會十分寒冷的巷弄之間，我思考著今天要做哪些工作。

首先前往倉庫，確認秋天尾聲採到後，做成了黑色樹皮保存的陀龍布是否狀態良好。要是沒有問題，就把陀龍布做成白色樹皮。同時，再用之前保存的白色佛苓樹皮製作紙張。

「考慮到身體狀況，其實應該等河水再暖一點比較好呢。」

「嗯～是啊。可是，如果想存錢，還是要早點開始。」

做紙的資助只到洗禮儀式為止。必須在那之前多做一點紙，把錢存下來。

「不知道陀龍布的樹皮怎麼樣了。」

「在那之後就一直放在倉庫裡晾乾，應該已經變得硬邦邦了吧。」

「可是都沒有拿出去晒太陽，我好擔心會不會發霉！」

「陀龍布沒那麼容易發霉吧。」

路茲輕輕聳肩，但因為完全跳過了晒太陽這道程序，所以我擔心得坐立難安。整個冬天一直都放在倉庫裡面，所以一定陰乾了吧。但我擔心的，是乾燥狀態是否符合我們的期望。

抵達倉庫，打開門鎖，嘰嘰作響地打開倉庫大門。看到昏暗倉庫裡的架子上，掛滿了大量像是黑色海帶芽和昆布的物體，再搭配上灰塵瀰漫的倉庫背景，看起來非常毛骨悚然。

「真的沒問題嗎？」

「連我看了都開始有點擔心了。」

我用指尖戳了戳黑色樹皮，摸起來是硬邦邦的乾燥狀態。但是因為覆著黑色表皮，所以光看顏色，也看不出來到底有沒有發霉。

「總之先帶去森林，泡進河水裡面吧。」

「今天要帶哪些東西過去？」

路茲一邊問，一邊拍去一直擺在倉庫裡頭的背架上的灰塵。

「嗯……路茲就帶鍋子和灰吧。還有，不需要像水盆那麼大，可以再帶一個桶子過去。另外我怕現在在森林蒐集不到木柴，也帶一點木柴過去好了。我負責帶這些黑色樹皮和之前保存的白色佛苓樹皮，還有『長筷』過去。」

「為什麼要帶桶子？但算了，妳說要帶就帶吧。」

我收好一直掛在倉庫裡晾乾的陀龍布樹皮和白色佛苓樹皮，再拿了路茲之前幫我做的、用來攪拌鍋子的長筷和幾塊抹布，放進籃子裡。

兩個人背好行囊，急忙趕往孩子們要一同去森林的集合地點。

和大家一起走到森林，各自散開採集後，我和路茲就前往河邊。路茲開始在河邊準備鍋子，把鍋子放在石頭堆成的石灶上，用桶子汲水。

「這樣子不用走進河裡就能汲水了耶，梅茵妳真聰明。」

如果想用鍋子直接汲水，就必須走進河裡才行，看來路茲都沒有考慮過這一點。往鍋子裡倒好水後，點燃帶來的木柴。然後趁著水煮沸的這段期間，盡量長時間把黑色樹皮浸泡在河水裡頭。

路茲瞪著雪融後流水淙淙的河川，咕噥著說：「看起來真冷。」現在必須走到河裡用石頭組成圓圈，好讓黑色樹皮不會被沖走，但秋天那時候做的石頭圓陣只剩一半還留在原地。所以為了不讓樹皮被沖走，必須先從用石頭組圓圈這項作業開始。

「嗚啊！冷死我了！」

「路茲，加油！」

河水冷得跟冰一樣，路茲一邊哇哇大叫一邊走進去。我要是走進河裡，百分之兩百會發燒，家人也會好一段時間不准我踏出家門半步，所以我能做的只是加油。

為了在河裡奮鬥的路茲，我在河邊撿拾掉在地上的木柴，然後聽見路茲在河裡頭大喊：

「梅茵，幫我拿黑色樹皮過來！」

「好——」

放好黑色樹皮後，路茲就光速從河裡衝出來，跑到石灶前面取暖。他往火堆舉高凍得紅通通的手腳，用力摩擦。我用桶子從鍋子裡舀了滿滿的水，拿到路茲前面。

「把手腳泡進來吧。不好好按摩會凍傷的。」

「……好暖和喔！這樣子泡真舒服。」

路茲把手腳泡在溫水裡頭，吐了一大口氣。雖然溫水應該很快就變冷了，但泡了手腳以後，路茲的身體看來也暖和了一些。

水滾沸後，就把灰和白色樹皮丟下去煮，再把煮好的白色樹皮浸進河裡洗去灰燼。

多虧了路茲努力對抗寒冷的河水，今天的作業順利結束。

既得利益

隔天，必須拿回樹皮，和刮下陀龍布的黑色表皮做成白色樹皮，所以帶了木板、鍋子和桶子。我們偎在火堆旁邊取暖，不時把手泡進溫水裡面，然後用小刀刮下表皮。

「夏天以外的季節實在很不想做紙呢，我的手指都凍得麻掉了。」

「對啊，要走進河裡也很痛苦。」

我們一邊抱怨，一邊也乖乖地動手工作，做好了陀龍布的白色樹皮。變成白色樹皮後，也沒有看見像是發霉的斑點，我才放心地鬆口氣。

「好像沒有發霉呢，太好了。」

「先不說佛苓，我早說過陀龍布不用擔心了吧。」

「因為是危險植物嗎？」

刮好了表皮，就在森林裡採集。聽說有些藥草只在這個時期才採得到，路茲一邊教我辨識，我們一邊沿路撿拾。半路上，我注意到路茲刻意避開了掉在地上，大約有成人拇指第一關節大的紅色果實。也許那是有毒的危險果實。我沒有去碰，指著那種果實問路茲：

「路茲，你為什麼不撿這種紅色果實？這有毒嗎？」

「啊，塔烏的果實不要去碰喔。裡面幾乎都是水，既不能吃，現在帶回去，水分也只會流掉變得乾巴巴，所以一點用處也沒有。」

我留意到了「現在」這兩個字，抬頭看向路茲。他就說明：

「等到了夏天，塔烏的果實就會變得跟拳頭一樣大。如果用塔烏砸東西，裡面的水就會噴出來，所以我們都會拿來玩互相丟人的遊戲。」

所以就像是天然的水球吧，我心想。路茲說現在帶回家也只會枯萎，必須繼續放在土壤上面才會長大。好奇怪的果實。

「到時城裡的大人和小孩子都會玩在一起，互相拿塔烏丟別人喔。對了，星祭時的場面不是很壯觀嗎？」

我在這裡已經待超過一年了，卻對叫作星祭的祭典完全沒有印象。

「路茲，我從來沒有聽說過星祭，而且夏天有祭典嗎？」

「因為妳上次星祭的時候差點死掉了嘛。本來想找妳一起去，但伊娃阿姨說妳一直高燒不退，後來祭典結束以後，我就去採了竹子。」

聽完，我才知道他是指哪一次的差點死掉。就是木簡被母親燒掉，頭一次明確地意識到了那種要被身蝕吞沒的感覺。聽說我好幾天都沒有恢復意識，之後也昏睡了好一段時間，就算有祭典也無法參加。

「多莉應該也很想出去玩，卻因為我的關係沒辦法去吧？」

我搞不好剝奪了多莉快樂的童年。想到這裡我就垮下腦袋，但路茲聳肩搖頭。

「沒有喔。那時候伊娃阿姨幫忙照顧梅茵，所以多莉有參加星祭。她還和拉爾法兩個人爭先恐後地在森林裡面撿塔烏呢。」

「啊，是嗎？那太好了。」

「希望梅茵今年也可以一起參加。」

答應路茲我今年會小心注意身體，一起參加星祭，然後結束了採集。但答應歸答應，那種要互砸水球的祭典，真不知道父母會不會允許我參加呢。

隔天開始要在倉庫前面工作。水很冷，我們一邊做紙一邊頻頻地把手泡進熱水裡頭，用契約書大小的抄紙器篩出佛苓紙。

花上數天的時間晒乾，期間也用陀龍布的白色樹皮做紙。

「佛苓紙乾了呢，因為今天天氣很好。」

「陀龍布明天要自然風乾一整天吧？」

互相確認接下來的步驟，我把做好的二十六張佛苓紙和路茲平分。拿著十三張紙，路茲一臉為難地皺眉。

「梅茵，為什麼要在這裡就平分？交給老爺以後，再平分報酬就好了吧？」

「因為我更想要紙嘛。如果原料是請班諾先生買的，那我就不能自己留著用，但既然這些是我們自己準備的原料，我應該可以自己留下來吧。」

要是賣給班諾以後再買紙，會被抽取三成的佣金。那從一開始別賣給他就好了。

「所以梅茵不賣掉那些紙嗎？」

「我只賣一半，我要收集紙做成書。」

現在紙漿的比例都確定好了，我們也慢慢熟能生巧，所以越來越少做失敗。但這樣一來，想做書的我可就傷腦筋了。說實話，比起錢我更想要紙。最近母親又告訴了我很多故事，想要都記錄下來就已經很困難了，手邊卻半張紙也沒有。

做紙工作結束後，我們便歸還鑰匙，順便把做好的紙交給班諾。

班諾從我和路茲手中各自接過佛苓紙，計算張數。路茲十三張，我六張。看著明顯不一樣的張數，班諾蹙眉。

「噢，做好了嗎？」

「梅茵這一份比較少，怎麼了嗎？」

「因為我想要紙，所以就直接拿走了。這次並不是請班諾先生買的原料，是我們自己蒐集來的，所以應該沒關係吧？」

「……是啊。如果是你們自己蒐集的原料，拿走也沒關係，但妳到底要用那些紙做什麼？」

班諾表情有些警戒地問我。

「我要做書，所以我想要紙。」

「書？……做那種東西要做什麼？書可是賣不出去喔！」

「咦？我沒有要賣啊，是自己要看的。」

我和班諾兩人互相對望，各自偏過頭。班諾無法理解我為什麼要用高價的紙張來做無法成為商品的東西，我則是完全不在乎利益，只是想要書。兩個人當然無法理解彼此的想法。

「雖然不懂妳在想什麼，但想搞清楚好像也只是浪費時間。那我要結算了。這樣大小的一張紙售價為一枚大銀幣，佣金是三成。那麼，你們拿到的報酬會是多少？」

路茲還不知道比例怎麼算，一臉慌張。旁邊的我立即回答：

「七枚小銀幣。」

「啥?!七枚小銀幣?!喂，等等……咦?!這樣子拿太多了吧？」

這樣的金額似乎完全超出路茲的預期，他的嘴巴不停張開又合上。

「……路茲，你冷靜一點。雖然你現在可能覺得這樣太多了，但我們只有洗禮儀式之前可以拿到報酬喔。比起班諾先生往後長期賣紙得到的利潤，這筆錢根本只是小數目，所以你不用良心不安。」

「什麼不用良心不安，妳……」

我試圖讓路茲冷靜下來，但他聽了只是感到不可置信，眼珠子更加飛快地轉動。

「今天路茲賣了十三張紙，所以是九枚大銀幣和一枚小銀幣；我賣了六張，所以是四枚大銀幣和兩枚小銀幣。」

「慢著，九枚大銀幣怎麼看都不是什麼小數目吧？」

「咦？那你要降低售價嗎？」

看著畏畏縮縮的路茲，我微偏著頭這麼提議。對面的班諾卻沉下臉，搖頭反駁：

「售價不能壓低，會和既得利益者產生不必要的衝突，定價和現在一樣就好了。等到流通到一定程度，我會再重新評估售價。要是這麼一大筆錢會讓你感到害怕，不如我就提高佣金的抽取比例吧？」

班諾說到最後轉向路茲，咧嘴賊笑。

「售價要不要更改我們沒有權利決定，所以就交給班諾先生，但我不能同意你更改佣金的比例。路茲，你如果不要這麼多錢，我可以幫你收下喔。」

「誰要給你們啊！我只是聽到這麼多錢，有點嚇到而已！」

路茲緊抱著自己的公會證厲聲大吼。公會證已經經過滴血認證，所以只有本人可以使用，是非常安全的存錢場所。

「你放心吧。只要存進公會證裡面，你就不會親眼看到現金，不用這麼害怕。」

「可惡，好羨慕梅茵在這種事情上可以這麼厚臉皮！」

我在麗乃那時候就存過錢，在這個世界裡也已經收過小金幣，還付了所有小金幣去買魔導具，所以只是習慣了大數目的金錢流動而已，才不是厚臉皮！——真想大聲這麼反駁。

我不高興地板起臉孔，和放聲大笑的班諾重疊公會證，結算報酬。再領了五枚大銅幣的現金，之後交給家人。路茲也一樣把要給家人和要存下來的錢分開，結算報酬。

又過了幾天後，去借倉庫鑰匙的路茲回來時，手上拿著信和一個大布包。正確來說不是信，是寫在木板上的邀請函。布包裡則是兩件可以從頭套在身上，很像連帽雨衣的小斗篷。

路茲拿起兩件顏色不同的小斗篷，歪過腦袋瓜納悶：「這是什麼啊？」我看向邀請函，上頭條列式地簡單寫著集合地點和理由。

「上面說要帶我們去買衣服，要我們第四鐘在中央廣場集合。」

「啊？衣服？」

「……好像是有人因為我們做的紙提出了抗議。為了討論對策，但又不想讓對方發現我們的存在，才想了這個方法。因為我們的穿著在店裡太顯眼了，要我們穿這個過去。」

「咦？什麼意思?!會有什麼危險嗎？」

兩個人都從頭套上那件小斗篷。小斗篷非常溫暖，又能遮住全身的衣服。看來是只要能遮住破破爛爛的衣服就好了。戴上帽子以後，還能遮住髮色和五官，所以我決定出門的時候都戴帽子。因為我的髮簪好像很容易引起注目。

「現在還不知道危不危險，但既然要和馬克先生見面，我們要不要提早把陀龍布紙收進來，順便拿去賣掉呢？啊，可是，如果不想被人發現，還是不要帶在身上走動比較好吧？你覺得呢？」

我一邊說一邊檢查陀龍布紙的乾燥程度，路茲就突然生氣。

「梅茵，妳為什麼這麼悠哉啊?!」

「咦？可是，因為這是一項新事業，早就可以料到會和既得利益者起衝突啊。雖然我也覺得對方的反應速度比預期中還快……」

「既得利益者？什麼是既得利益者？」

路茲一臉無法理解，重複說著感到陌生的單字。

「就是指已經擁有權利可以獲得利益的團體。班諾先生不是說了嗎？要是降低售價，就會和既定利益者產生衝突。這次的對象，我想是製作羊皮紙的那些人。」

「製作羊皮紙的那些人又怎樣？我們的紙是用樹木做的，跟他們沒有關係吧？」

只看製作方式，也許會覺得毫無關係，但用途與客群卻是完全重疊。先前因為沒有任何可以威脅到他們利益的存在，現在突然蹦出了這種從沒見過的紙張，對方一定很驚慌失措吧。

「因為目前為止都只有他們能做紙，不管賣得再貴，大家需要契約書的時候都只能買羊皮紙吧？但要是出現了其他種紙，客人不是會被搶走嗎？」

「嗯，也是啦。」路茲明白地點點頭。一旦出現用途相同的商品，當然會有客人把目光轉向另一邊。

「這樣一來，他們賺的錢就不會和以前一樣多了吧？他們就是不希望這種事情發生。而且，商品一旦可以大量販售，價格就一定會下降。」

「咦？是嗎？」

我往石板畫下一張圖表。先畫下代表X軸和Y軸的兩條直線，再畫出兩條曲線簡單地代表需求與供給，說明這之間的關聯。

「這張圖呢，是用來表示『需求』與『供給』之間的關係。這一條是『需求曲線』，這一條是『供給曲線』。『需求』是指想要某個商品的人，『供給』就假設是某個商品。」

「哦……」

「當想要的人很多，販售商品數量卻很少的時候，商品的價格就會上升。」

我指著兩條曲線的末端說，路茲可以理解地應道：「東西少的時候，不管什麼都很貴嘛。」我點點頭，配合著曲線移動手指。

「所以，當商品數量增加了，想要的人都可以買到，那後來想要的人就會變少吧？所以價格會下降。」

我一邊說明，手指一邊下滑到兩條曲線交錯的地方。

「當商品的數量變得比想要的人還多，那這次不管準備多少商品，都會賣不出去吧？那麼，價格更會繼續往下掉。」

我繼續移動手指，需求曲線與供給曲線的上下關係完全顛倒。

「這樣明白了嗎？我們做越多紙，紙的價格就會像這樣不斷下降。可是，做羊皮紙的人並不想降低羊皮紙的價格，又想保有以前都可以得到的利益，所以發現有人要賣新的紙，才會跳出來抗議。」

「梅茵，聽起來好像很危險耶？」

我笑著對神色不安的路茲搖頭。

「既然班諾先生要把我們藏起來，表示那些人交給班諾先生應付就好了，路茲你不用擔心。不過，詳細情況還是要聽他們說明才知道。」

我們在邀請函指定的會合時間之前，做好了二十四張陀龍布紙，但為了先了解對方的反應，所以就先留在倉庫裡。

「路茲，你也戴上帽子，別讓人知道你的髮色和長相。」

班諾這麼警戒，難保不會被捲進什麼危險的事情裡。

我們有些緊張地在中央廣場等待，第四鐘響後不久，馬克就出現了。

「讓你們久等了。如邀請函上說的，我們去買學徒需要的制服吧。」

「好的，麻煩馬克先生了。」

雖然我不當學徒了，所以不需要制服，但為了出入班諾先生的商會，還是買一套不引人注意的衣服比較好吧。我邊走邊想著這樣子會不會太浪費錢時，馬克卻誤以為我是身體不舒服，一把將我抱在手臂上。

「馬克先生，我可以自己走啦！」

「因為看妳一直發出呻吟聲，我只是擔心妳。為了讓我安心，就這樣移動吧。」

「我只是在想事情，健康方面沒有任何問題！」

馬克先生依舊掛著笑容，還稍微加快了走路的速度說：「那請妳盡情地想事情吧。」顯然不打算理會我的抗議。

「路茲——！」

「這樣子比較快，妳就乖乖別動吧。」

連向路茲求助也遭到拒絕，我只能放棄抵抗。

……唔唔，真是四面楚歌！

三個人走進服飾店後，老闆就笑容可掬地迎上前來。店員和客人也都穿著體面又整潔的服裝。如果只有我和路茲過來，很可能會被趕出去。

「啊，馬克先生，歡迎光臨。這兩位是學徒嗎？」

「對，沒錯。請做兩套奇爾博塔商會的學徒制服。」

大概都是在這裡訂做學徒制服，馬克簡單地下了訂單，老闆就微笑頷首。

「咦？兩套是指我也要嗎？」

路茲自是不用說，但我不會成為學徒。但是，馬克繼續帶著微笑點頭。

「以妳現在的打扮出入商會，太引人注目了。所以雖然抱歉，也要請梅茵訂做一套制服。今後妳也會以相關人員的身分進出店裡，還是有套制服比較方便。」

雖然沒有正式成為學徒，但梅茵工坊是在奇爾博塔商會的援助下開發新產品，以後為了獲利的分配和在家的委託工作，和班諾碰面討論的頻率也還是和現在差不多。那樣一來，要是路茲每次都穿著漂亮的學徒制服，我卻還是一身破爛補丁，未免太淒涼了。既然現在的我出得起這筆錢，還是先訂做一套制服吧。

路茲先被拉進了店裡頭，全身衣服被脫到只剩下貼身衣物，店員才開始為他測量尺寸。接著我也被帶到其他房間，被人脫下一層又一層的衣服。只是測量全身各部位的尺寸，就累得我精疲力盡。

「訂金是一枚小銀幣。」

學徒的制服是從頭到腳，連鞋子也向店家訂做，所以我們用公會證支付了一枚小銀幣當訂金。如班諾所說，最後總金額將近十枚小銀幣。這樣子就能買齊一整套奇爾博塔商會的制服。現在的我還無法判斷這樣算便宜還是貴。

訂好衣服後，馬克就帶我們去見班諾。班諾神情有些凝重地瞪著紙張，但看見我們以後，就放鬆了表情。

「你們來啦。抱歉，突然叫你們過來。因為情況變得有點棘手，雖然我也覺得這樣可能反應過度，但還是要多加提防。你們也不要放鬆警戒。只要扯到權利，這世上多的是不知道會做出什麼事情來的人。」

班諾似乎也覺得這樣子戒備過度，但關係到權利，還是要我們提高警覺。然後又補充說，因為我們是還未受洗的小孩子，只要穿上學徒制服，就算在店裡頭出沒，也應該不會被人盯上。

「班諾先生，你石板上寫的既得利益者，果然是指製造羊皮紙的那些人嗎？」

「沒錯。是羊皮紙協會向商業公會提出了抗議。」

「向商業公會？」

不明白羊皮紙協會和商業公會之間有什麼關係，我不解地側過頭。班諾就說明，負責居中保護既得利益者、化解新舊事業間的衝突，也是商業公會的工作。

「聽說昨天傍晚羊皮紙協會向商業公會提出了抗議，說有人沒有加入羊皮紙協會，也沒有付錢，就自己私下做紙，於是要求公會取締擅自造紙的不法人士。」

「啊……然後呢？」

班諾不可能乖乖束手就範，應該早就想好了適當的協調方案。所以我沒有太過擔心，請他繼續往下說。班諾就像頭意氣風發的肉食性動物般，勾起嘴角回答：

「我當然反駁得他們無話可說。我們的紙又不是用動物皮做的，所以和羊皮紙協會完全沒有關係，不要想來分一杯羹。」

班諾這麼好戰的態度讓我的臉都綠了。他根本沒有想出協調方案，甚至直接挑釁既得利益者。要是情況變得一發不可收拾，都是班諾害的。

「咦？呃……所以班諾先生不想大家一起找個可以妥協的方案嗎？」

「蠢蛋！要是一開始就壓低姿態，只會被對方瞧不起。而且我們並不是竊取了對方的製紙方法，沒有義務要支付技術費用給他們。用動物皮做的紙和植物做的紙，做法也不一樣，所以沒有上對下的關係。他們只是想獨占和紙有關的所有權利，要是有辦法，還想搜刮我們的利潤。」

這個地方有這個地方、班諾也有班諾自己的做法，所以抱怨也無濟於事，但我還是希望可以用溫和一點的方式解決。

「嗯……因為羊皮紙的原料是動物皮，不可能短時間內增加產量吧。既然商業公會願意居中協調，不然就互相協議，規定正式的契約書只能使用羊皮紙，讓對方可以保有和以前差不多的銷路與利益，這樣子怎麼樣？」

「妳還是這麼天真。」

班諾哼了一聲。只要讓對方保有銷路和利益，再認定羊皮紙是正式用紙，我想對方就不會再來找麻煩了吧。難道這樣做行不通嗎？

「我討厭無謂的紛爭。而且，我希望可以讓紙大量流通，用在各式各樣的東西上。不只當作契約書，還可以用來做書、筆記本、繪圖本和摺紙……就算是小孩子也可以隨心所欲地使用。」

「妳的夢想還真是出乎我想像的遠大。」

班諾驚訝地瞪大眼睛嘀咕。

「咦？很遠大嗎？可是，只要可以大量生產，我認為總有一天就能實現。所以只要咬咬牙，把佛苓紙的價格定得比羊皮紙還便宜，用在契約書以外的地方就好了。例如那邊的報告書。換成植物紙的話，不僅容易搬運，也方便保存。比起板子，也比較好寫字……」

「原來如此，依紙的種類劃分用途嗎……我會提議看看。」

這次班諾沒有再說我天真，像有什麼盤算地瞇起眼睛。看來哪個部分動搖了他的想法，和腦內的利益計算。

「如果要依紙的種類劃分用途，陀龍布紙屬於高級用紙吧。品質比羊皮紙還好吧？」

「是啊。陀龍布紙的售價，我打算定得比羊皮紙高出不少。」

「咦？會高出不少嗎？」

這句話讓我無法充耳不聞，睜大了雙眼反問。班諾反而稍微瞇起眼，看看我又看看路茲。

「你們……難道都沒有注意到嗎？」

「咦？注意到什麼？」

「路茲，陀龍布的特徵是什麼？」

突然有問題丟向自己，路茲嚇得往上彈了一下，然後說出陀龍布的特徵。

「咦？呃……陀龍布是一種會以驚人速度成長的樹木，而且很難點燃。」

「啊，難不成！……用陀龍布做的紙很難點燃嗎？」

對喔，父親也說過用陀龍布做的家具很難點燃，就算發生火災也不會被燒掉。雖然剛長出來的柔軟陀龍布無法做成家具，但可以做紙。

「沒錯。比起一般的紙，陀龍布紙幾乎無法點燃。雖然不至於完全不會燃燒，但非常適合用來書寫國家機密，以及國與國之間的正式文書。所以定價當然高。」

這樣說來，陀龍布紙確實算是特殊用紙，也難怪定價高昂。回想麗乃那時候，所有的紙也並非都是同樣的價格。如果是比較費工、數量稀少又特殊的紙張，有時候一張紙的價格還會高到讓人下巴快要掉下來。

「我明白了……那麼，陀龍布紙的定價是多少呢？」

「契約書大小的陀龍布紙是五枚大銀幣。」

「嗚哇……」

這麼強勢的定價，連我聽了都感到頭痛，路茲更是驚愕得發不出聲音。但班諾一派理直氣壯，斷然地說：「陀龍布紙不僅不易燃燒，還擁有極難採到的稀少性，這個價格很合理。」聽起來若沒有一定程度的庫存，應該還不會拿到市場上販售。

「還有，直到和羊皮紙協會討論出結果前，你們暫時別來商會露面。想把你們藏起來是有理由的。要是做紙的方法洩露出去，有人擅自買賣，搞不好會出人命。」

「咦？出人命嗎？」

談話內容突然讓人悚然心驚，我猛眨眼睛。班諾在此刻提起了已經被我忘到九霄雲外去的魔法契約。

「魔法契約中規定，做紙的人由梅茵決定，再透過路茲販售。要是有人不知道我們簽下了契約，就擅自做紙、擅自買賣，不曉得會發生什麼事。」

「咦?!魔法契約有這麼危險嗎?!對於一無所知的人也有約束力？」

始料未及的事態讓我抱頭大叫。當初是為了自己工作的安定才簽下魔法契約，想不到會衍生出這麼危險的連帶作用。

「魔法契約可是專門用來和貴族明訂彼此的權利。就算是不知道有這項契約的人，只要違反了契約內容，也會遭到處罰。所以我會藏起你們兩個人的存在，再向商業公會宣稱，我已經簽定了要由本商會製作並販售的魔法契約，藉此牽制羊皮紙協會。」

搞不好魔法契約沒能保障我們擁有穩定的工作，還會為我們帶來危險。擁有權利可以決定由誰做紙的我，和擁有賣紙權利的路茲，現在的處境好像都非常危險。

「我會隱瞞真正具有權利的人是你們。倉庫鑰匙就先交給你們保管，暫時別來店裡了。等協商出結果，我再透過歐托和你們聯絡。」

聽了班諾可靠的發言，我和路茲想也不想就點頭。

……希望不會有人因為我想尋求穩定的魔法契約而不幸喪命。

既得利益者與協商結果

契約魔法伴隨而來的危險性讓我惶恐不安。我只是想為路茲和自己的工作尋求保障，並不想要危害他人。我渾身發著抖，和路茲一起回家。胃部好像灌了鉛一樣沉重，胃液還咕嚕嚕地翻攪。

「妳不用這麼擔心啦，老爺一定會想辦法的。」

我對路茲的安慰點點頭，回到了家。但是，一想到會不會有不認識的人突然死掉，或是遭到懲罰，我就害怕得克制不了自己，胃也陣陣抽痛。如果問我在害怕什麼，我是害怕波及到一無所知的人。

其實我很想要躲在家裡閉門不出，但路茲說：「感覺妳一直待在家裡只會胡思亂想。」就半強硬地把我帶到外頭。這段時間，我們只能一邊做紙、去森林裡採集，一邊等著班諾的聯繫，等得我心急如焚。

但是，都過了好幾天，經過大門要去森林的時候，歐托卻從來沒有向我們說過隻字片語，也沒聽說過有人突然原因不明死亡。我身邊的情況太過一如往常。

又過了好幾天，比起恐懼，我更開始對班諾產生不信任感。真的會有人因此喪命嗎？班諾會不會只是故意誇大？我一邊這樣思索，一邊回想班諾說過的話和當時的表情及態度。

「……仔細想想，你不覺得很奇怪嗎？」

「什麼很奇怪？」

路茲搖晃著抄紙器抄出佛苓紙，皺起小臉。我把篩好的紙張疊在紙床上，回頭看向路茲。

「就是魔法對不知道有魔法契約的人也有效這件事。」

「為什麼？這是魔法啊，有什麼好奇怪的。」

路茲一派輕鬆地這麼回應，走過來要把篩好的紙張疊在紙床上，於是接著換我抄紙。我揣起紙漿，搖晃抄紙器，噘起嘴唇說：

「你覺得因為是魔法，沒有什麼好奇怪，這點我才覺得奇怪呢。你想想嘛，要是對基本的技術和常見的商品也施加契約魔法，不就到處都有人會受到處罰嗎？萬一有人在遠方的城市施展了契約魔法，我們這裡又不會知道……」

我邊抄紙邊思考。如果契約魔法像是一種給予專利權的系統，那應該也有類似智慧財產局這種負責管理專利權的機關。要是不通知所有人「這項商品已經簽定魔法契約了喔」，未免太危險了。

「我覺得只是我們不知道，但契約魔法應該也有限制範圍和條件。而且，如果是這麼危險的魔法，應該會有更加嚴格的管制措施吧？」

「梅茵，妳兜圈子說了這麼多，結果到底是在害怕什麼？」

路茲問，我忍不住停下了篩紙的手。他從旁邊拿走我的抄紙器，代替我繼續抄紙。

「梅茵想掩飾自己真心話的時候，講話速度就會變快。」

路茲揚起下巴催促：「妳悶在心裡我也不會知道，全部說出來吧。」

「……我很害怕牽連不知道魔法契約的人，害他們遇到危險。希望這只是班諾先生在開玩笑，不然就是騙人的。現在還沒有任何人遇到危險吧？他只是想嚇唬我們而已吧？……我很想這樣說服自己。」

「如果老爺是開玩笑也無所謂，但為什麼要開玩笑？老爺騙我們又沒有好處。」

「嗚……因、因為他之前也騙了我們很多次啊。我覺得班諾先生可能又想敷衍我們，沒有全部說出實話，想要測試我們。」

說不定是想支開我們去做什麼事……話才說到一半，背後就傳來了熟悉的嗓音。

「哦？想不到梅茵這麼不相信班諾啊？」

還以為倉庫裡沒有其他人，背後卻突然傳來聲音，我和路茲都嚇得扭過頭。只見穿著便服的歐托正揚起一邊眉毛，一臉揶揄，輕揮著手打招呼。

「歐托先生?!你怎麼在這裡?!」

「當然是來替班諾傳話啊。」

班諾確實說過會透過歐托聯絡我們，但我還以為會在經過大門的時候悄悄帶話。沒想到歐托會直接跑到倉庫來。

「他說終於結束了。」

這麼簡單的傳話，根本什麼消息也沒有透露。過少的資訊讓我的胃部陣陣絞痛，我撲向歐托想得到更多消息。

「是什麼事情結束了?!怎麼樣結束的?!」

「哎呀，我聽說這一次可是鬧得雞飛狗跳呢。」

「到底是什麼事情鬧得雞飛狗跳?!」

歐托只是輕輕聳肩，不肯給我可以滿意的回答。完全搞不懂他是真的不知道，還是知道了卻假裝不知道。

「班諾沒有說明過嗎？」

「幾乎什麼也沒有說。只說要是不知道魔法契約的人擅自做紙販售，可能會有生命危險。為了隱瞞製作方法，也要我們直到和羊皮紙協會談完之前都不要去店裡。」

我說明了班諾告訴我們的事情後，歐托摸了摸下巴。

「哦……至少基本上該告訴你們的事都說了嘛。」

「有沒有不認識的人因為魔法契約受傷了呢？這是我最擔心的事情……」

「就是為了避免有人受傷，才隱瞞了做法吧？完全沒有人傷亡喔。其他事情，你們最好直接聽班諾親口說吧。等你們作業告一段落，要一起去一趟嗎？」

「好！」

聽到沒有人受傷，我胸口的大石終於卸下。身體突然間變得無比輕盈，我動作迅速地開始抄紙。

「這樣子就能做紙了嗎？這是什麼？」

「秘密。」

「這些水好像有些黏稠，加了什麼嗎？」

「秘密。」

歐托興味盎然地看著我們抄紙，提出各種問題，但我答也不答，繼續手上的工作。

「我跟梅茵這麼熟了，告訴我有什麼關係嘛。」

「要是隨隨便便就說出去，班諾先生會生氣的。對吧，路茲？」

我暗示路茲，路茲也聳起肩膀，咧嘴笑道：

「因為老爺常說梅茵做事都不經大腦啊。我想最好還是乖乖閉上嘴巴。」

「哈哈哈……妳都不經大腦說話嗎？可以想像到班諾一定氣得臉冒青筋。」

「冒青筋是還好，他的表情更常像是無言以對呢。」

收拾好了工具，三個人一起前往班諾的商會。還沒穿過巷子來到大馬路上，歐托就按著太陽穴低頭看我。

「梅茵，妳平常都是用這種速度走路嗎？」

「……對啊。」

「路茲，太了不起了。我有點尊敬你了。換作我可受不了……所以，失禮了。」

「呀啊！」

才說完受不了，歐托就「嘿咻」一聲把我抱起來，然後開始大步前進。回想起來，最近班諾和馬克也老是抱著我移動。看來對大人來說，我走路的速度慢到他們都忍不住要把我抱起來吧。

一抵達班諾的商會，馬克就出來迎接我們。

「梅茵、路茲，你們好啊。歐托老爺，這次多虧了您的幫忙。」

「偶一為之沒關係，而且也很好玩啊。班諾在裡面嗎？」

馬克低下頭後，歐托也輕輕點頭回禮，大步流星地走進店內。一隻手把我抱在手臂上，另一隻手打開裡頭辦公室的大門。

「班諾，水之女神駕到了喔！」

歐托說著不知所云的話踏進房內。瞬間，班諾飽含殺氣又魄力十足的眼神就射過來。因為被歐托抱在手臂上，慘遭牽連的我嚇得一震。

「歐托，閉嘴。你想和珂琳娜離婚嗎？」

班諾兄代父職，似乎有權限讓珂琳娜和歐托離婚。歐托說過自己就和入贅女婿沒兩樣，班諾的身分也算是一家之長吧。從班諾的眼神和低沉的話聲，感覺得出他相當認真，想必也不只我這麼認為。視珂琳娜為世界中心的歐托慌忙開始辯解。

「嗚哇！我亂說的！只是開開玩笑而已嘛！」

「不好笑的玩笑不算玩笑。」

從班諾的表情很難判斷他到底是真的在發火，還是只是要著歐托玩，伸手用力箍緊歐托的腦袋。感覺我就快從歐托手上掉下去了，很恐怖，希望班諾快點住手。

「班諾先生，你的心情好像很不好喔？」

「都是這傢伙害的！」班諾兇狠地瞪著歐托，後者倒是一點也不以為意，輕輕把我放在地板上。

「不過，想不到梅茵不怎麼相信你呢。她剛才還大發牢騷，說你可能又想敷衍他們，沒有全部說出實話，想要測試他們喔。」

突然可以明白班諾為什麼會生氣。絕對是歐托多嘴說了什麼。歐托一定是明知道對方會生氣，還故意說出來。

「歐托先生，你不要亂說啦！」

班諾聽了肯定會很不高興，所以我悄悄觀察班諾的臉色。但是，班諾並沒有不高興的樣子，反而看著我，憔悴地長嘆一聲。

「唉……梅茵，真不知道妳是直覺敏銳，還是疑心病重，還是天生就說不聽。枉費我特地讓你們遠離那些麻煩，就是不肯乖乖領情……」

「但是身為商人，時時對他人的言語心存懷疑是很重要的，也要試著去解讀話語和行動背後的涵義，這麼做並沒有錯吧？」

歐托嘻嘻微笑，豎起大拇指。

「唉，算了。現在我會回答妳的問題。坐下吧。」

在平常那張桌子旁坐下，我開口第一句話就問班諾自己最在意的事。

「班諾先生，契約魔法真的會牽連到不相干的人嗎？」

「要看契約內容，有時確實是會。我不是說明過了，這次是有可能影響到別人嗎？」

班諾確實是這麼說明過，但我無法理解。

「可是，要是對基本的技術，或是對隨處可見的商品和技術施展契約魔法，不就到處都有人會受傷嗎？而且如果有人在其他城市施展了契約魔法，我們這裡根本不會知道……應該有什麼效力發動的條件或者限制範圍吧？還有，有沒有負責管理魔法契約的地方……」

我說出了自己的想法，班諾就微微睜大眼，然後點頭。

「沒錯，魔法契約只在簽訂契約的這個城市有效。只在城市裡簽訂的小型契約魔法，並無法穿過設置於城市外牆上的魔法結界。」

「魔法結界?!那是什麼?!」

第一次聽到這麼有奇幻氣息的設定，我忍不住興奮地傾身向前追問，班諾卻兇巴巴地瞪著我。

「那是城市的基礎，現在不重要。關於這次事情的發問和說明可以結束了嗎？」

「啊啊，不行！契約魔法如果真的會對不相干的人造成影響，那不是很危險嗎？這麼隨隨便便就能使用太奇怪了吧？」

班諾不悅地挑起一邊眉毛睨著我。

「契約魔法並不是隨隨便便就能使用。不僅只有獲得認可的商人才能擁有必要的魔導具，價格還高到妳聽了會大吃一驚。而且，就和妳想的一樣，如果簽訂的魔法契約會影響到簽約者以外的人，就必須向領主大人報告。要是在沒有報告的情形下有人遇害，受罰的人會是我。」

「咦？那……」

之前是忘了報告，差點有人遇害，才那麼慌張嗎——我才這麼心想，班諾就狠狠彈了我的額頭。

「呼呀！」

「別誤會了。我早就向領主大人報告過了。」

還沒說出口就被發現了。我按著額頭呻吟，班諾哼一聲，狂妄地勾起嘴角。

「向領主大人報告的時候，領主大人就吩咐過我，要向商業公會報告並登記這項新商品的魔法契約。」

「……這麼說來，這件事也已經向商業公會報告過了吧？」

「那當然。魔法契約的報告和登記都完成了。我還去申請了成立新協會。」

……成立新協會是怎麼一回事？班諾想做什麼？他該不會想做一些非常多餘的事情吧？出乎意料的發言讓我微微瞠目，偏過頭納悶。班諾見了，露出了讓人感到火大的自豪表情，得意地挺起胸膛。

「植物紙是能夠發展成一項大事業的商品吧？所以我決定像羊皮紙協會那樣成立植物紙協會，再把事業版圖擴大到其他城市。」

「……這件事我還是第一次聽說喔。」

我的臉頰不禁抽搐，班諾則點頭說「當然」。

「因為我現在也是第一次說。」

「請、請等一下。這樣子不是等於當面向既得利益者宣戰嗎?!協商怎麼可能平安落幕！」

我完全不懂班諾為什麼要這麼強硬。在他的做法裡面，我看不到半點的事前協商、妥協和折衷方案。

「沒辦法平安落幕不是我害的，是那個臭老頭的關係。」

「這是推卸責任嗎？」我瞪著班諾，坐在旁邊的歐托捧腹大笑起來。不知道是哪句話讓他覺得好笑，我和班諾只是瞥了他一眼，就不予理會。

「我不是推卸責任。我為了登記跑了一趟商業公會，但簽訂魔法契約的時候還沒有成品，臭老頭就說無法登記。做好試作品的時候，我就重新去辦理登記了。」

「哦……」

「但公會長因為不想讓我成立新協會，一直囉哩囉嗦，明明我老早就提出了申請，卻過了一個季節都還沒有處理完最終程序。」

這麼說來，公會長當時也插手了我們的暫時登記。因為想要購買髮飾，公會長才無可奈何地答應了我們辦理暫時登記，但印象中非常不情願。

「之前我們要辦理暫時登記的時候也是這樣呢。可是，公會長可以基於私人的理由，就拖延登記的時間，或是不受理登記嗎？」

「他當然可以表面找個冠冕堂皇的理由。暫時登記那時候，是用我們沒有血緣關係當藉口，這次則說因為已經有羊皮紙這種紙了，不認為有必要另外成立植物紙協會。」

看著班諾打從心底感到厭惡的表情，我回想起了之前兩人見面時的氣氛。感覺如箭在弦一觸即發，都試圖要扳倒對方。

「可以想像兩位的針鋒相對。」

「我在秋天的時候就提出申請了，所以這次才賣了紙，根本沒想到公會還沒有完成登記。沒有事前再確認一遍確實是我的疏忽，但這樣算是推卸責任嗎？」

在冷冰冰的瞪視下，我忙不迭搖頭。

「呃，我認為是商業公會怠忽職守。」

「沒錯。因為販售了還沒有完成登記的紙張，羊皮紙協會才提出了抗議。那個臭老頭也不想想自己幹的好事，打從一開始就站在對方那邊……」

原來班諾的敵人不是身為既得利益者的羊皮紙協會，而是公會長。

「領主大人都吩咐了要我向商業公會辦理登記，萬一在魔法契約尚未完成登記的情況下，有不知情的人因此傷亡，妳覺得會有什麼結果？」

都已經吩咐了卻沒有執行，會給領主留下很糟糕的印象，更是一項重罪吧。

「我想領主大人會非常生氣。」

「沒錯。不僅簽訂魔法契約所需的魔導具會被收回去，以後和貴族交易也會受到限制，領主大人更會嚴懲簽約的人。這樣一來，就給了臭老頭絕佳的好機會。所以直到登記完成之前，都不能讓人知道做紙的方法。」

如果之前警戒的對象都是公會長，怪不得那麼小心縝密。

「但是，總不能把你們捲進大人間這些麻煩的勾心鬥角。最重要的是，梅茵很可能會因為認識對方、又是救命恩人，就放鬆戒備，也不想清楚會對周遭帶來多大的影響，就不小心把重要的資訊洩漏出去。」

「咦咦?!我就這麼不值得信任嗎?!」

「我是記取以前的教訓。回想一下妳自己幹的好事。」

「唔唔……」

想起了我在公會長家的各種魯莽舉止，我一時語塞。站在班諾的立場，把不知道會做出什麼事情來的我隔離開來，確實才是上策。

「那大致上的情況我都了解了。那麼，和羊皮紙協會協商時的氣氛很糟嗎？」

「那邊只要有過事前交涉，就沒有什麼問題。麻煩的只有那個臭老頭。」

……公會長才是最終大魔王嗎？想不到既得利益者在班諾先生眼中只是小嘍囉。

一邊胃痛一邊抄紙的時候，真沒想到事情會這樣發展呢。我這樣心想著的時候，一直都安靜聽著的歐托，突然嘻嘻笑著開口說了。

「班諾也帶了我去參加協商，最後羊皮紙協會答應了妥協方案。」

「妥協方案？」

「就是妳說的劃分紙的用途。」

班諾說，我才想起了自己的提議，拍了一下掌心。

既然願意接受這個妥協方案，就表示對方既能保有一定的羊皮紙銷量，我們也能夠讓紙張廣泛普及。這對我的做書之路而言，等於又前進了一大步。只要市面上流通的紙張增加，價格下降，想要做書就不是難事。我終於可以不用再擔心紙的問題，安心做書了。只要班諾開設工坊、大量造紙，就不用擔心沒有紙了。

接下來就是墨水和印刷了呢——我的大腦已經開始盤算起下一步，眼前的歐托則愉快地彎起嘴角說：

「所以大家都在議論紛紛，到底是誰讓至今都頑固不知變通的班諾改變了主意？難道水之女神也終於降臨到班諾身邊了嗎？」

話題突然從嚴肅的協商跳到閒話家常，氣氛也緩和下來，路茲就開口說話了。

「水之女神是什……不對，請問是什麼呢？」

「就是讓積雪融化的春天的預兆，為漫長的冬天帶來終結的女神。」

歐托的解釋讓我忽然驚覺到，自己從沒聽過這裡的神話故事。既然新春的問候語裡都出現了神祇，也許日常生活中也潛藏著祂們的蹤跡。

「歐托先生，你說的水之女神，跟新春問候語裡的春之女神不是同一位神祇嗎？」

「也不是不一樣……像是讓積雪融化的水之女神、促使草木發芽的女神，這些和春天有關的女神，都統稱為春之女神喔。」

「這樣啊。」

單純因為是多神教，就覺得還算可以適應的人只有我嗎？至少這個世界似乎不會強迫人民只單一信仰我從沒聽過的神祇。對於要參加洗禮儀式的緊張也緩和了一點。

「什麼這樣啊……妳的反應只有這樣？」

歐托愣了一下說。難得他解釋了這麼多，只說一句「這樣啊」可能真的很失禮。

「呃……可以了解春天的女神，我很高興喔。以後也請告訴我其他神祇的故事吧。」

「我不是這個意思，就是班諾的……」

「歐托，你想被攆出去嗎？」

歐托焦急地想接著說下去，卻被班諾的低沉話聲打斷。

總覺得導致這種場面的原因就是我太遲鈍了，但看到班諾怒氣騰騰的表情，我強烈地覺得沒搞清楚也是好事。

「話說回來，為什麼歐托先生會去參加協商呢？」

為了阻止威脅歐托要讓他和珂琳娜離婚的班諾，我試著向歐托伸出援手。這句問話也成功地讓班諾的注意力轉移到我這邊。他立刻收回攻擊歐托的手，往我轉過來。歐托在旁邊用眼神向我表示：「感謝救命之恩。」

「因為等植物紙協會開始運作，我打算讓他幫忙。」

「咦？所以歐托先生要成為商人了嗎?!」

為了和珂琳娜結婚而放棄商人身分的歐托，現在終於能夠重新變回商人了嗎？這真是太好了！但班諾輕輕搖頭。

「不，歐托還是士兵。只是沒有工作的時候會使喚他而已。」

「咦咦咦咦?!這樣子太過分了吧！」

做完了士兵的工作，還要兼差當商人被人使喚，未免太可憐了。我忍不住大叫，一旁的路茲也點著頭。但是，班諾只是哼了一聲，看著歐托露出微笑。

「為了珂琳娜，賺點錢支付房租也是應該的。對吧，歐托？」

「但我覺得我的工作量應該付完房租還有剩喔？」

兩個人完全把我和路茲摒除在外，帶著感覺心機很重的笑容互相瞪視。不知道他們要互瞪到什麼時候，我受不了地敲敲桌子。

「班諾先生，請你繼續說下去。結果你和公會長後來怎麼樣了？」

班諾從歐托身上別開目光，重新轉過來。接著微一聳肩後，掛上勝利的笑容。

「提出了妥協方案以後，羊皮紙協會就同意成立植物紙協會，所以他想反對也沒用。公會長也不甘不願地同意了。」

「應該是『逼他同意』才對吧？」

歐托從旁插嘴，而且恐怕歐托說的才是對的。看到我和路茲都點頭說「原來如此」，班諾嘖了一聲。

「所有該準備的資料我都準備好了，也和羊皮紙協會達成和解，也沒有任何人因為魔法契約受傷，要是再繼續拖延不完成登記，就是商業公會怠忽職守。」

「嗯，對啊。可是，你另外還對公會長說：『要是你已經年老昏花，看不了資料，差不多該考慮引退了吧？』甚至還說：『要不然就由我代替你吧？』這些話我倒覺得全是多餘的喔。」

歐托的揭露讓我用力地倒吸一口氣。

「就是因為班諾先生老說這種話！公會長才會覺得你目中無人，老是針對你，事情才變得這麼麻煩啊！公會長一定很生氣！」

「氣得臉紅脖子粗呢。想不到人的臉可以變紅到那種地步。」

歐托一派氣定神閒地這麼補充，但聽了一點也高興不起來。班諾還附和道：「那一幕真的很精彩。」和歐托一起點頭。

「那個臭老頭，氣死他最好。這次都因為他故意找麻煩，才平白多了這些爛攤子要收拾。」

看來經過這次的事情，公會長與班諾之間的鴻溝又裂得更深、更寬了。

「總之，這一次我很肯定已經完成登記了。接下來就可以大量造紙、大量販售。首先，要決定這座城市的工坊要蓋在哪裡。」

棘手的問題總算解決了，班諾接著表示要為量產紙張的工坊挑選地點。

「我打算夏季的洗禮儀式一結束，就讓工坊大量生產。」

「仔細衡量過利益得失後，我認為等洗禮儀式結束，路茲成為學徒以後再開始比較好。到時候就不必再付錢給他們兩個人了。況且，現在還要決定工坊的位置、訂製工具、確保原料、學習做法，等這些事情都準備好，洗禮儀式也到了。」

之前我們也正費了一番工夫才備齊所有工具。班諾說得沒錯，如果要備齊這麼多量產用的大型工具，得花上不少時間。

「所以，為了在決定工坊時當作參考依據，快點一五一十說出紙的做法吧。」

看樣子對班諾來說，正事從現在才開始。

我和路茲互相對望，疲憊地嘆一口氣。

挑選工坊與工具

雖然班諾趾高氣昂地說：「我要決定工坊的地點和大小，把做紙方法告訴我吧。」但這件事和絲髮精一樣，都是可以收取資訊費的吧？

我覷著班諾的表情開口說：

「因為我們完全分不到植物紙協會的獲利，所以紙的做法，我要收取資訊費喔？」

「……那好吧。妳想要多少？」

班諾咧嘴微笑，敲了敲桌子。其實我根本不知道做紙方法的資訊費該收多少，也不知道收多少才是合理的價格。

「呃……班諾先生要付多少呢？」

「隨妳開價。妳要開多少？」

大概是看穿了我的心思，班諾笑嘻嘻地這麼回答。

我內心的資訊費基準，就是之前絲髮精的三枚小金幣。這次甚至要為植物紙成立新協會，班諾一定是認為植物紙可以帶來龐大且長遠的利潤吧。

「嗚嗚……我、我要開絲髮精的兩倍喔？」

「沒問題，來吧。」

班諾拿出公會證揮了揮，臉上的嘿嘿賊笑絲毫不受影響，泰然自若地一口答應。早知道應該再開高一點才對嗎？我還是搞不清楚這裡的市場行情。無法釋懷地拿出公會證，「叮」地與班諾的公會證重疊。

我兀自發出沉吟聲尋思時，歐托盤起手臂看向班諾。

「聽梅茵的說明，要先知道工具會有多大、數量又有多少，再考慮規模和地點，才能決定工坊的設置吧。不過，一開始先沿用倉庫裡的工具做紙不就好了嗎？」

聽到歐托這麼說，我倒吸口氣。

「那些工具是梅茵工坊的東西！要是被收走，我們就不能做紙了！不行！」

「……但其實倉庫也是老爺的東西啦。」

路茲插嘴提醒，我不高興地嘟起嘴唇，看向班諾。要是工具被搬去新的工坊直接沿用，我們可就頭痛了。不只這個原因，那些工具也不適合大量造紙。

「可是，真的不行啦。梅茵工坊裡的工具並不適合大量生產。」

班諾像是無法理解地挑起一邊眉毛，我就開始說明：

「那裡的工具最主要的目的，就是做出試作品，也為了讓我們方便操作，都做得比較輕、比較小也比較簡單，並不適合大量造紙。而且因為這些東西都是班諾先生的先行投資，我不好意思花他太多錢，有些工具也只是拿替代品充數而已。」

「咦？都有人願意替妳出錢了，妳幹嘛要客氣？應該所有設備都準備最高級的東西才對吧？」

歐托十分吃驚地說：「妳是笨蛋嗎？」但是，我從來沒有過要用別人的錢，買齊最高級的設備這種想法。那時候連要拿到一根釘子都難如登天，所以我無時無刻都只想著要怎麼壓低成本。

「我就是沒辦法那麼厚臉皮嘛。不過，現在應該可以厚臉皮一點了。」

「妳對我可以不用再變得更厚臉皮了。那麼，妳說梅茵工坊的東西不適合大量生產，是什麼意思？」

班諾問，我思考起最淺顯易懂的例子。

「因為體格不一樣，效率就會變差。像我們現在在用的抄紙器是契約書的大小，但如果是成年男子，就可以用更大的抄紙器抄紙。明明用大抄紙器抄紙，一次可以抄出四張契約書，要是每次都一小張一小張地抄紙，只會浪費時間。」

「嗯，確實是沒必要用和你們尺寸一樣的工具。」

「還有，只是因為我們沒辦法操控，所以現在是用大水盆，但配合大型的抄紙器，製作紙漿的容器也要加大才行。馬鍬也只是把路茲做的長筷綁在一起，勉強湊合著用，如果真的要大量做紙，最好準備一把真正的馬鍬。」

「全是我沒聽過的工具呢。」

因為有些工具並沒有特別訂做，所以當然沒聽過。班諾敲了敲太陽穴，目光銳利地瞪著我。就算瞪我，我也不會交出現在的工具。

「嗯……關於需要哪些工具，目前又是拿哪些東西替代使用，只能親自前往梅茵工坊，一邊示範做法一邊說明，不然很難理解吧。」

「那就明天去視察吧。我也沒看過你們工作的地方，剛好過去看看。」

班諾馬上就決定了時間，我慌忙回想接下來的做紙行程。

「可是，就算要視察，今天才剛抄完紙而已，所以明天只剩下晒乾紙張這個步驟，沒有什麼特別要做的喔。我們正打算要去森林採集原料。」

「哦，所以接下來又要從頭做起嗎？」

「對。明天要砍木頭、蒸木頭、剝樹皮，然後回到工坊晾乾。」

我說完，班諾點了幾下頭。

「好，那我讓馬克跟你們一起去。」

聞言，我試著想像了馬克和我們一同前往森林的光景。

……在森林裡砍木頭，還一起在河邊剝黑色樹皮的馬克先生？太不搭了。駁回。

「馬克先生是位適合穿著整齊衣物的高貴紳士，所以不行。他一點也不適合砍樹和剝樹皮這種事……班諾先生倒是可以穿上工作服，跟我們一起去喔。」

「喂！妳什麼意思？」

「想要了解工作內容的人是班諾先生，所以班諾先生一起去比較好。」

「妳剛才可沒這麼說。」

班諾一臉不願，但是也說：「不過，我確實想先了解整個作業流程。」於是決定和我們一起行動。自然而然地，就說好明天一起去森林工作。

隔天，聽說路茲去拿倉庫鑰匙的時候，班諾已經穿好工作服在等他了。路茲還偷偷告訴我，出來迎接他的馬克看起來非常頭痛，一直很擔心班諾會不會失控。

「你們居然能在這麼狹窄的地方工作。」

班諾走進梅茵工坊，環顧了一圈後說。每天都在寬敞的店裡工作，在班諾眼裡，這間只能容納兩個小孩子走來走去的倉庫肯定小得不得了吧。

「只有我們的話還可以，但班諾先生一進來，感覺就變得好擠呢。不過，其實我們通常都在外面工作，很少待在倉庫裡面。」

和往常一樣準備採集原料要用的工具，然後前往森林。有鍋子、蒸籠、木桶和些許木柴。今天我只在籃子裡放了長筷、用來當盤子的木板、考夫薯和奶油。

班諾提議要幫路茲拿一半的行李，但路茲緩緩搖頭。

「我已經習慣了，所以沒關係。與其幫我拿東西，請老爺抱著梅茵移動吧。」

「路茲，你平常都負責搬這些東西嗎？應該很辛苦吧。」

班諾哼了聲，把背著籃子的我抱到他肩膀上。

「呀啊！」

「抓好了。路茲，至少把那個大木框給我。感覺你快被壓扁了，我看不下去。」

班諾單手拿著蒸籠，開始移動。班諾的腳步很大，我坐在他的肩膀上跟著左右搖來晃去，只好膽顫心驚地抓住班諾的頭。

「呃，我們當初決定鍋子大小的時候，是以路茲搬得動為基準，但也因為鍋子比較小，一次能做的量不多。所以要考慮究竟要做個大鍋子，還是準備好幾個小鍋子。但如果把工坊設在河川旁邊，就不用搬鍋子，只要搬原料就好，會輕鬆很多喔。」

「嗯……」

今天因為有成年的班諾同行，不需要和受洗前的孩子們一起行動，所以我們沒有前往會合地點，直接從倉庫走向南門。

經過大門的時候，看見父親和歐托在說話。

「爸爸、歐托先生，我們走了喔！」

我坐在班諾的肩膀上，向兩個人大力揮手。兩個人就有些瞠大眼，快速衝過來。父親瞇起眼睛打量班諾。

「梅茵，這個人是誰？」

「就是平常很照顧我的班諾先生啊。班諾先生，這位是我父親。」

父親和班諾互道寒暄的時候，歐托的肩膀不停微微顫抖。

「歐托先生，怎麼了嗎？」

「不，你們兩個人這樣子，班諾看起來根本像是爸爸……」

「閉嘴，歐托。我還單身。」

班諾憤怒得狠狠往歐托的腦門敲了一拳，再度跨著大步往森林移動。

……咦，班諾先生還單身嗎？年紀已經不小了吧？

這裡的平均結婚年齡很低，我家的父親也才二十二歲而已。看起來和父親差不多大的班諾居然還沒有結婚，感覺真奇妙。

「班諾先生，你不結婚嗎？」

「……嗯，大概不會吧。」

「問你為什麼，你會生氣嗎？我單純只是好奇，不想說的話可以無視我喔。」

我問完，班諾就苦笑著說：

「我也沒有要刻意隱瞞。只是在我想結婚的那時候，為了扶持家人就已經耗盡心力。後來母親去世，珂琳娜也結了婚，沒有了需要我當支柱的家人時，想要迎娶的對象卻也不幸過世，不在這世上了。因為遇不到比她更好的女人，所以我才不結婚。只是這樣而已。」

……雖然只是這樣而已，但感覺是段很沉重的往事呢。

我慢慢地吐一口氣。因為是班諾很重視的人離開了，所以我也沒辦法再向他的過去發問，也沒辦法開他玩笑。

我默不作聲地摸了摸班諾的頭，他就苦笑。

「幹嘛這麼突然？」

「沒有啊，不由自主。我只是在想，班諾先生是那麼大一家店的老闆，身邊的人一定會一直問你什麼時候要結婚，什麼時候要生繼承人吧。」

「是啊。不過，最近耳根已經變清靜了。我會訓練珂琳娜的孩子成為繼承人，所以這件事用不著擔心。這也是我答應他們兩人結婚的條件。」

……嗚哇，歐托先生，加油！

我在心中為歐托聲援的時候，走出了宛如昏暗隧道的大門。同時，石板路也變成了沒有鋪裝的泥土道路。空氣變得清新，視野開闊，有種得到解放的感覺。

「嗯，我也好久沒來森林了。」

「對了，班諾先生說你採過帕露吧？我還以為商人的孩子都不會來森林呢。芙麗妲好像也只有在野餐的時候才來過……」

我忘懷不了芙麗妲說我們每天都像在野餐時的那種衝擊。班諾輕笑了聲，懷念地瞇起雙眼。

「當學徒那時候，不用工作的日子，我們都會偷偷從家裡溜出來。」

「偷偷溜出來嗎……」

「因為來我們家當學徒的同齡孩子都去採集過，當然會感到好奇。現在還是有這樣的孩子吧？」

「……啊，這麼一說，和其他學徒一起去森林的時候，偶爾會有幾張生面孔。」

受洗完的學徒們，仍會趁著工作休息的時候前往森林採集和狩獵。和尚未受洗的孩子們不一樣，他們可以自由往來於森林與城市，所以有不少孩子會自己跑進森林。但有時候，有些孩子會帶著在工作地點結交到的朋友一起來到集合地點。班諾當年也是和這樣的朋友前往森林吧。

「商人的孩子小時候都是怎麼度過的呢？」

「我家基本上都在學習。有客人上門，就學習怎麼接待客人；去市場的時候，就讓我們看著價格學習計算；也會教我們怎麼分辨外地人，辨別商品的好壞……」

這種每一項舉動都和經商息息相關的生活，就算化作言語，我一時間還是無法理解。唯一可以肯定的是，他們的生活和我們完全不一樣。

「那和我們的生活真的差很多呢。」

「如果是小店的孩子，生活方式大概又不太一樣吧。」

把東西搬到河邊，路茲檢查石灶的情況，然後設置鍋子。接著從河川汲水，倒進鍋子裡頭，放上蒸籠。今天也放了考夫薯進去。

「那我要去砍木頭。老爺，那你……」

「路茲，你以後要進店裡工作，要習慣用『您』稱呼我。還有，你可以自己做絲髮精，要注意維持整潔乾淨的儀容，不要一身髒兮兮的出入商會。」

「我知道了。那老爺呢？您要在這裡和梅茵一起等，還是一起去砍木頭……」

「我很好奇你們都砍哪一種樹，一起去吧。」

路茲和班諾一起去找木頭。我則在鍋子附近撿柴火，順便顧東西。

砍完木頭的路茲和班諾抱著一大疊樹枝回來。看到我就呆坐在鍋子旁邊，班諾輕揚起眉。

「梅茵什麼事都不做嗎？」

「班諾先生，你覺得我可以做什麼呢？乖乖待在這裡不動，就是我的任務喔。因為我要是昏倒了，沒有人可以把我搬回家嘛。」

路茲吩咐過他不在旁邊的時候，我能不動就不動。因為我每次亂跑，幾乎無一例外都會惹出麻煩。

「……路茲，你的耐心真教我吃驚。」

「對啊。路茲很厲害的喔！」

「梅茵，不要說了啦。我再去撿點木柴。」

路茲難為情地瞪了我一眼，連忙逃離現場。和班諾一起笑著目送他的背影後，我拿出小刀。把路茲帶回來的佛苓和木柴分開來，再把佛苓切成可以放進蒸籠裡的長度，一邊告訴班諾有關路茲的事情。

「路茲真的很了不起喔。要是沒有路茲，我現在早就死了吧。第一次快要被身蝕吞沒的時候，就是路茲救了我。而且，在可以利用這些事情賺錢之前，路茲就一直照顧我，陪著我一起做了很多東西。」

「……嗯，我聽說過。所以妳才這麼袒護路茲嗎？」

不論是冬天的手工活還是做紙，我大可以自己獨占利益，卻讓路茲參與進來，還把權利和獲利分給他。看在身為商人的班諾眼裡，一定覺得匪夷所思吧。

「是啊。因為我是有路茲在才得救的，所以想要盡可能幫他的忙。我頂多只能動腦想出新商品，也多虧了班諾先生願意幫忙販售，才能賺到錢呢。」

「……原來如此。那不論要使出什麼手段，都得讓路茲留在我們店裡才行哪。」

「麻煩班諾先生多多照顧了。」

班諾把手放在我的頭上，彷彿聽見他說：「交給我吧。」我鬆了一口氣。

把佛苓全都砍成相同的長度時，路茲也回來了。他往鍋子裡加水，把佛苓放進蒸籠裡，接著用長筷夾出裡頭的考夫薯。

「路茲，馬上放奶油！」

「我知道啦！」

放上奶油，就成了奶油考夫薯。看到當盤子使用的木板上擺著的奶油考夫薯，班諾和起初的路茲一樣，露出了嫌棄的表情低頭看著考夫薯。

「老爺，梅茵想出來的食物都很好吃喔。雖然只是考夫薯。」

路茲嘿嘿笑著，大口咬下考夫薯。見狀，班諾才逼不得已似地拿到嘴邊。

「……真好吃。」

「唔呵呵。蒸過以後，美味都濃縮在了裡面，而且天氣這麼冷，熱呼呼的考夫薯吃起來也特別好吃喔。」

吃完奶油考夫薯，就請班諾顧鍋子，我和路茲開始採集。我們採了一些藥草，還有野菜。最近採到有毒植物的機率慢慢降低了，相當有進步。

蒸好了樹皮，泡過水後，馬上開始剝樹皮。雖然這道程序也請了班諾幫忙，但大概是不習慣手工的勞動工作，想不到他的動作非常笨拙，樹皮被剝得破破爛爛。再讓班諾幫忙下去，黑色樹皮的數量只會越來越少。

「班諾先生，你不用再剝樹皮了。請和路茲一起收拾東西吧。」

剝好了黑色樹皮，回到工坊晾乾樹皮。班諾一邊皺著鼻子，一邊幫忙把樹皮晾在架上的釘子上。因為班諾比我們要高，不用每一次都要站上臺子，真是太羨慕了。

「這些黑色樹皮的數量如果也變多，就很難晾乾了。其實應該要像這樣組個木架，再放在上面晾乾。」

我在石板上畫圖，說明沒有實物的工具。班諾或點頭或發問，觸摸做紙的工具。

「這些黑色樹皮要放到太陽底下，晒到變得乾巴巴為止。沒有徹底晒乾的話就會發霉。晒乾的樹皮再放進河川裡頭，泡上一整天的時間。」

「但有可能會被偷走吧？」

「是啊，這也是我最擔心的事情。一旦知道了做法，這些樹皮就能賺錢。所以，我才覺得工坊設置在河川附近比較好。」

我一邊說，一邊輕拍了拍倉庫角落裡的灰燼袋子。

「泡完河水以後，要把樹皮的黑色部分用小刀刮掉，再和灰一起煮，然後又要在河裡面泡上整整一天。和灰一起煮過後，纖維才會變軟。」

「哦……」

「之後，要挑掉黏在樹皮纖維上的損傷和髒污，再用這種方形木棒搥打纖維，直到變得像棉花一樣。這根木棒也是以路茲拿得動為基準，所以成年男子最好拿更大且更重的木棒敲打，才會比較有效率。」

我指著敲打用的方形木棒和木臺。班諾拿起木棒揮舞，咕噥說：「如果我要敲打東西，確實要再重一點。」

「再來，要把變得像棉花的纖維和叫作黏著劑的黏液、還有水，攪拌在一起，製成紙漿。我們是用這些抄紙器和水盆抄紙，但大人會拿更大的抄紙器抄紙，底下的水盆也要配合抄紙器的大小，抄紙的量才會變多。攪拌紙漿的時候，我們是把路茲做的長筷束起來，再用長筷攪拌，但如果之後做了大型的紙漿槽，現在用的長筷就無法攪拌均勻，所以要用像是大梳子的工具來攪拌。」

我邊說明邊在石板上畫圖，班諾發出悶哼聲，摩挲下巴。

「然後再用抄紙器，像這樣子左右搖晃和傾斜，抄出厚度平均的紙張，再疊在紙床上。等到疊在紙床上的紙張自然陰乾，就是現在這個樣子。明天要拿重石壓在這疊紙上面，繼續把水分擠出來。這道程序可以去除黏著劑的黏性。最後再把紙一張張地貼在那塊木板上，放在太陽底下晒乾。撕下來以後，就大功告成了。」

我簡略地說明完了所有步驟後，班諾感佩地吐一口氣。

「比我想的還要費時又費工哪。」

「但一邊等紙乾燥，一邊也會做其他事情，就不會覺得花了很多時間喔。不過，如果想要大量製作，應該會很忙碌。而且，這個時期也很難走進河裡。」

今天在河邊幫忙汲了水的班諾重重點頭，喃喃說著：「看來造紙工坊到了冬天就得暫時關閉。」冬天的河川凍得讓人走不進去，木頭也堅硬得不適合做紙。

「因為要有河川才能做紙，所以請班諾先生好好考慮工坊的設置位置吧。」

「嗯，我明白了。看來要忙上一陣子。」

嘴上雖然說要忙上一陣子，班諾卻顯得很開心。我也語氣輕快地為他加油：「請好好加油吧～」

這時候我還覺得事不關己，但有過短暫做紙體驗的班諾一旦火力全開，開始挑選工坊以後，真正忙起來的人卻是我們。因為馬克會趁著做紙的空檔，帶著我和路茲到處跑，向工匠訂製各種工具。聽到「資訊費也包含這項服務」，我只能乖乖認命。

於是，訂做工具、募集人手、教導紙的做法，等到工坊差不多都安頓好的時候，季節的腳步也即將邁向夏天。

路茲的學徒準備

「梅茵，妳今天打算怎麼辦？天氣很糟喔。」

從窗戶往外看，烏雲密布的陰沉天空一看就知道不是適合做紙的天氣。雖然還是可以去森林採集，但萬一中途下雨，我絕對會變成超級大型累贅，所以還是留下來看家比較好。

這年春天，天氣好的時候我們就卯足全力做紙賺錢；天氣不太好的時候，就和馬克一起跑遍城裡，幫忙協助設立工坊。

但是，現在工坊幾乎已經整頓好了，做法我也教了。前幾天還檢查了做好的試作品，我們的任務算是結束了吧。

「班諾先生說了，我們的洗禮儀式是下一次的火之日，我本來還想最後再做一批紙，但天氣這樣也沒辦法呢。」

「就算沒有最後再做一批紙，現在的我也已經有錢到連自己都大吃一驚了。」

我們每次賣紙，都會另外收下一枚小銀幣的現金交給家人。但是，也只是糧食方面有所改善，並沒有為生活帶來太大的變化。只不過，我們存在公會裡頭的存款金額倒是變得很驚人。因為近來天氣好，做紙比較順利，陀龍布紙的價格又很高。

前幾天又賣出了一批紙後，我的存款金額已經超過了兩枚大金幣。路茲也很快就要達到兩枚大金幣了。怎麼看都不像是受洗前孩子該有的存款數字。

……但洗禮儀式一結束，好一段時間都不能賺錢了呢。

我尋思著有沒有忘了什麼事情得在洗禮儀式前先做好，忽然驚覺一件事。

「路茲，我們今天去找班諾先生吧。我都忘了！」

「咦？但我們沒有和老爺約好要見面啊？」

「洗禮儀式是下一個火之日吧？最好先問問班諾先生，當學徒需要準備哪些東西……路茲的父母不是商人，不會幫你準備工作用具吧？」

「……啊！」

洗禮儀式結束後，就要開始學徒的工作了，所以洗禮儀式的禮物，大抵都是工作服和工作用具。包含著「以後要好好加油」的心意，為了今後要走上同一條道路的孩子，身為前輩的父母會親自挑選工具，再送給自己的孩子。多莉要成為裁縫學徒的時候也是，父母在洗禮儀式那一天，送給了她工作服和一套裁縫工具。

但是，路茲的父母不會幫他準備。因為現在他的父親依然反對他當商人。而且他的父母不是商人，不會知道要準備哪些東西，也不知道準備商人學徒的東西需要花多少錢。雖然班諾說了要訂做制服，現在也訂好了，但我不覺得只準備制服就足夠。商人學徒除了制服以外，很可能還需要其他工具。幸好我們存下了大筆資金，可以自己購買必要用品。只要請教班諾或馬克，應該就會告訴我們。

「除了制服，不知道還需要什麼東西呢。新人教育的時候要學習，所以應該會需要石板和計算機，但不知道還要不要準備其他東西。」

「現在的我大部分的東西都買得起。幸好有照梅茵說的，把錢存下來。」

雖然現在卡蘿拉站在了路茲這一邊，但對於他要成為商人這件事，還是無法幫上任何的忙。和商人既沒有交情，伯父也依然堅持己見。但路茲說，現在母親會斥責哥哥他們太過分了，所以生活比以前好過了些。

「等路茲成為學徒，你的監護人就是班諾先生，所以問他是最妥當的。」

於是我拿著托特包，和路茲一起走在烏雲密布的陰天下，朝著班諾的商會前進。

「哎呀，你們不是幾天前才做好紙嗎？」

已經大致掌握了我們行蹤的馬克一看到我們，稍微睜大了雙眼。

「我們有事情要找班諾先生商量……該不該先向馬克先生報告呢？」

記得馬克在商會裡負責指導學徒。

「我們想問商人學徒需要準備哪些工具。因為路茲的父母不是商人，不知道洗禮儀式的時候該送他什麼工具，他只能自己準備。」

「啊，說得也是呢。我都沒想到這件事。」

馬克瞪大雙眼後又瞇起來，用手抵著太陽穴。

「洗禮儀式就快到了，請問來得及嗎？既然班諾先生會變成監護人，是不是找班諾先生商量比較好？」

「是啊，最好先和老爺討論過後再行動。」

一如往常被帶到裡頭的辦公室，只見桌上堆滿了板子和紙，班諾正忙碌地振筆疾書。

「老爺，路茲和梅茵有事找您商量。」

「什麼事？」

班諾問，沒有停下在板子上寫字的手。我悄悄推了一下路茲的背，要他自己說。

「老爺，我想向您請教，當學徒該準備哪些工具？」

大概是寫到了一個段落，班諾放下筆，抬起頭來。見他露出了不明所以的納悶表情，我就補充說明：

「一般這些東西都是父母要準備的，但路茲的父母因為不是商人，所以不知道該準備什麼東西。請問商人學徒該準備哪些東西呢？應該不只要準備制服吧？」

「嗯，是啊。那你們和馬克一起去採買吧。剛好也收到通知，你們之前訂製的學徒制服已經做好了。你們去拿的時候，順便多做幾件替換用的制服吧。」

「我知道了。」

我點點頭，旁邊的路茲卻慢慢地歪過腦袋瓜。

「要多做幾件替換用的制服嗎？」

「廢話。怎麼可以好幾天都穿同一件衣服工作。要是變皺發臭，成什麼體統。」

班諾的商會也會接待到貴族，所以外表非常重要。絕不能穿著皺巴巴或髒兮兮的衣服，出現在客人面前。事實上，在店裡工作的員工全都打扮得清爽潔淨。

「要每天都替換嗎？……真的假的？」

其實多莉也是，路茲家應該也是一週才洗一次工作服。因為這是母親放假時的工作。一般人並不會有工作服要每天替換的觀念。連平常穿的衣服都沒幾件了，所以都是在洗好的衣服晾乾之前，一直穿同一件衣服。而且洗衣服會日積月累地慢慢磨損布料，所以除了內衣褲外，不少家庭都是直到無法忍受為止，不然都不洗衣服。

和家裡有傭人的班諾不一樣，路茲在家裡面屬於金字塔的最底層，很難開口拜託母親幫他洗衣服，讓他每天替換吧。但是，這是工作上非做不可的事。

「要是開不了口拜託卡蘿拉伯母，路茲你就自己洗吧。反正當學徒的時候，中間會有休息的日子吧？」

「嗚嗚……」

「而且你當初要是住進宿舍，這些事也只能自己做啊。」

因為不同於自己以往的認知，路茲一定很吃驚。但是，這是他接下來將要進入的社會的常識，也只能夠接納。

「因為和你平常的認知不一樣，你一定嚇到了吧？可是，也只能去習慣。為了不讓客人感到不愉快，一定要每天換衣服才行。這就是工匠與商人的不同。」

「也對。」路茲點點頭說，而班諾的表情好像也受到了文化衝擊。他很慢地眨著眼睛，念念有詞地說：

「生活習慣真的從根本上就不一樣哪。」

「所以只要班諾先生一覺得有哪裡奇怪，就請提醒我們。因為我們真的不知道。」

「嗯，我以後會留意……馬克，那麼兩個人就麻煩你了。」

「是，老爺。」

等到馬克的工作告一段落，三個人再一起去拿做好的制服。由馬克抱著我移動，已經在籌備工坊期間變成了固定模式，我也放棄了掙扎。

「歡迎光臨。」

店員迎上前來，一看到馬克和我們，似乎就知道所為何來。在店員的引導下，我和路茲被帶到裡頭的房間。

「好了，請試穿看看吧。」

店員遞來的衣服是樣式簡單的襯衫加上裙子，還有和馬克同樣款式的背心。因為是量身訂做，想當然耳非常合身。只是穿上毫無補丁的新衣服，我的心情就無比雀躍。我上下轉動手臂，蹲下又站起來，確認穿上新衣的感覺，只覺得非常舒服，一點也不會太大或太小。

「好厲害喔，穿起來好舒服！」

「是嗎？太好了。馬克說今天就直接換上這身衣服，這邊的衣服幫妳包起來喔。」

在我試穿的時候，路茲似乎加訂了兩件相同款式和尺寸的制服。在和店員說話的馬克和路茲注意到我後，回過頭來。

「真是可愛呢。只是換了身衣服，看起來就像是好人家的孩子。」

「嗯，很像大小姐喔。」

被兩個人一稱讚，我更是志得意滿，捏起裙襬。

「真的嗎?!很可愛嗎？就像大小姐一樣？不是只有衣服？」

「妳安靜不動，又不講話的話。」

「唔……不過，最近路茲的姿勢也變得很端正，看起來就像小少爺呢。」

因為班諾提醒過要注意儀容整潔，所以路茲現在都盡可能保持乾淨，也不時會用絲髮精洗頭髮。現在路茲的金髮閃耀著亮眼的光澤。之前我很佩服馬克的站姿沉穩端正，就建議路茲多加參考。於是他就開始會注意馬克的姿勢與動作，所以現在只是換套衣服，看起來就像個小少爺。不會覺得他與這身衣服格格不入。

「這樣子就可以去其他店家買東西了呢。」

因為服裝的關係，就被店家掃地出門的情況並不稀奇。重疊會員證支付了款項後，馬克就帶著換上新制服的我們前往下一間店。

接著走進去的是文具店。打開有著筆作為符號的木門，幾近正前方就是櫃檯，一位看來慈眉善目的老爺爺應該是老闆，正在打磨什麼東西。

牆邊擺著架子，上頭陳列著商品，但擺在店裡的東西很少，架上只各自放著一個樣品。在這座城市，這是很常見的店面擺設。店家只是接待空間很小，大半空間都是倉庫。為了預防遭竊，這也是沒辦法的事，但不能比較商品真的很可惜。

「馬克先生，請問需要什麼嗎？」

「是啊。我要墨水、筆，還有用來簽僱用契約的羊皮紙。路茲，你有石板、石筆和計算機了吧？那再買幾片木板就可以了。」

聽馬克說完，我輕吐了口氣。這些根本不是路茲的父母買得起的東西。雖然現在的我們有能力購買了，但在我們生活周遭，一般人還是幾乎買不起墨水和羊皮紙。

「我也要！我也要買墨水和筆！」

趁著路茲採買，我自己也買了墨水和筆。曾經昂貴到根本可望不可即的墨水，現在居然可以自己花錢買下來，我真是太感動了。

老爺爺將我那一份的墨水和筆擺在櫃檯上。重疊會員證結完帳後，我拿起墨水和筆。

「萬歲！是我的墨水跟筆！」

拿著買到的墨水和木筆，我心花怒放地在原地轉圈，開心得手舞足蹈，路茲卻是露出苦笑。

「但存下來的錢也越來越少了呢……原來當商人這麼花錢。」

如果店家的規模較小，準備的工具也會與規模相對應。根本不需要買用來簽僱用契約的羊皮紙，只要買片木板就夠了吧。

「會花這麼多錢，是因為班諾先生的店很大啊。你的存款應該還剩下不少吧？」

「可是，今天一天就花了這麼多錢，讓我有點擔心。畢竟我沒辦法依靠父母，所以我想在洗禮儀式之前盡量多做點紙。」

「時間剩下不多了呢，希望之後天氣會放晴。」

接著回到店裡，報告已經買完了東西，班諾就對我們說：「以後來店裡都穿這身制服吧。」連班諾也同意，我們現在看起來就像是正式的學徒了。

「路茲，這些東西你要放在哪裡？工坊嗎？」

「嗯，放在那裡是最安全的……」

雖然會有點麻煩，但我和路茲討論著要不要借倉庫的鑰匙，把買好的東西拿過去放。班諾就聳聳肩說了：

「何必放在倉庫，放在自己的房間裡不就好了嗎？」

「我在家裡並沒有自己的房間，只有一個木箱可以放自己的東西。」

聽到生活水平如此不同，班諾瞪大了眼。光看珂琳娜家，就知道房間的數量非常充裕。身為一間大店的繼承人，班諾似乎從小到大，身邊沒有半個朋友會沒有自己的房間。

「我家的情況比梅茵家再糟一點。就算把東西放在自己的木箱裡，也會被人擅自翻開拿走。」

「啊？什麼意思？」

班諾眼裡的驚訝越來越明顯。他像是無法理解地眨著眼睛，我就幫忙說明路茲的生活情況。

「路茲在家裡是四個男孩子的老么，所以上面的哥哥們常常對他為所欲為，過得相當辛苦喔。」

「可是，他們真的會偷自己弟弟的東西嗎？」

「就因為是弟弟的東西，才覺得拿走也沒關係。他們覺得弟弟的東西就是哥哥的東西，但哥哥的東西還是哥哥的。」

聽了路茲的家庭環境，班諾按著太陽穴。生活水平的差別太過巨大，班諾多半難以想像。雖然父親過世後，班諾很辛苦地扶養一家人，但家人從來不會擅自翻找他的東西，他也從來不用煩惱要把東西放在哪裡吧。班諾一臉錯愕。

「既然如此，就把東西放在樓上吧？我把一間住宿學徒的房間便宜租給你。好不容易買齊了東西，要是在受洗前弄丟，或被人偷走了工作要用的東西，也會妨礙到你以後的工作，每次都要跑去倉庫拿也太遠了。」

「……謝謝老爺。」

於是在班諾的安排下，路茲用便宜的價格租下了頂樓的一間學徒房間，可以當作倉庫使用。只要把買來的東西放在這裡，再鎖上門，就不用擔心被人偷走了。

「那你以後來店裡的時候，就先在這裡換好衣服再過來吧。」

有生以來頭一次擁有專屬於自己的空間，路茲笑容滿面地應道：「好！」回去之前，我也先把買來的東西放在路茲的房間。因為班諾說：「如果還有時間，就去一趟商業公會吧。」所以還無法馬上回家。

「得先教你怎麼去商業公會辦事，不然以後無法讓你跑腿。」

班諾說商家的孩子因為要幫父母辦事，經常會出入商業公會，平日就會幫忙到公會遞交書面資料。進入商會的學徒最一開始能做的工作，就是去商業公會跑腿。但是，路茲從提交芙麗妲的髮飾那次之後，再也沒有去過商業公會，當然不懂得跑腿要做什麼，也從沒有做過。

「不知道其他還有什麼……」

班諾回想著商人的孩子理所當然都會的事情，讓路茲拿著幾樣申請用的資料，前往商業公會。我也想再看看書架上的那些木板，所以和他們一同前往。

面向中央廣場的商業公會門前，有好幾輛運貨馬車正在排隊等候，還能看到一些旅行商人把馬車交給同行的人，自己走進公會辦理申請，由此可知裡頭一定非常擁擠。

「太可怕了。」

「嗚哇……」

「感覺二樓會很多人呢。」

「因為洗禮儀式快到了，市集也快要重新開張。」

正如我們依據外頭馬車的數量所預料的，二樓的人潮非常洶湧。路茲東倒西歪地在人潮當中前進，跟在班諾身後走向裡面的樓梯。我因為和往常一樣由班諾抱在手臂上，所以不用經歷這段地獄。

向樓梯前方的守衛出示公會證，一上樓梯，喧騰聲倏地消失無蹤。我猜想那道柵欄一定也施展了讓聲音不會透進來的魔法。

「跑腿這項工作也不輕鬆呢。」

下次就沒有班諾走在前面，得要自己穿越這片人山人海，才能夠跑腿辦事。撥開人群走出來的路茲大嘆口氣。

「有時候資料還會被偷，或是夾在人群裡面就搞丟了，所以你要小心……那麼，先處理這份文件……」

班諾一邊向路茲說明，一邊把我放下來，往櫃檯走去。我於是轉身背對班諾，起步就要走向書架，腦門卻被他大掌一拍，揪住後領。

「喂，妳想去哪裡？」

「……書架正在呼喚我。」

「那是妳的錯覺，並沒有。既然要當工坊長，妳也給我認真聽。」

班諾教我們怎麼來公會辦事。像是申請方式、要在哪裡提交資料，講得鉅細靡遺。

「只要在這裡提出申請，就可以閱覽已經辦理了登記的魔法契約。尤其梅茵以後都要開發新商品，就必須先查清楚有哪些已經登記的魔法契約，不然事後會有麻煩。」

「哎呀，梅茵！」

一名淡粉色頭髮綁成了雙馬尾的女孩子從櫃檯後頭跑出來。錯不了，正是公會長的孫女芙麗妲。一身學徒制服的打扮，很明顯正在工作。沒想到會在這種地方遇見她，我大吃一驚。芙麗妲雙手扠腰，不高興地嘟起嘴唇。

「明明春天都快要結束了，梅茵卻從來沒有來找我玩。」

「啊，對不起喔。因為太忙了……」

……忙著做紙和設立工坊是事實沒錯，但對不起喔。不過，我一直以為做完點心、履行了約定，這件事應該就算告一段落了。而且如果去芙麗妲家，他們一定又會積極拉攏，也不知道談話之間會在哪裡設下陷阱，讓人很不安嘛。

我道歉後，芙麗妲就搖搖頭說「沒關係」，微微一笑。

「明天我休息，那妳來我家玩吧。」

「咦？可是，明天要是天氣放晴，我……」

班諾搭在我肩膀上的手指瞬間加重了力道。我本來想說「我想把剩下的紙做完」，這才想起班諾叮囑過，一定要隱瞞我們在做紙這件事，所以說到一半急忙閉上嘴巴。

芙麗妲的目光掃過班諾的手後，笑容可掬地說：

「那如果明天下雨，我就派人去接妳吧。雖然妳天氣好的時候會很忙，但下雨天的時候，就可以陪我一起玩吧？明明說好春天到了會來找我，現在春天都快結束了嘛。」

「唔……」

被芙麗妲這樣一說，讓人很難拒絕。天氣不好的時候確實也沒辦法做紙，會有多餘的時間。看我陷入苦惱，芙麗妲更是乘勝追擊。

「而且關於身蝕，我有事情想問妳，也有話想跟妳說喔。」

「啊，我也有事情想問妳呢。」

在我身邊，最了解身蝕的人就是芙麗妲。因為有事情想問她，我當然很高興有機會可以討論。芙麗妲聽了小臉一亮，拍著雙手。

「那下雨的話就過來吧。我會做好磅蛋糕等妳過來。」

「好啊。下雨的話……」

我不由得被磅蛋糕吸引，欣然答應，瞬間肩膀上的手指更加用力。班諾的太陽穴都冒出了青筋，面帶微笑。

「梅茵。」

「班諾先生，前提是明天下雨的話唷。」

「對啊對啊。前提是明天下雨的話喔？」

芙麗妲笑吟吟地伸出援手，我立刻抓住。拍了拍幾乎要陷進我肩膀裡的手指，仰頭看向班諾，他就低聲喝道：

「妳這笨蛋。明天會下雨。」

「咦？」

芙麗妲臉上的笑容更燦爛了，路茲則是大嘆口氣。看樣子不需要有氣象預報，大家都能知道明天的天氣。

這天傍晚開始下的雨，直到隔天都沒有停歇。

與芙麗妲簽約

……不～～下雨了。橫看豎看左看右看，都下雨了沒錯。

聽著滴滴答答敲打在板窗上的雨聲，我垮下肩膀，吃著早餐。難怪芙麗妲笑得那麼燦爛，難怪班諾要低聲沉吟，難怪路茲要嘆氣，真的下雨了。

沒辦法，既然確定要去芙麗妲家了，我要努力蒐集有利的資訊。

……而且路茲也會一起去，應該沒問題吧。

我把難以咀嚼的雜糧麵包泡進晚餐剩下的湯裡頭，動著嘴巴咀嚼。最後用麵包擦拭盤子，就吃完了早餐。接著我環顧家裡一圈，不由得嘆氣。

「雖然想帶點禮物過去，但根本沒有適合帶去芙麗妲家的東西啊……」

芙麗妲家樣樣不缺，還收集了不少貴族宅邸裡會有的東西，在我們家裡根本找不到適合當禮物的東西。多莉喝了口水後，歪頭說：

「簡易版洗髮精呢？之前帶這個去，芙麗妲不是很高興嗎？」

「嗯……可是班諾先生說，絲髮精要開始販售了，如果只是做給自己用倒沒關係，但不要再隨便分給別人了。」

「是喔。偏偏現在下雨，也沒辦法出門摘花，真傷腦筋呢。」

多莉從水缸裡取了一點水，邊說邊洗盤子。洗完盤子後，多莉就要準備出門工作，所以忙碌地走來走去。母親已經出門工作了，父親則因為昨天上夜班，現在在睡覺。我小心翼翼地不要發出太大聲響，取了水缸的水洗盤子。

「要是幾天前就約好，又遇到晴天的話，就可以先摘點水果了……」

這陣子班諾好心把房間租給了路茲，又為了讓我開發新商品，提議成立梅茵工坊，一直很照顧我們，所以我常常提醒自己，要盡量避免做出會惹班諾生氣的事。雖然我老是不小心就說溜嘴、敵不過自己的欲望就做了東西，但都不是故意的，也不是想惹班諾生氣才那麼做。

但是，如果想迴避班諾的怒火，就不可以提到絲髮精，也不可以提到紙。雖然傳授新的甜點食譜，能讓芙麗妲和尹勒絲開心，我也可以吃到美味的點心，但班諾肯定會暴跳如雷。……但因為我已經不當學徒了，所以不管要把點心的食譜給誰，其實都是我的自由，只是情況會變得很麻煩吧。

唔唔——我正為禮物陷入苦思時，有人「叩叩」地敲響了門。披著塗上了油和蠟，盡可能加強防水效果的厚重帆布斗篷，正準備要出門工作的多莉抬起頭來，走向大門。

「來了～誰啊？」

時間還有點早，但應該是路茲來了吧。我這麼想著，收好洗好的盤子，卻聽見多莉的驚呼聲響遍屋子。

「芙麗妲?!妳怎麼來了?!」

出乎意料的人物讓我吃驚得回過頭，只見芙麗妲正帶著隨從站在門外。明明外頭在下雨，芙麗妲卻鄭重地穿著漂亮的外出服，帶著身穿筆挺制服的隨從，在我家貧寒的背景

The Scent of a Translucent Night
透明夜晚的香氣
千早茜
透明な夜の香り

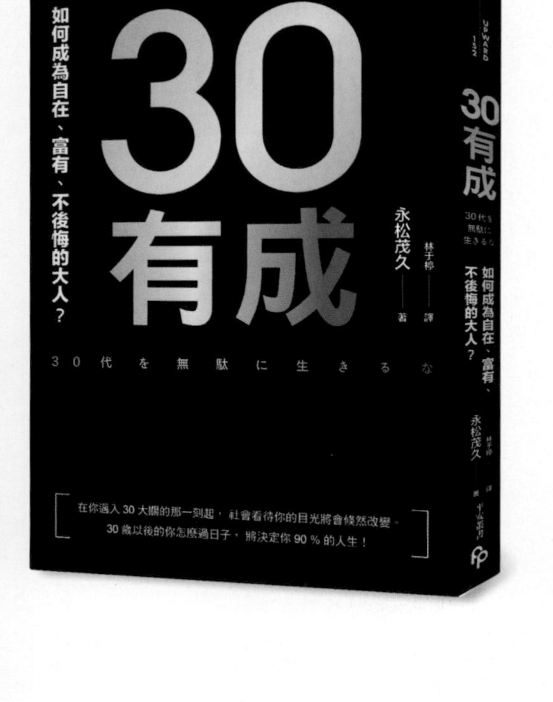
30有成
如何成為自在、富有、不後悔的大人？
永松茂久

小書痴的下剋上
第五部 女神的化身IX
香月美夜

小書痴的下剋上
FANBOOK 7

下顯得格外突兀。老實說，反而更突顯出了我家的貧窮。

「我從一早起床就非常期待，實在迫不及待，就親自過來接梅茵了。」

帶著燦笑說出的話語好像在說：「休想逃跑喔。」我不禁打了個冷顫。雖然很想轉身就跑，但總不能把多莉丟在這裡。多莉還開心地回過頭來，笑著對我說：「居然下雨天還特地來接梅茵，芙麗妲真的很期待呢！」

……多莉果然是天使。千萬不要失去妳的純真。

「現在下雨，怎麼能讓體弱多病的梅茵在外面走路呢。馬車已經在大道上等我們了喔。」

是考慮到我可能會因為害怕發燒，不想在下雨天出門而回絕邀請吧。芙麗妲的細心周到真是教我佩服。

「哇啊，要坐馬車嗎?!梅茵好好喔～」

多莉帶著要去工作的行囊，單純地表示羨慕，芙麗妲就看著她歪過頭。

「哎呀，梅茵的姊姊要去工作嗎？」

「對啊，我該出門了。」

雖然很可惜——多莉說完，芙麗妲的視線一瞬間往上飄移，像在思索什麼，接著就雙手一拍，露出了饒富深意的笑容。

「不然就送姊姊到半路上吧？」

「咦?!我也可以坐馬車嗎?!」

多莉的小臉頓時變得無比明亮。馬車是像我們這樣的貧民一輩子也坐不起的交通工具，也難怪多莉這麼激動。看來只能趕快做好外出的準備了。

「多莉，那妳快去叫路茲過來。」

「啊，對喔。那我出去一下。」

「啊，可是，路茲要是來了，姊姊的位置就……」

多莉放下行李正要往外衝，芙麗妲就一臉過意不去地叫住了她。我外出的時候，都需要有路茲當監視員。但如果路茲來了，多莉就沒有位置可坐，多莉也只能退出。

「咦？咦？……那我不能坐了嗎？」

才有過期待，失望越是巨大。多莉的表情像是快要哭出來，失望地垂下腦袋。我慌得不知道該說什麼安慰多莉才好，芙麗妲的手突然出現在我眼前。她伸手握住多莉的手，臉上帶著我從來沒有見過的溫柔笑容。

「梅茵的姊姊，今天我會負起責任，代替路茲接送梅茵的。我也向妳保證，會小心不讓梅茵暈倒。所以，我們一起坐馬車出門吧？」

「坐馬車的話，梅茵不會累，也不會被雨淋溼，就算沒有路茲也沒關係吧？」

……哪裡沒關係了！

雖然很想這麼說，但看見多莉懇求的目光，我輸了。路茲不在我會很傷腦筋，所以多莉妳走路出門吧——這種話我根本說不出口。看見多莉因為可以坐馬車而興高采烈的臉龐，實在不忍心潑她冷水。雖然不想自己一個人去芙麗妲家，卻又拒絕不了。

「……嗯，沒關係。多莉，我們一起坐吧。」

「梅茵，謝謝妳！那我去跟路茲說一聲，妳快點準備喔。」

多莉神采飛揚地踩著輕快的步伐跑向路茲家。她的腳步聲越來越小後，如今只聽得見雨聲。

我不高興地瞪向巧妙地利用多莉，排除了路茲的芙麗姐。

「芙麗姐……」

「妳姊姊看起來很開心呢！」

「是啊……唉，算了。畢竟選擇的人是我。」

是我拋棄不了多莉，所以再怎麼責怪芙麗姐也沒用。我一邊準備托特包，一邊心想路茲和班諾可能又會生氣地罵我做事都不經大腦了。

「可是，其實我還沒有準備好禮物。」

「今天梅茵一整天的時間都是我的了，只要和我聊天，就算是禮物了唷。」

笑得非常開心的可愛笑容，看起來就只是一個很高興朋友要來家裡玩耍的小女孩，但是我很清楚，芙麗姐可不是一個天真無邪的小女孩。

「梅茵，我請卡蘿拉伯母告訴路茲了。那我們走吧，要遲到了！」

多莉腳步輕盈地衝進來，看著她燦爛的笑臉，要窺看芙麗姐真正想法的沉悶氣氛就一掃而空。

「那走吧。」

鎖上門，走出屋子。這裡的雨衣，就是穿上厚重的斗篷，再戴上帽簷寬大的帽子。這樣子當然無法徹底防水，萬一雨下太大或是長時間走在雨中，還是會被雨淋溼。但如果像今天這樣，穿過細狹的巷弄後就坐上大道上的馬車，倒是完全不用擔心。

「來，快點上車吧。」

急急忙忙地坐上停在大道上等候的馬車，脫下斗篷和帽子放在旁邊。隨從因為坐在車夫旁邊，所以馬車內只有我們三個。

「哇～原來馬車裡頭長這個樣子啊。」

「要出發了，坐下來吧。送妳到中央廣場附近可以嗎？」

「嗯，我工作的工坊在工匠大道上，也是最靠近中央廣場的喔。」

多莉興奮得在馬車裡頭來回張望，芙麗妲請她坐下來，我則坐在兩人中間。馬車的座位足以供兩名大人乘坐，所以就算坐了三個小孩子，還是有些多餘空間。

馬車開始移動後，果然相當顛簸不穩，但不同於和公會長以及班諾一起乘坐的那次經驗，這次因為穩穩地坐在位置上，不會飛出去。

「洗禮儀式就快到了吧？梅茵的正裝是什麼樣子呢？」

「梅茵的正裝是改了我穿過的正裝，華麗得看不出來改了舊衣喔。」

芙麗妲問完，多莉就好像是自己的衣服一樣挺胸回答。自從冬天修改好了以後，多莉和母親不時又會稍加修改，裝飾一點一點地增加不少。

「……華麗？」

「不是一般的修改，感覺很不一樣喔。媽媽使出了渾身解數，變得很可愛呢！」

看過了我家簡貧的模樣，大概很難想像華麗的正裝是什麼樣子吧。芙麗妲一臉狐疑，但我們沒有說謊。也因為這裡的修改和我提議的修改並不一樣，所以很難說明。

「芙麗妲的正裝也很漂亮，非常飄逸又夢幻呢。我也好想穿穿看那樣的衣服。」

「哎呀，謝謝妳。那麼，妳們應該也做了新髮飾吧？」

聽到多莉這麼說，芙麗妲露出了開心的笑容，把話題轉向髮飾。除了做給芙麗妲的髮飾外，其他髮飾的款式都一樣，只是顏色不同。但是，芙麗妲想必認為我不會為自己做一個和別人一樣的髮飾，所以很好奇吧。

「因為要為梅茵慶祝，所以我很用心編織喔！織了三朵和芙麗妲那個髮飾一樣的大花朵。」

「所以梅茵的髮飾和我的一樣嗎？」

芙麗妲有些懷疑地看著我偏過頭。多莉大概是不知道該怎麼說明，不知所措地抓住我的袖子。

「大花朵是一樣的，但顏色是白色，還會搖搖晃晃，應該還是不太一樣吧？梅茵？」

「因為是用沒有染色的線，比較偏奶油色，但遠遠看去算是白色吧。下面雖然加了小花，但和芙麗妲的髮飾感覺還是不太一樣。至於是什麼樣的髮飾，就請當天親眼確認吧。對不對，多莉？」

「要是全都說出來，當天就沒有驚喜的感覺了嘛。」

多莉說完搗著嘴巴，淘氣地笑說「這是秘密」。芙麗妲也跟著漾開笑容。

「哎呀，好期待呢。我會走到屋外去看的。」

聊著洗禮儀式的事情，不久就在工坊林立的區域裡看見了多莉工作的地方。馬車停下後，多莉披上斗篷，戴上帽子，拿起裝了工具的籃子，擔心地回頭看我一眼。

「姊姊不用擔心，我會負起責任照顧梅茵的。」

「多莉，工作加油喔！」

「芙麗妲，謝謝妳讓我坐馬車。梅茵，不可以給人家添麻煩喔！」

多莉用力揮手，跑向工坊。目送她離開後，馬車再度哐咚哐咚地前進。

「梅茵，歡迎妳來。我已經烤好磅蛋糕在等妳了。妳吃完一定要告訴我感想。」

抵達芙麗妲家，廚師尹勒絲已經做好了準備在等我。被帶到會客室後，茶和磅蛋糕立刻就端上桌。我吃了一口，忍不住露出傻笑。溼潤綿密的口感再加上恰到好處的黃金色澤，大概是已經抓到了控制烤爐的訣竅，比上一次好吃太多了。

「好好吃喔～比上一次好吃很多呢。對火候的掌控真是太精準了。」

「聽妳這麼說，我就放心了。但我一直在想有沒有什麼可以再改進的地方？」

「再改進的地方？嗯……我覺得這樣已經很好吃了啊。」

我吃了一大口磅蛋糕，品嘗著滋味香甜的點心，一邊思忖。

我倒是想到可以在盛盤後，在外觀上更加用心裝飾，或者加入果乾和切碎的柑橘類果皮，就可以享用到不同的口味，但不知道提供這樣的資訊會不會惹班諾生氣。

嗯……感覺不管做什麼班諾都會生氣，而且現在這樣簡單的口味就很好吃了，其實不提供意見也沒關係。但看到一名廚師如此精益求精，讓人很想支持她呢。

「其實不算是改進……但如果用一袋砂糖來交換，我可以提供點意見喔。」

想起了之前在廚房裡看過的，看來約有一公斤重的砂糖袋，我試著這麼交涉，尹勒絲就把目光投向擁有決定權的芙麗妲。

「一袋砂糖……大小姐，可以和梅茵交換嗎？」

「嗯，可以呀。」

「大小姐已經下達許可了。好了，來吧！儘管說！」

面對尹勒絲只差沒撲上來的氣勢，我「噫噫」地倒抽口氣，開口說了：

「妳可以把切碎的芬里吉尼果皮加在麵糊裡頭，香氣和味道都會改變，會變得更好吃喔。也可以試著加進其他食材，味道都會不一樣。至於要加什麼、要依多少比例添加才會好吃，都要請妳自己研究。另外這是附帶提供的意見，如果有機會要端給貴族大人吃，可以加上打得非常濃密的鮮奶油，以及切成漂亮形狀的水果當作裝飾，整體看起來就會很豪華喔。」

「知道了，我試試看。」

尹勒絲吸口氣後，旋即站起來走出房間。被留在原地的我和芙麗妲眨了幾下眼睛後，不禁露出苦笑。

「梅茵，對不起喔，居然讓客人看到這副樣子。尹勒絲平常是很冷靜的人，但面對新食譜就會失去理智……」

「熱心研究是好事啊。尹勒絲廚師越是努力，好吃的東西也會越來越多吧？」

能夠這麼熱中鑽研新食譜，真教我佩服。如果美食能在這個世界流傳開來，我也樂見其成，所以希望尹勒絲可以多加研究，做出更多新的點心。

「對了，芙麗妲，妳怎麼會在商業公會當學徒？將來不是要在貴族區開店嗎？明明不會成為職員，但可以當學徒嗎？」

明明一成年就會前往貴族區，所以我很意外芙麗妲會在商業公會當學徒。我一邊吃著磅蛋糕一邊問，芙麗妲喝了口茶後回答我：

「是我拜託爺爺的。為了在貴族區開店，我想多加學習和拓展人脈。因為在貴族區開店的時候，就只有我一個人。所有事情我一個人都要懂得怎麼做，所以現在要先盡可能努力擴展人脈。」

「全部都妳一個人？沒有像伊蒂小姐那樣的侍女跟在妳身邊嗎？」

「除了我以外，其他人都不能留在貴族區喔。但去了那邊之後，對方會為我準備侍女，所以生活上不算是一個人就是了。」

但是，去了貴族區以後，對方分派的侍女應該對經濟和經營一竅不通吧。居然要一個才剛成年的少女，在沒有半個親友的陪同下馬上就獨自開店，未免太殘忍了吧？至少可以留下一個人陪她商量啊。

「但開店的時候，我也不算完全自己一個人喔。對方已經答應，親人可以在供貨之類的時候出入貴族區。雖然沒有辦法一直陪著我，但也讓人安心多了吧？」

「……是啊。」

其實也沒辦法安心多少吧。但是，看著筆直面向前方，像在與自己命運搏鬥的芙麗妲，我也只能給予肯定的答案。小大人般的言行舉止和思考方式，都是芙麗妲的武裝，也是防衛。她必須勤奮地不斷打磨，才能夠在未知的世界裡生存下去。

「為了在貴族區開店以後，不管發生什麼事都能處理，所以我現在一邊在公會當學徒，一邊也會幫忙家裡商會的工作。」

「芙麗妲真厲害。感覺得出來妳真的很認真在思考以後的事情呢。」

我說完，芙麗妲的表情忽然變得嚴肅。她認真的眼神靜靜地看著我，說：

「我也有事情想要問梅茵，妳不介意吧？」

啊，進入正題了呢，我心想。我當然知道芙麗妲要問什麼，所以依然面帶微笑，說：「可以啊。」請芙麗妲說下去。

「梅茵到底在想什麼呢？妳應該早就要擺脫班諾先生，過來投靠我們這邊才對啊。我之前一直在等，等著梅茵為了門路，過來我這裡……」

如果為了活命，想和貴族搭起橋梁，比起班諾，更應該要投靠公會長和芙麗妲。這件事歐托也提醒過我，任何人也都會這麼想吧。與貴族更有長遠交情的店家，當然更能在有利的條件下與貴族談判。

「夏天都要到了，梅茵卻沒有採取任何行動。妳真的考慮過未來的事情嗎？必須趕快和貴族牽線，不然再這樣下去……」

芙麗妲基於因歷史和權力而來的自信勸說我，語氣變得有些激動，眼中有著難以言喻的焦急。我知道芙麗妲說這些話，是因為擔心同樣有著身蝕的我。就算和貴族攀上關係，也未必能夠馬上簽約。如果是因為想要我快點下決定的心情，才讓芙麗妲的態度這麼強勢，那讓她這麼為我擔心，反而讓人有些難為情。

我輕笑一聲後，也筆直地注視芙麗妲。

「芙麗妲，我自己思考過後的結論，就是要和家人待在一起，直到我死亡為止。」

芙麗妲瞪大了眼睛，嘴巴小幅微張，整個人僵直不動。輕顫的嘴唇吐出了細不可聞的低喃：「騙人。」

「其實我基本上已經放棄了。但因為多莉會傷心，所以我跟她說，會找找看有沒有辦法能活下去。但身蝕如果想活下去，除了和貴族簽約沒有其他方法吧？」

為了救芙麗妲，公會長應該早就已經動用權力、金錢和門路，能試的手段都試過了，拚了命地尋找其他辦法。一邊蒐集魔導具爭取時間，一邊也調查除了簽約之外，有沒有其他有效的方法。如果連公會長也不知道，連他們也一無所獲、只能放棄，最後只能挑選一位條件最好的貴族，再讓芙麗妲和他簽約的話，那麼答案不言自明。

「……我不知道。」

「坦白說，我會心想能不能再從其他地方買到一個魔導具？但是，我從來沒想過要和貴族簽約。除了魔導具，沒有替代的東西可以抑止身蝕了吧？」

「要是知道有其他東西，我早就在用了。」

芙麗妲心浮氣躁地瞪著我，我輕輕聳肩。

「今天我想問芙麗妲的事情，就是真的不能向貴族以外的人買魔導具嗎？又或者是自己做魔導具……但這不可能吧？」

沒有那就自己做——雖然我這樣想，但很遺憾，麗乃那時候看過的書裡，都沒有寫到如何製作魔導具。雖然奇幻小說和遊戲裡頭會出現這樣的單字，但又不能真的拿來當作參考。更何況，城裡也沒有製作魔導具的工坊。

「製作魔導具需要魔力，聽說只有擁有魔力的貴族才做得出來。所以，城牆外這邊的人不會知道怎麼製作魔導具。」

「這樣啊……要是知道做法，我還想自己做做看，但果然不可能呢。」

如果只有擁有魔力的貴族才做得出來，那魔導具工坊只會存在於高聳的城牆後方。我還期待著要是能知道做法，現在資金又充足，說不定能想點辦法，看來還是太天真了。

「……我從來沒有想過要自己做呢。」

「因為芙麗妲是大小姐啊。我生活在一個想要什麼東西，就只能自己做的環境裡，所以最先想到的，就是能不能自己試著做出來……」

我們一起輕聲笑了。絲髮精、髮飾、紙、煙灰鉛筆和長筷，我所做的每一樣東西，都是在需求下才產生的。

「家人對梅茵來說這麼重要嗎？就算以後被熱吞沒而死，妳也不害怕嗎？」

芙麗妲低聲喃喃地問。

「嗯……為什麼呢？雖然我不想死，但也不怎麼害怕喔。」

對於早已死過一次的我而言，梅茵這段人生，就像是神明額外給我的一份禮物。雖然現在好不容易覺得生活在這裡很開心，但本質多半沒有什麼改變吧。

「……因為現在我身邊沒有書，所以沒有其他東西比家人更重要了。我不是選擇了死亡，只是選擇和家人在一起而已。」

「書？」

「對啊。現在我存了不少錢，應該買得起一本了吧？」

我做出滑稽的表情笑著這麼說，芙麗妲就傷腦筋地笑了。

「既然妳想要書，進入貴族區不就好了嗎？那裡就有書了吧？」

「嗯……要是契約書上有讓我盡情看書這一條，我可能會二話不說就跟著對方走吧。但是，如果貴族大人都是收留身蝕讓他們為自己賣命，妳覺得他們會讓身為貧民的我看那些貴重書籍嗎？」

「考慮到梅茵的生活環境，大概不可能吧。」

在貴族眼裡，我不過是這座識字率低的城市裡的貧民。就算我識字，貴族也不會想讓我碰到那些高價又珍貴的書籍吧。萬一我擅自偷看，被處死也無可厚非。

而且，我非常了解自己。看到書就在我眼前，我絕對無法保持理智。一看到之前在這邊從未見過的書，肯定會馬上撲上去，然後就死了。很輕易就能想像到那幅畫面。

「……所以在死之前，我想努力建立起可以量產書本的制度，但恐怕很難吧。關於身蝕，我已經死心看開，想成我的壽命就是這麼短。但因為我給家人添了很多麻煩，所以想趁現在拚命賺錢，多留一點錢給他們。」

我開玩笑地輕笑著說，芙麗妲的褐色雙眼突然發光。

「那麼，不如就由我買下磅蛋糕的做法吧？」

看到芙麗妲的眼神完全變成了商人，我「嗯……」地低吟。磅蛋糕只是基本款的點心，如果只是有時間限制的獨家販售，應該是不要緊，但不能像班諾那樣獨占絲髮精的所有權利，因為這只會阻撓到甜點的發展。

「……如果我用五枚小金幣的價格，把一年為限的獨家專賣權賣給妳呢？」

「那我當然要買下來。」

芙麗妲的回答迅速到沒有片刻的猶疑。

「……妳說當然嗎？難不成這個價格算很便宜？」

「嗯，很便宜喔。像磅蛋糕和植物紙，這些都是前所未見的東西，專賣權的金額就算超過大金幣也不足為奇。因為很簡單就能賺回這筆錢吧？」

「大金幣……？」

……看來我之前都以超級低廉的價格提供知識和資訊給班諾先生了。

「如何？妳要再提高價格嗎？」

「不，算了。因為只有一年的時間而已。我就用五枚小金幣賣給妳專賣權吧。」

都已經開價了，我不想再抬高價格，於是搖搖頭。

「那麼來寫契約書吧。」

「咦？難道是魔法契約?!」

該不會又要流血，又要擔心陌生人的安危了吧？這些事情太可怕了。我忍不住打了寒顫，芙麗妲就無奈嘆氣。

「……梅茵，一般不會這麼輕易就使用契約魔法喔。當對方是擁有魔力和權力的對象，自己又處在極度不利的情況下，才會不惜使用昂貴的魔導具也要確保利益。但我們之間，只要用正式簽約用的羊皮紙，簽訂一般契約就夠了吧？」

「原來如此。」

因為第一次簽約就是魔法契約，所以我的標準好像產生了點偏差。

但是，如果芙麗妲說得沒錯，班諾為什麼要和沒有魔力也沒有權力的我們，特別簽訂魔法契約呢？真是神奇。

「不過，明明很少有人使用，梅茵是什麼時候，又在哪裡知道契約魔法的呢？」

「……班諾先生可能會生氣，所以恕我保密。」

「哎呀，看來學到了點教訓嘛。」

芙麗姐呵呵笑著，伸手拿起架上的鈴鐺。「叮鈴鈴」地搖響鈴鐺後，伊蒂幾乎是不聲不響地走進房內。

「麻煩妳準備一下契約書。」

伊蒂準備好了羊皮紙後，芙麗姐就拿著羽毛筆，在上頭寫下契約內容。雖然比起我買的木筆豪華又美觀，但看起來好像很難寫字，是我的錯覺嗎？寫契約書對於在商業公會當學徒的芙麗姐來說，是平日就會做的工作，這陣子以來我也看得很習慣了。

確認過內容沒有錯誤以後，我就和芙麗姐重疊會員證，結算費用。

「為什麼梅茵要訂一年為限呢？」

「只要有一年的時間，大家都會知道芙麗姐的店，是磅蛋糕的創始人吧？而且，到時候也許其他人也能買到砂糖，我想讓新的店家有加入戰場的機會。」

「新的店家？」

「一旦公開做法，挑戰試做的人也會增加，就會出現越來越多從未見過的新點心吧？美味的甜點能讓人感到幸福，所以我希望很多人都可以做，大範圍地流傳開來。」

「唉……梅茵，妳這麼把自己的利益置之度外，真是不適合當商人。」

我和芙麗姐在成為正式契約用紙的羊皮紙上簽名。這樣一來契約就成立了，一年為期的磅蛋糕專賣權就賣給了芙麗姐。

「不過，如果要公開做法，前提也是一年後我還在的話呢。要是我不在了，就交給芙麗姐公開吧。」

「我會以自己的利益為最優先，所以一年之後，請妳要自己公開。」

芙麗姐冷淡地別過臉蛋，看起來像是快哭出來了。

洗禮儀式的遊行

洗禮儀式的早晨忙得不可開交。主要是母親。

吃完早餐，收拾整理，父母親也要穿上最好的衣服，所以我一賴床或早餐吃得太慢，他們就會氣呼呼地催促我。我差點要噎到地吃完早餐，趁著母親收拾盤子的時候，和多莉兩個人跑進臥室換衣服。

正裝在母親和多莉的巧手下，一點一點地增加了細節，不再單純只是把多餘的布料揑起來，再修改成輕飄飄的服裝而已。兩人利用冬天手工活訓練出來的小花織工，在正裝上到處裝飾了小花，甚至已經到了過多的地步。如果不是班諾把冬天手工活剩下的線給了我們，也沒辦法這麼奢侈地用線吧。

我像套T恤一樣，把飄逸的連身裙從頭套在自己身上，再拿起藍色腰帶纏在腰上，繫緊後打了蝴蝶結。腰帶尾端長長地垂在小腿肚旁邊搖晃。

「梅茵，腰帶要纏兩圈才對吧？」

多莉嘟起嘴唇說。我於是解開腰帶，在肚子上纏了兩圈。但是，明明冬天的時候還綁得起來，現在長度卻稍嫌不足，沒辦法綁出漂亮的蝴蝶結。

「咦？我吃太多了嗎？小腹變大了。」

「不是啦，是梅茵長大了。之前裙襬本來是做到妳的膝蓋底下，現在卻剛好到了膝蓋中間呢。」

我居然在冬天到夏天這段時間長高了！雖然一般的小孩子長高是很正常的，但因為身蝕而成長速度非常緩慢的我，很難切身地感受到自己的成長。太棒了！我感動得渾身發抖，但多莉的反應卻很實際。她緊盯著藍色腰帶的尾端，思考著要怎麼辦。

「……長度半長不短的，這樣子感覺有點邋遢呢。乾脆剪短吧？」

「不行啦，太浪費了。只要今天洗禮儀式這段時間可以應付過關就好了，沒必要剪短。綁成雙層就好了吧？」

「不是沒辦法嗎？」

「不是在肚子上，是綁雙層的蝴蝶結。」

我在自己的肚子前方，用藍色腰帶緊緊綁出雙重蝴蝶結。跟和服的腰帶一樣，先在前面綁好，再把蝴蝶結轉到背面就完成了。

「怎麼樣？長度可以嗎？」

「好可愛！好厲害喔！妳怎麼綁的?!」

正想向多莉說明怎麼綁雙重蝴蝶結，母親就走進臥室。

「衣服要是換好了，梅茵就快點綁頭髮吧。我也要換衣服了。」

「是～多莉，我等一下再告訴妳。」

我和多莉迅速地移動到廚房。昨晚因為洗了絲髮精，全家人的頭髮都柔柔亮亮。昨天難得父親也一臉想加入地看著我們洗頭，所以就幫他洗了頭髮。

問父親為什麼突然想洗頭，原來是因為歐托向他炫耀了自己和珂琳娜互相洗頭的事情。父親還是老樣子，老在奇怪的事情上和別人較勁。

「梅茵，我沒辦法用髮飾幫妳把頭髮捲起來，所以至少幫妳梳頭髮吧。」

我用梳子梳頭髮時，多莉雙眼燦亮地走過來。多莉洗禮儀式那時候我幫她綁了頭髮，所以這次她也想幫我吧。「那就拜託妳了。」我把梳子交給多莉，她就哼著歌為我梳起頭髮。看起來心情很好。

「梅茵的頭髮又直又漂亮，而且好香喔。」

「多莉的頭髮也一樣很香喔。」

向幫我梳了頭髮的多莉道謝，我拿起小花會成串搖曳的髮飾，小心著不要壓到花朵，和平常一樣盤成公主頭。雖然想花工夫綁點造型，但因為沒辦法用繩子牢牢地固定住，一下子就會鬆開。

「嘿咻。」

戴了髮飾後，但因為步驟還是和平常一樣，所以頭髮很快就綁好了。

多了花飾的木簪比平常的髮簪要重，稍微一轉頭，連我也感覺得到成串的小花跟著左右搖擺。我覺得好玩地搖頭晃腦，多莉就開心地拍手大叫：

「哇啊，好可愛喔！好適合梅茵的髮色！而且一動就會搖來搖去，真是太棒了！」

「梅茵，非常適合妳喔。」

「噢，這是哪戶人家的大小姐啊？今天洗禮儀式上最可愛的肯定是梅茵了！」

換好衣服的父母也從臥室走出來，極力稱讚我的正裝打扮。這樣子毫不含蓄的稱讚固然讓人高興，但也有點難為情。

「爸爸，這句話你在多莉那時候就說過了。」

「那當然，我家的女兒是最可愛的！」

父親說完伸出大掌，抓住我和多莉。我和多莉尖叫著想要逃離父親的懷抱，父親就哈哈大笑著重新抓住我們，不讓我們逃跑。

「呀啊——！頭髮要鬆開了啦！」

「真是的！別再玩了，趕緊到外面去吧。」

聽到母親這麼說，父親立刻鬆手，但好像已經來不及了。我有些氣喘吁吁，母親就看著我的頭髮嘆氣。

「梅茵，再綁一次吧。頭髮都鬆開了。」

「抱歉啦。」父親聳肩道歉，我不禁笑了出來，抽出髮簪重新盤好。雖然我的頭髮沒辦法綁出精美的髮型，但也因為不會變型，就算有點亂了，用手梳一梳就能恢復。

「大家好像都到下面集合了喔。」

多莉跑到玄關，大力推開門後向我招手。走下樓梯，來到水井所在的廣場，發現多數鄰居都已經來到屋外了。

「拉爾法他們在那裡。果然路茲也是穿拉爾法穿過的正裝呢。」

看向多莉指著的方向，只見路茲正穿著拉爾法傳下來的正裝，被大批的人簇擁包圍。我因為沒有參觀過拉爾法的洗禮儀式，所以不知道正裝是不是拉爾法穿過的，但路茲的正裝是白色襯衫加上白褲，腰帶則是水藍色。大概從大哥札薩的洗禮儀式開始，那件正裝就穿到了現在吧。因為腰帶和刺繡都是配合札薩的髮色。

「路茲。」

「天哪，梅茵?!妳的正裝是怎麼回事?!看起來簡直是有錢人家的大小姐！」

在走向路茲之前，我就先被卡蘿拉攔下來。卡蘿拉的嘹喨大嗓門立即引來了四周人們的目光，左鄰右舍全都湊上來。看來不先說明，就沒辦法過去找路茲了。

「這件正裝是多莉穿過的喔。」

「這是多莉穿過的正裝?!」

「對啊。因為肩膀這裡很鬆，先集中到這裡，再加上肩帶，旁邊多出來的布料就疊在一起縫起來，裙襬也往上挽到剛好的長度再固定住，修改的方式很簡單喔。」

簡單地說明了修改方式後，媽媽們絡繹不絕地往我聚集。因為我遠比同齡小孩的平均身高要低，這麼多大人都彎下腰包圍著我，又從上方低頭往我俯視，這種情況實在有點恐怖。我忍不住用力抓緊身後母親的裙子。

「哇，看起來一點也不像是改過的衣服，變得太豪華了吧。」

「我看我看，因為多莉和梅茵的體型完全不一樣，才能這樣改吧。我們家不可能。」

「啊哈哈哈，我還以為腰帶怎麼這麼華麗，原來只是太長，綁了兩遍而已嘛！」

眾人七嘴八舌地想說什麼就說什麼，中間也不時穿插著祝賀聲：「恭喜啊。」但總覺得只是說說場面話而已。

「妳們買來的髮飾也做得好精緻。這個很貴吧？」

媽媽們的注意力轉移到了髮飾和價格上，母親笑著搖頭。

「這是我們自己做的，並沒有花錢喔。因為修改了穿過的正裝，本來要用來為梅茵做正裝的線就多出來了。」

「我女兒也希望洗禮儀式的時候買個髮飾給她呢。自己就能做的話，可以教我怎麼做嗎？」

「首先要有把用來編織絲線的小鉤針。有了鉤針，接下來就很簡單喔。」

恐怕沒料到髮飾是我提供了做法才完成的吧，媽媽們全都轉向母親發問。眼見眾人朝著母親開始連珠炮地發問，我悄悄地逃出媽媽們的包圍網。

……很好，成功脫離了。

但才安心地吁一口氣，接著就被一群對正裝和髮飾感到好奇的女孩子團團包圍。都是在我能夠進入森林前就受洗完的大姊姊們，年紀比我還年長一些，先不說和多莉，但平常和我沒有什麼交集。

「呀啊，真的好可愛喔！」

「我看我看！這個是多莉做的吧？好厲害喔！」

似乎和多莉聊過髮飾的一個大姊姊不假思索地抓住髮簪。瞬間，髮簪就被拉起來，我的頭髮披散開來。

「啊，對、對不起。怎麼辦……」

以為把我好不容易綁好的頭髮弄亂了，大姊姊臉色慘白地緊握著髮簪。

「沒關係，馬上就可以重新盤好喔。」

我微笑著伸出手，請她把髮簪還給我，重新盤起頭髮。簡單地攏起頭髮後，纏繞在髮簪上，再旋轉髮簪插進頭髮裡面，動作就這麼簡單。

「咦？咦？妳剛才是怎麼做的?!這不只是裝飾而已嗎？」

「呵呵，明明是裝飾，卻可以綁頭髮喔。我們家的梅茵真的很厲害。」

不知為何是多莉挺起胸膛回答。隨後大家又對我綁的雙重蝴蝶結表示讚嘆，拉起正裝的各個角落細細端詳，多莉都在旁邊得意洋洋地幫忙解說。雖然大家都很開心地嘰嘰喳喳，但說的話和做的事都和媽媽們沒有兩樣。

再度逃出這群少女的包圍，我重重地吐一口氣。平常不會有這麼多不認識的人包圍住我，所以突然間好疲倦。我尋找著可以休息的地方，走向路茲。

「路茲～」

「噢，梅茵。妳終於逃離我媽……」

路茲轉過身來，忽然屏住呼吸僵硬不動。

「嗯？怎麼了嗎？」

「不，沒什麼。呃……」

路茲吞吞吐吐，拉爾法就一把將他推開，走上前來。

「梅茵，妳的正裝是怎麼回事？跟多莉那時候差好多喔。」

「這是修改了多莉穿過的正裝……呀啊！札薩哥哥，快放我下來！」

在向拉爾法說明之前，札薩就突然把手伸到我腋下，把我舉高抱起來。

「梅茵，恭喜妳啊。妳這麼小隻，真可愛耶。哪像路茲變得這麼臭屁又不可愛。」

「恭喜啊，梅茵。這身正裝很適合妳喔！不過，妳真的很嬌小耶。看起來根本不到要參加洗禮儀式的年紀嘛。」

「奇庫哥哥，雖然你看不出來，但我其實長高了一點喔！」

明明來找路茲是為了尋求安慰，結果卻被路茲的哥哥們團團包圍戲弄。我故意做出生氣的表情，路茲就臉色大變地阻止哥哥們。

「糟糕，你們快住手啦！梅茵的臉色很難看！」

「喂～梅茵，妳振作一點啊。洗禮儀式才要開始喔！」

我任由札薩舉高，癱軟地放鬆了全身的力氣。明年就要成年的札薩，已經有著不輸給大人的安定感。

「路茲，我已經想回家了。」

「都還沒有出發耶。」

噹啷噹啷……神殿的第三鐘響了。鐘聲層層相疊地迴盪，響遍整座城市。這是出發前往洗禮儀式的信號。在使用同一處水井的鄰居當中，這次參加洗禮儀式的孩子只有我和路茲。大聲歡呼的大人們圍住我們兩個人。

「梅茵，出發了！去大道上吧！」

父親從札薩手中把我舉起來，再抱在手臂上，打頭陣地朝著大道前進。隔著父親的肩膀，我看見路茲慌忙追上來，家人和其他大人也尾隨在後。轉頭看向大道另一邊，只見和多莉的洗禮儀式那時候一樣，許多要受洗的孩子和家人，都從四面八方的巷子裡頭走出來，接著是源源不絕的參觀民眾，人潮逐漸地淹沒了大道兩端。

「梅茵，妳還好嗎？我直接抱著妳走，在到神殿之前妳先休息吧。」

「嗯。爸爸，謝謝你。」

我決定直到神殿，都由父親抱著我前進。現在的我無法走出和隊伍相同的速度，萬一在遊行途中暈倒，也會毀了自己的洗禮儀式。

「哇啊」的歡呼聲從遠方不斷逼近。一定是遊行隊伍走過來了吧。

穿著白色正裝的孩子們成群走在前方，家人則跟在後頭，所以父親似乎是打算插進孩子隊伍的最尾端，同時也是親人隊伍的最前排。但是，路茲如果和我們一起走，很有可能會被埋沒在人群裡，前後左右都是人。

「路茲，你可以到前面去沒關係。」

「不了。散開的話，到了神殿還要找梅茵，所以還是一起走吧。」

「路茲，那你至少走在最外圍吧？才可以看到班諾先生的商會。」

「……也對。好。」

遊行隊伍從眼前經過。我被父親抱在手臂上，和路茲一起加入隊伍。這次因為身在高處，和多莉受洗時被淹沒在人群裡不一樣，可以清楚看見周遭的景色。

大道兩旁的人們都在用力揮手，還有人吹著高亢又響亮的口哨，給予我們祝福。面向大道的建築物窗戶也都大為敞開，擠在窗邊的人們異口同聲地恭喜道賀。隊伍的孩子們都帶著耀眼的驕傲笑容，向沿途以及從窗邊觀看的人們揮手回應。

「梅茵，妳也要揮手才行。這是代表謝謝的意思。」

經父親提醒，我才放開一隻緊抓著父親的手，笑著揮舞手臂。腦海中想到的參考畫面，就是面帶沉穩的笑容，揮手回應歡呼聲的皇室成員。

……沒錯，要像他們那樣！要揮得很優雅！

下定決心後，雖然無法馬上就像皇室成員那樣微笑和揮手，但既然要當作參考，就盡力試試看吧。反正在這座城市，又沒有人會笑我說：「妳以為妳是皇室成員嗎！」我盡可能擠出端莊的笑容，試著高貴又優雅地緩慢揮手。

……嗚哇，有人指著我耶。好像太引人注目了？

不知道是不是被父親抱在手臂上的關係，總覺得自己格外招人矚目。但所有人都在看著遊行隊伍，不至於所有人的目光都只集中在我身上就是了。

「梅茵，我手痠了，要換另一隻手。」

於是趁著在中央廣場，等來自其他大道的隊伍時更換姿勢。

直到在這裡會合為止，這些我都在多莉的洗禮儀式上看過。在中央廣場集合以後，就要前往位於城牆前方的神殿大門。

從中央廣場看過去，神殿是座白色的石造建築，高度和比外牆要高的城牆一樣高。雖然巨大又壯觀，但細長的窗戶都並排落在高處，造型又是從城牆往外突出來，從地理位置來看，說不定神殿原本的用途是要塞，或者原是城牆的一部分。

嗯……可是，會讓宗教進駐士兵曾使用過的建築物嗎？戰爭時期，雖然會有神職人員在戰場上充當醫護人員，但一般生活中的宗教設施，都是利用布施、捐款或者從信徒搜刮來的錢財所建造的吧……

但因為我的參考基準，會不由自主受限於日本的知識，所以再怎麼想也未必是正確答案。現在的我只是看著自己以前從沒留意過的神殿，再回想在日本有沒有看過樣式和外觀很類似的建築物，覺得很有趣而已。

和來自其他大道的孩子們會合了以後，隊伍就朝著神殿移動。從這一帶開始，路邊的民眾和加入隊伍的孩子的服裝明顯有了變化。布料一眼就看得出價格不菲，雖然基本上都是白色，但下襬添加了大量刺繡。

走沒多久，就看見了奇爾博塔商會。不只班諾、馬克、歐托和珂琳娜，熟悉的人們也圍著四個人，排排站在店門前。歐托笑容滿面地朝我們揮著右手，左手環抱著珂琳娜的肩膀。珂琳娜也帶著甜美的笑容揮手。

「路茲，我看到班諾先生和馬克先生了！連歐托先生、珂琳娜夫人和店裡的人，也都聚集在店門口為我們慶祝喔！」

「真的嗎？」

和父親視野一樣高的我雖然看得見四周，但路茲身在隊伍當中，似乎還看不見班諾的商會。看他不停往上跳，讓我覺得很好玩。

等到路茲終於看見班諾的商會，笑著開始揮手的時候，馬克突然間舉起手來，店員們就不約而同齊聲喊道：

「路茲、梅茵，恭喜你們！」

整齊劃一的大喊聲非常引人注目，我們都嚇了一跳，但也很高興大家為我們祝福的心意，我和路茲都大力揮手。心情太過激動，完全忘了要維持皇室成員的氣質。

「從神殿回來的時候，要過去說聲謝謝啊。」

看起來和我一樣高興的父親這麼說道，摸了摸一旁路茲的頭。當然我和路茲都用力點頭。

「梅茵，老爺是不是又露出了傻眼的表情啊？」

「路茲你也這麼覺得嗎？」

在笑容滿面地揮著手的員工當中，只有班諾一個人看著我們，卻是愁眉苦臉地按著太陽穴。就是我又搞砸了事情，他抱著頭唉聲嘆氣時的表情。

嗯……為什麼班諾先生的表情，會和我不小心多此一舉時的表情一樣呢？今天我什麼都還沒有做呢。

隊伍越來越靠近神殿了。遠遠看去，神殿只是一座龐大的白色建築物，但現在細節漸漸變得清晰。神殿牆上有著整面的浮雕，入口兩側分別擺放著四座石像。我看不出來究竟是這裡神祇的雕像，還是單純只是裝飾品。

眼角餘光中，我看見遊行隊伍開始走進神殿，同時經過芙麗妲家門前。只見公會長一家人全員到齊，占據了大道的一角。連尹勒絲和伊蒂也在其中。

公會長像要和父親對抗，也抱起芙麗妲。芙麗妲一臉吃驚，旋即笑著揮手喊道：

「梅茵，太漂亮了！」她的聲音穿透四周的歡呼聲，傳進我耳中。

「梅茵，恭喜妳！」

認識的人能這樣為我祝福，我真的很高興，揮著手大聲回應：

「芙麗妲！大家，謝謝你們！」

在要進入神殿的數階階梯前方，看似是守衛的人昂首肅立。他們穿著以藍色為基底的服裝，披著簡易的鎧甲。鎧甲上頭還有細緻的裝飾，磨得光可鑑人，再加上具有光澤的漂亮藍色服裝，看得出來這一身也是參加儀式的打扮。

比成年人要高上兩倍不止的厚實對開木門上，也有著精緻的雕刻與加工。穿過敞開的大門，鋪著白色石板的廣場往兩側遠遠延伸。

正前方是一棟五層樓高的宏偉建築，左右兩邊各聳立著矮一些的三層樓高建築，全以聯絡走廊相通。每棟建築都和城牆一樣由白色石頭砌成，只有正中央的那棟建築物，有著雕刻和浮雕的裝飾。

「好了，父母只能陪到這裡。路茲，不好意思，梅茵就拜託你了。」

「嗯，交給我吧！」

父親把我放下來後，我和路茲手牽著手，朝著敞開的大門走在隊伍的最尾端。剛才還那麼興奮地吵吵鬧鬧的孩子們，也在走向神殿的時候全都暫時閉上嘴巴，周遭的喧譁聲靜了下來。所以路茲叫我的時候，聲音顯得特別大聲。

「梅茵。」

我看向路茲，壓低音量反問：「什麼？」路茲就像要說悄悄話，把臉湊向我的耳朵。我面向前方豎起耳朵，聽見路茲耳語地小聲說了：

「正裝跟髮飾都很適合妳，可愛到我嚇了一跳喔。」

如果路茲是在大家都齊聲稱讚我的情況下說，我就可以如常地笑著回道：「謝謝你。」但怎麼在進入神殿前才突然小聲這麼稱讚，害我不知道該如何反應。

「咦？咦？你幹嘛突然……」

我仰頭看向路茲，只見他臉上的表情像是出了一口氣，笑容顯得神清氣爽。

「因為被哥哥他們打斷，害我沒說出來，我就在想要趁他們不在的時候再說。」

「啊，這、這樣啊？嗯，謝謝你。」

我用一隻手捂著怦怦亂跳的心臟，和路茲手牽著手走上階梯。

因為在隊伍最尾端，雖然聽不見我們說話，但廣場上的人都能看見我們的一舉一動。洗禮儀式後我才聽說，廣場上的大人們看到我和路茲手牽著手走進神殿，都嚷嚷著說：「好可愛，好像小型結婚典禮喔！」父親就露出了咬牙切齒的猙獰表情，目送著我們進入神殿。

肅靜中的混亂

「嗚哇！好壯觀喔！」

雖然在外面幾乎聽不見，但其實先走進神殿的孩子們都發出了興奮的高亢叫聲，在內部迴盪後，形成了讓人感到頭痛的嗡嗡聲。我忍不住停下腳步，路茲輕輕拉了拉我的手。

「腳下有階梯，妳小心。」

我留意著腳下，走了幾步路後，突然聽見「嘰嘰」的沉重聲響，背後的大門慢慢關上。發現腳邊突然變暗，我吃驚地回過頭，看見穿著灰衣的神官正在關門。

「啊，對喔。我們是最後進來的人……」

門扉徹底關上後，一名藍衣神官踩著不疾不徐的步伐走到門前。神官拿著嵌有顏色很不可思議的石頭，形狀像是風鈴的鈴鐺，「叮鈴叮鈴」地搖出鈴聲。

下一秒，孩子們的聲音相互交錯，原本話聲一直繚繞不絕的神殿內部變得只剩下回音，最終變作一片靜寂。

「怎麼回事？」

路茲講了話卻沒有發出聲音。正確地說，是聲音非常小聲。從路茲的表情和動作，他原先發出的聲音應該更大。路茲為發不出聲音的自己嚇了一跳，伸手按著喉嚨。

「應該是魔導具的關係吧？因為剛才藍衣神官搖了鈴鐺。」

我也開口說話，但果然只能發出很小的音量。但是，因為剛好看見了神官搖響鈴鐺，所以知道是為什麼，就可以冷靜下來。聽到我這麼說，路茲也放鬆了緊繃的身體。發現不只自己這樣，又明白了原因，也鎮定下來了吧。

走在成排的隊伍尾端，我感嘆地吐著大氣，往上抬起視線。

神殿內部有著挑高設計，天花板很高，縱深也很深，兩側牆邊整齊地排列著雕有複雜圖案的巨大圓柱。窗戶在四層樓的高度等間隔地一字排開，陽光筆直地灑落進來。牆壁和圓柱除了到處都用了黃金作為點綴外，一樣是全白色的，只要有點光照進來，就顯得很明亮。只有正前方的色彩鮮豔絢麗。

和在攝影集及美術館裡看到的基督教會不一樣，這裡沒有壁畫也沒有花窗玻璃。因為是雪白的石造建築，氛圍和日本的神社及寺廟都不同，也異於東南亞的五顏六色。

盡頭的牆壁從天花板到地板，都以色彩斑爛的馬賽克磁磚拼繪出了繁複的圖騰，當光從旁邊照下來，莊嚴地反射著光芒的那個區塊，感覺倒有些類似清真寺，但最底部到窗戶的高度卻有一道約四十階的階梯，途中到處擺有石像，所以還是有著顯著的差異。

……難道那道階梯是象徵著通往上天和神明的階梯嗎？但在階梯上面擺石像，感覺有點像是女兒節的雛人偶呢。

最頂端的階梯上擺著一男一女的石像。從擺設方式來看，感覺像是一對夫妻，而且擺在最上面，應該是地位最崇高的神祇吧。石像本身是純白色的，但男神的肩膀上披著黑色披風，上頭鑲著星光般閃閃發亮的金子；女神頭頂上戴著金色王冠，像在模擬綻放的光芒，尖細的長棒排列成了放射狀。

……是光之女神和闇之男神嗎？還是太陽女神和夜之男神？不管是什麼，石像上的王冠和披風都顯得好突兀。

下面幾階的地方是個體態稍顯豐腴、氣質溫婉的女性石像，手臂上捧著綴有璀璨寶石、閃爍著黃金色澤的聖杯。再更下面的石像有手持法杖的女性、手持長槍的男性、拿著盾牌的女性和持劍的男性。所有石像都是白色的，但個別都拿著一樣具有色彩的物品，感覺真是不可思議。如果是刻意讓他們拿著那些東西，應該是有意義的吧。

……類似聖杯或聖劍那種聖物嗎？

更下面的階梯上擺著花、水果和布等像是供品的東西，越看越覺得很像女兒節的雛人偶。

「梅茵，不要發呆，看著前面走路。」

「嗯？啊，抱歉抱歉。」

路茲拉了一下我的手，我才稍微加快速度，跟上隊伍。

神殿中央空出了供隊伍走動的空間，兩側則隔著約一公尺的距離，鋪著厚重的紅色地毯。正前方擺了好幾張桌子，好幾名穿著藍色服裝的神官成排坐在桌子後方，似乎在辦理什麼手續。辦完手續的孩子們就在灰衣神官的指引下，往左右兩邊移動，然後脫下鞋子，一一坐在地毯上。

隊伍慢慢前進，路茲好像終於看清楚了前面在做什麼。探頭往前看後，路茲小聲地「嗯」了一聲。

「路茲，怎麼了嗎？你看到前面在做什麼了嗎？」

「啊……」路茲難以啟齒地視線左右游移後，嘆口氣轉向我。

「是妳最怕遇到的血印……應該是魔導具吧。大家都在蓋血印。」

真想當作沒聽到，真想轉身拔腿就跑，但路茲牢牢不肯放地緊握著我的手。

「妳死心吧。好像是要登記什麼東西，應該關係到那個市民權吧？」

「嗚……我想也是。連我也這麼覺得。」

歐托和班諾說過，接受洗禮儀式之後，才會獲得認可是城裡的居民，得到市民權。也就是說，不管我再怎麼不想面對，若不接受這個儀式，就無法取得市民權。

「……為什麼魔導具都這麼愛血呢？」

「天曉得。」

每次出現魔導具，就要劃傷自己的手指頭流血。就算經歷過了好幾次，我還是無法適應這種要傷害身體的事情。

我戰戰兢兢地觀察前面孩子的情況，只見有個動作粗魯的藍衣神官拿著類似針的東西，扎向孩童的指尖，再用力把那孩子的手指，按在一塊像石頭又像徽章的平坦白色物體上。孩子的嘴巴張成了發出叫聲的形狀，但沒有發出聲音來。看到那孩子按著感覺很痛的指尖，在指引下走向座位，我忍不住直打寒顫。

「好，下一個。上前來。」

孩子的人數越來越少了，一名桌前無人的神官開口喊道。我被路茲往外推，走向那張桌子。

藍衣神官微微瞇起眼睛，從頭到腳掃了我一眼，然後伸出手來。

「掌心向上，把手伸出來。雖然會用針扎妳的手指頭，但不會很痛。」

每次都說不痛，但從來沒有一次真的不痛。針扎進指頭的瞬間，有種像被壓在燒燙物品上的刺痛感，緊接著隆起一顆血珠。手指的疼痛再加上看到紅色鮮血，我覺得自己全身的血液都凍結了。

「把血抹在這裡吧。」

這位神官不像剛才看到的那位那麼粗魯，並沒有用力地拉過我的手指蓋血印，只是把一塊小牌子遞給我。好像只要把血抹上去就可以了，沒有想像中痛。我鬆了口氣。

……幸好不是很粗魯的人，但指尖還是在發麻刺痛呢。

說不定那個不讓人發出聲音的魔導具，不只是為了預防講話聲形成回音太過嘈雜，也是為了不讓人發出大叫聲。

「你們是最後兩個人了。請過來這邊。」

似乎才剛成年，五官還帶點稚氣的灰衣神官對我們這麼說，我和路茲走向地毯。因為要我們脫下鞋子再走上去，所以我們都脫了鞋子，再坐在地毯上。

其他孩子都是盤腿坐著，不然就是兩隻腳往前伸，只有我一個人抱著膝蓋。因為置身在像是體育館的大型建築物裡，同年的孩子們又齊聚一堂，我忍不住覺得抱膝坐才是最正確的姿勢。

「梅茵，妳幹嘛縮成一團？」

「我不是縮成一團，是坐成三角形。這個也叫作抱膝坐喔。」

「啊？三角形？哪裡有三角形了？」

「這裡。」

我指著自己的膝蓋說。這段期間，為所有人辦理完了登記的藍衣神官們魚貫離開桌前。他們抱著裝有剛才按了登記血印的牌子的箱子，走出神殿後，灰衣神官們就相繼開始動作，為接下來的儀式做準備。他們搬走桌子，重新在階梯前方設置了一個更加豪華的祭壇。

剛才離開的藍衣神官們再度返回，並排站在祭壇兩側。完成了準備的灰衣神官們也依著一定的間隔，站在我們所坐位置附近的牆邊。這樣的配置就好像是學校集會上，負責監督不讓學生們吵鬧的老師，我不由得稍微挺直抱膝坐著的腰桿。

「神殿長入殿。」

說完，藍衣神官揮下手上的棒子。然後就響起了彷彿有無數鈴鐺被同時搖響的鈴音，旁邊的門打開了。只見年紀已經算是老爺爺的神殿長，身穿寬鬆的白色長袍，斜背著金色長帶，繫著金色腰帶，身上還有藍色的小飾品，拿著某樣東西進入神殿。

神殿長的腳步從容不迫，走到祭壇後，小心翼翼地將那樣東西擺在祭壇上。

……那個難道是書?!

我用力揉了好幾下眼睛，又再三地聚精會神凝視。看到神殿長慢條斯理地翻開書頁，我終於可以肯定。那是書。是類似聖經或聖典那類的書！

「路茲，是書！那裡有書！」

因為不習慣坐在地板上，路茲一直毛毛躁躁地動來動去。我拍了拍他的肩膀，興奮地指著祭壇，路茲也稍微傾身往前看。

「哪裡？書在哪裡？」

「你看，就是神殿長現在翻開在看的那個！」

書封是皮革材質，容易受損的四個角落加上了兼具補強和裝飾作用的黃金工藝。看起來好像還鑲有細小的寶石。

「那就是書嗎？看起來很貴耶。跟梅茵做的書完全不一樣。」

「我做的書重視實用性，請不要跟那種具有藝術價值的書混為一談。這就像是拿那邊石像手上的劍，跟路茲的小刀做比較一樣喔。」

「哦，原來是這樣。不過，這裡居然有書，真是意想不到耶。」

「……其實應該要想到才對。仔細想想，這根本是理所當然。」

因為我是典型的對宗教沒有多大興趣的日本人，才會刻意從來不接近神殿。但是，通常宗教設施裡面都會有聖典、經書和聖經等等，這些統整了宗教教義的資料，以及這方面的書籍。我根本用不著驅使自己不聽使喚的身體，又在沒有半毛錢的情況下拚命做書，書這裡就有了。

商業公會如果是資訊的第一線，那神殿就是神學、數學、音樂和美術等，為接近眾神而研究學問與藝術的第一線。基督教的學問也是因此而蓬勃發展，人們在日本也會往寺廟和神社聚集，擁有知識的人都是處於領導地位，所以同樣為學問的第一線。

「嗚哇啊啊啊！早知道就早點來神殿了。我怎麼都沒有想到呢！我這個笨蛋笨蛋！早知道不用那麼辛苦就可以看到書了！」

現在不管我怎麼大叫都變得很小聲，這樣好像也不錯。我毫不顧忌地放聲哀號，一旁的路茲無言地聳聳肩。

「梅茵，妳好像徹底忘了，還沒受洗過的小孩子都不能進入神殿喔。就算妳早一點想到，跑來神殿，也會被守衛擋在門外。」

啊，對喔。在這裡，只有接受過了洗禮儀式的孩子才能進入神殿。

「不過，第一次為了洗禮儀式來神殿就遇見書，我覺得這簡直是命運的安排！」

「所有人到了七歲都要來神殿，這算哪門子命運的安排？」

「路茲你很討厭耶！不要一直潑我冷水。」

「我知道妳看到書很興奮，但冷靜一點啦。妳要是現在暈倒就麻煩了。」

看我這麼激動，路茲試圖讓我冷靜下來。但是，怎麼可能冷靜得下來。

「咦？可是書就在我眼前，怎麼可能不興奮嘛。我辦不到！」

「辦不到也要辦到。反正那種書又不可能拿給梅茵看。」

「啊……說得也是。」

雖然有書，卻不是自己能看的書。不僅有著皮革書封，上頭還鑲了寶石，怎麼可能拿給我看呢。認清現實以後，激動的心情也瞬間冷卻，我沮喪地重新抱著膝蓋坐好。

「自今日起，你們就年滿七歲，正式成為了城裡居民的一員。恭喜你們。」

雖然看起來是上了年紀的老爺爺，神殿長的聲音卻亮如洪鐘，在神殿內轟隆迴響。先向我們道賀之後，神殿長看著疑似是聖典的書籍，朗聲唸出內容。

我的全副心神都被書上的內容吸走，微微向前傾身地專心聆聽。神殿長唸的內容和上次班諾講過的一樣，都是關於創世神話以及季節的轉變。為了讓小孩子能夠聽懂，使用的詞彙都很簡單。

「一直以來，在漫長得數不清有多久的時間裡，黑暗之神都獨自一人孤單度過。」

這就是故事的開頭。接著黑暗之神遇見太陽女神，歷盡各種波折後結為連理，生下了水之女神、火神、風神和土之女神，更創造出了我們所在的這個世界。關於各種波折這部分，雖然為了孩子們講得非常委婉，但聽來就像是午間連續劇的劇情。

……不過，神話都是這個樣子的呢。

就我所知的神話，所有內容也都非常離譜。真要計較就輸了。

光能聽到新的故事，就讓我非常開心，我一邊聽還一邊和自己知道的神話故事做比較，更是聽得興致高昂。但是，對神話沒有什麼興趣，也不懂有趣之處在哪的路茲，只是無聊地晃著身體，羨慕地看著我。

「梅茵，妳聽得真開心耶。到底是哪部分讓妳這麼開心？」

「從頭到尾全部！」

我笑得無比燦爛地回答，路茲就無奈地搖頭嘆氣。

「……是嗎？那真是太好了。」

「嗯！可以聽到沒聽過的故事，我太開心了！」

創世神話之後，就是關於季節變換的神話。

班諾說過：「春天是積雪融化成水的季節，草木長出嫩芽；夏天是太陽距離最近的火熱季節，枝葉結實繁茂；秋天是涼風吹起的季節，草木結出果實；冬天則是生命長眠的土之季節。」但聽完實際上的神話，我發現有很大的差異。

「土之女神是太陽女神和黑暗之神最小的女兒。有一天，生命之神對土之女神一見傾心，於是向父親黑暗之神提親。黑暗之神聽了生命之神的求親非常高興，認為兩人一定能生下許多孩子，就答應了兩人的結婚。」

這就是季節神話的開端，但路茲聽了一直無聊地大打呵欠，所以我打算用我的解讀方式，簡略地說明重點。

簡單來說，就是生命之神的獨占欲太過強烈，便將土之女神困在冰雪之中，讓她懷孕後，甚至還嫉妒起尚未出生的孩子們。於是奪走力量，不讓孩子出生，這就是冬天。

然而，土之女神在結婚後就完全消失了蹤影，擔心的太陽女神便融化寒冰，水之女神再連同為所欲為後、力量因而變得薄弱的生命之神一起沖走冰雪，和眾女神一起在名為孩子的種子上灌注力量，使其發芽，這就是春天。

火神更繼續與友人投注力量，發芽的生命於是眨眼間成長茁壯，也就是夏天，然後很快地迎來結出果實的季節。這時候生命之神再度恢復了力量，前來尋找土之女神。風之女神竭盡所能不讓生命之神接近妹妹，眾神就趁此時合力採收，也就是秋天。

兄姊諸神的力量變得薄弱後，生命之神便趁虛而入，再度把土之女神關入冰雪之中。儘管想要乾脆殺了生命之神，但又不能讓生命從此不再誕生，所以無法殺祂。兄姊諸神只能進退兩難，焦急地靜靜蓄積力量，度過冬天。

季節就是照著這樣永無止盡的循環在更迭。順便說，在夏天出生的我們的守護神是火神，象徵奔放與熱情，特別庇佑引導與成長這一塊。

神殿長下了結語後，闔上書籍。

「接著要教你們如何禮拜。藉由向神祈禱和表達感謝，將能得到更加強大的庇佑。」

神殿長一本正經地這麼說，動作非常從容地走到祭壇前方。期間，灰衣神官將捲起的地毯鋪在藍衣神官前方。

神殿長站在並排的十名藍衣神官中心。

「那麼，先由我示範，你們要看清楚了……祈禱獻予諸神！」

神殿長說著，突然用力舉高雙手，抬起左腳，仰頭朝向上方。

「咕呼！」

我摀住自己的嘴巴，死命忍下差點要噗哧笑出來的聲音。在這麼神聖的儀式上，怎麼可以噗哧笑出來。這我當然知道。可是，越是心想不可以笑，想要放聲大笑的衝動越是強烈，肚子不斷抽搐抖動。

……因為，這根本就是固力果的跑〇人啊！神殿長居然正經八百地擺出〇跑人的姿勢耶！為什麼是跑跑〇?!有必要抬腳嗎！年紀都那麼大了，單腳站立太危險了吧！

發現神殿長穩如泰山，保持著非常完美的平衡，讓我更是想笑。大概莫名其妙地戳中我的笑點了。接下來不管神殿長做什麼，我都有自信笑得出來。

明明只是像打太極拳一樣慢慢放下手腳而已，我就必須竭力忍笑，神殿長不要這麼虐待我的腹肌好嗎？

「感謝獻予諸神！」

看到神殿長用流暢又優雅至極的動作從跑〇人變成跪拜在地，我這次再也隱忍不住地發出了奇怪的呼氣聲。

「噗呼！」

「梅茵，妳怎麼了？身體不舒服嗎？」

「我、我沒事……現在還好，還撐得下去。這是神賜給我的考驗。」

我摀著嘴巴，把臉趴在膝蓋上面，這麼回答擔心我的路茲。就算向路茲說明是禮拜的動作太好笑了，讓我忍不住想笑，他肯定也無法理解是為什麼。這股笑意只有知道跑○人是什麼的人才會懂。

……這是宗教、這是宗教。大家都很嚴肅，笑出來就太失禮了。

我想起了以前曾經在打開教室門後，看見同班同學在向阿拉祈禱的場景，努力安撫陣陣抽搐的腹肌。宗教的祈禱方式在他人眼中，本來就很奇妙了。只是這裡的姿勢碰巧和跑○人很像而已。不可以笑。我「呼──」、「呼──」地平復急促的呼吸，等到可以恢復正常表情的時候才抬起頭來，同時神殿長催促我們起立。

「那麼所有人都站起來，一起禮拜吧。」

……一起？居然還要一起？饒了我吧！

身邊的孩子全都站起來，所以我也跟著起身，但嘴角一直蠕動顫抖，肚子也不停抽動，顯現出了要捧腹大笑的前兆。不可以笑、不可以笑──但越是提醒自己，我就越是想笑。

「祈禱獻予諸神！」

說完，神殿長擺出跑○人的姿勢。

沒事的。因為已經是第二次了，衝擊小了很多。成功地忍過了這波想笑的衝動後，我確定自己的腹肌獲勝了。然而下一秒，藍衣神官們動作整齊劃一地抬起手腳。

「祈禱獻予諸神！」

看到眼前一字排開的十名神官全都不苟言笑，聲勢驚人地擺出跑○人的姿勢，我的腹肌頃刻間宣告敗北。不論是手的角度、腳的高度還是無表情的臉孔，十個人全都完美同步，我的腹肌可謂兵敗如山倒，再也無法站著，癱坐在地毯上。

「嗚！……呼……咕……」

……肚子好痛！誰來救救我！

我摀著嘴巴拚命忍笑，但眼角還是滲出淚水，嘴角逸出氣音。要是可以直接躺下來，拍著地板哈哈大笑，一定很痛快，但就是因為不能這樣做，我更是無法抑制地想笑。

「梅茵，妳果然身體不舒服吧！」

看到我這麼竭力忍耐的樣子，路茲擔心得保持著跑○人的姿勢，跳著單腳往我靠近。路茲的動作無異於給我致命一擊，我掙扎地猛拍地板。

「對不……呼咕……我沒辦法、呼吸……」

「梅茵！妳幹嘛硬要忍到這種地步?!」

「不、不是的……我、我沒事……」

我蹲在地毯上連連揮手，對路茲這麼說。一名察覺到異狀的灰衣神官便衝上前來：

「你們怎麼了嗎？」

「不好意思，梅茵好像是身體不舒服，突然就倒下來了。她原本身體就很虛弱、容易生病，參加洗禮儀式又太興奮……」

我的確是很興奮，但並沒有身體不舒服，只是笑得太過頭了，不需要驚動神官。

「我、我沒事。馬上就好了！你們看！」

我慌忙想站起來，但不知道是身體跟不上突如其來的指令，還是笑到缺氧，手臂使不出力氣，結果又在路茲和神官面前重新癱軟。

「我就說嘛！妳哪裡沒事了！」

「嗚嗚，只是小小的失誤而已……我真的沒事。」

但癱倒在地上這麼說，我所謂的「沒事」一點說服力也沒有吧。連我自己都這麼覺得了，從客觀的角度來看，他人也當然會更加傾向相信路茲的說法。

「我送妳去療護室吧。在洗禮儀式結束之前，最好先休息一會兒。」

灰衣神官似乎也覺得不能相信我說的話，抱起癱坐在地、全身虛軟無力的我。

……最終因為腹肌不敵，洗禮儀式中途離場。看樣子將會成為一段絕對不能告訴任何人的痛苦回憶。

無法進入的樂園

灰衣神官帶我走進的，是一間看來並非貧民可以使用的療護室。乾淨的房間內部經過細心裝潢，對比於大門等候室的設備，我想這是提供給要引薦給貴族的富豪或商人的房間。

……是因為這套正裝吧。

依據服裝用了多少布料、刺繡所用的顏色和線是否統一，就可以推估出一個家庭的收入大約有多少。平常的衣服也就算了，但今天我的正裝是非常罕見的蓬鬆飄逸洋裝，雖然只有裙襬有刺繡，但因為到處都縫著用線織成的小花，所以整體非常豪華。髮飾的款式也很特別，乍看之下，會把我歸類為和芙麗妲同等級的有錢大小姐吧。

可是……應該不用特別更正自己其實是貧窮人吧？畢竟是神官自己先下了判斷，而且對方要是突然改變態度，我也不知道會遭受到怎樣的對待。應該不用那麼老實地自己坦承吧？

「失禮了。」

我正皺眉苦思時，灰衣神官輕輕地讓我坐在長椅上。

抓住扶手後，我的身體終於不再搖搖晃晃。幾乎同時，灰衣神官抽起我的髮簪，再動作小心謹慎地脫下我的鞋子。

……咦？

神官的服侍太過自然又理所當然，我吃了一驚。就和在芙麗妲家時，伊蒂幫我打點好一切那樣。灰衣神官明顯相當習慣照顧他人。

我甚至忘了要鄭重拒絕，愣愣地睜著雙眼，神官就站起來整理床鋪，再以公主抱的方式把我抱到床上。

「嗚啊，呃，我真的沒事。」

「在神面前不可以說謊，這裡可是神殿。」

我並沒有說謊啊……

讓我躺在床上後，神官細心地蓋上棉被。接著神官將髮飾放在床邊，再把鞋子並排放在床前。比起神官，更像是做事老練的隨從，感覺真是奇妙。

「那請好好休息。稍後我再過來看妳。」

「啪噹」地關上房門，神官就離開了。身體還使不上力氣確實是事實，所以我也只好躺在床上，等待體力恢復。順便趁這時候，想想要怎麼向家人解釋吧。家人一定會問我為什麼暈倒，但總不能說我是笑到站不起來。擔心我的路茲肯定也會大發脾氣。一想到這裡，我又想起了路茲以跑〇人的動作朝我跳過來的樣子，忍不住噗噗失笑。

躺在床上翻滾了一會兒後，身體也恢復力氣了。我張握手心，確認自己的力氣。傷腦筋的是，開始想要上廁所。

雖然床邊就有便盆，但不知道哪裡有水就在這裡上廁所的話，沒有辦法自行清洗。會住在這裡的人，多半都有隨從，從來不會自己收拾善後吧，但我沒有隨從。再加上，我也不想讓才第一次見面的神官幫我清理善後。至少先找個人問問哪裡有水，確定自己有辦法清理以後，再偷偷地上廁所吧。

我慢吞吞地坐起來，輕輕甩了甩手腳。感覺應該不會突然間就暈倒。我拿起擺在床邊的髮簪，盤起頭髮。雖然芙麗妲家會在床邊擺放用以叫人的鈴鐺，但這裡沒有。

事態緊急，先去找人吧。因為不知道等找到其他人要花多久時間，所以我想趁著還沒有很急迫的時候趕快採取行動。下床穿上鞋子，我偷偷溜出房間。

眼前是一條長長延伸的走廊，雖然柱子和牆上都有雕刻和浮雕，但基本上全由白色石頭建成。叩叩叩的腳步聲在牆壁之間迴盪，顯得格外響亮，但四下只有自己的腳步聲，也完全看不見其他人影。總之我移動腳步，想要回到舉行洗禮儀式的地方。

……哎呀，我彎錯地方了嗎？

明明身在雪白的神殿裡頭，卻開始到處出現色彩。雕刻與石像也變得越來越精緻且豪華，絕對不是我的錯覺。看來我誤闖進了貴族的出入地帶。

我嚇得臉色發白。要是被貴族撞見，情況一定會變得非常麻煩。

……糟糕，必須快點回去！

我一骨碌轉身，膽顫心驚地快步折返，想要盡快脫離貴族出入的區域。為了不走錯路，我指著具有明顯特色的指標，一邊走一邊確認。

我看過這個雕刻吧？那塊布我也有印象……

為了回到休息的房間，我尋找著剛才轉彎的地方，就聽見照著一定規律響起的「喀喀喀」腳步聲逐漸逼近。如果我已經離開了貴族地帶，一定會高舉雙手歡迎，但現在的我只想躲起來，不想被人發現。希望是神官，萬一是貴族就慘了。

我慌張地張望四周，但走廊上根本沒有可以躲起來的地方。很快地我就被對方逮個正著。

「是誰?!在這裡做什麼？」

聲色嚴厲地叫住我的人，是一位頭髮盤得一絲不苟的女神官。堅毅的五官感覺工作就很精明幹練，但是，氣質又有點像是嫵媚的秘書。

和抱我到療護室的人一樣，女性也穿著灰色神官服，只是圖案不一樣。不知道是男女制服圖案的不同，還是因為儀式穿的和平常穿的神官服不同。這麼說來，洗禮儀式上都沒有看到女神官呢。我怔怔地心想。

發現不是貴族讓我鬆了口氣，立刻為誤踏進貴族地帶道歉。

「對不起。我的名字叫作梅茵，因為在洗禮儀式上暈倒，借了一間房間休息。因為沒有隨從，也沒有可以叫人的鈴鐺，我就出來找人。但好像迷路了，才走到這裡來……」

女神官目不轉睛地由上到下打量我，然後無可奈何地嘆口氣。明明她只是單手托著臉頰，憂鬱地吐氣，卻莫名地讓人移不開目光。

「等我把事情辦完，就送妳回舉辦洗禮儀式的禮拜堂。能等我一下嗎？」

「是的，麻煩妳了。」

神官雙眼微瞇，「喀喀喀」地蹬著鞋子移動。我小跑步地跟在後頭，但萬一她要走很長的距離，我很可能會不支倒地。幸好最後女神官只是移動了一個房間的距離，我才免於暈倒的危機。

「請在這裡稍候一下。我辦完事情就出來。」

「是、是……」

我急促地大口喘氣，點頭回應。女神官有些擔心地皺起眉，瞥了我一眼後，「嘰」地推開門走進房內。

我伸手倚在牆上平復呼吸，順著敞開的房門，不經意地看向女神官走進的房間。瞬間，我用力倒吸口氣，全身僵硬結凍。

「……這裡難道是圖書室？」

房間並不大，但牆邊是成排的書架。乍看下多數書架上都塞滿了紙和木板，但也有一些書櫃上了鎖，看不見裡頭放了什麼，但我猜應該是放了貴重書籍。

房間中央相對地放了兩張閱覽用的長桌，為了方便閱讀書籍，桌面是傾斜的。桌子就像大學教室裡連成一排的那種長桌，另外還有椅子，長度足以供五個人並肩坐下。此外，桌面上緣還等間隔地垂掛著堅固又沉重的鎖鏈，繫著六本厚重的書籍。

「……是『鎖鏈圖書室』！」

參觀國外歷史悠久的圖書館，是麗乃那時候的夢想。雖然現在不是在國外，而是異世界的神殿圖書室，但這下子也算是實現了夢想吧。外國的圖書室、上了鎖的書櫃、鎖鏈圖書，都是麗乃在書上看過、接觸過圖書館的歷史後，極度渴望親眼目睹的事物。

我用手按著自己的胸口，指尖都在發抖。心臟撲通狂跳，感覺得到血液正以極快的速度在全身流動。一直以來渴望的事物就在自己眼前，還能親眼見證這樣的奇蹟，讓我無法停止地流下熱淚。

「這、這還是第一次……」

雖然鎖鏈圖書室也是第一次看到，但數量多到足以形成一間圖書室的書，是成為梅茵以後頭一次看到。房內面積雖然不大，但對於一直以來在生活中連一本書也找不到的我而言，這裡堪稱是幸福的寶庫。

……這間圖書室根本是神創造的樂園！我的神就在這裡！

「祈禱獻予諸神！感謝獻予諸神！」

正所謂入境隨俗。發現了圖書室，甚至還是鎖鏈圖書室的我，感動得忍不住就擺出跑○人的姿勢，緊接著跪拜在地，向神明獻上感謝。雖然動作有點不穩，但相信我的感激與感謝一定傳達給了神明。

我用衣服擦了擦臉再擦擦手，檢查了好幾次有沒有哪裡不乾淨。確認雙手十分乾淨以後，我才跟隨剛才走進去的女神官腳步，意氣風發地跨出小腳，準備踏進樂園。

「那我就失禮……噗呸?!」

然而，臉部卻感受到了一股強烈的撞擊，就好像撞上了沒有打開的自動門。因為撞上的力道非常猛烈，害我雙眼直冒金星。

「好痛……」

我當場坐下來，一隻手按著臉，另一隻手摸索尋找著入口。往內伸到一定的程度後，手就無法再伸進去。果然有道肉眼看不見的牆壁。我用掌心試著拍打，卻被透明的牆壁阻隔在外，無法進去。

「咦？為、為什麼？」

剛才那名女神官進去的時候，明明沒有任何異狀啊。為什麼只有我被拒於門外？我突然感到眼前變作一片漆黑，使出全力敲打透明的牆壁。但是，無形的牆壁動也不動。樂園就在眼前，卻不得其門而入。明明已經發現這麼多書了，我卻看不到也摸不到，沒有比這更殘酷的拷問了。

……都到這裡了卻進不去，未免太殘忍了。神明這個大笨蛋！把我的感謝還來！

「不要啊，讓我進去！也讓我進去——！」

書籍稀少又昂貴到只有貴族才有。洗禮儀式上為了讓孩子們保持安靜，還不惜使用了魔導具。那麼，為了保護貴重的書籍，就算設有機關也是不足為奇——大腦雖然清楚，但這樣還是太殘忍了。看得見卻進不去讓我感到絕望，甚至沒有力氣去擦掉不斷滾落的淚水。

「好想看書喔……」

大概是辦完了事情，方才的女神官抱著一疊看似是資料的紙走出來。她低頭看著坐在地上、靠在透明牆上號啕大哭的我，往後退了一步。

「妳……在做什麼？」

「嗚哇啊啊啊啊……為什麼、為什麼我不能進去？」

我拍著透明的牆壁質問，女神官就回頭看著圖書室，「啊」地小聲輕喊。

「因為裡面放有貴重的書籍，只有得到許可的神殿工作人員才能進入。」

聽到她這麼說，一道希望之光倏地照進腦海。既然只有神殿的工作人員可以使用，那我在這裡工作不就好了嗎！神還沒有棄我於不顧。在生命走到盡頭的剩下這半年時間裡，我想看完這裡面的書！我用力擦掉淚水和鼻水，筆直地舉起手。

「我有問題！要怎麼做才能在神殿工作呢？」

「……最簡單的方式，就是成為神殿的見習巫女吧？」

原來女性不叫作神官，而是稱作巫女。那麼眼前的女性已經成年了，所以不是女神官，該稱呼她為巫女吧。

「那我要成為神殿的見習巫女！請問要怎麼做才可以呢？」

「只要有神官長或神殿長的同意就可以了。好了，我們前往禮拜堂吧。」

巫女想要結束這個話題，但我瘋狂搖頭。

「請問神殿長人在哪裡？」

「洗禮儀式已經結束了，所以現在正在自己的房間，妳打算現在去見神殿長嗎？」

一眼就能看出巫女嚇得不輕，但絕對不能放過這麼貴重的資訊提供者。

「是的！我不能就這樣回家！」

「……那我問問看神殿長吧。」

不知道是感受到了我絕不退讓的決心，還是依據服裝決定了應對方式，巫女無奈地嘆口氣後，帶我前往神殿長的房間。

看來我迷路闖進了相當內部的地方，神殿長的房間就在附近，直到答應會面前，我先站在一扇豪華的門前等候。

環顧四周，這一帶多了看起來很昂貴的裝飾品與繪畫，讓我切身地感受到，宗教裡地位崇高的人果然都很有錢。

「神殿長，有個孩子想要成為見習巫女……」

「想要成為見習巫女？」

略微打開的房門內傳出了神殿長與巫女的對話。內心漸漸湧起了像在參加工作面試的緊張感，我在門後立正站好，迅速檢視自己的服裝儀容。正裝上有塊地方沾到了淚水和鼻水，變乾後有些硬邦邦的。

「是的，好像是來參加本日洗禮儀式的孩子。」

「嗯……那先見見她吧。」

「進來吧。」

本來想要機靈敏捷地走進房內，房門卻比我預想中還重，根本推不動。迫於無奈，我只好用整副身體去推沉重的門扉，再從門縫鑽進房內。

「打擾了。」

神殿長房間的構造和芙麗妲的房間很像。比較靠近房門的中心區塊擺有桌椅，形成接待客人的空間。距離房門最遠的角落則擺有附著厚重頂蓋的床鋪，另外一邊的角落則是工作空間。

工作空間有張厚實沉穩的書桌和兩個書架，另外還有一個裝飾櫃，以剛才在洗禮儀式上見過的聖典為中心，左右近乎對稱地擺著蠟燭和約三十公分高的神像。

神殿長和巫女都在工作區，於是我盡可能抬頭挺胸，朝兩人走過去。神殿長的視線銳利得甚至讓我感到刺痛。我慢慢地深呼吸，讓自己打起精神。這是工作的面試。能不能進入那間圖書室，全取決於這場面試。

「妳叫什麼名字？」

「我的名字是梅茵。神殿長，我想成為見習巫女，還請您一定要答應。」

我在胸前交握雙手，懇求神殿長。神殿長露出感到有些有趣的笑容，把筆放下。

「那麼，梅茵，能告訴我妳為什麼想成為見習巫女嗎？」

「因為這裡有圖書室。」

我的回答似乎出乎神殿長的預料，他微微張大眼睛。

「……圖書室？妳識字嗎？」

「是的，雖然很多單字還不會唸，但只要看了書，知道的單字也會增加。所以只要我還活著的一天，我就想看完這裡所有的書。」

神殿長按著太陽穴嘆氣，十分刻意地垮下肩膀搖頭。

「妳好像有什麼誤會。神殿是向神明祈禱的地方，神官與巫女都要侍奉神。」

「沒錯，這我也知道。神殿長今天在洗禮儀式上唸的那本厚重聖典，寫的就是關於諸神的故事吧？對我來說，聖典就是神。在死之前，我想讀完有關於神的一切。我想了解神的一切。」

「妳是聖典基本教義者嗎？」

神殿長的雙眼閃過厲光。不知道這時候該肯定比較好，還是否定比較好。煩惱了一會兒後，我想一起接受洗禮儀式的孩子們應該都沒有聽過這個單字。還是不要多嘴亂說話，不明白意思的時候，避重就輕才是上策。

「這個詞彙我第一次聽說，所以不太了解意思。可是，我想閱讀聖典、想了解神的心情絕對沒有一絲的虛假。還請相信受到火神庇佑的我的熱情。一旦成為見習巫女，直到生命消逝的那一天為止，我都想看完這裡所有的書籍、了解諸神，難道神殿長無法感受到我的祈求和心願嗎？」

我口沫橫飛地傾訴自己的希望，神殿長有些難以理解地從頭到腳端詳我，然後「嗯……」地點了幾下頭。

「妳的熱情我明白了。如果妳希望，確實是可以成為神殿的見習巫女。但是，像妳這種家庭的孩子如果想進入神殿，就必須捐出和妳的熱情能夠對應的奉獻金。妳知道必須奉獻多少金額才行嗎？」

因為我穿著看來家境不錯的服裝，才想趁機大敲一筆吧。也就是如果我想進入神殿，就必須付出對應的代價。我知道宗教並不只有光明良善的一面，如果只要出錢就進得來，那在我能自由運用的範圍內捐一筆錢就好了。

這麼說來，我聽說過買一本書需要好幾枚小金幣。倘若能讓我進入鎖鏈圖書室，應該至少能看到十本那麼厚重的書籍。

在日本我知道有租書店，考慮到租書店書本的租金行情，一本書的錢應該可以供我閱覽整間圖書室的書。而且，如果在生命走到盡頭前的這半年時間，我都能盡情觀看書架上的資料，再扣掉要留給家人的錢，我可以毫不遲疑地捐出一枚大金幣。

「我不知道一般捐款要多少錢……但用我自己的錢，最多可以捐一枚大金幣。」

「大、大金幣?!」

神殿長噴著口水發出了高八度的吶喊。巫女也用手摀著嘴巴，瞪圓雙眼。從兩人的反應，可以知道我提議的金額非常龐大。

「咦？太多了嗎？可是，因為這是我的極限，所以不會再出更多了喔。」

神殿長和巫女互相對望後，掩飾失態似地咳了兩聲，然後眼神認真地注視我。

「啊，像妳這樣擁有熱情的孩子想成為見習巫女，站在神殿的立場，我們自然感到非常光榮且高興。但既然妳今日是來參加洗禮儀式，表示工作已經決定了吧？是否已經隸屬於哪一家店？」

如果已經決定了要去哪裡工作，確實無法馬上成為見習巫女。但是，預計在家工作的我並沒有要外出工作。

「我目前已經在商業公會辦理了登記，但還沒有決定工作。因為身體虛弱，預計待在家裡工作。」

「在家裡工作？妳是商家的女兒嗎？如果要成為見習巫女，就不能隸屬於任何組織。妳可以退出商業公會，再成為見習巫女，但妳父母對此沒有意見嗎？」

「我是今天第一次發現圖書室，所以回家後才要和父母商量……」

說到這裡我暫且打住。關於退出商業公會，我無法馬上給出回答。因為如果要買賣物品，我就一定要加入公會。

「公會有辦法退出嗎？那我之前存下來的錢和以後要做的商品該怎麼辦？」

為了統整思緒，我自言自語地說。神殿長似乎是聽見了，瞪大眼睛問：

「妳說存下來的錢？商品？妳並不是幫忙父母的工作嗎？」

「不是的。」

為了進入神殿，這是宣傳自己的好機會。我邊回想面試的注意事項，邊花一分鐘的時間，講述了自己至今努力做了哪些事情，又從中得到了什麼。

「嗯……既然不是為了幫忙家務而辦理暫時登記，那麼與其退出，不如保持現狀，成為見習巫女比較好吧。我會和公會長談談看。」

看來自我宣傳十分奏效，神殿長滿臉佩服地露出笑容。上位的人願意替我協商，對我來說再好不過了。我道謝說：「那就麻煩神殿長了。」交由神殿長和公會長交涉。

「我會先和父母商量我想成為見習巫女這件事。」

「嗯，如果妳的父母反對，或是有什麼煩惱，就馬上來找我們商量吧。要是想看書，也可以來這個房間。雖然不能讓妳進入圖書室，但可以請人唸這本聖典給妳聽。」

「真的嗎?!萬歲！祈禱獻予諸神！」

我激動得擺出跑〇人的姿勢。瞬間，我感覺到了身體開始傾斜，血液也飛快逆流。顯然我又在沒有自覺的情況下，超過了一天活動的許可量，身體頃刻間使不上力氣。相對地，則感覺到熱意開始在體內亂竄。

……糟糕，我太興奮了。

因為路茲不在，沒有人可以阻止我興奮過度和亂來。

「……完了。」

我「砰」地倒在地上後，一動也不動。但該慶幸只是身體不能動而已，意識還在。我就這麼倒在地板上，把注意力集中在蒐集、並壓下數量不多的身蝕熱意上。

「妳怎麼了?!發生什麼事了?!」

看到我在眼前突然倒下，沒有任何動彈，神殿長吃驚得雙眼睜大，踢開椅子站起來。巫女則是一臉愕然地注視著癱倒在地的我，小聲咕噥說：

「……這麼說來，記得她說過在洗禮儀式上暈倒過。」

巫女偏著頭說完，神殿長立即橫眉倒豎：「妳說什麼？」完全無法起身的我向兩人道歉：

「對不起，我太興奮了。因為現在沒辦法動，還請稍等我一下。」

反對與說服

在神殿長面前不支倒地後，我就被神殿長喚來的灰衣神官帶回了休息室，還留下巫女監督我，以免我又擅自亂跑。

結果，我也無法一個人偷偷上廁所，給巫女造成了麻煩。要在他人的監督下上廁所讓我不禁眼眶含淚，還要麻煩別人收拾善後，我抱歉又羞愧得根本不敢面對巫女。雖然很想拉起棉被蓋住頭，在床上瘋狂打滾，但身體使不出力氣的我連打滾也做不到。

我癱軟地躺在床上無法動彈，為一無是處的自己感到心灰意冷時，結束了洗禮儀式的路茲便趕來探望我。看到漂亮的房間裡面還請了人監視我，驚覺事態非比尋常，路茲瞪大眼睛衝到床邊。

「梅茵，妳又幹了什麼好事?!」

「呃，我想找哪裡有水，結果迷了路……就暈倒了。」

我慢吞吞地在床上抬起頭來，回答得非常簡略，路茲就用審視的目光看著我，環抱手臂搖頭。

「不只這樣而已吧？快點從實招來。」

「唔唔……呃，其實是我發現了圖書室，就太過興奮……」

「圖書室是什麼？」

「是神明創造的，這個世界的樂園！……也就是有很多書的房間！」

「唉……算了。妳不用全部說明，我大概也知道了。」

路茲一隻手支著額頭，另一隻手揮了揮。說明被打斷了以後，我就拿起放在床邊的髮飾，準備回家。

「真正的重點根本沒說吧？這位小姐是直接找神殿長商量事情才暈倒的喔。」

我動作靈活地盤起頭髮時，在一旁聽著我們對話，負責監視我的巫女就一臉無奈地聳肩說道。路茲立刻怒氣沖沖，用力捏起我的臉頰。

「笨蛋，妳都做了什麼啊！」

「對不起嘛。其實我也覺得自己有點興奮過頭了。」

要是我做事可以再冷靜和理智一點就好了，但既然現在已經有望可以成為巫女，又能前往神殿長的房間請人唸聖典給我聽。雖然會反省，但我不後悔。

「在妳又惹出更多麻煩之前，我們快點回去吧。」

在巫女的領路下，路茲背著我走出神殿，只見父親正焦急地在神殿前的廣場上等著我們出來。

「……有人來接妳呢。那我就此告辭。」

「謝謝妳的照顧。」

然後換作父親背我，踏上歸途。一路上，我聽著路茲簡單地向父親報告今天發生的事情，趴在搖搖晃晃的背上，開始覺得想睡。

「我先去店裡簽好契約再回家。」

聽到路茲這麼說，我恍然清醒過來，發現自己就在奇爾博塔商會門口。在這種狀態下，實在無法進店裡露個面。路茲要報告今天的事情，和簽訂成為學徒的契約，所以我們和他在店門口分道揚鑣。

看見我們，馬克走出來迎接。我趴在父親的背上輕輕揮手。

「馬克先生，今天謝謝你們。現在不太適合進店裡，我改天再來。」

「妳好好保重。」

「路茲，要打起精神簽約喔。」

「嗯。妳也好好休息。」

向目送我們離開的路茲和馬克揮手，我和父親一起回家。

吃完了菜色有些豐盛的慶祝晚餐後，一家人一起喝著茶，我轉頭看向父親。必須商量我想成為見習巫女這件事。

「爸爸。」

「怎麼啦？」

父親心情極佳地把茶杯端到嘴邊，喝了一口。

「跟你說喔，我想成為神殿的見習巫女。」

話才說完，父親臉上的笑容就消失了。

下一秒「磅！」的巨響，杯子用力撞在桌上。和嚇得彈起的我一樣，茶水也從杯子裡濺出來，灑在了桌上。

「……妳說什麼？再說一次。」

父親發出了魄力驚人的低沉嗓音，我嚇得連連眨眼。面對父親露骨得讓人直打冷顫的怒火與厭惡，心臟不快地劇烈跳動。

「我說我想成為……神殿的見習巫女。」

「開什麼玩笑！我才不會送自己的女兒進神殿！」

「爸、爸爸，你為什麼這麼生氣？」

完全不明白父親的態度為什麼三百六十度大轉變，我感到不知所措。雖然已經料想到父親可能會反對，卻沒想到父親會如此直接地表現出厭惡並發火。

「會成為見習神官和巫女的全是孤兒！只有那些沒有父母又沒有人能依靠的孤兒為了活下去，才會非不得已去當。梅茵絕不能當什麼見習巫女！」

「只有孤兒……才會去當嗎？」

「沒錯。既然父母都還健在，梅茵絕不能去當見習巫女。這件事不准再提！」

面對父親完全沒有轉圜餘地的態度，我啞然失聲。但另一方面，父親說的話也讓我覺得這一切就說得通了。之前我一直有些在意，為什麼神殿長的反應像是從沒想過會有人自願想當見習巫女，還說「像妳這種家庭的孩子」。

「昆特，梅茵又不知道這些事，你不要這麼兇。」

「……嗯，也對。」

父親慢慢地呼吸，像要把煩躁的情緒吐出去，摸了摸我的頭。母親一邊輕輕擦去灑在桌上的茶水，一邊偏過頭問：

「可是，梅茵，妳怎麼會突然想當見習巫女呢？」

從父母的語氣，感覺得出他們對神官和巫女的歧視。我還以為神官和巫女會是受人敬仰的職業，所以十分驚訝。

「因為我在洗禮儀式上暈倒以後，為了找到哪裡有水，在神殿裡迷了路。」

「但妳被送到了休息室吧？一般走出房間，不就能看到水源了嗎？」

聽路茲簡單說明過情況的父親歪過腦袋。平民使用的大通鋪，確實通常是一出房間就能看到供水區。我輕輕搖頭。

「因為我的正裝很華麗，好像真的被誤認為是有錢人家的小姐，所以送我去的房間，就和帶著貴族介紹函前來的商人住的差不多。所以我在附近都找不到……」

「嗯，那套衣服確實是有可能。」

父親連連點頭。母親和多莉的表情也表示可以理解。

「然後我迷路的時候，不小心闖進了貴族會出入的區域。」

父母的臉色霎時刷白。這裡因為是階級社會，所以居住區域的劃分非常嚴謹。要是糊裡糊塗迷了路，因而被貴族刁難，很有可能當場就人頭落地。

「幸好是一位巫女先發現我，所以我沒有遇到貴族大人，但找到了圖書室。裡面有很多書喔！因為我太想看、太想看了，卻沒有辦法進去……」

「妳說書嗎？」

父親挑了下眉毛。

「所以我就問巫女怎麼樣才可以進去，她說成為見習巫女的話就可以……」

「所以妳才想也不想，就想成為見習巫女嗎……唉，梅茵，妳放棄書吧。和以前一樣，自己做就好了。」

居然要我放棄我奉獻了所有人生的書，我一時間不敢相信，愣愣地望著父親。但父親認真的表情上沒有半點笑意，定定凝視我。

「梅茵，要為了看書就和家人斷絕關係，進入孤兒院當見習巫女，還是要和家人繼續過著現在的生活，妳要選哪一個？」

突然要我在家人和書之間做出選擇，我的腦筋變作一片空白。在因為身蝕而離開人世之前，我都想和家人一起度過，也想趁著這段時間努力做書，滿足自己閱讀的渴望。今天發現了圖書室，一想到也許能看書了，就又開心又興奮。但為什麼我想成為巫女、進入圖書室看書，就要和家人斷絕關係呢？

「要和家人……斷絕關係嗎？為什麼？」

我的嘴唇顫抖，說話斷斷續續。用沙啞的聲音詢問後，父親重重點頭。

「見習巫女必須在神殿生活。工作不僅辛苦，和妳一起工作的也全是孤兒，患有身蝕的梅茵絕對做不來。妳連自己的身體都照顧不好了，還在洗禮儀式上暈倒，究竟做得了什麼工作？而且，書很昂貴。還稀少到為了不讓陌生人進入圖書室，用魔導具還是什麼的機關保護起來吧？就算妳成了見習巫女，有可能馬上就能碰書嗎？」

父親說的每一句話都合情合理，沒有反駁的餘地。我不可能成為見習巫女——腦海中已經浮出了答案。但是，都已經找到了那麼多書，我實在不想放棄。

我感到想哭地咬住嘴唇，多莉就握住我的手。她的雙眼噙滿了淚水，像是死也不要鬆開地緊緊握著我的手。

「梅茵，妳這麼想當巫女嗎？明明說好了要和我在一起的，卻為了成為巫女，要違背跟我的約定嗎？」

多莉這些話狠狠地敲在了心頭上。我感覺到身體的力量逐漸流失，搖了搖頭。

「……不是的。我只是想找到方法，去看出現在眼前的那些書而已。只是想要進入圖書室，並不是想成為巫女。」

見習巫女只是一種手段，不是我的目標。我不會為了成為巫女，就不惜惹哭家人，甚至和家人分開。多莉聽了，小臉立即發亮，但還是透著一抹不安。

「太好了……梅茵會和我們在一起吧？說好了喔？」

「嗯……等身體狀況好一點，我就去回絕神殿長。」

聽了我得出的答案，父親像是卸下胸口大石地吐氣，緊緊把我抱在懷裡。

「妳能想明白就好。妳是我重要的女兒，絕不能送去神殿。」

幸好沒有害家人傷心難過——儘管內心確實這麼想，但由自己親手關上了通往圖書室的大門後，身蝕的熱意立即開始在體內擴散。

「梅茵，妳體溫又開始上升了。」

「她今天不是暈倒了好幾次嗎？一定是事情談完就放鬆下來了，快點睡覺吧。」

被抱上床鋪以後，我感受著身蝕的熱意慢慢蔓延，輕輕閉上眼睛。

……真想不到我也有無法選擇書的一天呢。

截至目前為止，在我心裡，從來沒有過不選擇書這個選項。如果是麗乃那時候，我一定會馬上選擇書，和家人分開吧。比起其他事情，書永遠是首要順位。然而，現在的我卻無法馬上選擇書。我一直以為是因為身邊都沒有書，家人才變成了第一順位，但不知不覺間，家人似乎已經和書同等重要了。

……可是，好不容易找到了書。好想看書喔。

雖然無法在家人和書之間做出選擇，但我也沒辦法就這麼捨棄掉書。只是在這樣的狀態下，就算想壓回熱意，也無法和往常一樣順利。像在嘲笑我還對圖書室留有迷戀的舉棋不定，身蝕的熱意反而益發強大。無法如願抑制下來的熱意讓我心浮氣躁，同時開始在家人與書之間，尋找自己有辦法達成的妥協方案。

……難道就沒有不當見習巫女，也能看書的方法嗎？提到捐款的時候，神殿長他們的態度都變了，說不定只要多賺點錢，提高捐款金額，就能取得進入圖書室的許可？雖然這就像是有錢能使鬼推磨，讓人提不起勁，但也顧不了這麼多了吧。至少目前可以去神殿長的房間，請人唸聖典給我聽，暫時就先心滿意足吧。

結果，我花了兩天的時間才壓下身蝕的熱意。雖然終於退燒，可以坐起來了，但全身還是慵懶無力。身蝕的熱意退了以後，只要今天再躺一天就能恢復了吧。

前來探望我的路茲一看到我的臉色，馬上板起臉孔。

「妳的臉色還是很難看耶。老爺說有話想跟妳談，但看來今天是沒辦法了。」

「路茲，你明天有什麼計畫嗎？我想去一趟神殿，之後再去找班諾先生，你可以陪我嗎？」

我問完，路茲稍微歪過頭。

「神殿？可以啊，但妳去神殿要做什麼？」

「去看聖典……順便回絕要成為見習巫女這件事。」

「啥？見習巫女？為什麼會突然冒出這件事？」

對喔，雖然巫女說了我是直接找神殿長商量才暈倒，但並沒有提到是商量什麼事。

「我之前不是在洗禮儀式上發現了圖書室嗎？因為只有在神殿工作的人才能進去，我就打算在神殿工作。聽說成為見習巫女是最簡單的方式，所以就毛遂自薦……」

「梅茵，妳比我想成為旅行商人還亂來耶！快點認清現實吧。不要想著馬上就要達到目的，應該另外去尋找可以實現夢想的岔路，這不是妳教我的嗎？」

從原本只會作著不切實際美夢的少年，到現在腳踏實地地追逐夢想，改變後的路茲所說的話，格外有殺傷力地刺在我心上。

「……我滿腦子只想著要以最快的方式看到書嘛。」

「一扯到書，梅茵就會失去理智。妳是不是不要再去神殿比較好啊？一直期待又失望，對身體很不好喔。身蝕的熱意不會又爆發嗎？」

「我這兩天都是想著至少要看看聖典，才成功把身蝕熱意壓下來的耶。」

路茲用難以形容的表情低頭看著我，苦笑著拍拍我的頭。

「原來妳已經在心裡妥協了啊？想不到梅茵在書這件事上，居然會讓步。辛苦妳了……不過，如果只是去趟神殿就能讓妳滿意，這樣也好啦。因為不管我怎麼想，都覺得梅茵不可能在神殿裡生活。」

「嗯，我知道。」

隔天，我和路茲一同前往神殿。因為要去班諾的商會，所以我穿上了嶄新的學徒制服。而且神殿長的房間附近富麗堂皇，我想比起平常的衣服，穿制服會比較好。

向守衛報上姓名，表示想見神殿長。似乎事前就已經收到過指示，一名灰衣神官隨即現身，要帶我前往神殿內部。

「路茲你呢？就算和我一起進去，也沒有事情可以做吧？要不要先去班諾先生的店裡學習呢？等神殿的事情辦完了，我再去店裡吧？」

「那第五鐘響了我就來接妳，乖乖等我吧。不要自己亂跑喔。」

「知道了。」

灰衣神官領著我前往神殿長的房間，但神殿長不在。反倒是穿著藍色長袍的神官長出來迎接我。

看起來和班諾差不多年紀，五官如雕像般深邃端整，感覺不到半點的情緒起伏。瞳孔是淺金色，淡藍色的頭髮長到肩膀。神殿長的體格稍顯發福，但神官長偏瘦，個子也很高。感覺是在實務方面帶領下屬，四處奔走斡旋的有能之人。

「妳就是梅茵嗎？神殿長把事情告訴我了。好了，進來吧。」

「謝謝你。」

「神殿長拜託我在他回來之前，朗讀聖典給妳聽。」

……原來是神官長要為我朗讀聖典的內容。但居然由神官長親自接待我，我做了什麼嗎？啊，因為捐款吧。

因為我是可以提供高額捐款的人，才這麼有禮貌地接待我吧。看來我提議的捐款金額相當具有影響力。這樣說來，說不定可以交涉看看，想辦法進入圖書室。

「那麼，妳就坐在那裡聆聽吧。」

神官長坐在房中央的桌子後方，開始為我朗讀聖典，但坐在正前方的我只看得到聖典的封面。看來是不能讓我摸到聖典。一邊接待我一邊也提防著我，因為不知道我到底要做什麼，又在想什麼吧。

「神官長，我不是想聽聖典的內容，是想親眼看看聖典。」

「為什麼？妳不是想知道諸神的故事嗎？」

「神話我也想知道，但也想學會不認識的單字。」

聞言，神官長的表情顯得十分驚訝。思索了一會兒後，往下點頭。

「……是嘛。但是，這是非常貴重的聖典，能答應我絕不伸手觸摸嗎？」

「我答應你。我絕對不會亂摸，請讓我看聖典吧。」

於是神官長讓我坐在他的大腿上，讓我看得見聖典的內容，同時維持著隨時可以阻止我伸手觸摸的姿勢，一邊為我朗讀。邊緣和翻頁時會碰到的地方都泛黃了的羊皮紙上，書寫著流麗優美的文字。我用力吸一口氣，感受著古老紙張的氣味，「哇……」地發出讚嘆。

洗禮儀式上朗讀的神話內容，果然都用非常簡單的用詞講得淺顯易懂。現在聽起來，氣氛完全不一樣。我一邊聽著神官長朗讀聖典，一邊學習新單字。一直以來想學的一般名詞和動詞接連出現，讓我聽得興致勃勃。

我小心著不要摸到聖典，不時指著看過的單字，請神官長唸出來。感到有趣的神官長也開始教我單字。

「妳的學習速度很快。有如此優秀的吸收能力，十分值得花時間栽培……妳不是貴族嗎？有沒有可能父母之一有貴族的血統？」

「我想完全不可能。」

「是嘛，真遺憾。」

我完全不懂神官長為什麼要感到遺憾。但是，我在想也許神官長和馬克一樣，也會負責教導神官和巫女。他身上那種類似於老師的氣質，和教導他人事物時的熟練感，都和馬克很像。

「啊，妳來了嗎？讓妳久等了吧。」

神殿長回來了。我乖乖照著指示回到位置上，神官長便用鑲著寶石的皮革帶子謹慎地封起聖典，放回架子上。

「神官長唸了聖典給我聽，所以這段時間過得非常愉快。感謝兩位的好意。」

神殿長動作雍容地坐在神官長剛才坐著的椅子上，神官長站在旁邊。

「那麼，令尊令堂怎麼說？」

「他們訓了我一頓，說只有孤兒才會當巫女，所以不准我當。」

看著期待得瞪大眼、往前傾身的神殿長，我沮喪地垮下肩膀。神殿長咳聲嘆氣，搖了搖頭。站在神殿長旁邊的神官長開口說了：

「並沒有規定只有孤兒才能成為巫女，當中也有貴族的孩子。神官與巫女是孤兒的比例確實很高，但這是因為孤兒無法從事其他行業。孤兒能做的工作往往受到限制，才會只能成為見習神官和巫女。」

我聽了眨眨眼睛。

「為什麼不能從事其他的工作呢？」

「因為沒有人會為他們介紹，也沒有人願意照顧他們。」

完全可以理解。這個城市的就業制度，都是要先經過親戚和家人的介紹，再去決定能否成為學徒，所以對於孤兒並不友善。光是拒絕父母親介紹的工作，就要歷經一番辛苦，甚至找不到人幫自己介紹的孤兒，更是難以想像會有多艱辛。

「就算不是孤兒，也能成為巫女。這點希望妳能了解。」

「可是，因為見習巫女要住在神殿，身體虛弱的我又做不了工作，所以還是不可能。」

「妳不是身體不舒服，而是原本就身體虛弱嗎？」

神殿長微微皺眉，撫著白色鬍鬚。到了冬天，真想讓神殿長穿上聖誕老人的衣服──我在腦海一隅裡這麼想著，一邊用力點頭表示肯定。

「是的。因為我患有名為身蝕的疾病。」

動作本來還從容自若的神殿長忽地瞪大雙眼，霍然站起來。站在旁邊的神官長也一掌拍向桌面，往我傾身。

「妳說身蝕嗎?!」

「是、是的，這有什麼問題嗎？」

在臉色丕變的兩個人逼近下，我反射性地往後縮。我說了什麼不該說的話嗎？我不禁向後退，神殿長卻伸出微微顫抖的手指向房門。

「神官長，快把那個拿過來。」

「是。」

神官長微一點頭，利用長腿大步走出房間。乍看動作非常優雅，但速度超快。大概是非常緊急，神官長在開門出去後也沒有關上門。

我目瞪口呆地目送神官長，接著在眼角餘光中，看見神殿長轉向擺著聖典的櫃子。

「祈禱獻予諸神！」

神殿長冷不防地擺出跑〇人的姿勢開始祈禱，我忍不住跟著舉起了手。

「感謝獻予諸神！」

接著神殿長再以流暢的動作跪下伏拜。我茫然地望著他的背影，整個人如坐針氈，不知道究竟發生了什麼事。事情的演變很明顯非常不妙。雖然很想逃離這裡，但想到兩人剛才氣勢洶洶的模樣，恐怕沒那麼容易能逃出去。

我僵硬地坐在椅子上，慢慢地從還在祈禱的神殿長身上別開目光。

緊接著，「喀喀喀」的腳步聲以極快的速度從門外逼近，轉眼間神官長就帶著某樣用布裹起來的東西走回來。

神官長邊拿下布，邊小心翼翼地放在桌上的，就是禮拜堂裡石像所拿著的聖杯。

「來，請妳摸摸看這個聖杯。」

「咦？這個我可以摸嗎？」

「可以，快摸吧。」

我戰戰兢兢地朝桌上的聖杯伸長手。目露精光地直盯著我瞧的兩個人好可怕。我輕輕伸出手，指尖才一碰到聖杯，聖杯就發出了炫目的光芒。

「哇啊?!怎麼回事?!」

我連忙縮回手，聖杯的光芒很快就消失了。我來回看著自己的手指和聖杯，神殿長和神官長則在互相對視後，彼此點了點頭。

「梅茵，我們想和妳的父母談一談。」

……爸爸、媽媽，對不起。我好像把事情搞得更嚴重了。

班諾的說教

神殿長和神官長的眼睛都閃著虎視眈眈的光芒，讓我感到非常畏縮。大概是察覺到了我的臉部不由自主僵硬，神官長就拿來聖典說：「直到有人來接妳之前，我朗讀聖典的內容給妳聽吧。」

神官長就和剛才一樣讓我坐在他的大腿上，教我許多單字。雖然高興，卻也感受到了莫名的壓力，更有一種不讓我逃走的感覺。害我非常想落荒而逃。

「一個名喚路茲的少年來到大門，說是要接回梅茵。」

灰衣神官走進房間，是在第五鐘響後過了不久。翹首期盼的路茲終於來接我了，我撫胸鬆了口氣。

「路茲來接我了，我也該回去了。神殿長、神官長，今天這麼長時間打擾兩位了。」

「那麼梅茵，請把這個交給妳的父母。」

遞過來的是邀請函。神殿長的邀請函，就等同於不能拒絕的召見命令。寫在上頭的日期是後天的第三鐘。我吞了口口水，接過那張木板。

「路茲～！謝謝你來接我——！」

走出神殿，一看見正等著我的路茲，瞬間難以言喻的安心感就籠罩全身。我沒有任何矜持地張手抱住路茲，表達我的感激。路茲雖然有點踉蹌，但還是扶住了我，沒有跌倒。

我用頭不斷往路茲的肩膀磨蹭後，他就發出嘆氣聲。

「妳該不會又闖禍了吧？」

「我也不清楚自己做了什麼，但總覺得好像又挖了一個超級大的坑往下跳。」

路茲輕拍了拍我的頭，露出和煦的微笑。

「老爺也正用冒著青筋的笑臉在等妳喔。」

「咦？……我可以回家了嗎？今天好累喔……」

「老爺說了，就算用拎的也要把妳拎過去，而且看妳現在的臉色還沒問題。」

「啊啊啊啊啊啊……」

我在神殿裡頭都已經元氣大傷，現在明知道班諾會滔滔不絕訓話，還只能偏向虎山行，頓時覺得一直深信是同伴的路茲背叛了我。我的心情宛如待宰羔羊，被帶往奇爾博塔商會。班諾大概是早就等著我上門，很快我就被帶進了裡頭的辦公室。

依言坐在往常的位置上後，正前方就是班諾，班諾後頭站著馬克，路茲則沒有坐在我旁邊，比較靠近班諾。

「梅茵，好久不見了。」

「……是。」

「那麼，雖然有很多話想說……」

有預感接下來的說教會又臭又長，我繃緊身體。班諾先緩慢吐氣，開口說了：

「但在這之前，我先替珂琳娜傳話。她說想看看妳在洗禮儀式上穿的正裝和髮飾。妳那身衣服還真奇怪，未免太招搖了。到底在想什麼，居然做了那種衣服？」

「我們只是修改了多莉穿過的正裝而已，並沒有什麼用意喔。要拿給珂琳娜夫人看是沒關係，但如果要帶正裝出門，我要先問過負責縫製的母親。」

「是嗎？那就幫我問一聲吧。」

班諾語氣輕描淡寫地說完，就在桌上交握雙手，稍微往前傾身，定睛注視我。

「那麼，快點老老實實地說出來。依據妳在神殿裡發生了什麼事，我也要重新考慮今後該怎麼處置妳。」

「咦？路茲沒有告訴班諾先生嗎？」

洗禮儀式到現在已經過了好幾天，我還以為路茲已經向班諾說明過了，但看來還沒有。

「從第三者聽來的消息，一定會產生偏差。明明有機會可以問本人，我何必特地問路茲？況且，妳搞不好還故意隱瞞了什麼事情。」

班諾的眼神就彷彿鎖定了獵物的猛獸，讓我「嗚噫」地輕吸口氣。看這樣子，是要打破砂鍋問到底。

「……我該從哪裡開始說起才好呢？」

「就從妳在洗禮儀式上倒下之後。妳和路茲分開行動以後，到底發生了什麼事，要毫不保留地全部說出來。」

於是我開始說明倒下之後，為了尋找水源結果迷了路，誤闖進了貴族區域。後來遇到巫女，就發現了圖書室。聽到這裡，班諾吃驚得雙眼微張。

「圖書室？神殿裡頭有這種地方嗎……」

「班諾先生也不知道嗎？」

「一般人哪會像妳一樣做這種危險的事，傻傻地就闖進貴族出入的區域。快點認清妳自己有多迷糊！不要老是自己一腳就踏進危險裡。」

「唔唔……」

那裡確實不是一般人可以出入的地方，所以班諾的指責完全正確。可是，就是因為迷路才發現了圖書室，我個人倒是相當開心。

「那位巫女就說，只有在神殿工作的人才能進入圖書室，所以我才想要趕快成為見習巫女，就直接找擁有決定權的神殿長商量了。」

「妳這個做事都不動腦的臭丫頭！給我用用妳的腦袋！」

「好冬、好冬！」

班諾往我撲過來，使力捏起我兩邊的臉頰。馬克和路茲的表情都寫著「這是妳活該」，完全不伸出援手。我捂著刺痛發燙的臉頰，班諾就頂著臭臉要我繼續說下去。

「那麼？神殿長答應了嗎？」

「他說只要父母答應又有捐款奉獻，就可以讓我成為見習巫女。」

「奉獻？妳捐了嗎？」

班諾馬上皺眉，表情變得凌厲。一看就知道他在擔心我是不是又沒有多想就捐了錢，卻沒有獲得成為見習巫女的許可。

為了讓班諾放心，我用力挺起胸膛回答：

「不，還沒有喔！考慮到一本書大約的價格和我擁有的存款，然後當作是使用圖書室的費用，我只是說了最多可以出一枚大金幣，但還沒有捐款喔。都還沒有確定可以進去就付錢，我才沒這麼笨呢。」

明明是想讓班諾放心，結果不只班諾，連馬克和路茲都像在說「頭好痛」似的捧著頭，垮下肩膀。

「這金額高得我都不知道該說什麼才好了。」

「但也因為這樣，對我非常親切……」

「廢話！」

早就料到我提議的金額應該很龐大，但看來還高到連大商人都會抱頭嘆息。

「後來回家後說了這件事，父親就非常生氣，說只有孤兒才會當巫女，所以不行。」

「我想也是。」

「可是，神官長說了這當中也有貴族的孩子啊？」

我側過臉龐，不太明白父親為什麼勃然大怒。班諾用力搔搔頭，開始為我說明。

「神官和巫女的衣服有藍色和灰色的分別吧？穿著藍色長袍的是貴族，灰色的則是孤兒。灰衣神官和巫女都是青衣神官和巫女的隨從及僕役，必須留在神殿工作，像奴隸一樣任人使喚，而且沒有薪水可領。」

出人意表的事實讓我倒吸口氣。我還以為制服顏色的不同，只是在區分見習和正式神官，想不到竟然有這樣的差異。

「不是貴族的妳如果進入神殿，就會成為灰衣見習巫女。父母怎麼可能答應。」

我點一點頭。終於可以理解父親為什麼有那麼大的反應。這明顯不是我能負荷的工作，也難怪愛女成痴的父親會那麼厭惡讓我進入神殿。

「那麼，路茲說妳今天是去回絕這件事，但妳真的成功回絕了嗎？」

「呃……我一說我有身蝕，神官長就去拿來禮拜堂裡石像抱著的黃金聖杯。我摸了以後，聖杯就發出亮光，他們就給了我要給父母的邀請函。」

班諾不斷用指尖搓揉緊繃的太陽穴，大嘆一口氣。

「……這下子他們一定會把妳拉進去。暫時也只能高興妳可以延長壽命了。妳的運氣可真好。」

神殿要把我拉進去算是運氣好嗎？我納悶不解地歪著頭，但班諾把我撇在一邊，自己陷入沉思。接著他倏然抬頭，眼神肅穆地直視我。

「梅茵，要不要簽訂魔法契約？我打算讓妳做的東西都由我們處理。」

「……為什麼？」

此刻突然冒出魔法契約，我不由得心生警戒。班諾摸著下巴看向我。

「就算不是現在馬上，但妳今後一定會受到貴族的招攬。如果要牽制貴族，就需要魔法契約。」

「……難道從第一次簽魔法契約的時候，班諾先生就覺得我會被貴族招攬了？」

「不，那時候只是當個保障。最主要是因為還不知道妳到底是什麼樣的孩子，才想要明確和妳劃清界線……但是，也是因為妳有可能是身蝕。將來梅茵如果想要延長性命，就得和貴族簽約。為了讓簽約的貴族不插手干涉，我認為那是最有效的手段。」

會和身分完全不對等的我和路茲特別簽訂魔法契約，原來是因為已經假定了以後可能會牽扯到貴族。

「可是，我絕對不會和貴族簽約啊！」

「那是因為妳至今都沒有接觸到貴族，才能依妳的意願做決定，但一旦被拉進神殿就不可能了。每次行動，都要以會被招攬為前提。可以創造出這麼多產品的身蝕，沒有一個貴族會不想納進自己手中。特別是現在。」

「『特別是現在』是什麼意思？」

這是最近才終於傳到這裡來的消息——班諾先說了這句開場白，然後稍微壓低音量說了：

「此處的領主因為保持中立，或者該說一直是置身事外，所以沒有受到多少波及，但聽說地域更大的領地，有不少都被捲進了中央的政權紛爭。全國各地都進行了大規模的肅清，貴族的人數因而驟減。」

話題突然變得很凝重。我試著回想自己擁有的歷史知識，但根本沒辦法一下子就推算出目前算在哪個時代，今後又會有怎樣的歷史演變。既沒有資訊，又置身在其中，無法從全知觀點來察看的我，自然是一無所知。

「理所當然地，為了填補驟減的貴族人數，貴族就會開始往旁系尋找血親、收養養子、增加聯姻，試圖獲得新的關係與權利，各式各樣的人事物與金錢，也跟著開始流動。因為人數不足，至今都被視為燙手山芋，被丟進神殿裡的青衣神官與巫女也被大量召回貴族社會。這樣一來，妳知道神殿會面臨什麼情況嗎？」

在班諾銳利的瞪視下，我只能歪過頭。我向馬克和路茲投去求救的眼神，但馬克只是回以事不關己的微笑，路茲則是和我一樣的反應。

「呃……不希望貴族人數減少，是有什麼原因嗎？我又不知道神殿的結構和負責哪些工作，實在想不出來。不過，使喚灰衣神官的人變少了，這不是一件好事嗎？」

「首先，奉獻金會減少。再來，因為使喚孤兒的人變少了，孤兒們就會找不到工作，甚至很難在這社會上存活。」

「這是很嚴重的問題吧！」

我忍不住大叫，班諾就嘆氣搖頭。

「還有更嚴重的問題。就是妳摸過的聖杯。神殿裡的人都稱之為神具，但其實就是魔導具。青衣神官和巫女會在裡頭注入魔力，並在春天的祈福儀式上使用，但現在這樣就無法累積魔力。這樣一來，農作物的收成就會減少。」

「咦咦咦咦?!」

想不到那個聖杯關係到這麼重要的事情。雖然它會發光讓我很驚訝，但本來還以為只是一種為了展現神的威嚴，花了大把金錢所做成的裝飾品。為了生活，農作物的收成不可或缺。倘若收成減少，最困擾的會是我們這些住在城裡的貧民。

「政變之前，貴族的孩子都是處於過多的狀態。對於想要獨占魔力的貴族而言，身蝕不過是礙眼的存在。但是，如今貴族數量減少，甚至沒有人能使用魔導具，在神殿眼中，身蝕就變成了必要的存在。」

「請問，身蝕跟魔力有什麼關係嗎？」

我一問完，班諾就震驚得下巴快要掉下來，不敢置信地抱住頭。

「妳難道都不知道嗎？無法控制體內魔力的狀態，就叫作身蝕！」

「咦咦?!」

「所以要將魔力轉移到魔導具上，才能靠自己的力量加以操控。」

「我第一次聽說。」

……原來我居然是魔女！所以就可以靠充斥全身的魔力一舉打倒敵人，還能使出華麗的魔法招式囉？……嗯？哪來的敵人？

首次聽說的情報讓我的思緒忍不住飛向遠方，班諾輕拍了下我的頭，要我專心聽。

「貴族之中，也是上級貴族的魔力較強，下級貴族的魔力較弱。如果又是沒有多少錢的貧窮貴族，更無法為每一個生下來的孩子都準備魔導具。聽說他們只會把魔力最強的繼承人留在家裡，其他孩子就送往神殿，這種情形很常見。」

換言之，現在神殿裡的青衣神官們，都是父母判定無法撫養，被趕出家門的貴族。雖然不能沒有他們，卻是讓人感到悲傷的存在。

「以前都是靠這些魔力並不強大的貴族積少成多，累積魔力，才能舉辦各種儀式，但現在人數銳減，每一個人的負擔便會加重。搞不好現在已經是魔力不足的狀態了。參加洗禮儀式時，妳看到了多少青衣神官？」

「有十個人。」

一整排整齊劃一的跑〇人姿勢讓我腹肌的防禦徹底瓦解，所以印象還很深刻。

「往年都有二十人以上，現在竟只剩下十個。更別提被召喚回去的，都是比較具有魔力的貴族，可想而知留下來的年輕神官會有多少魔力。所以，神殿肯定非常迫切地想得到擁有強大魔力的身蝕。但是，恐怕也只有現在。雖然眼下貴族的數量驟減，但等到接下來出生的貴族長大成人，也只有這段短暫的時間會需要身蝕。」

「是……」

如果只是短期，也許可以以提供魔力為由，在神殿工作。如果提議以提供魔力來交換閱覽圖書的權利，不知道他們會不會接受。我「唔……」地沉思，班諾不知何時繞到了我背後，掄起拳頭猛鑽我的腦袋瓜。

「妳到底有沒有在聽我說話?!」

「好痛！好痛！」

「妳不只有魔力，還有可以賺錢的商品，快點產生危機意識！妳根本不知道妳在貴族眼中是多麼誘人的獵物！」

班諾嚴厲的話聲讓我不由得挺直背脊。他重重嘆氣，拿開鑽著我腦袋瓜的拳頭，輕甩了甩手。

「所以為了妳著想，最好在被貴族招攬之前先簽好契約。」

「……簽什麼契約？」

「就是妳做的東西，都由路茲販售的契約。」

「咦？為什麼？」

我完全不明白身蝕與神殿之間有什麼關聯。不是只想趁機牟取利益而已嗎？我偏著頭納悶，班諾就重新坐回椅子上，仔細地開始說明。

「現階段這麼做，只是以防萬一。妳這傢伙粗心又莽撞，做事情又不用大腦，要是中了貴族的計謀，被帶到城牆裡面去的話，到時候才有辦法聯絡上妳。就算撇開這些不說，妳也想想看和貴族簽約後的情況。進入城牆都需要許可，這妳也知道的吧？」

因為也在大門工作，所以我知道需要許可才能進入城牆。我點點頭後，班諾稍微沉下了臉。

「公會長的孫女就算去了城牆另一邊，還是能見到家人。因為他們整個家族都是得到貴族認可的商人。但是，那妳的家人呢？」

我只能以沉默代替回答。因為不能和家人見面，我才不選擇與貴族簽約。想也知道一定見不到面。

「我不認為妳的家人能夠進入城牆。既然如此，要不要在被神殿和貴族網羅之前，先利用貴族無法干涉的契約魔法，和路茲訂下契約？到時候我就能以這個契約為藉口，帶路茲進入城牆裡面。」

我吃驚得看向班諾，再看向路茲。視線和兩人對上時，兩人都朝我輕輕點頭。

「只要讓路茲當中間聯絡人，就可以寫信、傳話，和妳取得聯繫。妳也可以知道家人的近況。更重要的是，如果可以透過路茲了解妳的情況，擔心妳的家人也能稍微放心吧。如果妳想改為和我簽約，我是也無所謂。」

「但班諾先生就沒辦法告訴我家人的情況了吧？」

雖然不願去想像自己會被貴族網羅，但如果真有那麼一天，預先留下可以與路茲見面的門路，對我而言確實是不錯的提議。芙麗妲也說過，光是能見到家人，就能帶來莫大的安慰。可是，真的可以把路茲捲進這些事情來嗎？

「路茲，你覺得呢？」

「如果有機會能去貴族區，我很想去看一看，所以並不介意當中間聯絡人。我反而更擔心要讓梅茵自己一個人。一想到不知道妳會惹出什麼麻煩，我頭就好痛。」

看來路茲已經打定了主意要簽約，但這份契約是為了牽制貴族。想到簽約之後，不知道會給路茲帶來怎樣的負擔，我就無法輕易點頭。

「但一旦簽了約，路茲的處境就沒有這麼輕鬆了喔？你有可能會遇到危險，還會碰到討厭的事情喔。而且簽這種契約，班諾先生從中也得不到什麼利益吧？要是路茲被人挖走，不就什麼都沒有了嗎？」

我噘起嘴說，班諾就受不了地嘆口氣，緩緩搖頭。

「現在的情況容不得妳有餘力擔心別人了。我也能從路茲身上獲利，這樣就夠了。」

「班諾先生能從路茲身上得到什麼利益呢？」

「妳沒有必要知道。妳先考慮自己的利益吧。老實說，現在都已經拿到了邀請函，根本沒有什麼時間可以先擬好對策。」

手中握有龐大資訊又總是冷靜透徹的班諾，似乎比當事人的我還要著急。他開始列出我在被拉進神殿之前，該先做好哪些事情。

「首先要正式成立梅茵工坊，在公會登記成為工坊長，明文規定商品的銷售通路。如果妳的待遇會因為錢的多寡而改變，就要讓自己有能力可以賺錢，再和神殿談判。對方一定也想要金錢援助，所以只要好好談判，應該就沒問題。」

鉅款確實也是一種力量。我只是提議的金額很龐大，應對態度就那麼恭敬，那為了保護自己，當然要保有收入來源。此外做好商品後，要是悉數被神殿收走，自己將會沒有半點獲利，所以需要值得信賴的銷售通路。雖然三不五時會被騙和被測試，但班諾的確是我目前最能夠信任的人。

我點頭後，班諾也點頭回應。

「妳要知道，一個平民對於貴族來說並沒有什麼價值可言，所以時時都要提高警覺。只要是妳能想到的延長壽命的方法、退路，能準備多少就準備多少。只要覺得可以成為保障，就要多做準備，保護自己。」

因為之前讓我坐在神官長的大腿上，為我朗讀聖典，又對我那麼客氣，所以我一直下意識地覺得他們是好人，但事先為自己準備好保障和退路，也不會有什麼損失。這就叫作有備無患。麻煩的是我太缺乏這裡的常識和知識，所以不知道該怎麼做準備。

班諾緊盯著我，繼續又說：

「現在神殿裡面還有十位貴族吧？妳要從中找出不是只會剝削妳，而是可以互相利用的對象。本來妳只能被貴族強行帶走，一生為他們賣命，但現在要盡可能增加自己的選擇。妳要仔細觀察、選擇、思考。不要傻傻地任人擺布。不擇手段也要活下去。」

「為什麼班諾先生會這麼……」

如果不是蒐集了四面八方的消息，又經過深思長考，絕對無法列出這些對策和注意事項。我不懂班諾為什麼要為了不會成為商會學徒的我，花費這麼多心力與時間。

「只要妳能活下來，就可以開發新產品。如果和我們做生意，我們就能獲利。妳也能像現在這樣獲得資訊，所以對妳來說不是沒有好處吧？就乖乖聽我的話吧。」

班諾不悅地皺眉。站在他身後的馬克忽然放柔表情，露出苦笑。

「老爺只是擔心妳而已。梅茵每次都做些危險的舉動，又引發意想不到的騷動，實在讓人看得膽顫心驚。」

「馬克，你閉嘴。」

班諾扭過頭喝斥，但馬克帶著淺笑繼續又說：

「通常進來當學徒的孩子們，都會先在自己家裡接受基本的教育，再交由我們訓練，而至今在老爺周遭，從來沒有一個孩子需要這麼費心照料。我不敢斗膽說老爺將妳視如己出，但至少也把妳視為親戚的孩子，由衷為妳擔心。當然，馬克我也是。」

「馬克先生，謝謝你。」

我感激地道謝，結果班諾就鬧彆扭似地悻悻然說：「只有馬克嗎？」我和馬克對看一眼，噗哧笑了出來。

「我當然也很感謝班諾先生喔……那麼魔法契約和前往公會辦理工坊登記，都要麻煩班諾先生了。」

魔法契約與工坊登記

「老爺，準備好了。」

馬克在桌上擺好了契約魔法要用的契約用紙，和裝了特殊墨水、造型奇特的墨水壺，這兩樣東西我都不感到陌生。

班諾把筆放入墨水壺，流暢地寫下契約內容。墨水也和記憶中一樣，不是黑色而是藍色的。我凝神注視著寫在契約書上的文字。

『梅茵工坊所做商品的販售權，僅由路茲持有。

若要另立代理人，須經過梅茵、路茲與班諾的同意，始向商業公會提出申請。』

「這一行字是什麼意思？」

我指著契約書，班諾輕挑起眉。

「保險起見。如果簽約的只有小孩子，難保不會有人動用武力或誘拐，威脅你們讓你們毀約。為了防止不當行為發生，把我和公會也牽扯進去吧。簽訂這種契約的時候，要盡量把可能會站在自己這一邊的第三者捲進來。這點妳要記好了。」

「……謝謝班諾先生。」

沒想到班諾不僅提議簽訂這麼繁瑣的魔法契約，還願意成為我的同伴，主動讓自己也牽連進來。我接過馬克遞來的筆，簽下名字。接著是路茲，最後再由班諾簽名，蓋上血印。

「路茲，拜託你了。」

我緊閉著眼睛伸出手，路茲就用小刀迅速往我的指尖一劃。再把慢慢鼓起的紅色血珠，蓋在自己的簽名上。

吸收了鮮血後，藍色墨水便和之前一樣轉為黑色。也和上次簽魔法契約一樣，所有人都簽完名後，墨水字就開始發光，燃燒般出現小洞，接著逐漸擴大，最終整張簽約用紙憑空消失。看到連殘渣也融於光芒般地閃爍著消失了以後，班諾慢慢吐氣。

「這下子就算梅茵被帶去貴族區，也能以因為要販售商品為正當理由，讓路茲和妳見面了。但為了避免這種情形發生，妳還是要懂得保護自己。」

「我會加油的。」我用力握拳表示決心，但班諾、路茲和馬克，都露出了非常不安的表情搖搖頭。

「但是這個方法，也只對能夠認同妳商品價值的人才管用。」

「咦？」

「如果遇到的對象只需要妳的魔力，可能會對商品的買賣嗤之以鼻……但幸好這座城市的貴族多數都不算富裕，無法無視這種放著不管就能賺到大錢的機會吧。還有，我之前也說過，這份魔法契約只有在這座城市才能發揮效力，所以妳要小心。」

之後又用一般的羊皮紙簽訂了同樣內容的契約。班諾說是為了向商業公會報告，此外雖然對貴族沒有什麼牽制效果，但在其他地方發生問題的時候，可以用來表明自己已經簽了契約。

「趁今天辦好手續吧。等一下就去商業公會，要為梅茵工坊辦理登記，再讓梅茵成為工坊長。這樣一來，妳就可以買賣商品。然後也可以藉此展現自己除了神殿，還有其他的選擇和賺錢方法，就能夠比較強硬地和神殿談判。」

商業公會在回去的路上，所以只要順路過去辦好手續，暫時就可以放心了。

快點搞定！——在心急的班諾催促下，路茲衝到頂樓當作倉庫的房間換衣服。目送他離開後，我抬頭看向班諾問道：

「請問我該怎麼做，才能在有利的情況下和神殿談判呢？」

「首先妳要想好自己最滿意的結果。為了達到這個結果，就要找出該讓對方做出什麼妥協、自己又能提供什麼、對方又想要什麼東西。」

聽著班諾說話的同時，我也試想了自己想要什麼。我想要的，就是可以進入圖書室和閱覽書籍的許可。為此，我希望進入神殿的時候，自己的身分並不是必須付出勞力的灰衣見習巫女。我能提供的則是魔力與金錢。如果班諾的消息正確，那對方想要的也是魔力與金錢。

說不定……可以談成功喔？

「對了，神殿長跟我說過，原則上進入神殿，不能夠隸屬於其他公會組織。他說會和公會長談談看，那我真的可以登記為工坊長嗎？」

我忽然想起了神殿長說過的話，班諾就劈了我一記手刀。

「喂，梅茵，不要把自己的事情都丟給別人處理。妳一定要在現場，確保自己的利益。誰知道對方會不會趁機設下一些無理的條件？」

「是沒有錯。但因為我根本沒想到聖杯就是魔導具，可以延長壽命，所以滿腦子都只想著要看書，除此之外的事情，我就覺得反正只剩下半年的時間而已，那就船到橋頭自然直吧。我承認之前太草率了。既然現在有辦法延長壽命，又發現了圖書室，我的幹勁正一直線上升中，所以我會努力的！」

「為了不讓妳的幹勁白費，多動動妳的腦袋。」

「我會改進。」

路茲氣喘如牛地從樓梯跑下來，一定換得很急吧。我看向七樓的高度，不禁肅然起敬。換作是我跑到七樓再跑下來，肯定一下來就倒地不起。

「那走吧。」

班諾把手伸到我的腋下，理所當然地把我抱起來。連歐托都說過，一般成年男子根本忍受不了我走路的龜速，所以最近我都老老實實地任人抱在手臂上。反正抵抗也只是白費力氣，所以我已經放棄了。

「如果進入神殿的人都不能隸屬於其他公會組織，那就表示神殿裡可以進出商業公會的人，就只有妳而已。妳就說自己已經辦好登記了，要是這樣還行不通，就提到錢來暗示對方，讓神殿同意妳的工坊繼續運作。」

在前往商業公會的一路上，班諾像是一分一秒也捨不得浪費，接連地告訴我應對對策和交涉手段。真想把所有內容都記下來，只可惜沒辦法。我目不轉睛地盯著班諾，為了努力多吸收點資訊，把注意力全都放在耳朵和大腦上。

「另外剛才我也說過，現在青衣神官的數量減少，孤兒們沒有工作，奉獻金可能也變少了。所以妳要厚著臉皮講些客套的場面話，像是想為他們找到新的出路、提供工作給他們，或是改善生活環境，讓神殿同意妳有權擁有工坊。我想神殿那邊的人也都明白，不管做什麼事情都需要錢。」

「是。」

「順便告訴對方，妳也會讓那些孤兒工作，而且沒有人監督妳的身體狀況就無法行動，把這些真的事情誇張成原來的十倍、二十倍，確保自己可以獲得人力。現在路茲已經進店裡當學徒了，所以一週有一半時間都不能幫妳。」

班諾說的對策都很具體而且容易理解，我頻頻點頭，在腦海中統一彙整。也就是講些好聽話，取得對工坊的權利，再誇大自己的虛弱程度，獲得勞動的人手。畢竟就算擁有工坊，只有我一個人也無法運作。

「只要大家知道孤兒們在工坊也能認真工作，也許會有其他工坊願意接受他們。一旦製造出新產品，又發現是孤兒們做的，人們的眼光或許多少也會改變。這部分就要憑妳的本事。」

「知道了。我會加油。」

居然不只我，還為孤兒他們這麼著想——我內心大受感動，班諾卻搖頭嘆氣。

「唉……妳也不要這麼輕易別人叫妳做什麼就去做。不要全部都想攬下來解決，必須預先設好優先順序。」

「咦？什麼意思？」

這句話又推翻了剛才的所有建議，我眨眼感到不解，班諾就傷腦筋地蹙眉。看來又在測試我了。

「進入神殿以後，直到確定自己的立場之前，比起孤兒，妳更應該優先考慮自己。甚至該去思考要怎麼拉攏孤兒，利用他們。雖然我也不想這麼說，但如果把妳和孤兒擺在一起，會有更多人擔心妳出事，為妳傷心難過。」

「……我知道了。」

我點頭的時候，也抵達了商業公會。路茲「嘰」地打開門，班諾跨步踏進公會，同時稍稍板起臉孔。

「只要妳要做什麼新產品，或是遇到麻煩、需要什麼東西的話，就來找我商量吧。當然我會收取對應的報酬，但也會盡我所能幫妳。」

「太感謝了。班諾先生，真的很謝謝你。」

現在時間接近黃昏，商業公會二樓的人潮變得十分稀疏。我們快步經過二樓，前往三樓櫃檯。歸還暫時公會證後，就提交班諾在洗禮儀式前就準備好的資料，辦理正式登記。資料上明明白白地指名商品將交由奇爾博塔商會負責買賣，路茲負責居中交涉。

「啊，梅茵，妳來了嗎？」

剛才大概是在公會長室，芙麗妲搖晃著一頭淡粉色的雙馬尾走下樓梯，一看見正在瀏覽休息區書架的我就衝過來。

「我還以為妳洗禮儀式一結束就會來辦理登記了，結果一點消息也沒有。害我好擔心妳該不會又在洗禮儀式上昏倒了吧？」

「呵呵，真是料事如神。我真的昏倒了喔。這幾天才終於恢復。」

想不到芙麗妲猜得這麼準，我感到好笑地輕笑出聲。芙麗妲瞪向攤著地圖的路茲。

「有路茲跟著，梅茵居然還會昏倒。」

「這次完全不是路茲的錯喔，都是我自己不好。」

這次暈倒都是因為看到跑〇人笑得不支倒地，又在發現圖書室後太過興奮，所以完全是我自己的錯。害得大家這麼擔心，我反而應該要下跪道歉。

「喂，梅茵。輪到妳了。」

新的公會證就在我和芙麗妲聊天的時候做好了。芙麗妲回到櫃檯後方繼續工作，我則走到櫃檯前聽取說明。

舊資料已經轉進了新的公會證裡頭，但聽到還是需要蓋血印，我倒吸一口氣。

「梅茵，死心吧。」

接過針，扎向指尖，把滲出的血珠按在公會證上，卡片發光後就完成了登記。手續雖然簡單，卻要受皮肉之苦。付了五枚小銀幣當作登記費後，職員便為我說明暫時登記與工坊長的公會證有什麼差異。耳尖的芙麗妲聽到說明，過來看著我手上的卡片。

「哎呀，妳成立了梅茵工坊嗎？不是要去奇爾博塔商會當商人學徒嗎？」

「因為我的體力做不了工作，所以就放棄了。」

「那梅茵工坊做的東西，也可以委由渥多摩爾商會販售嗎？」

芙麗妲馬上換上商人的表情，雙眼鋒利發光，我稍微別開視線。

「呃……對不起。已經說好梅茵工坊製作的東西，都由路茲在班諾先生的商會販售了。」

「……又是路茲。」

芙麗妲不滿地嘟高了雙唇，但這件事已經拍板定案，所以也沒辦法。更何況我已經把磅蛋糕的專賣權賣給了芙麗妲，真希望她能就此退讓。

「我不是把磅蛋糕的權利讓給妳了嗎？怎麼樣？覺得可以成為商品嗎？」

「嗯，尹勒絲一直鬥志高昂地在研究口味唷。她說在開始販售之前，想先聽聽妳的意見，請妳一定要過來嘗嘗味道。明天怎麼樣呢？」

雖然很想吃。雖然疲勞的時候，甜食是最棒的。但是在和神殿談判結束之前，我都沒有餘力去試吃甜點。

「雖然很感謝妳的邀請，但我一直到後天都有事情。」

「那大後天怎麼樣呢？不嫌棄的話，也可以帶梅茵的姊姊過來唷。有姊姊在，路茲就不用一起過來了吧？」

芙麗妲利用多莉牽制路茲，只見路茲做出了想狠狠咬她一口的表情瞪著芙麗妲。這麼說來，上次就是讓多莉坐了馬車，拋下了路茲。

「芙麗妲，別說這麼壞心眼的話嘛，大家一起吃會更好吃喔。既然尹勒絲廚師在研究口味，表示她做了很多種吧？」

「話是沒有錯……」

芙麗妲一臉不滿。我於是動起大腦思索，看有沒有辦法可以從商品試吃這個角度切入，讓芙麗妲現在情緒化的反應，轉變成商人的思考模式。

「如果想知道商品的完成度夠不夠、預測將來的銷量，應該請越多人品嘗越好，再詢問大家的意見。大人和小孩喜歡的口味都不一樣，男性和女性也會不一樣喔。」

「……越多人越好？可是，要怎麼請他們品嘗呢？如果要辦茶會，要一次接待很多人很困難呢。」

芙麗妲的眼神已經進入了商人模式。但腦中的想法好像從讓路茲參加，演變成了要舉辦接待許多人的茶會。為了讓她親口答應路茲也可以一起參加，我接著又說：

「不一定要舉辦茶會不可吧？妳可以把磅蛋糕切成一口的大小，準備各種口味，再問大家覺得哪一種最好吃、為什麼覺得好吃？當作試吃會舉辦，那路茲也……」

「這個主意太棒了！」

我話都還沒有說完，芙麗妲就雙手一拍，雙眼璀璨發光，臉上已經是興奮得失去了理智的表情。雖然看起來非常開心又幸福，但眼裡好像已經看不見我們了。

「那等試吃會的時間確定了，我再通知梅茵。當然也會邀請梅茵的姊姊和路茲喔。哇啊，接下來會好忙呢。那麼梅茵、路茲，我先失陪了。」

大概是一有想法就想付諸行動，芙麗妲飛快轉身，一溜煙地衝上樓梯。多半是去找公會長商量吧。不知道她想到了什麼，又會多麼大張旗鼓，但既然芙麗妲已經開心地邀請了路茲，這件事也算得到了我想要的結果。等到和神殿談判結束，就可以享用各種口味的點心了——我微笑著目送芙麗妲的背影，就聽見路茲輕嘆口氣說：

「看吧，我就說芙麗妲和梅茵很像。」

我忍不住別開目光，班諾則吃吃竊笑著點頭。

順利辦完手續，走出商業公會。雖然現在夏天白晝的時間較長，但也已經晚到太陽都要下山了。中央廣場在我們走進公會時還非常熱鬧，現在行人也變得三三兩兩。

望著長長的影子走在路上，感覺到路茲在牽著的手上微微使力。

「怎麼了嗎？」

我停下腳步，抬頭看向路茲。他癟著嘴角，帶著不知道是在生氣還是快哭出來的複雜表情，低頭看著我。嘀咕的話聲落進了影子裡。

「……梅茵真的要進入神殿嗎？」

「嗯，大概吧。如果班諾先生說的全是真的，我想神殿一定不會放過我。班諾先生也是這麼預料的吧？」

路茲先是用力抿緊嘴唇，再不安地注視我。

「談判……真的會順利嗎？」

在即將西下的夕陽照射下，陰影變得更濃，讓路茲看起來更顯得不安又泫然欲泣。感覺得出他握著我的手越來越用力。為了盡量撫平路茲的不安，我露齒微笑：

「我沒有和貴族談判過，所以也不知道結果會怎麼樣。可是，如果聖杯真的是魔導具，可以抑止身蝕的話，我想我應該要進入神殿，而且為了看書，我也想進入圖書室。不過，怎麼想我都當不了灰衣巫女，所以就要看談判的結果了。為了讓自己的待遇好一點，我會努力的。」

「嗯……那妳加油。」

路茲有那麼一秒鐘難過得垮下臉，接著垂下眼皮，繼續移動。

兩個人一言不發地走了一會兒路。我假裝在意運貨馬車經過的聲音，仰頭看向路茲，發現他的表情明顯是有話想說卻按捺下來。沉默地走著走著，我越來越在意。

「路茲，你有話想說就說吧。我會聽你說的。」

路茲停下來，張開嘴巴又閉上，好像想說什麼，但想了一下後倏地別過頭。

「……太沒面子了，我不想說。」

再怎麼在意，還是要尊重男人想要維護的自尊吧。「這樣啊。」於是我點點頭，再度踏步前進。

沉默又持續了好半天。石板路上迴盪著同樣急著回家的腳步聲，家家戶戶的窗戶都傳出了傍晚時分的吵嘈，唯獨我們四周非常安靜，氣氛也很凝重。不知道是太陽已經西下了，還是建築物長長的影子相疊後加深了陰影，腳邊的亮度也越來越暗。

「……明明說好了要一起做紙、做書，再拿去賣的。梅茵這個騙子。」

趁著運貨馬車經過時的喀噠喀噠聲，路茲低聲說道，卻一字一句清楚地傳進我耳裡。在近來事態一直在變的情況下，路茲想說卻又不敢說的埋怨刺在了我胸口上。

「路茲，對不起喔。」

「我也知道，光靠我的力量什麼都做不到。老爺說的也都沒有錯，為了讓梅茵少遇到一點危險，我也想竭盡全力幫妳。」

路茲停頓下來，用力咬了咬牙。

「……可是，我好不甘心。梅茵明明說過要和我一起開書店的……」

「是啊。不過，我是因為想看書，才想要做書喔。所以就算去了神殿，還是不會停止做書。現在性命可以延長了，反而還會更努力呢。不多做點書，怎麼能夠實現我的野心呢？」

路茲聽了抬起頭來，用想哭的奇怪笑臉聳聳肩。

「妳是說在書的包圍下，看書過生活的野心嗎？」

「沒錯。路茲想成為商人吧？想在成為商人以後，去許多地方到處看看吧？我也有夢想喔。」

所以朝著各自的夢想一起加油吧——我說完，路茲這次的表情就真的要哭出來了。連在昏暗的光線下，也能清楚看到他眼眶裡的淚水。

「我也想支持梅茵的夢想……可是，我是因為跟梅茵在一起，才有辦法這麼努力。我想和妳一起在老爺的店裡努力工作。想和妳在一起做更多的事情啊。」

路茲邊說邊緊抱住我，低垂的臉埋在我的肩膀上。死命壓抑著的微弱嗚咽聲敲在肩膀上。

「放心，就算我進入神殿，還是可以啊。我一定會把書做出來。」

「不對，不是這樣！我才不要賣妳跟別人一起做的書，我是想和梅茵一起做！」

一定是壓抑了很久吧，路茲的不滿潰堤般地宣洩出來。他就像個發脾氣的小孩子不停搖頭，連我也跟著難過起來，眼淚滑出眼眶。我連同不滿一起將路茲抱進懷裡，輕輕地拍著他的背。

「之前說好的事情都不會改變喔！我想的東西，全都由路茲來做吧？每次要做新的東西，比起班諾先生和其他人，我一定會第一個找路茲商量，再請你幫忙喔。」

「可是我什麼也做不到啊？」

路茲吃驚得抬頭。我伸手擦去路茲臉頰上的淚水，小聲笑道：

「要是路茲什麼也做不到，那我不就更慘了嗎？你覺得我有做得到的事情嗎？而且，在不知道要做什麼、又不知道成品會是什麼的情況下，願意陪我一起做我想要的東西的人，就只有路茲了。所以要是沒有路茲，我才傷腦筋呢。」

「……才不會。大家都已經知道梅茵做的東西有價值了，都會願意幫忙的。」

路茲沒好氣地嘟嘴，像是覺得自己哭了很丟臉，急忙擦掉眼淚。把想說的不滿都說出來了，心情輕鬆多了吧，又或者想甩開難為情的感覺，路茲不停轉動肩膀和手臂。

「嗯……可是，以後就算要和別人一起做，我怎麼想都覺得很難成功，結果又得把路茲叫過來，請你居中幫忙呢。你真的願意幫我嗎？」

我聳肩說完，路茲總算露出了笑容。他緊握住我的手，帶著明朗的笑容，走在天色漸暗的道路上。

「放心吧。梅茵想的東西，我一定會幫妳做出來！」

對策會議與神殿

回到家後，全家人都一臉憂心忡忡，焦急地等著我回來。一打開玄關大門，多莉和母親立刻放鬆了緊繃的神情，父親也一樣，但下一秒就大聲怒吼。

「怎麼這麼晚才回家！知道我們有多擔心嗎！」

「爸爸，對不起讓你們擔心了。」

班諾告訴了我關於神殿的許多事情以後，現在我非常可以理解父親是打從心底為我擔心，所以馬上道歉。我側眼看著已經準備好的晚餐，把自己的東西放進臥室。一回到家，空腹和疲憊的感覺就一湧而上。

「我先去了神殿，又去了班諾先生的商會，後來又去了商業公會，所以才花了這麼久時間。現在好累喔，肚子也好餓。」

我洗好手，慢吞吞地坐到桌前。父親深深皺眉，瞇起眼睛。

「究竟發生什麼事了？」

父親這句話顯然是全家人的心聲，母親和多莉都用不安的眼神看著我。

「我會全部告訴你們，可以先吃飯嗎？我肚子餓了，而且應該會講很久。」

「……好吧。」

不知道是不是胡思亂想了什麼，還是不安地認為一定不是好消息，家人的表情全都十分灰暗，各自陷入沉思。我於是回想今天的事情，想要找到比較開心的話題，這才想起了一件事。如果是珂琳娜那件事，一定可以讓氣氛熱絡一點。

「對了，媽媽。今天去班諾先生店裡的時候，他替珂琳娜夫人傳話，說是想看看我的正裝和髮飾。可以帶去讓珂琳娜夫人看看嗎？」

正喝著湯的母親「哐噹」一聲，鬆開了手上的湯匙。她瞪大雙眼，慌張無措地左右張望，脹紅了臉不停搖頭。

「咦、咦咦?!這怎麼行，這又不是可以拿給珂琳娜夫人看的東西！」

「……是嗎？那我就去回絕吧。」

還以為母親只會猶豫，想不到會這麼強烈拒絕。總不能給母親造成麻煩，那還是回絕好了。為了母親著想，我才這麼說，結果母親聽了好像更加混亂，驚慌地搖著手，眼珠子也轉來轉去。

「等、等一下，梅茵！不行啦，怎麼能拒絕呢，對珂琳娜夫人太失禮了！妳等一下。啊啊，討厭，根本沒辦法馬上回答啊。」

母親的腦袋完全陷入了一團混亂。似乎是雖然高興珂琳娜認同自己的手藝，但又因為是高不可攀的對象，所以不知道該怎麼回應吧。明白母親的內心陷入了天人交戰，我輕笑起來。平常從沒看過母親這個樣子，有點好笑又可愛。

母親一邊苦惱，一邊嘀嘀咕咕說著這樣不行、那樣不行，連飯都忘了吃。我笑嘻嘻地看著母親狼狽無措的樣子時，多莉從旁邊戳戳我的手臂。

「梅茵，所以會把東西帶去珂琳娜夫人家嗎？」

「應該是吧。」

母親都說了不能拒絕，所以可以確定會帶正裝和髮飾過去了吧。還不知道是母親要去，還是只有我去，但應該會帶去珂琳娜家。總不可能請她來我們家嘛。

多莉用滿溢著期待的晶亮雙眼注視著我，雙手在胸前交握。這是多莉最可愛的撒嬌姿勢。

「梅茵，那這次我可以一起去嗎？」

上次帶絲髮精去的時候，因為珂琳娜給的邀請函上只寫了我的名字，所以多莉才忍下想去的渴望，留在家裡看家。但這次並沒有收到邀請函，只要回覆班諾先生的時候，說一聲多莉也會和我同行就好了吧。

「珂琳娜夫人人很好，應該不會拒絕……那我會說因為髮飾的大花是多莉做的，再拜託班諾先生轉達吧。」

「哇啊！梅茵，我最愛妳了！謝謝妳！」

多莉的小臉綻放光芒，開心的樣子天真無邪。

……多莉真可愛，不愧是我們家的天使。對於身為裁縫學徒的多莉而言，珂琳娜夫人就像是一個指標，是她憧憬的對象吧。

我內心暖洋洋地望著多莉，母親就倏地抬起手，示意我們等一下。

「妳們兩個等一下！等一下，都還沒有決定要去……」

「咦？可是，媽媽也不會拒絕吧？」

「話是沒錯，可是……」

「我想珂琳娜夫人應該是想向實際縫製正裝的人問問題……但如果媽媽說什麼也不想去，不去也沒關係喔。」

現在母親六神無主，講話都講得語無倫次。我正想說：「我和多莉會一起帶正裝和髮飾過去。」母親就斷然搖頭。

「我才沒有說過我不想去。」

「嗯。那我就告訴班諾先生，我們會三個人一起去。」

我笑咪咪地這麼說完，母親啞然失聲。多莉看著母親，吃吃笑了起來。我跟著笑了以後，母親也放棄似地吐氣，笑了出來。看到我們三個人都在笑，父親瞇著眼睛，露出了難以開懷大笑的複雜笑容。

「那麼，說明一下妳今天都發生了哪些事吧。」

母親一邊說一邊準備飯後的茶水，開心又雀躍的氣氛瞬間沉重下來。全家人的視線都集中在我身上，催促我開口。

「呃，我先從神殿的事情開始說吧。雖然我回絕了要當見習巫女這件事，但他們一知道我是身蝕，就說想和父母談一談，給了我這份邀請函。時間是後天的第三鐘。」

看到我拿出托特包的木板，父親臉色不變。擔任守門士兵的父親當然知道什麼是邀請函，也親眼見過無數次。所以非常清楚，身為貴族的神殿長給出的邀請函，具有什麼意義。他看著等同召見命令的木板，嘴角抽搐連連。

「梅茵，妳幹了什麼好事?!」

「我什麼也沒有做喔。就只是和他們聊聊天，請他們唸聖典給我聽……」

「居然讓貴族大人唸聖典給妳聽，妳真是……」

「我那時候又不知道神官長是貴族大人。」

這不能怪我啊——我嘟著嘴說，接著又說了我在神殿觸摸聖杯以後，聖杯就發出光芒，父母都用靈魂像出了竅的表情看著我。看來是超過了可以負荷的容量。

我在茫然失神的父母面前揮了揮手，歪過頭問：

「我可以繼續說下去嗎？」

失神的父親回過神來，用力甩甩頭，抓了抓頭髮。

「嗯，說吧。」

「離開神殿後，我就去了班諾先生的商會。班諾先生比我還清楚身蝕的事情，又很了解神殿和貴族，所以告訴了我很多事情。」

我先是環顧納悶地看著我的家人，大動作地點頭後，慢慢吸氣再吐氣。

「班諾先生說了，身蝕的熱意其實就是魔力，而神殿和貴族絕對不會放過我。」

「怎麼會……」

母親和多莉用手摀著嘴巴，害怕得發起抖來。不知道她們是懼怕擁有魔力的我，還是懼怕神殿所象徵的權力。我稍微垂下目光，繼續又說：

「可是，因為神殿裡面有魔導具，只要我進去，就可以得救。」

這一次，父親、母親和多莉都用夾雜著期待與不安的表情看著我。看到他們眼中不是對魔力的恐懼，而是對我的擔心，全身不禁放鬆下來。

「梅茵，但要是進入神殿，就算妳得救了，我們也不能再見到妳了吧？」

「照現在這樣的話，大概……」

我說，多莉就雙眼噙淚，無法接受地猛搖頭。

「……這和一輩子都被貴族綁著有什麼不一樣？我絕不會把梅茵交給神殿。」

父親竭力擠出聲音這麼說。如果現況不變，未來能預見的景象，就是我只能以灰衣見習巫女的身分進入神殿，還不得不提供魔力、奉獻捐款，任由神殿剝削壓榨。

「爸爸，你知道現在中央政權的情勢嗎？聽說發生了政變，貴族的情況都和以前不一樣，這些事情你聽說過嗎？」

「幾天前是有商人提起過這件事。因為是守門士兵，所以可以聽到不少消息，但和我們這裡沒有什麼關係吧？」

搞不好這些消息就是經由歐托，再傳進了班諾耳中。我邊想著這件事，邊搖搖頭。

「所以，現在神殿才想招攬我進去。班諾先生說因為現在貴族的數量減少了，神殿就需要有人提供魔力。我沒有辦法知道班諾先生說的是不是真的，那爸爸覺得呢？」

大概是想到了什麼，父親屏住呼吸。他摸著下巴，輕垂下眼陷入回想。

「貴族的人數確實是減少了。近來雖然有貴族離開，卻從沒有貴族進來過。」

「所以班諾先生說的是真的囉？既然是這樣，也許還有辦法。」

「什麼意思？」

聽到我的自言自語，家人都往前傾身追問。

「班諾先生說我運氣很好喔。現在因為貴族人數減少了，神殿正好很頭痛，所以只要好好交涉，說不定可以讓我擁有相當於貴族的待遇。」

「把話說清楚。」

父親淺褐色的雙眼看著我，眼神就和工作時一樣，認真又充滿威嚴。

我盡可能詳細又淺顯易懂地說明班諾告訴我的事情，也說了契約魔法和辦理了工坊登記這些事。

「……然後，雖然要試試看才知道，但班諾先生要我談判的時候，強調自己的虛弱，讓神殿答應我可以住在家裡，或者提供好一點的待遇。照目前的情況，神殿應該會願意做出一定程度的妥協。要我不擇手段也要活下去。」

父親聽了，雙眼閃露光芒。

「不擇手段也要活下去嗎……所以換個角度來看，這也算是個好機會嗎？」

「嗯。」

主張自己可以提供魔力，但身體虛弱，以獲得接近貴族的待遇。再強調虛弱的程度和父母的擔憂，答應我住在家裡。然後再暗示可以提供金錢援助，允許我繼續開設工坊。

「雖然其他還有一些是基於我的私心想提出來的要求，像是圖書室的閱覽權、人力的提供，但只要神殿願意答應這些事情，我們就算是贏了。」

「我明白了，那就試試看吧。我可是為了守護這座城市和家人才成為士兵。要是連家人都保護不了，還想保護什麼。為了讓妳活下來，爸爸會談到最好的條件。」

父親勾起嘴角，雙眼炯炯發光，臉上的表情儼然是將要踏上戰場的男人。

隔天，父母特別向工作的地方請了一天假。我則因為昨天太過東奔西跑，幾乎無法動彈，所以留在家裡休息。

於是再隔天，是依著邀請函的召見要前往神殿的日子。父母穿上了最好的正裝，我則穿上前往奇爾博塔商會時穿的學徒制服，往神殿前進。

「爸爸，你要保護我喔。」

我模仿在大門那裡看過的，握拳曲起手肘，假裝擠出肌肉。

這是士兵祝彼此好運時的動作，父親有些睜大眼睛，呵呵地笑起來。然後同樣握拳曲起手肘，再用自己的拳頭輕敲我的拳頭。

「交給我吧。」

神殿大門似乎已經收到通知，一名灰衣神官立即領著我們前往神殿長的房間。先如同平常從禮拜堂旁邊經過，再經過平民休息室所在的地帶，進入貴族使用的區域。

隨著越往前進，走廊的裝飾也越來越豪華，父親像是下了什麼決心，太陽穴抖動著，緊握著拳頭向前走。母親提心吊膽地望著父親，臉色緊張得慘白，握著我的那隻手有些用力，微微發著抖。

「神殿長，名為梅茵的少女和其雙親到了。」

灰衣神官說完，打開神殿長房間的房門。只見神殿長和神官長正在房中央的桌子後頭等著我們。另外在兩人後方，成排地站著四名灰衣神官。

昨天我還不知道灰衣神官都是孤兒，但現在知道以後，重新再觀察他們，他們的穿著打扮以孤兒來說十分整潔。難不成待遇其實沒有那麼糟？還是說侍奉貴族的人，都必須維持儀容的整潔？

「神殿長，早安。」

「早安啊，梅茵。」

神殿長帶著熟悉的老好爺爺笑容，迎接我的到來。但下一秒，一看見我父母的模樣，他就不敢置信地瞠大雙眼，拳頭也不停發抖。

「這兩位……確實是梅茵的父母親沒錯嗎？」

「是的，沒有錯。」

「他們究竟從事什麼工作？」

「我的父親是士兵，母親則在染色工坊工作。」

我回答完，神殿長就用無禮的眼光上下打量父母，然後瞧不起人地用鼻子哼笑一聲。一句話都不用說，光這樣就看得出他正因為是「貧窮人」就輕視我們。

看到神殿長翻臉比翻書還快，我愣在原地，眨了眨眼睛。突然間就換上輕蔑眼神的神殿長身上，再也沒有半點剛才老好爺爺的影子。切身體會到了何謂身分差距的同時，我也明白到了之前會那麼受到禮遇，都是因為金錢帶來的威力。

「那麼事不宜遲，趕快談完正事吧。」

沒有任何寒暄，也沒有請我們在桌前坐下，我們就這麼站在原地，傾聽神殿長說話。這樣的情況也許才是常態，但因為之前曾見過神殿長和藹可親的另一面，所以更讓我不由自主皺眉。

坐在神殿長旁邊的神官長只是面無表情地看著我們，沒有露出和神殿長一樣的輕視眼神。但是，似乎也無意阻止神殿長，一派事不關己。

神殿長清了清喉嚨，挑動著眉毛，用非常居高臨下的態度開口說了：

「我想你們都知道了梅茵希望成為見習巫女，但聽說你們反對，是嗎？」

「是的，沒錯。我們不能讓重要的女兒生活在和孤兒相同的環境下。」

父親望著神殿長，全身靜靜地彌漫著火藥味。神殿長對於父親的態度則是完全不放在眼裡，一臉意興闌珊地摸著鬍子。

「嗯。也許吧，但梅茵是身蝕，身蝕沒有魔導具就活不下去。但神殿裡有魔導具，所以我們會大發慈悲，讓梅茵進入神殿。」

這是沒有談判餘地的命令。神殿長的語氣和傲慢的態度無一不高高在上，讓還不習慣身分差距的我感到煩躁。對於神殿長明顯瞧不起人的舉止，似乎也不只有我感到火大，我發現父親的身體抽動了一下。

「恕我拒絕。如果待在和孤兒一樣的環境，梅茵怎麼樣也活不了多久。」

「沒錯。梅茵就算沒有身蝕，本來就是個身體非常虛弱的孩子了。洗禮儀式上還暈倒了兩次，之後還會發燒發上好幾天。她絕對沒有辦法在神殿裡生活。」

母親為了保護我，在牽著的手上用力。不顧身分的差距拒絕貴族的命令，這種行為等同於賭命。想當然耳，完全沒料到會被拒絕的神殿長一聽到父母雙雙拒絕，整張臉氣得連微禿的額頭上方都脹紅了，激動咆哮：

「你們這對夫妻太無禮了！還不乖乖把女兒交出來！」

這算什麼神職人員——這麼意氣用事又面目可憎的模樣，讓我傻眼得臉頰不禁抽搐。

連這樣的人也是貴族，身為平民的我們還不得不向他低頭，我真是不想相信。

父親也憤怒得全身都在顫抖，卻用平靜到甚至感覺不出怒意的語氣，再度拒絕。

「恕我拒絕。神殿裡頭已經有不少孤兒，想使喚、想消遣解悶，就請從中尋找對象。我絕不會把我重要的女兒丟在一群孤兒裡頭。」

父親說完，母親也重重點頭，握著我的手用力到我都覺得痛了。雖然父母說的話讓我聽了非常開心又自豪，忍不住想傻笑，但對神殿長而言，無疑只是火上加油。

「蠢話連篇！快把這對無禮的夫妻抓起來，把梅茵帶到後面囚禁！」

神殿長猛地踢開椅子站起來，回過頭朝站在身後的灰衣神官怒吼。真不知道他是衝動，還是從沒想過要和平談判，突然就採取強硬手段。

「退後！」

父親為了保護我和母親往前跨步，同一時間，灰衣神官也迅速欺近。幸好因為剛才都在桌子後方，所以四個人沒有一起衝上來，稍微有快有慢。看到父親立即準備迎擊，神殿長露出了令人不快的笑容。

「敢對神官動手，我將以神之名對你處以極刑。」

「在我下定決心要保護梅茵的時候，我就做好覺悟了！」

父親朝著衝上來的神官腹部用力揮拳，趁著神官彎下腰，抬起膝蓋頂向下巴，神官立即倒地不起。接著父親順勢往後揮臂，用反手的拳頭敲向從背後衝過來的神官眉心，再起腳將他踢飛。

父親的動作一氣呵成又沒有半點猶豫，接連攻擊要害，讓神官們都無法繼續戰鬥。

畢竟身為士兵的父親一直在持續鍛鍊，灰衣神官主要的工作卻是照料貴族神官的起居，根本不可能打得贏。平常大概很少遇到要大打出手的場面，剩下兩名神官都面露懼色，邊看著父親邊慢慢往後退。

「哼，一、兩個人你還應付得了，但寡不敵眾，我看你能撐到什麼時候？」

神殿長嘲笑著父親的覺悟，打開房門。不知道是用什麼方法喚來的，十人以上的神官都聚集在門外，不約而同衝進房內。

望著神殿長洋洋得意地看著我們的表情，我腦海中有什麼斷了線。

……夠了！

忽然間，全身熱得彷彿血液就要沸騰，與此同時，大腦卻又像是浸在冰水中莫名的冷靜。怒火在全身蔓延。

「是你蠢話連篇才對。不准碰我的爸爸和媽媽。」

我往前跨了一步。不知為何，剛才還掛著目中無人笑容的神殿長、獨自靜靜坐著袖手旁觀的神官長，甚至是衝進來的神官們，全都神色驚愕地看著我。

明明身體熱得像要沸騰，頭部中心卻冷得像冰，感覺身體也變得比平常輕盈。我只是一直定定凝視，本來不可一世地站在房門口的神殿長，臉部就沒了血色地逐漸發青。

……與其要變成這種表情，從一開始別那麼過分就好了啊。真是笨蛋。

大概是看到神殿長的臉色越來越慘白，目前為止一直靜靜旁觀的神官長臉色大變地霍然站起來，大喊道：

「梅茵，妳的魔力流露出來了！快點壓抑感情！」

從意想不到的地方傳來話聲，我把視線從神殿長轉往神官長身上。

神殿長的身影一從我的視野裡消失，我就聽到他跌坐在地，就好像有什麼重物掉落在地上。而且似乎一離開我的視線範圍就能移動，剛才都像被定住般動彈不得的神官們紛紛跑向神殿長，異口同聲呼喚他。聽著遠處詢問神殿長是否平安無事的呼喊聲，我問神官長：

「我該怎麼壓抑下來呢？」

我怒火中燒地望著神官長，歪過頭問。神官長按著胸口發出低吟。

「唔……妳平常、都在這麼做吧？」

「說要商量事情把我們叫過來，卻突然換上命令的口氣，採取強硬的手段，還說膽敢反抗的話就要處以極刑。面對這樣的對象，該怎麼做才能壓下怒火呢？我不知道。」

我迅速地從神官長身上別開視線，再度看向神殿長。此刻神殿長正癱坐在地板上，和剛才不一樣，臉部落在我不用仰望就能對上目光的位置上。

神殿長「噫」地發出抽氣聲，臉上布滿恐懼，全身發抖到了滑稽的地步，努力試著想要離我遠一點。

……好奇怪的臉。

和老好爺爺時的表情，也和剛才倨傲不遜的表情不一樣。面對我這樣身體虛弱的年幼小女孩，表情卻好像看到了怪物還是妖怪。

看著表情不停變換的神殿長，我感到難以形容的焦躁，往他踏了一步。

「別、別過來！不要過來！別過來！」

神殿長呼吸困難地大口喘氣，似乎嚇得魂不附體，不停重複同樣一句話。

神官長焦急的話聲從右肩後方傳來。

「住手！妳再這麼不加控制地釋放魔力，神殿長的心臟會負荷不了！」

「哦……」我隨口應和，繼續一步再一步地走向神殿長。

「那他死了最好。如果讓他活下來，就會殺了我的爸爸和媽媽吧？那他先去死吧。既然想要殺人，當然也會有被人殺死的覺悟吧？你要是死了，想要你位子的人一定會很高興吧？」

在我跨出第四步的時候，神殿長就口吐白沫，翻著白眼暈了過去。

下一秒，神官長擋住我的去路，讓神殿長消失在我的視野裡，在我面前跪下來。他痛苦地皺著眉，流著冷汗，神色認真地急切勸道：「有話好好說。」

「有話好好說？用肢體語言？還是魔力？」

神官長聽了瞪大雙眼，咳了一聲，嘴角流下鮮血。淌下來的血滴吸引了我的目光。

「不能殺他。妳要是殺了神殿長，妳的家人就會變成殺害貴族的親族。妳應該也不希望這種事情發生吧？」

神官長的話就像當頭棒喝。明明想要保護家人，不能因為我失去控制，就害家人變成殺人犯的親屬。

我眨了幾次眼睛後，神官長精疲力竭似地長嘆一聲。

「看來妳恢復理智了吧？」

「……應該。」

神官長安下心來地放鬆緊繃的身軀，拿出懷裡的手帕擦拭嘴角，整理凌亂的劉海。只是這樣，神官長就變回了像什麼事也沒發生過的冷靜表情。

「有話好好商量吧。一切都依妳的要求。」

「意思是願意答應我們開的所有條件嗎？」

神官長瞬間沉下了臉，輕輕搖頭後，把手放在我的肩膀上。

「……為此，妳必須先把失控的魔力壓下來。辦得到嗎？」

我緩緩地深呼吸，一邊集中蔓延至全身的熱意，然後壓往中心。雖然是平常早就習慣的作業，但身蝕的熱意好像增加得比我想像中還多。

……這不是身蝕的熱意，而是魔力嗎？

想著這種無關緊要的事情，我徹底地把所有熱意都壓了下來，牢牢蓋上蓋子。下一秒鐘，全身就虛脫無力，像斷了線的木偶往下軟倒。

「唔。」

所幸眼前的神官長抱住了我倒下的身體，所以才沒有倒在地板上。

「梅茵！」

「妳沒事吧?!」

神官長把我抱起來，交給跑過來的父母。母親微微彎下膝蓋接過我，緊緊地將我抱住。父親也擔心又慌張，低頭看著癱軟得使不出半點力氣的我。

「我沒事。只是身蝕熱意失控的時候，體溫會急速上升又下降，身體無法馬上調適過來而已。平常都是這樣，意識也還很清楚。」

「平常都是這樣嗎？包括剛才那樣？」

父親不安地問，我忍不住輕笑出聲。

「雖然很少像剛才那樣失去理智到失控，但在差點被熱吞噬的半年前，熱意就常常會不受控制了。」

「這樣啊……」

我和父母交談的時候，神官長站起來，要神官們收拾整頓。他指示神官們照顧神殿長，並整理回可以談話的房間。

「你們把神殿長送回床上後，就回自己的房間休息吧。當面受到了這麼強大魔力的威懾，精神應該非常疲倦。」

「但是，神官長您更……」

也難怪神官會這麼擔心。因為比起周圍的神官，在場最疲憊的人恐怕就是神官長了。因為他切入神殿長和我之間，當著面又在近距離下，和我對視說話。

「神官長……你沒事嗎？」

我現在才回想起了剛才他流下嘴角的鮮血，不由得出聲問道。神官長訝異地回頭看我，露出了苦澀的笑容。

「這是我應得的懲罰。明明還不知道能夠活到洗禮儀式的身蝕擁有多少魔力，卻袖手旁觀神殿長惹怒妳，所以是我活該。」

下完了指示後，神官長慢條斯理地走來。近距離一看，從他急促的呼吸和憔悴的神情，看得出來他正在勉強硬撐。

「神官長為什麼要袖手旁觀呢？」

「因為如果能不接受任何條件，就讓妳進來神殿，對神殿來說是再好不過的結果。是我太貪心，想要不費任何工夫就得到更多的利益。卻沒想到妳身為平民的雙親，會這麼堅決地拒絕貴族的命令，也沒想到為了保護孩子，還做好了要接受極刑的覺悟。」

真是出乎我的意料——神官長喃喃說，父親微眯起眼睛。

「我不是已經說了好幾遍，梅茵是我們重要的女兒嗎？」

聞言，神官長看向我。臉上帶著像在嘲笑自己，又像在看著耀眼事物般的複雜笑容，輕輕摸了摸在母親懷中的我的頭。

「……梅茵，能被父母這般重視又深愛著，老實說我十分羡慕妳。因為在神殿裡，孤兒也好，貴族也罷，全都是不被自己父母需要的人。」

能夠住在金碧輝煌的房間裡，神官長說的話卻讓人感到非常悲傷。此後在我與神殿有所往來的期間，這些話始終都在我心頭縈繞不去。

神殿長被送回到床上後，我們決定換個地方商量事情，移動到神官長的房間。

不論是基本的配置，還是所用家具的高級程度，都和神殿長的房間一樣，只是神官長的房裡沒有裝飾櫃，辦公桌上也被木板和紙埋沒。看這樣子，平常都是由神官長一手包辦神殿的所有實務工作。

這次神官長就請我們坐下，還為全身虛軟無力的我準備了長椅，然後協商就開始了。

「關於你剛才說的威懾……可以請教那到底是怎麼一回事嗎？梅茵的眼睛發出了彩虹色的光芒，全身還飄散出了淡黃色的霧氣……」

……什麼！我根本不知道自己身上發生了這種奇異現象！眼睛發出虹彩，全身還冒出氣體，這是怎麼回事？

父親的話讓我大吃一驚。其實也不是不知道，而是只有我看不見，所以好像誰也沒有發現我的吃驚，馬上接著討論。

「這是無法壓抑激動情緒時會出現的一種現象。魔力會在全身循環，產生作用，然後用魔力威懾自己判定為敵人的對象。不太懂得壓抑情感的小孩子，應該很容易出現這種現象，至今都沒有發生過嗎？」

父母面面相覷，回溯記憶。

「我是看過好幾次梅茵的眼睛變了顏色。在她要任性的時候，顏色就會改變喔。但是，不覺得有到威懾的地步呢。只要告訴她為什麼不行，通常馬上就恢復了。」

父母你一言我一語地說著發生過的事情，站在第三者的角度來聽，我越來越覺得自己異於常人。一個一任性就會眼睛變色的小孩子，說實話很讓人發毛。

……我就算被丟在路邊也不奇怪吧。爸爸媽媽居然還能這麼寶貝地養育我。

「因應魔力的高低，產生的影響也不一樣，既然威力變得比以前要大，就表示梅茵身上的魔力一點一點地增加了吧。今後請小心，不要再讓她情緒失控了。」

「如果不是嚴重刺激到我的事情，我也不會失去理智啊。」

我拐著彎指責是讓我大動肝火的神殿長不好，神官長就瞇起眼睛，仔細地觀察我。

「我是聽說過身蝕的魔力會比較強大，但妳的魔力竟然足以釋放出能讓神殿長昏厥的威懾……雖然這麼說很失禮，但是，妳為什麼還活著？」

這個問題還真難回答。我不太能理解地側過臉龐，神官長便說明：

「魔力越強，越需要意志力去壓抑。通常孩童的意志力都很薄弱，容易感情用事又不懂得壓抑，壓抑得了的魔力也不會太強大。出生時的魔力越強大，也越容易不久活於人世。而且隨著成長，魔力也會增加，所以能夠活到洗禮儀式的身蝕所擁有的魔力，通常都不足以構成威脅。像妳這樣擁有強大魔力的孩子居然還活著，實在讓人匪夷所思。」

「其實我本來早就死了。因為有親切的人把快要壞掉的魔導具讓給我，我才延長了壽命。」

真正的梅茵在將近兩年前死了。然後如果沒有芙麗妲的幫助，我原本也在半年前就死掉了。神官長說得沒錯，身蝕很難活到參加洗禮儀式。

「是嘛。但是，妳不想透過那位親切的人和貴族簽約嗎？不簽約，妳就無法活下去。雖然也是因為妳沒有簽約，現在才能接妳進入神殿，但我還是感到非常不可思議。」

神官長的表情真的非常感到不可思議，我也不可思議地歪過頭。

「如果要和貴族簽約、一輩子任他使喚，那活著也沒有意義吧？我想和家人一起生活，想看書，想做書。如果不能照著自己想要的方式生活，活著也和死了沒有兩樣，沒有任何意義吧。」

「……照著自己想要的方式生活嗎？雖然這種思考方式我完全無法理解。」

神官長輕輕甩甩頭後，慢慢地調整呼吸，然後依序看向我、母親和父親，開口說了：

「梅茵，我希望妳能進入神殿。這不是命令，而是請求。」

「有位商人告訴我，現在貴族的人數減少，所以魔力不足吧？魔力還會影響到收成，是真的嗎？」

「……那位商人還真是見多識廣。嗯，也罷。」

看來班諾收集到的消息是真的。那麼倘若魔力不足，造成影響的範圍會非常廣大。

「不能請其他貴族大人幫忙嗎？」

「每位貴族都有各自必須保護、使其運作的魔導具。因為守護著國家與城市根基的，幾乎都是魔導具。」

我本來還心想其他貴族大人也該幫幫忙吧，但原來還有其他該負責的事情。

「雖然神殿長那個樣子，但處理實務工作的人是我。妳所擁有的強大魔力，連在身蝕當中也非常罕見。如同我剛才說的，我會盡可能給予通融。」

「爸爸，接下來就交給你了。」

條件我們都已經討論好了。接下來的交涉，就交給身為家長的父親吧。母親溫柔地摸著我的頭說：「妳累了吧？可以閉上眼睛休息。」但和自己有關的事情，必須一字不漏地聽仔細，否則事後班諾又會賞我一記手刀了。於是我靠在長椅上，在旁邊觀看父親與神官長的協商。

「那麼，這是我們的條件。既然需要梅茵的魔力，我們希望提供給她相當於貴族的待遇。絕不能讓梅茵去做灰衣巫女做的工作。」

聽了父親的要求，神官長幾乎是不假思索就點頭。

「我們會特例為梅茵準備青衣。和貴族子弟一樣，她主要的工作會是保管魔導具。其實如果不是神殿長衝動行事，我本來就打算這麼做，所以沒有問題。我會讓她負責維護魔導具，並且進入本人熱切希望的圖書室工作，這樣子如何？」

沒有附帶任何條件，就同意我可以進出圖書室，我內心對神官長的好感度直線上升。看似冷漠，但神官長其實是好人。

……不僅挺身而出阻止了我的失控，還是一手攬下實務工作的優秀人才，之前還唸了聖典給我聽，還答應我進入圖書室、還答應我進入圖書室、還答應我進入圖書室！

「神官長，你真是大好人！」

但我的感動與歡喜似乎沒有半個人能理解，父親和神官長只是瞥了我一眼，就又回頭繼續協商。

「還有，要讓梅茵住在我們看不到她的神殿，會讓我們非常擔心，所以希望可以讓她住在家裡。我們絕對不會讓梅茵離開我們。」

「……是啊。梅茵不是孤兒，從家裡來神殿就好了。事實上，也有不少另有住處的貴族都是住在自己家裡，所以這點沒有問題。」

「請問，梅茵身體很虛弱，沒有辦法每天都來工作，那這點怎麼辦？」

母親用一隻手輕輕摀著我的嘴巴，禁止我發言。這段期間大人就撇下我，沒有任何停頓地進行談判。

「身體狀況不好的時候，並不需要勉強過來。但梅茵之前曾說身體好的時候會去森林，所以並不是完全無法行動吧？」

神官長投來視線，我一邊懊惱自己一不小心就說太多，一邊搖搖頭。

「但身體狀況就算不錯，沒有路茲還是不行。」

「路茲？是前些天來接妳的少年嗎？」

「對。一直以來都是路茲在管理我的身體狀況。路茲不在，我就會突然昏倒或發燒。所以必須要有人可以管理我的身體狀況。」

所以只有在路茲有空、我身體狀況又不錯的時候──在我說完之前，神官長就了然地點點頭。彷彿在說不必擔心，在手上的木板上寫了些什麼。

「嗯，也就是需要侍從吧？青衣神官和青衣巫女一定都會配有幾名侍從跟著，所以這點也沒問題。」

……咦？侍從是怎麼回事？讓那麼多人跟著我，我反而很傷腦筋耶？

「這樣子兩位還是反對嗎？還有其他條件嗎？」

神官長從不知所措的我身上別開目光，看向父母。可以肯定的是，神官長已經大幅讓步了。班諾說得沒錯，他們真的千方百計也想讓我進入神殿。

「神官長，我現在在商業公會辦理了登記，請問可以繼續經營工坊嗎？」

「……換作是神殿長，大概會說侍奉神明的人不需要這種東西吧。」

神官長首次流露出了難色。他表情凝重地皺眉，陷入深思。我於是照著班諾教我的，和神官長進行交涉。

「可是，我一直都在做工坊的工作，這也是我重要的收入來源。神殿裡還有孤兒院吧？能不能想個可以妥協的方案，例如讓我支付薪水僱用孤兒，或是把完成商品的部分獲利繳交給神殿呢？」

不同於可能會不由分說就反對的神殿長，一手攬下實務工作的神官長，應該對神殿帳簿上的數字瞭若指掌。班諾說過，如今貴族人數減少，奉獻金也減少了，神殿一定想要這筆收入。我靜靜地等著神官長的回覆，就聽見他不悅地低聲咕噥：「打聽得還真清楚。」一邊按著太陽穴。

「……好吧。關於妳商品的獲利和繳交給神殿的比例，日後經過討論後，再決定是否予以認可。現在我對此還一無所知，無法談出結果。」

「知道了。那麼包括奉獻金在內，和錢有關的事情就之後再談吧。」

關於奉獻金這件事，我不太想在父母面前討論。神官長似乎有所察覺，輕挑起一邊眉毛，但什麼也沒有說，轉頭望向父母。

「還有其他條件嗎？」

「沒有了。只要能讓梅茵成為青衣巫女，又能視身體狀況往返住家與神殿，我們做父母的也無法反對。」

「那麼一個月後來神殿報到吧。準備青衣也需要一點時間。」

神官長揮起手臂，示意我們可以離開。

走出由高聳大門圍起的神殿，上午時分的晴朗藍天展現在眼前，一片風和日麗，更讓人強烈地升起了一切終於結束了的解放感。

我由父親抱在手臂上，踏上歸途。好一會兒誰也沒有開口說話，安靜地走著，直到看見中央廣場，回到了我們生活的區域以後，父親才低聲說：

「結束了……」

「嗯。」

「這樣算贏了吧？」

父親說得很沒有真實感，所以我笑容滿面地用力點頭。

「大獲全勝喔！爸爸、媽媽，謝謝你們保護我。」

我慢慢地握起總算可以使力的拳頭，彎起手肘，父親就掛上平常的笑容，一隻手重新把我抱好，另一隻手握成拳頭。

「是梅茵保護了我們才對吧？用那個叫作威懾的東西。」

「嗯……我只是氣得任由熱意失去控制，其實記不太清楚那時候的事情呢。」

我咯咯笑著，和父親輕輕碰拳。我們提出來的條件對方全都答應了，關於錢的事情，則看日後交涉的結果。只要找班諾商量、演練對策，一定可以如我所願。

「我也稍微放心了。有神官長在，應該會沒問題吧。」

母親的話讓我不解。我也覺得神官長英明有為，但不明白母親是基於什麼感到放心。

「神官長不是出面阻止了梅茵嗎？因為梅茵老是橫衝直撞，要是沒有任何人能阻止妳，以後就麻煩了。萬一發生什麼事情導致魔力失控，有人能夠制止、斥責妳是很重要的。」

母親太了解我了，難怪會因為這樣感到安心。在母親的鐵口直斷下，現在就能預想到等我進入神殿，會每天都過著挨神官長罵的生活。

「……感覺會常常惹神官長生氣。」

聽了我的預言，父親和母親都笑了。一想到如果沒有阻止要對父母處以極刑的神殿長，現在的我就無法看見這幅光景，不禁吐了口氣。

……太好了。雖然失去了理智，但我並沒有做錯。

大家可以一起回家，讓我感到如釋重負。在大道轉彎，走進通往住家的小路。

然後在水井廣場看見了多莉。她來來回回地轉著圈圈，明顯一看就知道是在等我們回來。我不由自主地綻開笑容。

「多莉！」

「梅茵！太好了！你們平安回來了！」

一看見我們，多莉就踩著長高了些的雜草飛奔而來。

父親把我放下來，讓我的背靠在他身上，支撐著我。然後，連同飛撲過來的多莉支撐住我們兩個人。

「梅茵，妳回來了！我一直在等妳喔！」

太好了──多莉的笑臉上還閃爍著淚光，我也笑著回應。

「多莉，我回來了。」

終章

雖然難以說是圓滿落幕，但驚險地結束了與神殿的談判以後，昆特好久沒有在工作的時候這麼輕鬆愉快。直到看見了歐托不成體統的傻笑為止。

「歐托，表情正經一點！當守門士兵的人怎麼能露出這種表情?!」

歐托在斥責後猛力拍打自己的臉頰，急忙正色。但是，只是臉頰稍微被拍紅了而已，一點效果也沒有。明知道肯定是他溺愛的妻子發生了什麼好事，但臉上那傻呼呼的蠢笑還是讓人很想動手揍他幾拳。

根本沒變好一點嘛──昆特受不了地嘆氣，背後卻傳來了低低的竊笑聲。是誰在笑？他瞪著眼回過頭，只見士長笑得抖動著肩膀站在後頭。

「部下是不是都像上司啊？現在歐托的表情，就跟你家裡發生了好事時一模一樣。昆特，你就關心一下部下吧。反正只是和平常反過來而已嘛。」

士長說著拍了拍昆特的肩膀，邁步揚長而去。

不管是之前會議和多莉的洗禮儀式撞期，還是經常為了梅茵的事找歐托商量，昆特多少也知道，自己給歐托添了不少麻煩。

……沒辦法。雖然提不起勁，今天就陪歐托聊到他心滿意足為止吧。

雖然一炫耀起他的愛妻就會講很久，想到就麻煩，但昆特也做好了奉陪到底的覺悟。

值得慶幸的是，昆特完全沒有發現旁人對他的評價就和歐托一樣，也沒發現眾人都希望這兩個溺愛家人到讓人受不了的傢伙，可以自己相處融洽。

完成輪班與交接，昆特帶著歐托前往東門。東門通往城外街道，路上往來行人最多，旅館和飯館在此櫛比鱗次。靠近大道的前街後巷也密密麻麻地布滿店家，城裡的居民通常都會固定找一家店報到。

時值夏天，每一家店都把出入大門完全打開，喝酒喧譁的吵鬧聲此起彼落地從各個店裡傳出來。昆特兩人小心著別撞到路上行人，前往大門士兵常去的那間酒館。

一踏進空氣中充斥著酒味和食物氣味的酒館，昆特就看見店內中央的兩張長桌前已經坐滿了結伴同行的客人，十幾個人扯開嗓門在大聲爭論什麼。牆邊還有好幾張幾人座的圓桌，但現在也幾乎快坐滿了。

「嗚哇，今天人可真多。」

昆特一邊表示同意，一邊從大聲喧譁的那群人後頭繞過去，向在裡頭櫃檯倒酒的老闆點餐。

「嗨，耶柏。我們要兩杯卑禮亞，再隨便來點鹽燙香腸。」

在櫃檯上放了一枚大銅幣支付兩杯卑禮亞和香腸的錢，耶柏就往木杯裡倒了滿滿的卑禮亞。昆特接過木杯，一邊小心著不讓酒灑出來，一邊尋找空位，往裡頭的圓桌移動。

上一位客人用過的餐具還留在桌上，眼尖發現昆特要往這個位置坐下，女侍就動作俐落地收走了木杯和叉子等餐具。桌上只剩下了當作餐盤用的，吸收了肉汁後有些泡軟的硬麵包。昆特用那塊麵包簡單地擦擦桌子，再直接丟在地板上，店裡的小狗就搖著尾巴跑過來，大口咬下麵包。

把端來的木杯放在收拾好的桌上，兩人哐咚哐咚地拉開椅子坐下。

「感謝凡圖爾。」

先向酒神表達感謝，向彼此稍微展示木杯後，昆特就把杯子湊到嘴邊，咕嚕咕嚕地一鼓作氣喝光杯裡的酒。這是最能品嘗到卑禮亞美味的最佳喝法。在工作剛結束的時候，讓卑禮亞滑過乾渴的喉嚨，那股清涼的滋味最讓人無法自拔。碳酸滋滋滋的刺激感和卑禮亞特有的苦味和香氣，隨後就在昆特的嘴裡擴散開來。

「噗哈，真好喝！……那麼，到底是發生了什麼事？」

「咚」地把喝光的木杯放在桌上，昆特催促正擦著嘴角泡沫的歐托開口。歐托接過女侍端來的鹽燙香腸，再點了兩杯卑禮亞。他拿起當作盤子用的硬麵包上的香腸，一臉害羞又止不住笑意的表情輕聳起肩。

「珂琳娜叫我先別告訴任何人，所以就算是班長，我也不能說。」

「搞什麼，原來是有了孩子。」

「班、班班、班長怎麼會知道?!」

「嗯，看你這副模樣，再聽你夫人說不能告訴別人，不就能猜到了嗎？」

真傷腦筋——歐托撓撓臉頰。之所以猜得到，是因為昆特自己就有過一模一樣的行為，身邊的人也對他說過一樣的話。不過，這種無謂小事就不必告訴歐托了。

……但話說回來，歐托要當爸爸了嗎？這麼沉不住氣的男人沒問題嗎？

這個疑問閃過昆特的腦海。但是，這也是身邊的人對他說過的話。因為有了孩子才這麼沉不住氣，就表示歐托會是個愛孩子的好父親吧。完全不需要擔心。回顧自己以後，昆特轉念這麼心想，兀自點了幾下頭。

「讓兩位久等了，加點的酒來了！」

木杯「砰」的一聲大力放在桌上，裡頭的酒跟著搖來晃去。些許泡沫濺了出來，但這裡的店員和客人都不會在意這點小事。遞了中銅幣給女侍，昆特和歐托順著四周的喧囂喝起了酒。和第一杯不一樣，這次他們沒有再一口氣喝光，而是一邊嚥下喉嚨，一邊品嘗卑禮亞那種麥香、苦味、甜味和美味都融合在一起的複雜滋味。

昆特早已耳聞歐托的妻子珂琳娜是伊娃和多莉都十分崇拜的裁縫師。多莉還說等現在工坊的契約到期了，想要轉到珂琳娜的工坊。至於珂琳娜的兄長班諾，則是梅茵備受關照的商會的大老闆。昆特本身只與歐托有交集，但綜觀全家人，與歐托家的交情倒是變得意外匪淺。

「歐托，你要好好保護你夫人和孩子啊。梅茵之前說過，你的孩子將來會成為大商店的繼承人吧？」

「……關於這件事，班長，我有事想和你商量。」

歐托整個人的感覺突然變了。收起了傻呼呼的笑容，視線在半空中游移，想著該怎麼開口。就和梅茵要向家人坦承事實時一樣，看到歐托也緊繃著肩膀，昆特瞬間酒意全消，腦袋冷靜下來。明明才喝過酒，喉嚨卻感到非常乾澀，昆特緩慢地含了口卑禮亞再嚥下去。

「……好，說吧。」

「呃……其實不是現在馬上會發生的事情……大概要在幾年之後吧。總之，我打算辭掉士兵的工作。」

當年歐托會成為士兵，是為了得到能與珂琳娜結婚的許可。一介旅行商人愛上的對象，居然是大商家的女繼承人。聽說珂琳娜身邊的人說他是為了在城裡取得商人的地位，才會追求珂琳娜，心愛的珂琳娜便對他產生了懷疑。結果歐托就跑去買了這座城市的市民權，更從事商人以外的工作，藉此來證明自己的心意。

但是其實那時候，昆特相當震驚。那是昆特在西門當守門士兵時的事了，所以算算也四年前了吧。本來經過大門的時候還說：「在這裡賣完了商品，我就要前往父母居住的城鎮開店。」卻在短短數天後，那名旅行商人就為了追求一位女子，買了這座城市的市民權，還因為傾家蕩產，跑來問昆特：「有沒有人能幫忙介紹商人以外的工作？」昆特簡直不敢相信自己的耳朵，還和其他守門士兵一起反問了好幾遍。

但是，身為守門士兵的昆特從歐托小的時候，就看著他的父親帶著他過著旅行商人的生活，而能讓一個本來要去父母身邊的男人花光所有積蓄買下市民權，其一見鍾情的程度有多麼認真，只要回頭看看自己就能明白。

多虧了長年來都靠著旅行商人這份工作討生活，所以歐托懂得計算、看得懂文件，還有些老奸巨猾，所以以主要負責文件工作為條件，昆特為他介紹了士兵的工作。擔任士兵的男人，往往多數都對訓練非常熱中，對於文件工作就敷衍了事。自從歐托加入，接待那些出入城裡的商人和持有貴族介紹函的客人，就變得非常輕鬆。

……但歐托要辭去士兵的工作？是商人的那一面獲得了妻子娘家的認同嗎？

昆特知道除了士兵的工作，歐托還被叫去幫忙店裡的事。也知道歐托都負責接待出入大門的業者與商人，不讓自己身為商人的感覺變鈍。如果是歐托的努力有了回報，自然值得恭喜，但歐托臉上卻有著濃厚的困惑。

「是因為有了孩子，大舅子總算接受你了嗎？」

「……其實從之前就不時會提起這個話題，所以不是這個原因。而是因為梅茵。」

居然在這種時候聽到自己女兒的名字，昆特張大眼睛，咚地放下木杯。反倒是歐托稍微放鬆了表情，拿起木杯喝了口酒。

「班長，當初在找商人以外的工作時，我會最先選擇士兵，是為了要認識這座城市的居民。為了讓城裡的人認得我，也為了認得城裡居民的長相。也為了知道有哪些商人和貴族會出入城市，為了收集資訊，才會選擇成為士兵。其實我本來想再做久一點，但現在店裡的情況不一樣了。因為梅茵帶來的絲髮精和髮飾，都是非常優秀的商品，所以奇爾博塔商會的業績一下子成長了許多。」

「哦，梅茵帶來的商品嗎？」

梅茵被人稱讚，昆特當然開心，身為父親也很自豪。但是，他還是怎麼想都覺得奇怪。在他看來，負責做絲髮精的人都是多莉；髮飾也是比起梅茵做的，伊娃和多莉做得更漂亮。還常常看到梅茵就算想做，也因為力氣不足而失敗，不然就是成品不夠好，就歪著腦袋瓜一臉不解。

「但是，因為奇爾博塔商會基本上都是販售服飾，雖然梅茵和路茲一起做的植物紙能帶來龐大的利益及影響，但和商會的主要方向差太多了。班諾想要擴展商品的種類，但因為珂琳娜只對服飾有興趣，不想再增加商品的種類……」

「難道是梅茵想出來的東西導致了爭執嗎？」

昆特皺起臉，歐托慌忙搖手否定。

「不是的，沒有到爭執這麼嚴重的地步。站在商人的角度來看，梅茵做的東西都非常驚人，可以明白班諾為什麼想出手經營。只是，這麼多東西珂琳娜應付不來而已。所以，班諾好像在考慮把奇爾博塔商會讓給珂琳娜，再讓我輔佐她，自己另外開店……另外開店以後，還打算把梅茵做出來的東西擴展到其他地區。」

大商家的老闆居然要為此另外開店，把商品賣到更多地方去，那牽扯到的金額肯定非常龐大。之前多莉還很興奮，費盡口舌要說明梅茵有多麼有錢，昆特卻沒有放在心上，認為是多莉太誇張了。一個剛參加過洗禮儀式的孩子怎麼可能有那麼多錢，所以當時的數字也是聽過就忘。

「……我聽說梅茵賺了很多錢，這是真的嗎？」

「真的喔。不過，也不知道是誰教的，梅茵對金錢的管理嚴謹到了難以想像是個小孩子。又不可能是對金錢管理很隨便的班長教的，真不曉得到底向誰學的呢？」

昆特輕瞪了眼揶揄挑眉的歐托，哼了一聲。會這麼中意自己可愛的女兒，還賜給了她魔力這種多餘的東西，和過於冰雪聰明的知識，這樣的存在當然只有一個。

「當然是神教給她的。梅茵可是受到神明眷顧的孩子。」

「還以為班長只是愛女兒的傻爸爸，這句話卻莫名有說服力，太可怕了。」

歐托笑著聳起肩膀，咬下香腸。昆特也咬了口香腸。

「那麼，你打算何時辭掉？這裡沒有半個人可以接手你的工作吧？」

「當然沒辦法馬上就交接給其他人，所以我想大概會在兩、三年後吧。雖然想要栽培懂得計算的後繼者……唉，沒想到梅茵卻被拉進了神殿，真是失算。這件事實在太突然了，我到現在還一頭霧水。」

想當初歐托為了不讓梅茵成為商人學徒，極力強調她身體的虛弱，和人際關係有多麻煩，所以建議她留在家裡工作。要是可以照著那時候的決定，梅茵留在家裡工作，偶爾再一起前往大門做事，不知該有多好。昆特也是作夢都沒想到梅茵會被招進神殿。

「我也沒想到啊。梅茵明明說過不想接近貴族，卻突然就說自己想成為神殿的巫女。就算是為了看書，這樣也實在太離譜了……」

想起梅茵一從洗禮儀式回來，就說自己想成為神殿的見習巫女，昆特忍不住握緊了手上的木杯。只因為好不容易找到了圖書室，想要在死之前一直看書，也不曉得神殿是什麼樣的地方就想闖進去，真想一拳敲醒梅茵的蠢腦袋。

「雖然班諾也蒐集了各方面的資訊，到處幫忙梅茵打點，但班長真的能接受嗎？」

「你覺得可以嗎？」

火氣十足地瞪向歐托，歐托就輕舉起手示意投降，搖了搖頭。無論對方提出了再好的條件，都不會有父母高高興興地把自己的女兒送進神殿。

「怎麼可能接受。雖然說了會給梅茵和貴族同等的待遇，但他們天生就自認為擁有特權，想也知道不可能真的把梅茵當貴族看待。」

反正肯定只是嘴上說說。表面上或許會給予梅茵青衣，但梅茵不可能真的與貴族平起平坐。根本不曉得他們會怎麼對待梅茵。

「不過，至少避免了讓梅茵被帶進孤兒院。只要她會回家，都還在我的眼皮底下。對手可是貴族。光是沒有遭到囚禁，我們就該偷笑了。」

「但是，梅茵現在的處境很危險吧？」

梅茵因為魔力失控，用威懾阻止了神殿長，事情才這麼糊裡糊塗帶過，但神殿長原先可是打算對昆特和伊娃處以極刑，再把梅茵丟進孤兒院。光能保住性命，梅茵又能住在家裡，就已經是神殿那邊極大的讓步，無法再奢求更好的待遇了。反而遭到平民威懾的神殿長，一定會討厭梅茵，處處針對她。等以後梅茵開始去神殿工作，真不知道會是什麼情況？昆特光想就心驚肉跳。

「班長，另外這是班諾說過的話。他說梅茵進入神殿以後，最多恐怕只有五年的時間可以過得安穩。現在因為貴族數量不多，有魔力的人會受到重視，但等貴族增加了，就有可能會被視為累贅。」

「只有五年嗎？但總比不進入神殿，就活不過半年後要好吧。」

會讓梅茵去神殿工作，最主要的目的就是延長她的生命。唯有這件事，靠昆特的力量怎麼樣也幫不上忙。延長壽命需要魔導具，但昆特沒有門路也沒有錢可以取得。身為一個父親，他實在太沒用了。

「但是，梅茵本人非常具有價值。不僅有魔力，還有賺錢的能力。只要能在危機來臨前展現自己的價值，簽約的條件也許就會改變，不會只是一輩子任人使喚。」

「但梅茵說過她想和家人在一起，不想和貴族簽約……雖然站在父母的立場，很希望她可以活得越久越好。」

一直以來都被熱意折磨，現在好不容易可以做她自己想做的事了，所以昆特希望梅茵能照著自己的意願過生活。但是，不論是為了活命要與貴族簽約，還是如果決定簽約，要和怎樣的貴族、又訂下什麼樣的條件，全都要由梅茵來做決定。

儘管是她的父親，昆特能做的事情卻少之又少。比起自己，如親人般和梅茵商量、又幫她蒐集各種情報的班諾，以及賣給了梅茵為孫女蒐集的魔導具的公會長，都對梅茵更有用處吧？昆特忍不住這樣心想。

「……我到底做得了什麼？沒有錢也沒有人脈，再怎麼珍惜愛護，也只是一個保護不了自己孩子的士兵。真是笑死人了。」

昆特趁著酒意，吐出了不能在家裡說的牢騷。自以為是地說什麼「要連同城市保護家人」，但區區一個士兵又做得了什麼。

聽了昆特的牢騷，歐托卻緩緩搖頭。

「不，我倒覺得梅茵的父親是守衛這座城市大門的士兵，也許是神的安排。」

「……你什麼意思？」

昆特雙眼瞇起，歐托先環顧了一圈喧囂不斷的四周，稍微降低音量。

「班諾已經盡量幫忙了，所以在城裡，契約魔法多少可以保護梅茵。但在班諾的預測中，他說他最害怕的事情，就是梅茵被其他地方的貴族擄走。」

「被擄走？」

駭人的字眼讓昆特嚥了口口水。現在他早就已經提防著神殿裡的貴族，卻沒想過梅茵也有可能被其他地方的貴族盯上。

「他說只要出了城市，契約魔法就會失效。如果對象是城裡的貴族，只要公會長和班諾願意出面，向領主大人提出請求，也許就能進行調查。但是，如果是城外的貴族，很有可能領主大人也無能為力。」

聽到不只看似擁有龐大權力的大老闆，連商業公會的公會長和這座城市的領主大人，其力量可以影響的範圍都有限制，昆特覺得自己的頭像被人揍了一拳。

……領主大人都辦不到的事情，我又怎麼可能辦得到。究竟要怎麼做，才能防範外地來的貴族？

昆特緊按著太陽穴，歐托卻勾起嘴角，露出了儘管放馬過來的笑容。

「為了不讓這種事情發生，我們必須查清楚神殿裡有哪些神官對梅茵不懷好意，又有哪些貴族和那些神官有聯繫。同時，也要張大眼睛觀察從外地來的貴族，判定他們有沒有可疑的地方。這樣看來，得看過所有介紹函和邀請函的守門士兵這項工作，不正好最適合用來保護梅茵嗎？」

昆特眨了眨眼睛，回想守門士兵的工作。平民如果想要知道貴族的動向，守門士兵確實是最理想的工作。外地的貴族若不出示介紹函或邀請函，就不能進入城內。而搭乘馬車或騎馬，使用代步工具進入城裡的貴族，也一定要先經過大門，再憑著介紹函前往城牆，進入貴族區。高高在上的貴族大人絕不會在平民的街道上徘徊。只要留意有沒有貴族的馬車在路邊停下來，或者直接前往神殿，就有很高的機率可以防止誘拐。

縱使貴族想僱用不法之徒綁架梅茵，守門士兵也一眼就認得出外地人。尤其是以不良勾當維生的人，一眼就能看出來。平常他們也都做好準備，向城裡的居民攀談、巡視街上有無可疑人物、和其他守門士兵培養交情，以便發生異狀時能夠迅速行動。這些全是士兵的工作。

「班長是為了保護城市和家人，才成為士兵的吧？那就和以前一樣，連同城市一起守護就好了。」

「……經你這樣一說，明年春天要調到東門這件事還真是幸運。」

士兵每三年一次，會整班調動到另一處大門。目的是為了防止不當的勾結，加深士兵間的交流，讓工作平等均一，但昆特才不在乎這些。接下來的春天，昆特這一班將從南門調往東門。東門因為面向城外街道，所以在所有大門當中，出入行人最多，也最容易取得消息。但也因為許多外地人會在此進進出出，是最需要警戒的地方。

「我們要提高十二萬分的警覺，任何消息都不放過。如果想要利用士兵之間的連結，一察覺到危險就採取行動，可能也要重新想個聯絡方式。我也會幫忙。既然現在班諾整個人都栽進去了，我的家人也不可能置身事外。」

歐托說完握起拳頭，彎起手肘擠出肌肉。臉上帶著不畏挑戰的笑容，做出士兵祝彼此好運的動作。

「班長，絕對要保護我們的家人。」

昆特回以同樣無所畏懼的笑容，連同抑鬱的心情，一起把杯裡剩下的卑禮亞一口喝乾，咚地放下木杯。然後也緊握拳頭、曲起手肘，用自己的拳頭輕敲歐托的拳頭。

「嗯。我的家人和這座城市，都由我來保護。」

後來，在進入神殿之前

多莉　拜訪珂琳娜夫人

「多莉，我回來了！珂琳娜夫人說了，請我們大家一定要一起過去喔。要我們明天下午去她家！」

大概是回來的速度比平常快了點，梅茵氣喘吁吁地從玄關衝進來，笑容滿面地一這麼說完，就四肢無力地癱倒在地。

「嗚……因為想早點告訴多莉，好像太拚命了呢。」

「要是明天不能過去就糟了。妳快點坐下來休息吧。」

梅茵全身軟趴趴地靠著桌子，坐在椅子上，充滿光澤的藏青色髮絲柔軟地垂落下來。看她這樣，我放心地鬆一口氣。

……嗯，應該沒問題。

雖然梅茵挑戰做了很多事情，也一點一點地增強了體力，但還是沒有變得比較強壯，也沒有長高。到了現在，看起來還是只有四、五歲的樣子，讓人擔心得不得了。和同年的路茲站在一起，根本就像兄妹，聽說最近去森林的時候，小她兩歲的小孩子還照顧了她，讓梅茵非常沮喪又消沉。梅茵不是因為身蝕才身體虛弱，就算身蝕好了，依然是體弱多病的體質。路茲之前說了，梅茵和同樣有身蝕的芙麗妲不一樣。

今後，梅茵將成為青衣見習巫女進入神殿工作。多虧了這樣，她不會因為身蝕而喪命，也因為不是灰衣巫女，所以不會被丟進孤兒院。我一直很害怕，不知道梅茵什麼時候會離開我們，現在再也不用擔心了，所以我真的很高興。

而今天，梅茵去了班諾先生的店，商量要怎麼和神官長談判，還說會順便確認要哪一天去見珂琳娜夫人。上次只有梅茵受到邀請，我只能看家，但這次為了讓我一起去，梅茵幫我拜託了對方。

……啊啊，好期待喔！可以向工坊的同伴炫耀我去過珂琳娜夫人家了。呵呵呵。

珂琳娜夫人從成年的時候開始就擁有自己的工坊，還會接受貴族大人的委託縫製衣服，是非常了不起的人。對於像我這樣的裁縫學徒而言，是比頭上藍天還要遙遠的存在，也是我們的憧憬，希望將來可以變得和她一樣。

而且當年英俊的老爺向她熱切求婚這件事，就好像吟遊詩人講述的故事一樣，也在裁縫師之間廣為流傳。聽說老爺為了向珂琳娜夫人求婚，捨棄了商人的身分，還拋棄了自己長年來累積的財產。如此被丈夫深愛又重視的珂琳娜夫人，是所有女孩子的理想。

……珂琳娜夫人是什麼樣子的人呢？雖然梅茵說過她又溫柔又漂亮。

「……唔，好像稍微好一點了。」

梅茵揉著太陽穴站起來，慢吞吞地開始移動。

她把摺得整整齊齊，用布包起來以免弄髒的正裝、髮飾和小鉤針，一一放進自己親手做的愛用籃子裡頭。發覺是在為明天做準備，我就問梅茵：

「梅茵，那我呢？我該準備什麼東西？」

「嗯，好像沒有呢……但機會難得，不然就用絲髮精洗乾淨頭髮再過去吧？」

於是用我做的絲髮精，和梅茵一起洗頭髮。以前我不會這麼頻繁地洗頭，但最近我開始覺得要保持自己的整潔。因為在工坊，客人來的時候為他做介紹，或是負責和客人交談的人，全都打扮得很乾淨。

「對了，梅茵。我今天第一次被叫去幫忙接待客人喔。」

「真的嗎？多莉，太棒了！」

忘記是哪一次，我就像和工坊裡的朋友抱怨一樣，對梅茵訴說不滿：「都只有打扮得乾乾淨淨的人，才能接到和客人面對面的工作。」梅茵便站在商人的立場，給了我建議：「做生意賣東西給客人，第一印象是很重要的喔。商人通常都會非常注重自己的儀表。如果只是負責在幕後做東西那就算了，但如果想讓客人記住自己的長相，多莉最好也要小心髒污，留意穿著喔。」還建議我可以換上能站在客人面前的工作服，如果怕弄髒，就穿上有袖子的圍裙。只要在接待客人之前脫下來，就是乾淨的工作服了。

我聽了梅茵的建議以後，就接到了可以接觸到客人的工作。「都是梅茵的功勞！」我說，梅茵就笑道：「是因為多莉乖巧地聽從了我的建議啊。」

我們互相報告今天發生的事情，仔細地擦著頭髮，這時母親回來了。看到我們兩人在擦頭髮、用梳子梳頭，就微微睜大雙眼。

「哎呀，妳們用了絲髮精嗎？……難不成？」

「嗯，已經確定明天要去見珂琳娜夫人了。」

聽到梅茵這麼說，母親就把煮飯的工作都推給我們兩個人，眼神無比認真，專心地洗起頭髮。因為非常可以理解想在見到珂琳娜夫人前把自己清洗乾淨的心情，所以我和梅茵聳聳肩，輪流幫母親煮飯。

「我明天要穿媽媽剛幫我做好的那件新衣服去。」

「很好啊。那件衣服很可愛，看起來也很涼爽呢。」

沒有用來為梅茵做正裝而多出來的布，變成了我夏天的衣服。和梅茵不一樣，我的成長速度很快，衣服很快就不能穿了。因為布不足以為我縫製整件衣服，所以母親在裙襬的部分縫上好幾種布來加長。梅茵說「好像是拼布喔」，看起來就像裝飾一樣，非常可愛，我很喜歡。

……珂琳娜夫人也會覺得可愛嗎？

隔天，為了配合梅茵走路的速度，又能趕上約定時間，我們早早就出門了。

經過中央廣場往北邊走，路上行人的衣服越來越多彩繽紛，用的布料也變多了。因為平常幾乎不會來北邊，我低頭看著自己的衣服，擔心起自己會不會顯得很突兀。母親也和我一樣，好像有些在意旁人的眼光。只有梅茵一個人一點也不緊張，還精神百倍。雖然走路速度真的很慢。

「珂琳娜夫人的家，就在班諾先生的店上面喔。」

梅茵這麼一說，我才恍然大悟。因為一直只在家裡聽梅茵訴說每天發生的事情，沒有真實感，但其實梅茵平常就和路茲一起走在這一帶，難怪不會緊張。

「啊啊，我該怎麼打招呼才好呢？」

「首先要說，『很高興認識妳』吧？再來就是『感謝妳的邀請』？『女兒承蒙照顧了』這句話，比較適合對班諾先生和馬克先生說吧。」

面對緊張的母親，梅茵很快就回答。明明是我們平常不會用到的招呼語，她卻馬上就說得出來，是在大門和店裡學來的嗎？梅茵完全沒有猶豫。

「梅茵，那我呢？我應該怎麼打招呼？」

「多莉只要露出可愛的笑容就好了。聽到多莉說『我一直很期待過來拜訪』，怎麼可能會有人不開心呢。」

我和母親邊走邊練習著打招呼。梅茵看著這樣的我們，穿著奇爾博塔商會的學徒制服，開心地邁著腳步，很自然地融入這裡。感覺梅茵像有著自己不知道的另一面，我的心情突然變得很奇怪，好像有些焦急，又好像不太甘心。

「珂琳娜夫人，我們來了～」

不同於每走上一階，就緊張得全身瑟瑟發抖的母親和雙腳不停打顫的我，梅茵顯得非常熟悉地敲門。

……等一下，我還沒有做好心理準備！

「梅茵，妳來啦。還有梅茵的母親和姊姊，也歡迎兩位過來。我是珂琳娜。快請進來吧。」

在我做好心理準備之前，門就打開了。開門的是一位可愛又惹人憐愛的女性。珂琳娜夫人比我想像的還要漂亮又年輕，彷彿匯集了月光的淡奶油色頭髮閃閃發亮，柔和瞇起的像銀色又像灰色的雙眼看起來非常溫柔。整個人都是淺淺的顏色，感覺很夢幻，身材卻很苗條。

「珂琳娜夫人，很高興認識妳。我是梅茵的母親伊娃。今天感謝妳的邀請。」

母親輕彎下膝蓋，放低腰部，說出剛才練習過的招呼語。我也模仿母親的動作，向珂琳娜夫人打招呼。

「珂琳娜夫人，我是多莉。我一直很期待過來拜訪。很高興可以見到妳。」

「我也非常期待喔。梅茵的正裝遠遠看去就很醒目又漂亮，所以才想請妳們讓我親眼看看呢。不好意思喔，答應我這麼任性的要求。」

看著那溫柔的笑容，我也忍不住跟著笑了。是如春天太陽般溫暖的笑容。

「請妳們在這裡稍等一下。我去讓人準備茶點。」

珂琳娜夫人帶我們走進的房間好像也是工作室，有一張用來談話的桌子，另一張裡面的桌子應該是工作桌吧。我們家都是在廚房進行所有事情，根本不能相提並論。而且，房裡還有很多繡了漂亮刺繡的布，和珂琳娜夫人做的服飾樣品。

……哇啊！太棒了——！

我和母親的目光，都深深地被裝飾在牆上的衣服和五顏六色的掛毯吸引住。居然可以有機會看見這麼美麗的東西！我來回東張西望，一個個看得陶醉入迷。每樣東西的做工都非常精緻，色彩也很鮮豔，衣服上的設計也和我身上的衣服完全不一樣。哇……我一邊發出讚嘆聲，一邊注視著裝飾在房裡的衣服。

「好漂亮喔……要怎麼做才做得出這種衣服呢？我根本完全想不到。果然是缺乏練習嗎？」

「技術很重要，但如果想要獲得靈感，多看好的東西也很重要喔。」

梅茵自己一個人累壞了似的坐在椅子上，懸空搖晃雙腳，金色雙眼朝我看過來。沒想到她會這麼說，我轉頭看向她。

「梅茵，妳這是什麼意思啊？」

「意思就是要仔細觀察，才會知道有錢人喜歡什麼樣子的衣服、現在又流行什麼款式。珂琳娜夫人因為在有錢人家出生，自然地從小就被好的東西包圍。所以，她很清楚什麼是好的東西。」

聽起來就像在說不管我怎麼努力也沒用，我垮下肩膀：「所以就是我不可能囉？」梅茵就說「不是的」，忙不迭搖頭。

「像是不用工作的日子，雖然可能得去森林，但也可以找時間從中央廣場往北邊散步。路上的行人都是有錢人，沿路上還有很多有錢人會去的店家吧？每個人穿的衣服都不一樣，妳就可以互相比較、找出流行的顏色和款式，再拿來當作參考。」

不用工作的日子我會去森林，但從來沒去過北邊。我從中央廣場往北走的次數，用一隻手就數得完。只要前往有錢人所在的地區，就能知道有錢人之間現在流行什麼。我從來沒有發現到這件事。

「還有妳看，這個掛毯上面的圖案和花朵的刺繡，都是能在森林裡面採到的東西吧？只要平常也仔細觀察這些東西，思考設計的時候就能派上用場喔。」

梅茵在看衣服和飾品的時候，觀看的角度好像和我完全不一樣。只會興奮地覺得好漂亮的我和梅茵之間的差異，就是工匠與商人的差別嗎？我稍微壓下興奮的心情，凝神仔細看起珂琳娜夫人的作品，看有沒有現在的我也能偷學起來的技巧。

「哎呀，多莉。妳那麼認真地盯著看，讓人有些不好意思呢。」

珂琳娜夫人這樣說著，帶著女傭走進房間。

「因為這些衣服我從來都沒有看過，覺得很稀奇。我現在雖然是裁縫學徒，但像縫衣服這種重要的工作，還不可能交給我……」

最近我終於可以幫忙縫點商品裡頭一些小零件上不起眼的地方，但要自己縫衣服，還是非常遙遠的事情。

「基本練習是很重要的唷。針腳要是不夠細緻整齊，就做不出漂亮的衣服。」

「我會加油的！呃，珂琳娜夫人，請問這個地方是怎麼縫的呢？」

女傭端來茶和點心，擺在桌上進行準備的時候，珂琳娜夫人就為我講解每一件衣服。不知何時母親也靠了過來，一起聆聽。只有梅茵一臉興致缺缺，繼續坐在位置上。

「好了，請享用吧。」

在珂琳娜夫人的邀請下，我喝了一口茶。和我家的茶不一樣，香氣非常濃郁，好像一下子就在嘴裡彌漫開來。

「好好喝喔！真的很好喝！」

「太好了，幸好妳喜歡。」

珂琳娜夫人聽了露出可愛的微笑。我看向旁邊，想讓家人也附和我，只見母親一臉雖然好喝，但在意價錢在意得不得了的表情。梅茵則是輕輕閉著眼睛，表情陶醉地享受茶香。

「也請用點心。」

烤得薄薄的麵包上放滿了水果和蜂蜜，珂琳娜夫人輕輕推來裝著點心的盤子。我拿起一塊切好的點心，放進口中。

嗯……雖然好吃，但比起這個，梅茵之前教我做的點心更好吃呢。

梅茵前陣子去芙麗妲家教他們做了一道點心，作為交換帶了一袋砂糖回來。然後教我做了許多我從沒聽過的點心，像是「可麗餅」、「糖漬水果」和「餅乾」，和我一起製作。她還說等天氣冷一點，想做叫作「布丁」的點心。說是需要降溫，所以不適合在夏天做。還在罐子裡面放了砂糖、水果和酒，不知道在做什麼東西。她說等到了冬天，就可以享用濃縮了夏天美味的點心。現在就好期待。

「好甜喔，真好吃。可以這麼大量地使用蜂蜜，果然讓人羨慕呢。」

「只要梅茵願意，應該買得起吧？班諾哥哥前陣子的臉色很難看呢。」

梅茵一面吃著點心一面這麼說，珂琳娜夫人就露出苦笑。

「零用錢和工坊的資金是不一樣的。」

吃完了點心，就攤開梅茵的正裝。母親和梅茵向珂琳娜夫人展示正裝，說明修改的方式。珂琳娜夫人拿起正裝，目不轉睛地端詳，一下子把正裝翻過來，一下子掀開裙襬細細觀察。

「居然可以這樣子修改衣服，真教人吃驚。」

「比起重新縫一件衣服，這樣做簡單得多喔。」

珂琳娜夫人聽著梅茵的說明，一邊在木板上寫字。和梅茵經常在石板和紙上寫字的動作一模一樣。我突然間覺得，說不定我也學著識字比較好。總覺得這樣子看起來比較厲害。

「這個就是髮飾吧？我第一次看到這種飾品。」

珂琳娜夫人喃喃說著，拿起梅茵的髮飾。白色小花輕柔地左右搖晃。

「這些大朵的白花是我做的喔。」

「這樣啊。多莉，縫得非常漂亮喔。」

被珂琳娜夫人一稱讚，我就笑得合不攏嘴。白皙的指尖撫過花朵。

「關於這個髮飾，我希望能由我的工坊接受訂單製作，不知道可不可以呢？」

珂琳娜夫人帶著優雅的微笑，側過臉龐詢問。沒想到珂琳娜夫人竟然喜歡到想在自己的工坊製作，我內心充滿感動和感激，心情就像飛上了雲端，正要回答：「那當然！」梅茵卻搶先一步搖頭。

「要先談過條件。」

「等、等一下，梅茵?!」

居然要和難得主動提出請求的珂琳娜夫人談條件，我簡直不敢相信，吃驚得瞪大眼。梅茵卻抬起手來制止我。

「髮飾是我們重要的冬天手工活，也是收入來源，不能這麼輕易就答應。如果無論如何都想製作，就請買下製作權，不然我們會很困擾。」

梅茵說的話讓我瞬間冷靜下來。髮飾確實是我們非常龐大的收入來源。冬季期間才賺了一大筆零用錢的我，已經無法再阻止梅茵。

「那麼，就請妳和班諾哥哥商量吧。」

珂琳娜夫人搖響鈴鐺，女傭於是現身，前去呼喚班諾先生。很快地，就聽見走上樓梯的腳步聲。

「珂琳娜，妳找我？有什麼……啊，是梅茵的家人吧。很高興見到妳們。我是珂琳娜的哥哥班諾。」

……這個人就是一直在照顧梅茵的班諾先生嗎？

奶茶般的淡色捲髮配上和藹的五官，瞳孔是紅褐色。感覺對人很親切的班諾先生一笑起來，就和珂琳娜夫人十分神似。看起來笑臉迎人，似乎很好相處。

「我是梅茵的母親伊娃。女兒承蒙你的照顧了。」

「你好，我是多莉。」

我也緊跟在母親之後打招呼。班諾先生還是笑得很親切，輕輕點頭，然後低頭看向梅茵，挑起一邊眉毛。

「梅茵，這次又怎麼了？」

「珂琳娜夫人說她想要髮飾的權利。班諾先生，你要出多少錢買下呢？」

「談生意嗎？」班諾先生小聲咕噥，梅茵就點頭說：「談生意。」下一秒，班諾先生溫文和善的表情就變成了商人的表情。雙眼炯炯發光，散發出可怕的氣息。

接著班諾先生動作粗魯地坐在椅子上，目光銳利地瞪著梅茵，豎起幾根手指。

「這樣怎麼樣？」

「出這種金額，我才不會賣給你呢。賣給芙麗妲還比較划算。」

連在旁邊看著的我都覺得班諾先生好可怕，梅茵卻哼地一笑置之。她完全不害怕掛上了商人表情的班諾先生，看起來還樂在其中地和他討價還價。

「喂，在梅茵工坊做的東西，不是都由路茲販售嗎？」

「是『在梅茵工坊做的東西』吧？可不包括權利和做法喔。」

「妳這傢伙！」

班諾先生激動得怒喝一聲。坐在同張桌子旁邊的我和母親都被他的魄力嚇得一跳，梅茵卻只是笑咪咪地歪過頭。

「對了，班諾先生。芙麗妲說過，像這種前所未見的新商品的權利，都要從大金幣開始談才合理喔。看來我之前都用非常便宜的價格讓給你呢。唔呵呵～」

雖然早就聽說過了，但我還是第一次看到梅茵變成商人的模樣。用看的和用聽的完全不一樣，總之梅茵居然在這種氣氛下還能和可怕的大人談判，讓我嚇得冷汗直流。

明明在家裡都懶洋洋的，一動就馬上發燒，做家事也老樣子都幫不上忙，梅茵卻能在這種情況下大顯身手。第一次見識到的我老實說大吃一驚。

……雖然因為身體負荷不了，就放棄了當商人學徒，但其實梅茵很想當吧？感覺非常適合。

「多莉、伊娃，感覺會講很久，我們過來這邊吧。」

珂琳娜夫人站起來，往房間裡頭的另一張桌子走去。我和母親對望後，也輕輕地站起來，跟在珂琳娜夫人身後。雖然擔心梅茵，但看氣氛我們就算待在這裡，也沒有插嘴的餘地。

「班諾哥哥看起來很開心，所以會講很久吧……不過，梅茵真是厲害呢。居然可以和我的哥哥談生意。」

珂琳娜夫人感到耀眼地看著兩人，輕喃說道。我第一次意識到梅茵有多麼厲害。

……我明明是梅茵的姊姊，卻一直都不知道呢。

「生意上的事情就交給他們，我們來聊裁縫吧。剛才是說到裙子的形狀吧？」

另一張桌子在談生意，我們這張桌子則一邊喝茶，一邊熱絡地討論裁縫。珂琳娜夫人告訴我們，貴族之間現在流行著什麼樣的衣服和飾品。縫法好像也有很多種，單聽名字，也沒辦法馬上想像出來裙子會是什麼形狀。在珂琳娜夫人的講解中，接二連三出現了我和工坊的學徒同伴們聊天時，從來都沒有出現過的裁縫用語。

每當我問：「那是什麼？」珂琳娜夫人都會溫柔地為我解釋。雖然高興，卻覺得自己有些丟臉。當裁縫學徒都已經一年了，想不到自己還這麼一無所知。光聽珂琳娜夫人說明，我就深深地意識到，自己在裁縫上的學習還不夠。如果不勤加練習，永遠也不會輪到我為客人製作衣服。

「現在開始流行的禮服是這一種喔。」

珂琳娜夫人說，特別向我們展示目前正在製作途中的禮服。她說是貴族大人參加茶會時穿的禮服。光滑的布料、細緻的線，遍布禮服的精美刺繡，都讓我忍不住讚嘆。

「好漂亮喔。不過，禮服居然還會區分出這麼多種用途，我真不敢相信。我只覺得這樣子好浪費喔。」

「嗯，是呀。可是，我們睡覺的時候、外出的時候、做事情可能弄髒衣服的時候，

全都穿著不一樣的衣服吧？只是因為貴族大人有錢，才區分得更仔細而已。」

聊到這裡，另一張桌子傳來從椅子上站起來的哐噹聲。

嚇了一跳地轉過頭去，只見班諾先生和梅茵兩個人都站起來，在離桌子稍遠的地方互相面對面。

「妳變得真是不可愛。」

「一切全都歸功於班諾先生教導有方啊。」

「真是，居然亂聽小人之言……」

「從複數的途徑取得資訊，提升消息的準確度，不是商人的基本嗎？」

兩人一邊說，一邊帶著好像有什麼邪惡企圖的笑容互相握手。兩個人背後彷彿還冒出了一團黑色的東西，正在互相牽制。

……嗯，我絕對當不了商人呢。

我看著兩人的互動這麼想道。梅茵先是一陣來回張望，看見我們後跑過來。

「媽媽，妳教珂琳娜夫人怎麼做髮飾吧……呼，喉嚨好渴喔。」

珂琳娜夫人立即準備好了冰茶，梅茵道著謝伸手接過。

「辛苦了。那你們談好的金額是多少呢？我也要依金額決定售價。」

梅茵先瞄了母親和我一眼，再迅速地向珂琳娜夫人豎起了幾根手指頭。

「我們說好了，會讓珂琳娜夫人工坊的部分人力全年製作髮飾，再由你們獨家專賣。」

「就算是這樣，妳居然能讓班諾哥哥掏出這麼多錢來呢。」

珂琳娜夫人輕吸一口氣，無比欽佩地望著梅茵的手指。那大概是商人特有的手勢吧。完全看不懂的我非常心急。

「欸，梅茵，到底是多少錢？」

我很好奇所謂髮飾的權利究竟能賣到多少錢，於是問梅茵。梅茵露出非常為難的表情看向我，看向母親，再看向珂琳娜夫人，「唔～」地小聲沉吟，臉上明白寫著「我不想說」。

「是不能說出來的金額嗎？」

「我認為這個價格很合理，也不是不能說，只是不想說……」

梅茵一直支支吾吾，我央求了好幾次：「告訴我嘛。」於是梅茵沒有掩飾臉上心不甘情不願的表情，小聲嘟囔著說了：「……一枚大金幣和七枚小金幣。」

「咦?!等一下，妳說金幣嗎？」

我還以為再怎麼高，頂多也是大銀幣，現在聽到了位數相差這麼多的金額，受到的衝擊就像是頭被人狠狠敲了一拳。母親也震驚地看著梅茵。

「雖然聽起來會覺得金額很大，但考慮到權利的轉讓，這是很合理的價格喔。我又不是班諾先生，這絕對不是獅子大開口。而且，這是梅茵工坊的錢，不是我自己的零用錢喔。」

梅茵不停揮手，急急地搬出各種理由辯解。但是，居然可以若無其事地用這麼大的金額談判，我實在無法理解梅茵的大腦構造。

……因為，那可是大金幣耶？雖然說不是她個人的零用錢，那梅茵到底有多少錢啊?!比起神殿，梅茵果然還是更適合當商人吧？

認清自己的努力還不夠、裁縫的深奧，再加上妹妹的驚人……在多方面的衝擊下，這天的訪問就結束了。

尹勒絲　點心食譜

「尹勒絲，我去帶梅茵過來。妳先做好磅蛋糕吧。」

「我會準備好所有口味。」

精神抖擻地回應大小姐後，我立即伸手拿起調理工具。

會踏上成為廚師的道路，是因為我父母經營了一間飯館，所以自然也是理所當然的發展。小時候父母擺的還是露天攤位，但要不了多久就在東門旁邊開了一家小店。從小我就看著父母勤奮工作的背影長大。在父母的指導下，我在成為學徒之前就懂得做菜，比起一般的孩子，也難得在受洗前就會算錢。

參加完了洗禮儀式，我就在父母認識朋友的店裡開始當學徒，很快地吸收了各種新食譜。能夠學到新的事物讓我很高興，不管是店裡人教的食譜，還是在旁邊偷學來的食譜，我都喜歡去思考要怎麼做才能變得更好吃。

待過好幾家店、磨練了手藝後，有人招攬我去貴族的宅邸工作。父母都要我放棄，說我有可能再也回不到城裡來。但我不顧父母的反對，進入了貴族的宅邸。因為我認為一旦錯過這次機會，應該就再也沒有機會可以了解貴族的食譜了。

我成了地位最低的打雜工，一邊備料、洗盤子，一邊不斷偷學主廚的技巧。貴族三餐能用的食材和調味料，與平民用的是天差地別。餐盤也都華麗晶亮，從沒在城裡的飯館裡看見過。每一天都學到了很多東西。

但是，這也只持續了幾年的光景。不論我怎麼磨練技藝，都遲遲無法往上晉升。在貴族的宅邸裡若想往上爬，不單靠技術，還需要血緣和關係。

正當我有志難伸，是公會長開口延攬了我。其實公會長本來想挖走副主廚，但主廚向公會長推薦了空有技術，卻無法出人頭地的我。公會長要我為成年後就要進入貴族區的大小姐，製作和貴族三餐一樣的食物。讓將來要一個人進入貴族區的大小姐，不會因此吃了苦頭。

……我二話不說就答應了。我終於有了機會可以成為主廚，展現自己的實力。更何況，對象還是搞不好比下級貴族還要富有的公會長。

不僅幫我準備好了和貴族宅邸裡一樣的廚房設備，調味料和食材也樣樣齊全。身為廚師，沒有比這更值得挑戰的工作，也是最完美的工作舞臺。為了回報這最棒的環境，我每天都使出渾身解數。沒有比現在更快樂又充實的日子了。曾經，我對自己的手藝很有信心，也對自己至今網羅蒐集的食譜有著絕對的自負。

沒錯，直到遇見梅茵為止。

當時受到的衝擊非同小可。連公會長家也好不容易才取得砂糖，是從中央剛傳來這裡的調味料，尚未確立主流的調理方式。原本我也想利用砂糖做各種嘗試，卻也沒辦法研究得非常徹底。然而，梅茵卻一派理所當然地用砂糖做出了點心。雖然沒有體力也沒有力氣，負責出力製作的人都是我，但如果不是知道做法，根本無法給出那樣的指示。

烤好的磅蛋糕是種口感鬆軟綿密的點心，擁有高雅的甜味，吃進嘴裡好像眨眼間就會融化開來。在我至今遇過的食譜裡，從沒有過這樣的滋味。沒錯，連在貴族宅邸裡也生平未見。

但是，向大小姐問了梅茵的來歷，她卻只是一介平民的女兒，父親是士兵，母親在染色工坊工作。一般這種家庭，幾乎買不起點心這些奢侈品。可以當作點心的東西，充其量只有在森林裡採來的果實和蜂蜜。梅茵究竟是怎麼知道這種點心的做法？

自那之後，我就從各方面研究了梅茵教我做的磅蛋糕，像是麵糊的發泡程度、烤爐的溫度和烘烤時間等等。多次嘗試以後，成品的品質越來越好，還做出了連我也覺得是完美傑作的磅蛋糕。連大小姐都說，不知道這能不能成為商品賣給貴族。

大小姐說了，要先請梅茵試吃，再巧妙地轉移話題，表示自己想要買下權利。有著身蝕的梅茵，一定會為了與貴族攀上關係，再度登門造訪。然後大小姐打算以介紹條件不錯的貴族作交換，讓梅茵讓出磅蛋糕的權利。

然而，大小姐的如意算盤卻撲了空，夏天都要到了，梅茵卻遲遲沒有上門。大小姐心急之下，用強硬的手段帶了梅茵過來，梅茵卻平靜得好像不知道自己的壽命將至。

接著，梅茵吃了我經過再三改良的磅蛋糕，又以砂糖做為交換，告訴了我更多可以改善的地方。像是只要在麵糊裡面加進其他食材，味道就會改變；加上打泡過的鮮奶油和切成特殊造型的水果，能讓整體外觀變得更加豪華。

我一邊做著加了芬里吉尼果皮丁的磅蛋糕，一邊在捧著大碗的手上使力。梅茵想也不想就能說出還可以改善哪些地方，代表她肯定還知道更多各式各樣的食譜。

……好想要更多的新食譜。好想要知道梅茵腦袋裡的食譜。

「尹勒絲、尹勒絲！我帶梅茵過來了！」

我正把做好的磅蛋糕切作小塊，擺在廚房角落的桌上，大小姐就笑容滿面地這麼喊著，打開門衝進來。

大小姐打從出生起就身子虛弱，在我剛來公會長家的那時候，鮮少踏出自己的房間。但是自從認識了梅茵以後，大小姐就變了。難以想像和從前在寬敞的房間裡，視數金幣為人生最大樂趣的大小姐是同一個人。整個人都燃起了熊熊的野心，要成為不輸給現在正擴大勢力和影響力的班諾先生的商人，再把梅茵拉過來。

因為是首次嘗試，決定舉辦試吃會以後，近來的大小姐精力充沛得教人大吃一驚。連主人全家人都得聽大小姐發號施令。看來這回梅茵也受到波及，為了問她關於試吃會的意見，今天被帶了過來。

「所以，梅茵覺得也要把小孩子列為販賣對象囉？」

梅茵在廚房裡頭東張西望，回答大小姐的問題。

「雖然平民的小孩子不可能買得起，但如果是商人的小孩，也許會懂得商品的價值，或是有錢可以購買吧？如果會成為學徒，也認得了字……最重要的是，小時候吃過、喜歡上的東西，長大以後也不會忘記喔。」

「是嗎？」

大小姐嘀咕說著，在木板上寫字。但是，我卻覺得不可思議。因為身蝕而成長速度緩慢的梅茵，看起來就像還沒參加過洗禮儀式的小孩子。可是聽她的語氣，簡直像是自己變成過大人一樣。

「還有啊，販賣磅蛋糕的時候不一定要賣一整塊，也可以像這樣切成小塊，就可以壓低售價，增加客群。像是和戀人兩個人一起吃，或是買來慶祝洗禮儀式。」

「最一開始我打算以貴族為中心銷售喔，做為高價的點心。」

大小姐想要藉由獨家專賣，提高商品的價值。梅茵則想盡可能壓低價格，讓更多的人可以吃到。同樣年紀的少女要賣同一樣商品，思維卻有極大的差異。

「要憑著獨家專賣來提升價格是沒關係，但這是點心，如果要提高知名度，我覺得還是拓展客群比較好呢……」

「因為我們的獨賣期間只有一年呀。一年過後我們再不願意，做法也會流傳開來吧？所以我想趁著這一年以貴族為中心，盡量提升磅蛋糕的價值。」

「這樣啊……那只要利用當季的水果，慢慢地推出季節限定的新口味，就能和別人做出區別，常客也會很高興吧。」

……季節限定的新口味？

我的耳朵很快就挑出了梅茵自言自語裡的重點。回想每個季節的水果後，不解問道：

「但冬天沒有當季的水果吧？這種時候該怎麼辦？」

「說到冬天的點心，就是帕露吧？還有『蘭姆酒漬水果』……」

話說到一半的梅茵突然驚覺不妙，閉上嘴巴。對話突然中斷，我輕挑起眉尾看向梅茵，梅茵就在嘴巴前面交叉食指：「接下來的資訊要付費。」看樣子她終於意識到自己會聊天聊得太開心，就不小心把貴重的資訊都洩漏出來。看著梅茵尷尬的表情，大小姐輕聲笑了。

「是什麼樣的資訊呢？梅茵提供的資訊，我都會支付應付的報酬給妳。」

梅茵只要本人認為價格合理，通常都會說著「這是額外附贈」，提供給我們價值高於支付金額的資訊。大小姐先前還說，與其小氣地只想要自己牟利、欺騙對方，讓對方與自己保持距離，不如提出正當的金額，建立起長遠又友好的信賴關係更划算。從前還說過「商人當然要騙人」的大小姐出現這種轉變，讓我有些刮目相看。

「呃……雖然我剛才說『蘭姆酒漬水果』，但簡單地說就是用酒醃漬水果。雖然要花很長的時間才能醃得好吃，但可以冬天的時候用來做磅蛋糕。」

「如果我出五枚大銀幣呢？」

只要知道了是用酒醃漬水果，那我自己之後再反覆實驗，多少能摸索出做法吧。就算這筆交易沒有談成，我也會自己試試看──正這麼心想，梅茵瞄了眼砂糖。

「……既然砂糖還沒有流通，就表示也沒有人知道要怎麼做和怎麼用『酒漬水果』吧？」

雖說是酒漬水果，看來還會用到砂糖。這下子可能要問清楚比較好。現在用到砂糖的料理還經常失敗，沒有什麼口耳相傳的食譜。我把目光投向大小姐，大小姐就輕輕點頭。

「那麼，如果是八枚小金幣呢？」

「知道了。那我會告訴妳們做法和使用方式。直到砂糖開始在這裡流通之前，都可以獨占，所以不需要再另外簽約了吧？」

重疊公會證，支付了報酬以後，梅茵就指向廚房裡的一個水罐。

「做這個需要這樣大小的水罐，還有其他的嗎？」

「現在不會用到，可以用這個水罐沒關係。還需要其他東西嗎？」

照著梅茵的指示，我開始在廚房裡來回穿梭，接連進行準備。先洗淨當季的水果樂得樂沛，切掉蒂頭，再切作一樣的大小放進大碗裡。然後倒進將近半分滿的砂糖，暫且擱置。梅茵說要放到樂得樂沛跑出水分，砂糖有融化的感覺。

「梅茵，妳真的明白砂糖的價值嗎？這麼大量使用砂糖，妳是認真的嗎？」

「這麼做是為了保存喔。要是放得太少，水果就會腐壞不能吃了。而且，之後要放進去的酒也要選擇蒸餾過的、酒精濃度很強的酒，不然水果會腐爛，所以要小心。」

我總覺得賣了權利和食譜而賺了大錢的梅茵，對金錢的觀念和常人不太一樣。她是明知道可以換到等重銀幣的砂糖有多少價值，才這麼大手筆地使用嗎？

「等樂得樂沛冒出了水分，就放進這個水罐裡，把酒倒進去……呃，酒要倒到完全蓋住水果，否則露出來的部分會發霉。另外，放上十天之後，再加其他水果進去。接下來的水果有波琉露和普那萊吧？把夏天的水果放進去，等到了冬天再吃。啊。對了對了，我記得芬里吉尼這類的水果不適合放進去喔。」

大小姐勤快地寫下這些注意事項。我也牢牢地記在腦子裡，攪拌大碗裡的樂得樂沛。感覺得出開始冒出水分了。

「妳自己也做了嗎？」

「嗯，因為上次拿到了砂糖，我也是第一次挑戰喔。既可以加進磅蛋糕裡面，也可以當作果醬。淋在『聖代』和『冰淇淋』上面也非常好吃呢。」

做了這個以後，就會非常期待冬天呢——梅茵帶著陶醉的笑臉喃喃說道。這時大小姐像是恍然回神，看向桌子。

「糟糕，離題離太遠了呢。明明帶梅茵過來是要討論試吃會的。」

「啊，對了。關於試吃會，班諾先生說他也想參加。可以嗎？」

大小姐的雙眼頓時亮起光芒，看著梅茵。梅茵搔了搔臉頰，稍微抬頭看著上方，大概在回憶和班諾先生的對話。

「呃，聽說試吃會很少見吧？班諾先生很好奇你們要賣什麼點心，但好像更好奇試吃會是什麼樣子的活動喔。」

梅茵說完，大小姐沉思了好一會兒，然後突然抬頭。看來是想到什麼了。大小姐冷不防轉身，直接就走向廚房大門。

「我有事情要去請教爺爺，得離開一下。尹勒絲，就麻煩妳招待梅茵了。」

本來就單方面對班諾抱有競爭意識，現在因為他要來，好像更是激起了大小姐的鬥志。把梅茵留在廚房，大小姐仍不改優雅的舉止，快步迅速離開。

「……芙麗妲就這麼走了呢。」

「大小姐平常可不會這個樣子喔。」

「這句話在我告訴尹勒絲廚師怎麼改進磅蛋糕的時候，芙麗妲也說過呢。」

梅茵嘻嘻笑著，調侃我先前的舉動，我不禁嘆氣。從以前別人就總說我一知道了新食譜，就怎麼坐也坐不住，但這個毛病一直改不掉。

「這都要怪梅茵的新食譜啊。」

「……嗚嗚，對不起。」

「不需要道歉，是因為我想知道沒聽過的食譜啊。那告訴我妳這次的感想吧。」

我擺好梅茵教我做的最基本的磅蛋糕，以及加了芬里吉尼果皮丁、增添了果香的磅蛋糕，還有改用蜂蜜代替部分砂糖的，和加了核桃的。再倒了配合今日所做磅蛋糕的茶，輕輕放在梅茵面前。

「每一種看起來都好好吃喔！我開動了。」

梅茵的雙眼閃閃發亮，帶著心滿意足的笑容捧著臉頰，一口一口地慢慢品嘗享受。不論是指尖操控叉子的動作，還是端正的坐姿，都像是受過禮儀訓練的貴族小姐。至少，和平常很少吃到甜食的貧民那種狼吞虎嚥的模樣完全不同。

梅茵配著茶水，「呼～」地滿足嘆氣。

「這裡面我最喜歡的，應該是芬里吉尼口味吧？好喜歡那種在嘴裡散開的香氣。」

梅茵瞇著眼睛喝了口茶，又低聲嘟噥說：

「……啊，這種茶的茶葉好像也很適合做磅蛋糕呢。」

「茶葉？不會不好入口嗎？」

梅茵像在說「糟了」似的摀住嘴巴。看來又是珍貴的資訊。

我哼了一聲，把和之前一樣的一袋砂糖「咚」地放在工作檯上。

「用一袋砂糖做交換，快點說吧。說話只說一半，太吊人胃口了。既然做了酒漬水果，那妳家裡的砂糖也快用完了吧？」

說實話，我從來沒想過可以把茶葉加進點心裡。點心是甜食，因為用了高級的砂糖，據說在中央，點心都是越甜才越好。加了茶葉，怎麼可能會變甜。但現在沒有時間讓我去研究該用什麼茶葉，又該怎麼添加。

「……如果用一袋砂糖做交換，那好吧。而且尹勒絲廚師都會做出好吃的點心。」

嗯——梅茵想了一會兒後，才開口說：

「為了不影響口感，要把茶葉磨得非常細，再加進麵糊裡面。這樣一來，磅蛋糕就會有茶葉的香氣喔。」

「妳說的茶葉是這個嗎？」

我拿出剛才泡了茶給梅茵的茶葉罐，她就用力點頭。我盯著茶葉罐好半晌，然後就為烤爐點火。梅茵還在旁邊吃磅蛋糕，我就開始磨起了茶葉。因為想要馬上烤看看。雖然這樣子等於把貴為客人的梅茵晾在一邊，但梅茵望著我的動作，笑著說：「如果能讓我第一個試吃，當然沒關係。」

「對了，梅茵。我可以問妳一件事嗎？」

「是的，什麼事呢？」

「妳其實不只點心，在湯這方面也有什麼秘密吧？之前妳住在這裡的時候，看妳剩下的食物，我得出了這個結論。妳都只把湯剩下來吧？本來以為妳是不敢吃青菜，但其他菜色裡的青菜卻會吃掉。妳知道可以讓湯更好喝的秘密吧？」

梅茵銜著叉子，張大金黃色的雙眼抬頭看著我。我一邊把蛋打發，一邊挑眉。

「……尹勒絲廚師的觀察還真敏銳呢。」

「湯的秘密不能告訴我嗎？」

梅茵拿開叉子，輕輕放在盤子上。

「……湯的話就不太方便了。因為現在的情況變得和以前不太一樣，就算不願意也可能會接觸到貴族，所以為了保護自己，我想多保留一點籌碼。」

看著梅茵為難至極的表情，我也無法再勉強她，聳肩說道：「這樣啊。」

因為自己就在貴族的宅邸工作過，所以我知道身分的劃分有多嚴格，和跳進去有多危險。為了保護自己，想要保留籌碼也是正常的，而且是最好要有籌碼。

「但如果是點心的食譜，只是期間限定的獨家專賣的話，可以來找我商量喔。」

「真的嗎?!」

我抱著大碗猛然往前傾，梅茵就嚇了一跳地往後縮，頻頻點頭。

「但要先等磅蛋糕上了軌道，所以會是磅蛋糕的專賣期限快到的時候吧。」

「這樣子不會又受到班諾先生的阻撓嗎？」

因為看過大小姐一臉悶悶不樂地哀怨道：「都只有路茲和班諾先生獨占了梅茵的知識。」我於是這麼說，但梅茵把頭一歪。

「嗯……會嗎？他的臉色可能會很難看，但應該不能阻撓吧？坦白說，就算告訴班諾先生點心的做法，也沒有意義喔。」

「為什麼？」

「因為班諾先生和貴族的交情還不深，無法取得食材與技術。他好像也沒有去拓展可以取得砂糖的途徑，而且像尹勒絲廚師這種水準的專業人士，得從貴族那裡拉攏才找得到人吧？芙麗妲說過，尹勒絲廚師是公會長拉攏過來的。」

聽了梅茵對於可說是自己監護人的班諾先生所下的分析與判斷，我有些目瞪口呆。看來對於提供消息的對象，梅茵也都有自己的見解。這樣的話，我也許有機會可以知道梅茵的其他食譜。

我往大碗裡篩著麵粉，覷了眼梅茵的表情。

「那把食譜告訴我就沒關係嗎？」

「因為廚藝得要像尹勒絲廚師這麼厲害，否則只聽我口頭說明，根本做不出來啊。而且，尹勒絲廚師對食譜很熱心研究，讓人想要支持妳呢。」

聽到梅茵這麼說，我高興得想要發出無意義的嚷嚷聲。

因為梅茵這些話的意思，就是認同了我的實力。畢竟她不願意告訴有恩的班諾先生食譜，卻願意告訴我。

「……可是，提供食譜的時候如果不收錢，在很多方面都會顯得不公平，所以這部分讓我覺得有點麻煩。」

即使梅茵本身不著重於利益，身旁的人卻不見得。況且梅茵的食譜在各種方面上，都會把周遭的人捲進混亂的漩渦裡。除了料理，其他恐怕還有很多前所未見的新商品。

我攪拌著融化的奶油，向梅茵提出一直感到疑惑的問題。

「梅茵，妳到底是什麼人？究竟是在哪裡得到這些食譜的？」

「……嗯……在夢裡面。」

「啊？」

在耍我嗎？我忍不住做出可怕的表情，梅茵卻為難地笑了笑。

「……是真的。到了現在，全都是只有在夢裡才能品嘗到的東西。」

梅茵懷念地瞇眼笑道，笑臉卻十分成熟，讓我莫名感到不安，低頭注視著她。

「要是可以的話，真想毫無顧忌地公開食譜，讓像尹勒絲廚師這樣擅長做菜的人盡情製作呢。」

梅茵先是輕輕閉上雙眼，再抬起頭來，露出了孩子氣的傻氣笑容。但是，笑容僵硬到一眼就看得出是假笑。大概是不想被人觸及的秘密吧——察覺到這一點，我把麵糊倒進模子裡面，順著梅茵的話接話。

「那妳自己不做嗎？」

「我沒有力氣也沒有體力，也沒有工具，技術又差，沒有辦法重現。如果能請廚藝精湛的廚師幫忙，其實要我公開多少食譜都沒問題。但是，現況不容許我這麼做。」

梅茵揮著小手，一派可憐兮兮地垮下眉毛。以她的力氣和體力，別說把蛋打發了，連攪拌麵粉也做不到。回想起先前的慘狀，我低頭看著梅茵纖細瘦弱的手臂。照她這個樣子，沒有一道料理做得出來吧。

「妳要是想吃什麼東西，就儘管來找我吧。只要教我怎麼做，要做多少給妳吃都沒問題。」

想到要重現梅茵說只存在於夢裡的食譜，我就躍躍欲試。

……啊啊，太期待了。究竟在這孩子的腦海裡，沉睡著哪些食譜呢？

望著小口小口品嘗著磅蛋糕的梅茵，我把剛做好的加了茶葉的麵糊，放進熾熱的烤爐裡。

班諾　磅蛋糕的試吃會

在只有在城裡擁有店面、還能繳納高額稅金的大店店主才能出席的會議上，身為公會長的臭老頭環顧一圈所有出席人員，在最後開口說道：

「沒有其他議題了吧？那麼，現在大會議室正在舉辦今後要推出販售的新款點心試吃會。請各位有空的話就順路前往吧。還準備了各位隨從的份。班諾，聽說你要來，芙麗妲可是幹勁十足。你會過來的吧？」

聽到臭老頭這麼說，我站起來，往大會議室移動。

出席這場會議的都是大店店主。換句話說，有錢可以購買昂貴點心、又擁有鑑定商品眼光的商人，全都在此無一遺漏地齊聚一堂。換作在公會長家或是店裡舉辦試吃會，不見得每個人都會特意前往，但如果只是開完會後走到另一個房間，都不會介意多走一段路吧。日期和舉辦場所的選擇高明到讓人火大，肯定會備受矚目。

依據梅茵提供的點心做法所做的磅蛋糕，和因為梅茵不小心說溜嘴，臭老頭的孫女就卯足了勁舉辦的試吃會。

……那個蠢丫頭真是一波未平一波又起！老把那種會撼動市場的東西帶進來！根本不知道我有多麼辛苦在設法不讓旁人注意到她的存在，自己卻做事都不用大腦！

一般店家推出主打商品的時候，都會想要獨占，所以從來不會像現在這樣，在開始販售前就敲鑼打鼓宣傳。藉由在開賣前宣傳商品，可以讓人對第一個想出商品的人留下深刻印象。尤其如果是其他人無法立即仿效的商品，效果更是卓越。

令人光火的是，現在砂糖在市場上流通的量還不多。在這座城裡，也只有渥多摩爾商會在經手從中央傳來的砂糖。對於想要趕上中央的流行、正尋找著甜食的貴族而言，會成為強而有力的宣傳吧。再者舉辦試吃會後，不光公會長，孫女的能力也將受到矚目。那個孫女對錢的直覺之敏銳，簡直遺傳到她爺爺。

「歡迎參加試吃會。請選擇您喜歡的磅蛋糕口味，把木牌放進箱子裡。」

一走進大會議室，幾名戴著同款頭巾的少年少女就一字排開，向每一位進來的客人發配三枚木牌。

「可以把三枚木牌都投給自己最喜歡的口味，也可以選擇三種。」

我接過木牌握在掌心裡，環視了會議室一圈。在會議室裡走動的人也都戴著同樣花色的頭巾，所以一眼就能分辨出哪些是舉辦方的人。現場客人還不多，好像都還在觀察他人的動靜，沒有人伸手去拿磅蛋糕。

桌子排成了五排，每排桌上都擺著不同口味的磅蛋糕。磅蛋糕全切成了一口大小，但出乎我的預料，種類相當多。

「啊，班諾先生！」

大力揮著手跑過來的，正是罪魁禍首梅茵，和我店裡的學徒路茲。路茲穿著店裡的學徒制服，梅茵的打扮卻和試吃會舉辦方的人一樣。

我「哦」地輕舉起手，向兩人招手。等梅茵走過來，就伸出大掌揪住她的腦袋瓜。

「梅茵，妳在這裡做什麼？」

「好痛好痛！我在幫忙啊？」

看我的打扮還不知道嗎？──梅茵歪過頭，我一把扯下她的頭巾。

「現在馬上給我換下來。別讓接下來要進來的商人記住妳的長相。也不想想我是為了什麼才要隱瞞做了紙又做了髮飾的妳？妳想在這裡也成為眾人的標靶嗎？要不要我替妳大聲宣傳啊？」

「嗚啊嗚……我馬上去換衣服。路茲，你在這裡等我喔。」

把扯下來的布還給她後，梅茵就快步走出大會議室。見狀，我才輕吁口氣。

梅茵的思路異常敏捷到了難以想像是個剛受洗完的孩子，對任何事情的領悟速度都很快，還擁有一般人根本不會知道的知識。但是，卻不懂得瞻前顧後，想法也太天真。雖然因為是小孩子，這也是當然的，但是其他方面越突出，越突顯出了她的思慮不周與缺乏危機意識。梅茵必須越低調越好。一個沒有後盾的孩子太過招搖，不會有什麼好結果。就連父親過世後，剛成年的我繼承商會的時候，也因為還年輕就被人瞧不起，有過數不清的難堪回憶。她這個才受洗完的小孩子，更是只會被剝削得屍骨無存。

「老爺……您對梅茵真嚴格呢。」

「路茲，你如果想要保護梅茵就記好了。現在梅茵既沒有商人這塊後盾，也還不確定神殿裡有沒有貴族能照顧她，她這種不上不下的處境非常危險。」

為了延長壽命，又為了今後能與貴族建立起關係，現階段進入神殿都對梅茵有好處。但是，我不認為幾年之後，這樣的情況還能繼續維持。

「咦？可是，老爺不是會照顧梅茵嗎……？」

「表面上我是梅茵工坊的負責人，基於這層關係，我等同是她的監護人，但這層關係非常薄弱。如果可以和你一樣成為學徒，我就能採取更多措施，但現在都已經確定要進入神殿了，我能幫忙的範圍就有限。和以前不一樣，你也很難時時刻刻都盯著梅茵。所以，她最好不要無謂地引人注目。更何況，平常我們就老是搞不懂她在想什麼，一不留神就會做些奇怪的事情。管得嚴一點才剛好。」

「啊……這倒是沒錯。」

路茲正經八百地點頭。他的動作像極了馬克，我忍不住輕笑出聲。

受洗完的路茲開始學徒工作以後，遣詞用字就訂正得很快，姿勢和動作也越來越像馬克。好像是因為梅茵要他以馬克作為參考範本。

和商人的孩子不同，生活上各方面都和我們不一樣的路茲若要成為商人，得要重新學習很多東西。路茲總是竭其所能，努力彌補與其他學徒間的差距。我知道他很用心在觀察馬克和我，努力想要多偷學一點東西。對於他的奮發向上，我個人相當欣賞。

「路茲，你對這個磅蛋糕有什麼看法？從商品的角度來看。」

「……我認為肯定可以賣給貴族。而且，會非常受到歡迎。」

「根據呢？你並不知道貴族喜歡什麼，平常又吃怎樣的東西吧？」

我繼續追問，但路茲沒有什麼思索的樣子，直接回答：

「梅茵告訴過我，公會長為了以後要進入貴族區的芙麗妲，生活上各方面都盡量引進了貴族在用的東西。聽說連廚師，也是挖來了曾在貴族宅邸裡工作的人。所以既然芙麗妲和那名廚師這麼有信心要賣這項商品，我想一定能大賣。」

我知道公會長花了重金打造房子，卻不知道連日常生活用品，也引進了貴族在用的東西。意料之外的消息讓我睜大雙眼。從小孩子間傳來的資訊，也是不容小覷。

「路茲，我回來了。」

梅茵換上店裡的學徒制服回來了。這下子我就算帶著梅茵和路茲到處移動，也不會讓人起疑心。

「老爺，這是什麼也沒有添加的磅蛋糕。我第一次吃的就是這個。」

路茲指著最右邊的磅蛋糕說。大概是想起了之前吃過的味道，口水好像隨時都要流下來，用充滿期待的眼神緊盯著切好的磅蛋糕。

「因為尹勒絲廚師非常認真研究，所以變得比那時候還要好吃喔。這張桌子是加了芬里吉尼的，那張桌子是加了蜂蜜的，那邊是加了核桃的。最後面那張是最新挑戰的口味，加了茶葉的。好了，請吃吃看吧。每一種都很好吃喔。」

梅茵挺胸說明得好像是自己的功勞一樣，我有些不是滋味，輕哼一聲，低頭看著磅蛋糕。

「會有這麼多口味，不就是妳說溜嘴告訴她們做法的結果嗎？」

「嗚……因、因為用砂糖做交換，所以我不是白白告訴她們喔。」

看來這傢伙用做法作為交換，趁機獲得了個人用的砂糖。真不知道該稱讚她越來越像個商人了，還是該給她一拳，要她別提供有利的資訊給對方。

「而且，我只教了這個芬里吉尼和茶葉的磅蛋糕要怎麼做而已。連添加的比例，都是尹勒絲廚師自己研究出來的成果，所以不能完全怪我喔。」

梅茵鼓著臉頰從我身上別開視線，拿起桌上的磅蛋糕。看到梅茵把磅蛋糕放進嘴裡品嘗，路茲也往桌面伸出手。四周到處都響起了驚歎聲，所以想必很好吃。我也拿起磅蛋糕。

……這是什麼?!

用指尖捏起來的時候我就注意到了，蛋糕非常蓬鬆，還綿軟得好似眨眼間就在嘴裡融化。外觀看起來像麵包，但麵包不可能這麼柔軟，一般都要沾湯再吃。而且，至今從未品嘗過的香甜滋味也讓我感到震驚。磅蛋糕很甜，味道明確，但不是那種吃了蜜漬點心時的濃縮甜味，也和水果的甘甜完全不同，在嘴裡擴散的是種非常柔和的甜味。甜味和奶油融合後的香氣也非常刺激食欲，讓人想要再吃更多。

「好吃嗎？」

大概是期待我的讚美，梅茵那雙金色眼眸閃閃發亮地往我看上來。要由衷給予讚美又讓人有點火大，所以我無視梅茵，拿起加了芬里吉尼的磅蛋糕。

蓬鬆柔軟的感覺還是一樣，但這次有芬里吉尼的果香在口中蔓延。香氣清爽宜人，十分容易入口。只是多加了點果香，給人的感覺就完全不一樣。我抬起目光，看向擺在其他桌上的磅蛋糕。

「尹勒絲廚師很厲害吧？」

我不理會大力稱讚別人家廚師的梅茵，往下一張桌子移動，吃了一口加了蜂蜜的磅蛋糕。和剛才的磅蛋糕不一樣，蛋糕本身比較重一點，多了點濃稠的甜意。既是習慣的味道，又是目前吃過的磅蛋糕中最甜的，應該會最受小孩子和喜歡甜食的人喜愛吧。

「雖然很甜，但又不會覺得膩吧？」

接著是加了核桃的。和加了核桃的麵包很像，有著平日最熟悉的外觀。但是，口感還是和平常吃的麵包截然不同。蛋糕太過柔軟，反而過度突顯了核桃的堅硬。綿軟的蛋糕一下子就在口中消失，只剩下了核桃。習慣以後，也許會喜歡這種口感，但我個人不怎麼中意。

「班諾先生，快點說嘛。」

「吵死了，妳閉嘴。」

我喝斥一直在我旁邊轉來轉去，嘰嘰喳喳追問不停的梅茵，走向最後一張桌子。

聽說加了茶葉，我猶豫了一秒鐘，但還是放入口中，發現香氣非常濃郁。與核桃不同，裡頭的茶葉磨得非常細緻，完全不會影響到口感。明明有著茶香，卻又是甜點，感覺真奇妙。雖然不是很甜，但很好吃。我認為在這些磅蛋糕中，這種口味會最受男性歡迎。至少，是我最喜歡的口味。

「班諾先生會把木牌投給哪個口味呢？」

每一種磅蛋糕都美味得驚人，無疑會在貴族之間流傳開來。這是每個人都渴望得到的滋味。和以往的點心差距之大，大到不容許後人的追隨。

「喂，梅茵，妳為什麼要把這種點心的食譜告訴公會長？」

如果要打進貴族社會，這種點心的食譜將能成為強大的武器。我太想要了。

我瞪著梅茵，她就眨眨眼睛，腦袋瓜往旁邊歪。

「我是告訴尹勒絲廚師啊……」

「如果會在那個臭老頭的店裡販售，結果還不是一樣。」

靠著磅蛋糕，那個臭老頭肯定又能擴大自己在貴族間的影響力。察覺到了我的焦躁，梅茵為難地皺起眉頭。

「班諾先生真的很排斥公會長呢。為什麼？」

這麼說來，我都沒對梅茵提起過吧──這樣心想的同時，過往那些一回想起來就令人作嘔的種種掠過腦海。

「我們的商會一直以來都在成長茁壯，所以始終被視為眼中釘。但是，那個臭老頭居然在我父親死後，馬上就向我母親提親，想要併吞掉我們的店。」

當年父親前往伯父的店要談生意，卻慘遭洗劫財物的盜賊襲擊，不幸喪生。因為發生地點就在城市附近，遺體雖然送了回來，卻遍體鱗傷，慘不忍睹，母親因此臥病在床了好一段時間。偏偏在這種時候，那個臭老頭居然興高采烈地向傷心欲絕的母親求婚。

「咦？意、意思是公會長要娶班諾先生的母親嗎？」

「對。我母親拒絕以後，他就不厭其煩地一直在一些小事情上找碴……現在也還是一樣。去公會辦理登記的時候，不是一直不讓我們通過，還刁難我們嗎？」

好幾次受到牽連的梅茵和路茲「啊……」地低喊，皺起臉龐。不光是我，那個臭老頭也給我身邊的人造成了不少麻煩。

「像是我的戀人過世後，他就笑容滿面地來介紹自己的女兒，還想讓年紀比我還大的兒子迎娶尚未成年的妹妹們。面對這樣的對象，妳能不感到排斥嗎？」

如果要再說生意上的例子，還有各種離譜至極的無理要求，但告訴梅茵在做生意上吃了多少苦頭也沒意義。只要讓她知道臭老頭這個人有多麼不正常就好了。

「呃……可是換個角度來說，也表示公會長認為奇爾博塔商會非常有潛力吧？雖然我不否認公會長的個性強勢、難纏又麻煩啦……」

雖然是很牽強的解釋，但看來梅茵也多少明白了公會長有多麼棘手。

「那麼，妳為什麼要把食譜給這麼難纏的公會長？」

「沒有為什麼，我之前就說過了，是因為和芙麗妲約好了要一起做點心，才一起做了磅蛋糕而已啊。」

「但是妳們簽約了吧？」

「只是一年為限的獨賣契約喔。班諾先生有必要反應這麼大嗎？」

居然懂得訂定期限，難得梅茵的腦筋這麼靈光。但是，我擔心的是對方是否會守約。梅茵搞不好會被臭老頭的孫女拉攏，結果就由他們的商會繼續獨占。

「……妳真的會在一年之後公開嗎？」

「是啊。因為我認為點心不應該獨占，要讓很多人都嘗試做做看。」

梅茵是以一年為期的獨賣權，賣出了點心的食譜，但只要買不到砂糖，暫時都會由公會長的商會獨家專賣吧。明明不想再被拉大差距，這下子好像又拉得更開了。

「梅茵，妳說過妳也知道其他的食譜吧？其他食譜不打算賣給我嗎？」

梅茵怔怔地抬頭看向我後，搖了搖頭。

「就算賣給現在的班諾先生也沒用啊。班諾先生又沒有砂糖和廚師。」

「妳什麼意思？」

「因為我知道的那些點心，基本上都要用到砂糖。而且，最重要的是要有廚藝精湛的廚師。如果沒有厲害到曾在貴族的宅邸裡工作過，就算我教了做法，也沒有辦法馬上重現。」

「貴族的宅邸……？」

「能夠熟練地操縱烤爐是必要條件喔。這裡好像只有麵包工坊才有烤爐，而且也不怎麼普及吧？」

這裡幾乎沒有家庭會有自己的烤爐。因為除非家境富裕，或是對美食非常講究，否則根本不需要烤爐。也就是說，公會長家裡不僅有烤爐，還有能夠熟練操作的廚師。

「哎呀，在班諾先生準備好所有東西之前，我會先把梅茵的食譜全都買下來喔。因為我們家的廚師可是迫切想得到新食譜呢。」

聽到咯咯咯的年幼笑聲，我忍不住回過頭，眼前的人正是公會長的孫女。一頭顏色有如春天花朵的頭髮在兩邊耳上綁高。

「你好呀，班諾先生。你好，路茲。」

往上看著我的挑釁眼神，和那個臭老頭如出一轍。本以為等臭老頭不在了，終於可以有點勝算，想不到這個孫女也不容忽視。從她一直處心積慮地想接近梅茵這點來看，就能知道她對金錢的敏銳度和臭老頭不相上下。然而，枉費我這麼提高警覺，梅茵卻露出傻呵呵的笑容，輕揮了揮手，親密地和芙麗妲攀談。看到她們感情這麼融洽，我心裡急得像熱鍋上的螞蟻。

「芙麗妲，試吃會舉辦得怎麼樣？」

「託梅茵的福，盛況空前唷。大家都對磅蛋糕讚不絕口呢。而且我也告訴大家，一年後就會公開食譜，所以有不少人都很期待食譜的公開唷。」

……這個笨蛋！都說她太沒有戒心了，到底要我說幾遍！

梅茵也被我騙過了好幾次，但每次都只會鼓起臉頰表示不滿。我一直都在觀察她會有什麼反應？能不能準確發現？但是，她的戒心卻缺乏到了連自己要測試她的我都感到憂心。我覺得梅茵一定把戒心遺失在了某個地方。

但是，從旁看去就只是兩個年紀相仿的小女孩在開心聊天，我要是妨礙她們，只會顯得我很幼稚。於是我只能和路茲待在聽得見對話的範圍裡，用眼神加以嚇阻，別讓梅茵隨便答應對方，也別被捲進奇怪的事情裡頭。

「路茲，為什麼那傢伙明明在性命交關的時候被對方騙過，現在還能笑得這麼開心地和對方相處？」

「……這種事我也想不明白。而且，我不太喜歡芙麗妲。」

路茲臉上明明白白地寫著「不要接近梅茵」。翡翠色眼眸裡的獨占欲，究竟是因為梅茵是自己最重要的朋友，還是已經發展到了男女之情，目前還難以界定。

不過，看著對梅茵過度保護的路茲，也喚起了我心裡早在多年前就隨著戀人一起逝去的那種複雜情感，不禁感到不自在又難為情。

「路茲，看來你以後也會很辛苦。要抓住梅茵可不容易。」

我摸了摸路茲的頭，這麼說著鼓勵他。路茲的翡翠色雙眼綻放出了強烈的光芒，慢慢地點點頭。

「梅茵，味道怎麼樣？」

一名身材豐腴的女性一邊這麼問道，一邊狀似親暱地走向梅茵和公會長孫女。全身上下還飄散出了蛋糕的甜香，頭上也綁著試吃會舉辦方的頭巾。誰啊？沒發現到我和路茲都面露警戒，梅茵的表情變得明亮，跑向那名女性。

「當然非常好吃！我剛才試吃過了，加了茶葉的磅蛋糕也變得非常好吃喔。不愧是尹勒絲廚師。」

在梅茵的稱讚下笑顏逐開的這名女性，看來就是在公會長家工作的廚師，也是製作這些磅蛋糕的人。

我不由得基於商人的習慣，觀察起這名想必能夠賺進大把錢財的廚師尹勒絲，尹勒絲也把目光投向我。

「你就是班諾先生嗎？」

「嗯，是啊。」

公會長家的廚師指名道姓地叫我，讓我覺得一頭霧水。是梅茵又闖了什麼禍嗎？尹勒絲從頭到腳打量正瞇眼尋思的我。

「……哼。」

那種像在對人品頭論足的眼神像透了公會長，讓我產生了難以言喻的厭惡。剛才還覺得和公會長孫女較勁太不成熟了，所以下意識地自我克制，但既然現在對象是大人，那我也就不用客氣了。

「對梅茵的知識加以限制，自己獨占的人就是你吧？」

「我可沒有獨占。像現在，磅蛋糕的食譜不就流進了你們手裡嗎？」

要是可以我也想獨占，但梅茵就是不肯乖乖交出來。雖然說我加以限制，但梅茵只是自言自語，說出來的事情就足以顛覆市場，那對她的知識加以限制也只是剛好而已。

「更何況每次都是我在幫梅茵收拾爛攤子，你們卻把好處都搶走了吧？」

為了保護梅茵，我不間斷地從各種管道蒐集消息；為了鞏固她與路茲之間的連繫，還用了契約魔法，甚至成立了植物紙協會以隱藏起梅茵的存在，暗地裡更是四處幫忙打點。梅茵做事都不經大腦，累得疲於奔命的人可是我，不是公會長。

「但班諾先生也從我這裡賺了不少錢吧？」

梅茵不滿地嘟起嘴唇抗議，我用力彈向她的額頭。

「用妳絲髮精賺來的錢，可是兩次魔法契約就花光了。」

「咦？」

「……你說兩次魔法契約嗎？」

梅茵和公會長孫女都愣愣地張著嘴巴，用同樣的表情仰望我。低頭看著兩張呆愣的小臉，我聳肩說了：「真是的，都不知道別人有多辛苦……」

「我才不管你有多辛苦。梅茵說了，她只會把食譜交給她認同可以重現料理的人。其他東西就算了，但料理的食譜就由我接收了。」

居然連廚師也向我宣戰。和那個臭老頭有關的人，一個個都要跟我作對。

「休想稱心如意。」

我才不會眼睜睜地讓公會長一直獨占磅蛋糕的做法。我會在獨賣契約結束前的一年之內就買到砂糖，找到廚藝出色的廚師。只要往關係有點疏遠的親戚那邊下手，就算有點勉強，應該也能買到砂糖。和尹勒絲瞪視對峙的同時，我也在腦海裡頭飛快計算。梅茵一臉不安地拉了拉我的袖子。

「班諾先生、班諾先生，要找到廚師很困難吧？如果沒有可以拜託貴族的門路，是不可能的。」

「我才不需要門路。只要有上進心，和懂得操作烤爐就好了吧？」

只需要足以在貴族宅邸裡工作的手藝，再習慣操縱烤爐就好了。並不是非得要在貴族的宅邸裡工作過。

「妳說過沒有書的話，自己做就好了吧？那麼，如果沒有廚師呢？」

「……自己栽培就好了？」

「沒錯。」

先準備好設備，在城裡找到廚藝精湛的廚師，再把他栽培成專做點心的師傅就好了。

「……我倒是要試試看。」

馬克　我和老爺

我的名字是馬克，工作是在奇爾博塔商會輔佐班諾老爺。記得今年剛滿三十七歲。到了這個年紀，就很難清楚記得自己確切的年齡了。

從上一代的老爺開始，我就一直在奇爾博塔商會工作，從當學徒開始算起，已經有三十年的時間都在此叨擾。我以都盧亞學徒的身分進入商會的那一年，班諾老爺正好出生，所以時光的飛逝真的快如流星。

商人和工匠的學徒分為兩種，分別是都盧亞與都帕里。若簡單說明差異，都盧亞是與老闆簽訂的僱用契約，都帕里是未來要把店面和業務交給他負責的門生契約。簽約金和簽約內容都有很大的差異，但在此沒有必要詳細說明吧。

在奇爾博塔商會，基本上都是以都盧亞的簽約方式收下其他店家的子女。普遍商人的孩子，都要在其他間店磨練一定的時間。磨練時間的長短，則由店家和孩子的父母在討論之後決定，大抵為三到四年。這麼做是為了拓展孩子的視野、了解受人使喚的立場、遠離容易受到縱容的環境，並且與將來會成為下一任店長的孩子們結交朋友，理由形形色色，而這些孩子都是連結起店與店之間的橋梁。

原先我簽訂的也是都盧亞契約，待僱用期間一結束就會回到老家。但是，父親過世後，繼承商店的長兄和我對於經商的理念相差甚遠，所以在更新了幾次都盧亞契約後，就趁著十五歲的成年禮，重新簽訂了都帕里契約。

都帕里的修業期限為八年。一般都是在其他店家經過都盧亞的磨練後，就在十歲到十二歲之間簽下都帕里契約。然後到了二十歲的時候，再代替老爺管理商店。

我因為很晚才簽約，所以變成了成年之後，又往上加上八年的進修期限。雖說進修，但我已經當都盧亞學徒工作了八年，早就十分了解奇爾博塔商會的工作流程。在上一代老爺的安排下，我和一般的都帕里不一樣，領的不是都帕里的薪水，反而和店內成年員工的薪水差不多，所以八年的修業期間並不覺得辛苦難熬。我很高興待遇變得比都盧亞那時候還好，每天都孜孜不倦地工作。

然而，沒想到就在我要結束都帕里的修業期間之前，上一代老爺驟然辭世。而當時的班諾老爺才剛成年，無法一夕之間就成為能夠獨當一面的店長。有不少和上一代老爺簽約的都盧亞，都不願意和老爺更新簽約，離開了商會。

我也因為修業期限尚未結束，為了繼續留在奇爾博塔商會工作，便向老家請求伸出援手。豈料繼承了商店的長兄不僅不願幫忙，還嘲笑逝世的上一代老爺，更宣布要和奇爾博塔商會斷絕往來。當時我內心感受到的憤怒，真難以用筆墨形容。我決定與老家劃清界線，暗暗發誓無論如何，都要守護奇爾博塔商會和班諾老爺，讓他們後悔莫及。直到現在，我都還清楚記得我對自己發誓的那個瞬間。

都帕里的進修年限結束時，老爺問了我要不要回老家。但是，已經和老家斷絕關係的我無處可去，而在這世上最需要我的地方，就是奇爾博塔商會。我表示要留下來後，就和老爺一起夜以繼日地投入工作，重振奇爾博塔商會。我們很快就回到了往日的繁榮，更擴大了商會的規模。至於我為了重振商會，曾在暗地裡動點手腳，踩著老家往上爬這件事，事到如今說出來也無傷大雅吧。

如今上一代老爺的么女珂琳娜夫人已經結婚，身為長兄的班諾老爺自從莉絲小姐去世以後，好像就對結婚失去了興趣。我也在恍然回神的時候，發覺自己早已過了適婚年齡。世事就是不能盡如人意呢。

現在工作非常充實，班諾老爺也決定了珂琳娜夫人的孩子為商會的繼承人，所以每天都過得風平浪靜，沒有什麼會影響到商會存亡的大危機。

這一天，因為要出席集結了大店店主的會議，老爺不在店裡。如此一來，需要下達重要決斷的事情便接二連三地向我呈報。

「馬克先生，收到工坊通知說絲髮精有可能會延遲交貨。」

「這次因為酪芬比較晚到貨，也是情有可原。叫人通知師傅，請他先把完成的絲髮精送給我們，剩下的再盡快趕出來。」

「馬克先生！布朗男爵的千金向珂琳娜夫人寄來了委託函。」

「居然會在夏天提出委託，還真是難得。動作快，快派人去通知珂琳娜夫人。」

度過了一段比往常還要忙碌的時間後，老爺抱著梅茵回來了。

「馬克，進來談事情！」

老爺跨著大步筆直地走向裡頭的辦公室。看到雙眼熠熠生輝、渾身散發著鬥志的老爺，和一臉為難至極的梅茵，再加上氣喘吁吁地跟在兩人身後的路茲，我不禁油然生起了又有什麼無理難題要落到我頭上的預感。

之前就為了製作絲髮精的工坊，幫忙採購原料、尋找工匠和開拓銷售通路；還為了做植物紙的梅茵和路茲，走遍全城尋找工具和材料；設法緩和與羊皮紙協會之間的衝突、開設植物紙工坊的工作也全都丟給我……回想起來，將近一年的時間，許多強人所難的事情都丟給了我呢。這回究竟又是什麼事？

「馬克，我們要栽培甜點師！做好準備吧！」

栽培甜點師？又冒出和目前的業務全然無關的單字了。總有種非常不祥的預感。這麼突如其來，可以想見一定又和梅茵有關吧。

我偷偷觀察老爺的模樣，他的雙眼閃耀著充滿野心的銳光，不停拿出木板，不知道在察看什麼資料。活力充沛固然可喜，但恐怕會對周遭帶來嚴重的影響。

「您說甜點師，究竟是打算讓甜點師做什麼呢？」

「你問梅茵。」

……啊啊，果然又是梅茵嗎？看來又出現新難題了。

奇爾博塔商會最一開始的原型，是老爺的曾祖母奇爾博塔夫人所開設的服飾工坊。由妻子在工坊製作衣服，再由丈夫販售，基本上是以這樣的形式開始發展。雖然登記時店主都是寫上丈夫的名字，但實際上真正具有掌管權的都是女方。

一直以來奇爾博塔商會做生意的對象，都是城裡的富裕人家，但自從下級貴族留意到了老爺母親的設計後，才開始也慢慢地打進貴族社會。開始和貴族階級做生意，不過是這十年來的事情，還沒有經過很久。

珂琳娜夫人的品味似乎也在貴族社會之間博得不錯的風評，奇爾博塔商會的事業算得上是一帆風順。換言之，奇爾博塔商會主要都是販售服飾，此外還有飾品和美容方面的商品。

梅茵帶來的絲髮精算是美容方面的商品，銷量十分出色，今後將在珂琳娜夫人的工坊裡製作的髮飾，在城裡也已經是一項大受歡迎的飾品。若再改良線的品質與款式，想必也會受到貴族夫人和千金的喜愛。對於珂琳娜夫人取得了一項這麼好的權利，我由衷感到高興。

但是另一方面，梅茵所想出來的製紙業，就不太能歸進奇爾博塔商會的業務範圍裡，這會兒提到的栽培甜點師，性質上更是和過往的業務截然不同。

「我已經說過好幾遍了！沒有砂糖是不可能的啊！」

「沒有砂糖也可以烤麵包。首先不是要練習使用烤爐嗎？」

「可是城裡已經有好幾個麵包工坊，還有麵包師協會，不是又會和既得利益者起衝突嗎？就只是因為要練習用烤爐！況且班諾先生是打算從麵包工坊那裡去挖麵包師過來吧?!」

「怕既得利益者還開拓什麼新事業！」

老爺坐在椅子上，梅茵則跪坐在椅子上，讓視線和老爺等高。看著兩人爭執不下的模樣，就讓我想起了老爺和莉絲小姐鬥嘴的模樣。真不知兩人是感情好到可以吵架，還是已經建立起了可以隨意起口角的信任關係。

我甚至覺得老爺為了生意上的事情，和梅茵吵吵鬧鬧地爭執不休時，看起來最是生氣蓬勃。能夠駁倒伶牙俐齒的梅茵，大概就和辯贏了莉絲小姐一樣痛快吧。因為老爺以前從沒贏過莉絲小姐。

「路茲，先別管那兩個人，請你先為我說明一下來龍去脈吧。老爺為什麼突然就說要栽培甜點師？」

遠遠望著兩人爭吵的路茲這才收心回神，端正站姿，開始說明。平常已經習慣了梅茵老是不按牌理出牌的路茲，注意力切換的速度也很快。乖巧老實，不論什麼事情都吸收得很快，做事認真又富含耐心，可說是不可多得的人才。應該天生就很聰明，有條不紊地說明了今天發生的事情。

根據路茲的說明，老爺在參加完商業公會的會議以後，就前往磅蛋糕的試吃會，和公會長家的廚師有過一番交手。結果老爺就發下豪語，如果沒有甜點師，那就自己栽培。要讓這位好強不服輸的老爺嚥下這口氣，確實是不可能呢。

「梅茵說了，如果要做點心，就需要可以熟練操作烤爐且具有研究精神的人，願意不厭其煩地研究食譜，努力讓東西變得更好吃。老爺似乎打算從已經知道怎麼操作烤爐的麵包工坊那裡招人過來，但因為要做麵包以外的東西，如果不是對創造新東西很有熱忱的人，恐怕沒辦法那麼順利……」

聽完了路茲的說明，我總算明白了老爺和梅茵爭執的重點。

「老爺認為那樣點心能夠賣給貴族吧？」

「是的。但是……」

「路茲，嚴格禁止說但是。一旦老爺打定主意要做，就只能全力以赴了。」

我這麼說也許是偏袒老爺，但是，老爺與生俱來就有做生意的直覺。一旦老爺認定某樣東西可以賣，卯足了全力開發推銷後，從來沒有一次失敗過。我拍了拍手，讓老爺和梅茵把注意力轉到我這邊。

「老爺，您說要栽培甜點師，究竟打算栽培多久時間呢？已經計算過損益得失了嗎？」

「……算過了。我打算從麵包工坊挖來已經會使用烤爐的麵包師，再栽培成甜點師，應該花不了多少時間。」

我問完，老爺靜靜點頭。眼中充滿自信，表情也是不認為會有失敗的可能。

「我剛才聽到沒有砂糖就做不出來，那麼關於砂糖，您也有眉目了嗎？」

「只要向所有關係沒那麼親近的親戚打聽，就算有點勉強也買得到。記得耶密爾伯父在中央那邊有點人脈吧？另外我也叫歐托去問了他以前熟識的旅行商人。先讓麵包師烤一陣子麵包，熟悉怎麼操作烤爐就好了。」

「嗯，看來不是完全沒有頭緒呢。」

老爺向來不會毫無勝算就放手一搏，看來打從梅茵提到點心那時候開始，就在思考有沒有途徑可以買到砂糖了。雖然購買工坊和設置烤爐的手續複雜又麻煩，但也不至於要費盡千辛萬苦。最大的問題，果然還是與既得利益者的衝突和交涉。公會長肯定又要表示抗議了。

回想起為了讓植物紙流通，和羊皮紙協會發生過的爭執，我輕瞇起雙眼。要是在並非主要業務的製紙工作和栽培甜點師上發生糾紛，要推行這項業務就會十分困難。

「梅茵，就像之前劃分紙的用途，和羊皮紙協會平分利益一樣，妳有沒有什麼建議，可以降低我們和現有麵包師產生衝突的機率？」

「咦?!由我來想嗎?!」

比起總是想正面迎戰，不如說基本上絕不退讓的老爺，因為害怕紛爭而想極力避免衝突的梅茵，更適合思考妥協方案。況且，栽培甜點師也不是我擅長的範圍，沒有足夠的知識可以想出妥協方案。

「在場最了解甜點師的人就是梅茵。而且比起老爺，梅茵更擅長尋找中間的妥協點，所以關於有沒有辦法能讓兩邊都獲利，請務必讓我聽聽妳的意見。」

我也知道對一個剛受洗完的孩子，這樣的要求太無理了，但我也和老爺一樣，並不把梅茵當作普通的小孩子看待。

「咦咦?!中間的妥協點嗎？要雙方都能獲利，唔嗯……」

「像是我們做的麵包會和以往的麵包都不一樣，或者不做麵包，而是用烤爐做其他東西……」

見梅茵陷入苦惱，我便提議可以像紙那樣去思考折衷方案，只是現在替換成麵包。我個人雖然茫無頭緒，但如果是接二連三帶來了各種神奇商品的梅茵，應該會有什麼靈感吧。而我的預想也沒有出錯，梅茵猛然轉頭看向我，一頭飄逸的藏青色頭髮跟著搖晃，金色雙眸晶燦發光，筆直地舉起左手。

「我想到了！我想吃『義大利料理』！」

又突然冒出了從未聽過的陌生單字。老爺和路茲也都歪頭不解，但梅茵完全不以為意，開始滔滔不絕：

「就算沒有砂糖，只要是能用到烤爐的料理，都可以當作是練習吧？那可以做『披薩』、『焗烤』和『千層麵』……啊，還有還有，也可以做烤爐烤肉，還有『法式鹹派』

和『甜派』。哇啊，光想就好期待！」

梅茵眉飛色舞，興奮地列出了許多單字。這樣當然很好，但聽到裡面出現了烤爐烤肉，我想那一連串單字應該都不是點心。看到梅茵的雙眼閃閃發亮，陶醉的表情又好像隨時要流下口水，路茲在我旁邊小聲呻吟，抱頭哀號：

「完了。梅茵開始失控了。她一旦決定目標就會往前衝……老爺贏得了她嗎？」

從路茲的呻吟聲，很容易就可以想見他平常被失控的梅茵拉著團團轉的模樣。看來梅茵與老爺十分相似，都是決定了目標後，就會往前猛衝。恐怕都沒有注意到身邊的人有多麼心力交瘁。

「班諾先生，乾脆別做點心，開『餐廳』……呃，改開高級一點的飯館吧！」

「慢著！妳別擅自決定！」

「只要有砂糖，也可以做點心當『飯後甜點』喔。沒問題的。就改做『義大利料理』吧！」

「哪裡沒問題了?!」

正如路茲的擔心，老爺顯然居於劣勢。看到被梅茵耍得團團轉的路茲，就讓我想到了被老爺耍得團團轉的自己，境遇如此相像，讓我悄悄擦去心中的淚水。

「路茲，你要有顆堅強的心。不能老是被耍得團團轉，只要能在失控前就早一步預料到，在被使來喚去之前就先打點好一切，心力的磨耗就會減少許多。」

「馬克先生？」

「受牽連久了，也會摸索出一點訣竅。」

看著路茲尊敬我的那雙翠綠色大眼是如此純真，我在心底對自己發誓。不管這兩個人有多亂來，為了讓路茲都能承受得住，我要傾囊相授地教育路茲。

就在我們暗暗感慨著彼此的辛勞時，梅茵的嘴巴也沒有停下來。她繼續向老爺列舉出開飯館而非開工坊的好處。

「因為不只點心，如果還會做菜，也可以運用在其他事情上啊。只要把料理提供給客人，練習就不會白費，廚師也會更有幹勁吧？等到可以做點心了，就能在賣給貴族之前，先在店裡請客人試吃、詢問客人的意見，然後加以改良。」

梅茵的說服力和口才，真的難以想像還是個孩子呢——我正佩服不已時，路茲就傷腦筋地垮下眉毛，仰頭看著我說：

「我……聽到梅茵說得這麼激動，就覺得好像真的就像她說的那樣。」

「能讓客人產生購買的欲望，以生意人來說是不可多得的才能呢。」

我「嗯」地點點頭，路茲聳起肩膀輕聲笑了。

「可是，梅茵這項才能只對自己想要的東西才會發揮。」

「路茲，你要張大眼睛看清楚了。該怎麼表達，才能促使對方產生欲望。身邊的人全都是參考範本喔。」

雖然能讓對方產生欲望的說服力是種非常迷人的才能，但我們才是真正要經營一家店的人，不能被梅茵的熱情牽著鼻子走。

「對了，路茲，梅茵還好嗎？我有點擔心她會不會太激動了。」

「哇啊！梅茵！妳冷靜一點！」

聽到路茲的制止，梅茵才閉上嘴巴，然後腦袋瓜無力地往前趴在桌上。果然太過興奮了呢。不過，似乎是話還沒有說完，梅茵趴在桌上，嘀嘀咕咕地繼續又說：

「普通的有錢人和貴族的三餐有著天壤之別喔。只要端出好吃的料理，就算價格貴了一點，也一定會有人來吃的。」

「天壤之別？妳又是在哪裡吃過貴族的……是公會長家嗎？」

「看吧，班諾先生也有興趣了吧？真的差很多喔。但是，我們還是有勝算。因為料理方面的食譜，我可是半點資訊都還沒有透露給尹勒絲廚師呢。」

梅茵發出「唔呵呵」的笑聲，感覺得出老爺的決心已經大幅動搖。但是，不能順著當下的情況就做出決定。必須先冷靜下來，仔細斟酌梅茵的提議後再下決定。凡事有利，也必定有弊。

「梅茵說得沒錯，關於是否真的有必要栽培甜點師，還是要審慎考慮過後再決定。梅茵，感謝妳提供了這麼好的建議，幫了我們大忙。今天就先回家，好好休養身體吧？被老爺帶著到處跑，一定很累了吧？」

「嗚嗚，馬克先生的溫柔太讓人感動了。」

向路茲下達指示，要他把趴在桌上的梅茵送回家，我送兩人離開到店門外。

目送孩子們回去後，回到店內的辦公室，只見老爺的姿勢和剛才的梅茵一樣，臉部向下地趴在辦公桌上。然後，只往上抬起雙眼看過來。

「真是，梅茵每次都讓人大吃一驚。」

「為了避免與麵包協會產生衝突，真沒想到她的妥協方案會往那個方向發展呢。」

老爺用力撓抓頭髮，緩慢地坐起來。赤褐色的雙眼銳利發光，注視著我。

「……馬克，你覺得怎麼樣？」

「相較於栽培甜點師，我認為開間飯館更簡單。如果是開飯館，就不會和麵包協會產生衝突。雖然反而要考慮飲食店家協會，但只要照著正當的手續辦理，開店本身並不困難。」

梅茵提議的，是走高級路線的飯館。畢竟大店家不會去擾亂低價店家的市場，所以飲食店家協會應該不會過度反對。

「飯館這個主意不錯。雖然很多富裕人家會僱用廚娘，但廚娘基本上都是平民。只是能買食材的錢變多了，三餐的量也變多了而已，菜色和一般人並沒有什麼分別。貴族的三餐，則是由廚藝出色的廚師，烹調只會在貴族宅邸裡製作的料理，所以味道本身就不一樣，菜色數量也不同。就算價格訂高一點，只要審慎選擇食材，提升美味程度，應該就會有客人上門。」

我自身並沒有吃過貴族的料理，所以並不清楚，但老爺曾有寥寥幾次，受邀與貴族一同用過餐。既然老爺都這麼說了，表示貴族與一般富人的三餐真的有著極大差異。

「可是，梅茵為什麼會知道？她也只在公會長家待過幾天而已，為什麼就知道那麼多種料理的食譜？為什麼可以冒出那麼多要用到烤爐的料理？」

「因為她是梅茵。」

對於老爺的疑惑，我嘆著氣回答。老爺一臉不滿，但也只有這個答案。

「馬克，你啊……」

「思考這些無謂的問題只是浪費時間。之前絲髮精的時候老爺就說過，不管梅茵是什麼人，只要能從商人的角度利用她就好了。如今再去思索這件事，情況也不會有任何改變。現在反而該先想好對策，別讓梅茵把貴重的資訊往外洩漏出去，這樣做更加有建設性。」

我故意無奈地大動作聳肩，老爺就尷尬地別開視線，然後很刻意地拍了下掌心，試圖轉移話題。

「對了，關於這件事……我打算收養路茲為我的養子。馬克，你覺得呢？」

「我只覺得您是不是被梅茵影響，才會不加考慮，想到什麼就說出來。」

「啊啊?!沒禮貌！別把我跟那種不帶腦袋出門的丫頭混為一談！」

老爺立刻兇神惡煞地怒吼，但想收養路茲為養子這種提議，不是做事不加考慮又是什麼？如今掌管商會的老爺一旦收養養子，旁人都會把路茲視為是繼承人吧。在珂琳娜夫人的孩子出生之前，絕不能種下日後會引發紛爭的導火線。

「那麼，明知道這種提議有可能與珂琳娜夫人產生無謂的疙瘩，能請老爺告訴我，是在怎樣的深思熟慮後才產生這種想法呢？」

老爺輕嘆口氣，咕噥說著「講話真是字字帶刺」，開始說明為什麼想要收養路茲為養子。

「首先，為了和梅茵保持聯繫，就一定要留住路茲。這點你也知道吧？」

既已簽訂了梅茵工坊所做的東西，都要經由路茲販售的魔法契約，我明白一定要讓路茲留在我們商會。而且，現在路茲是都盧亞學徒，所以等僱用期間一結束，就能照著自己的意願前往任何地方，老爺是想防止這件事吧。

「本來是考慮過讓他當都帕里，但既然都打算要把店交給他，我就在想是不是乾脆收他當養子，這樣子以後我的意見才有分量。」

「讓他當都帕里應該就夠了吧？再者，假使珂琳娜夫人到時候生下了小姐，也可以讓兩人訂下婚約。」

與其收養為養子，不如讓路茲成為都帕里完成修業，再讓他入贅進來，較能弭平周遭旁人的反感。但是，老爺聳肩揮了揮手。

「路茲那樣不行，他眼裡就只看得到梅茵。而且，路茲原本的夢想是成為旅行商人，一直在找機會離開這裡。我想很難一直把他綁在奇爾博塔商會。」

「旅行商人嗎？這還真是……」

一個在城裡出生長大的孩子居然會有這種夢想，真是少見——我正感到驚訝，老爺就輕輕聳肩，勾起嘴角說了：

「我想最主要的理由，是因為他在生活上一直受到壓迫，但一旦沒有了梅茵這條鎖鏈，路茲也就沒有必要待在這裡。不久的將來，梅茵肯定會被某個貴族帶走。可能是城裡的貴族，也可能被其他地區的貴族拉攏，或是從中央來這裡辦事的貴族……現階段還很難說，但梅茵離開這裡的可能性很高。」

現在還只是老爺庇護下的學徒，沒有知識也沒有任何力量。但是，等到路茲成年，吸收了各方面的知識以後，將會察覺到自己的價值吧。屆時如果梅茵離開這裡，魔法契約不再有意義，路茲會考慮去其他城市的店家工作吧。

「當梅茵離開這裡的時候，我希望可以帶著路茲到處移動。」

「老爺，您為什麼要做到這種地步呢？」

我稍稍瞇起雙眼，老爺有些難為情地輕笑一聲。

「奇爾博塔商會的繼承人是珂琳娜，我只是暫時的代理人。梅茵說過她想做書，但做書不在我們的業務範圍裡。雖然不是現在馬上，但把店交給珂琳娜和歐托以後，我想自己獨立出來開一家店。」

奇爾博塔商會是女系商店，日後自然要由珂琳娜夫人和歐托老爺守護這家店，所以老爺說得沒錯。但是，暗示自己要開店和想收養路茲為養子這兩件事，我還是無法馬上劃上等號，繼續盯著老爺瞧。老爺輕嘆一聲後，咕噥說道：「真是什麼事都瞞不了你。」然後露出了懷念的笑容。

「最近看著梅茵和路茲，我就想起了以前的自己。就是當年老爸還活著，生活過得無拘無束……和莉絲在一起時的自己。」

在到處橫衝直撞的路茲和梅茵兩人身上，我也彷彿看見了當年一起哈哈大笑的老爺和莉絲小姐，所以可以明白老爺的心情。輕垂下眼皮，昔日的情景歷歷在目。曾經我也側眼覷著兩人在店裡頭模仿大人的動作，還偷偷摸摸地策劃惡作劇。

「看著他們，我就想起了從前。也想起了自從老爸死後，我因為忙著保護商會和家人，就徹底遺忘了的夢想……」

「老爺的夢想，就是成為能對全世界帶來影響力的商人吧。」

我一說出來，老爺就吃驚得瞪大眼睛，狼狽得讓我覺得有趣。

「你、你為什麼還記得?!」

「因為是老爺的事情啊。」

……可別小看我。我從老爺出生開始，就知道老爺的所有事情。

我挺胸說完，老爺就捧著頭小聲呻吟。有個非常了解自己幼時事蹟的人，會覺得很難為情吧。我明白的。

老爺抱頭悶哼了好一會兒後，似乎終於擺脫了困窘，乾咳了一聲。

「如果可以逐一實現梅茵腦海裡的東西，你不覺得我的夢想肯定能實現嗎？」

「雖然有些太過遠大，但若能實現梅茵說的所有東西，確實能在全世界擁有不凡的影響力吧。」

「第一步我要前往妹妹和妹夫所在的城市，在那裡開設植物紙工坊，讓植物紙流傳開來……馬克，那你呢？」

老爺在胸前交握手指，整個人靠在椅背上，稍微側著臉抬頭看我。看著靜靜等待我回答的老爺，我險些失笑出聲。

因為老爺現在的表情和動作，就和上一代老爺去世後，在我的修業期限結束時，他問我要不要換到其他間店一樣。

「比起我，提歐和歐托老爺更處得來吧。所以，我會跟隨老爺的腳步。而且也需要有人教導路茲吧？」

老爺如釋重負地呼了口氣。見狀，我懷念地瞇起雙眼。

曾經立下堅定的決心要守護家人和商會，甚至遺忘了自己的夢想，如今卻能推動老爺，讓他成立植物紙協會，更進一步要拓展新事業——也許梅茵真如歐托老爺所言，對於老爺來說，是為他漫長的冬天帶來終結的水之女神吧。

拜此之賜，我也想起了自己的夢想。倘若梅茵是水之女神，那麼我希望自己對老爺而言，是今後也能協助他繼續成長的火神。

商人學徒的生活

噹啷，噹啷……

第一鐘響徹了整個昏暗的城市，叫醒了一大早就要起床工作的人們。

「嗚，早上了嗎……」

以前都是直到母親叫我，否則根本不必在意鐘聲，可以一直睡下去，但現在成了商人學徒以後，聽到響亮的第一鐘就必須起床。

鞭策還非常想睡的身體起身，開始移動。十歲之前，都盧亞學徒都是隔天工作，而今天是要去奇爾博塔商會的日子。

「可惡，好想睡……」

「路茲，這是你選的。不准抱怨。」

聽著母親的喝斥，我走向廚房，拿起早餐。把硬麵包浸進昨晚剩下的湯裡，泡軟了再吃。最後一口氣喝光用我們家的雞蛋換來的牛奶，用力用袖口擦了擦臉。擦完我才驚覺不妙。

「啊，糟糕……」

言行舉止要莊重得體，擦臉的時候也要用布——想起了馬克先生這麼叮囑過，我不由得看向沾到了牛奶的袖口。

看在身為富豪的奇爾博塔商會員工眼裡，我的動作好像很粗魯，根本不能讓我在店裡頭露面。雖然一直想要謹記馬克先生的叮嚀，但還是會下意識地做出和平常一樣的舉動。梅茵要我以馬克先生為參考範本，我也照著自己的步調在練習，但該改掉目前為止生活上的哪些習慣，還是很多事都不知道。

……沒人說根本不會知道啊。

生長在家人都從事建築行業的家庭裡，我完全不了解商人的世界。因為成功做出了紙，能夠在奇爾博塔商會當學徒以後，馬克先生就經常提醒我各種細節。

包括吃完飯後要洗漱嘴巴、服裝和頭髮要保持清潔、怎麼修改遣詞用字、站姿要端正、收放物品要小心，全部都是至今的生活中誰也不會提醒我的事情，所以我老是手忙腳亂。

也因為這樣，我非常可以明白梅茵的心情。梅茵因為擁有在另一個世界生活過的記憶，曾說她「不知道這裡的常識」。我現在比之前更能切身體會梅茵的感受了。如果沒有人教，真的連很細微的小事也不會知道。

「吃飽了。我出門了！」

急匆匆地吃完早餐，我就衝出家門開始狂奔。

第二鐘一響，城市的大門就會打開。附近村子的農民第一鐘就會起床，進城裡販售他們收割的作物，而昨天因為趕不上在關門前進來，只好先在附近農村投宿的旅行商人，也會一窩蜂地進到城裡。奇爾博塔商會為了在開門的同時就湧進來的客人，第二鐘就開始營業，所以更早之前就要準備開店。

我的父親和大哥札薩因為從事建築方面的工作，所以有沒有工作要看天氣。太陽出來就會出門上工。二哥奇庫和三哥拉爾法是在木工工坊當學徒，母親則在織布的紡織工坊工作。工坊和大門開門沒有關係，所以幾乎所有在工坊工作的人，都是第二鐘響了之後才離開家裡，要去森林採集的孩子們也在同個時間出門。

也就是說，只有成了奇爾博塔商會都盧亞學徒的我和以前不一樣，必須一大清早就開始行動。

穿過看不清楚腳邊路面的小巷子，在還十分昏暗的大道上奔跑。在夏天出生的我結束了洗禮儀式之後，每一天變得越來越熱，但破曉前的空氣還有些冰涼，撲在臉頰上很舒服。

奇爾博塔商會的員工都是富商的孩子，大家的家都在北邊。住家在南門附近的我距離商會最遠。雖然第一鐘響後馬上就開始移動，但有時候還是會有點遲到。現在夏天還好，但等到了不想離開被窩的寒冷冬天，要起床大概會更痛苦。

終於到了奇爾博塔商會，但似乎還不到準備開店的時間，供都盧亞學徒出入的門扉還沒打開。我安心吐氣，抬腳踏上商會旁邊的樓梯時，就聽見了沉重木門打開的聲音。

……完了，門開了。要趕快！

跑進自己在閣樓租借的房間，從半大不小的水缸裡汲水洗臉，再用毛巾擦拭。接著用手指抹鹽，塗在牙齒上，用毛巾洗刷牙齒，最後是漱口。然後從房內拉起的繩子上拿下奇爾博塔商會的學徒制服，心急如焚地穿上後，再用向馬克先生買來的梳子，努力快速又仔細地梳好頭髮。

「唔……看來今天最好要洗個頭。」

我一邊梳頭，一邊摸了摸自己的頭髮，輕嘆口氣。金色頭髮變得有些黏膩。再不清洗，馬克先生又要提醒我了。我自己會做絲髮精，但如果在家裡洗，哥哥們就會在旁邊嘲笑，不然就是瞎起鬨，所以我都來這裡才整理儀容。今天不只衣服，也洗洗頭髮好了。

整理好了服裝儀容，把工作上會用到的墨水、筆和計算機等東西放進布包裡，帶著布包衝下樓梯，跑進店裡。

「早安！」

「早安啊，路茲。馬克先生已經去後面了喔。」

一名都帕里正打掃著會有客人出入的店面，對我這麼說，我慌忙繞到後頭。

每一家店都為了避免遭竊，在客人進進出出的店面裡頭不會放置多少商品，只會擺放少許樣品。通常都等客人表明想要哪樣商品後，再從後頭或地下室的倉庫裡拿出來。所以比起店面，店後面的空間更大，擺滿了不計其數的貨物。

「路茲，今天有點遲到喔。」

「馬克先生，對不……真是非常抱歉。」

馬克先生正一邊檢視倉庫，一邊向都盧亞們下達指令。向他道歉後，我就和其他都盧亞一起開始工作。新進來的都盧亞學徒都是待在倉庫工作。要是不知道商品放在倉庫的哪個地方，又要怎麼收放，就沒有辦法做這份工作。都盧亞的第一份工作，就是要學會怎麼收放大量的布和各種小飾品。如果要像馬克先生那樣記得一清二楚，真不知道要花上多少時間。

「路茲，把髮飾拿去前面吧。」

「是！」

冬季期間，我和梅茵一起做的髮飾賣得非常好。前不久梅茵說過把做法賣給了奇爾博塔商會，所以以後會由珂琳娜夫人的工坊製作，但目前販售的仍然都是梅茵和多莉一起做的髮飾。

我本來以為只有在摘不到花的秋天尾聲，到春天出頭的洗禮儀式和成年禮這時候，才會有人買髮飾，不用花錢就能摘到花朵的夏天應該賣不好。想不到最愛蒐集稀有物品的旅行商人，幾天前買走了很多髮飾。

……希望今天也能賣得很好。

為了不壓到花朵，我把髮飾擺在托盤上，小心謹慎地搬運。搬運五個顏色各自不同的髮飾時，發現其中一個的花有點歪七扭八。是梅茵做的吧？我忍不住暗暗偷笑。

第二鐘一響，開門營業。客人絡繹不絕地走進來。有人來賣毛毯、布和線，也有人來買東西出城，店裡變得非常熱鬧。還不能到店面接待客人，幾乎派不上用場的我，只能負責把大人們檢查完的貨品搬到後頭。

春天進來的都盧亞是大店家的孩子，因為已經相當熟練，已經可以在店裡頭露面，幫忙端茶水給客人，或是包好商品送去另一家店。

「路茲，這些貨物能再幫我搬到裡面去嗎？幫我交給萊昂。」

「知道了。」

我抱著布繞到後面，找到已是都帕里的萊昂，把布交給他。萊昂輕輕點頭，非常迅速地把布放到既定的位置上。布會依據品質和顏色放在不同的架子上，但我就算摸了剛才的布料，也分辨不出品質的好壞。聽說萊昂的老家就是布店，已經習慣接觸布料的萊昂從簽訂都盧亞契約開始，就已經可以幫忙做事，能力出色的他後來就晉升為都帕里。

……就算沒辦法成為都帕里，我也要努力別三年一到就不續簽都盧亞。

在奇爾博塔商會工作的，全是商人的孩子。我卻是木匠的孩子，又不懂得商人的常識，必須比其他人加倍努力。雖然因為和梅茵一起做了紙跟髮飾，答應收我為學徒，但這些幾乎都不是我，是梅茵的功勞。

第三鐘響的時候，隨著開門而湧進來的城外客人就會慢慢減少，換城裡的商人開始進出商會。新進都盧亞的老家有人過來的時候，那名都盧亞就可以到店面練習接待客人。

但是，我老家那裡不會有人過來，所以完全沒有機會練習。老爺還說：「那你只能趁梅茵過來的時候練習了。」但梅茵也不是商人，真的有辦法練習嗎？老實說，我有點擔心。

第四鐘響後，上午的工作就結束了，到了午餐時間。關了店，留下一名中午顧店的員工，所有人不是各自回家，就是去大道上的攤販和飯館吃東西。我因為只有母親讓我帶著的麵包還不夠，通常會再去大道的攤販買東西吃。能有自己可以用的錢，真的很棒。真感謝梅茵當初建議我把錢存下來，因為以後用得到。

雖然麻煩，但如果要去買午飯，都必須先回到閣樓換下制服再出去。要是穿著奇爾博塔商會的學徒制服，就算肚子再怎麼餓，也不能自己買東西來吃。更別說邊走路邊大口吃東西了，一定會被馬克先生臭罵一頓。

因為比起城東和城中，靠近市場的城西攤販比較便宜，所以我一邊吃著在那裡買來的格雷餅，一邊頂著炎熱的夏日陽光，走回到中央廣場。格雷餅是種方便攜帶的食物，在麵粉和大麥粉裡頭加了蕎麥粉以增加分量，然後烤成薄薄的餅皮，再把火腿、培根和香腸等餡料捲起來。和烤得硬邦邦，以保存為最主要目的的麵包不一樣，格雷餅的優點是就算不沾湯，也很容易就能吃下肚。

今天因為天氣晴朗，可以到外面買東西吃，但萬一遇到下雨，我就只能吃從家裡帶來的硬麵包和水。因為下雨天幾乎不會有攤販出來，我也懶得在戶外行走。不管要做什麼，天氣都很重要。

走到中央廣場的時候，剛好格雷餅也吃完了，我習慣性地用手拍拍褲子擦乾淨。但下一秒就心想「完蛋了」，稍稍環顧四周，確認附近有沒有店裡的人。

……幸好，都沒有人看到。

我暗自鬆一口氣，急忙回到閣樓的房間。和悠哉地吃午餐的老爺不一樣，我的午休時間非常充裕，所以都趁這時候洗衣服。今天還想順便洗頭。往水盆裡放了木桶、另一套制服、毛巾、肥皂、洗衣板和絲髮精，就走下樓梯前往水井。因為房間在頂樓，所以往返樓梯是件很累的事。

在井邊往木桶裡倒水，再倒進絲髮精，首先開始洗頭。脫掉上衣，上半身覆在水盆上，拿起木桶把絲髮精水倒在頭上。接著重新把水盆裡的絲髮精水倒回木桶裡，再覆在水盆上面，從頭淋絲髮精。像這樣徹底把頭淋溼，再用毛巾擦乾，就是我洗頭髮的方式。因為我的頭髮比梅茵要短很多，又沒有人可以幫忙，就固定用這樣的方式洗頭了。

用毛巾擦乾頭髮後，順便清洗毛巾。洗完了替換用的學徒制服和毛巾，就回到房間，掛在拉起來的繩子上晾乾。這樣一來在下次來之前，就會乾了。

最後仔細地梳理頭髮，感覺到頭皮變得很清爽，頭髮也光滑又柔順。拉起自己的劉海一看，發現又恢復了原先的光澤，我點點頭，重新穿回上午穿過的學徒制服，回到店裡面。

「哦？路茲，你洗頭髮了嗎？能在被人提醒之前就先做好，很值得嘉許。」

隨時保持清爽潔淨是很重要的——馬克先生這麼誇獎了我。當自己做的事情得到認可，下次就會想要繼續努力。對於馬克先生會不忘稱讚員工這點，我也很想要看齊。

……但大概很不容易吧。

下午開始，出入商會的城裡商人就變得三三兩兩，來客數頓時減少很多。此外雖然不是每天，但老爺和馬克先生偶爾會前往貴族區。

第五鐘響後，擔任指導員的都帕里就會告訴我們這些新進的都盧亞，平常出入商會的業者有哪些，或是去商業公會跑腿，這段時間都用來學習工作上的事情。也因為這段時間不忙，比較能夠發問。

「今天要教你們怎麼寫訂單。訂單的寫法每間店都不太一樣。請大家要記住奇爾博塔商會的寫法，別再用老家的寫法。」

「……又要重新記一遍嗎？那些細微的差異很麻煩耶。」

新進的都盧亞不能用自己在老家學會的方式，必須重新學習奇爾博塔商會的工作流程。我因為什麼都不懂，要記這些雖然辛苦，但要改變自己至今習慣的做法，好像更加不容易。

「路茲，你已經知道怎麼寫訂單了嗎？還是奇爾博塔商會的寫法呢。嗯，沒問題。那麼，你算算看這張的營業額。」

「是。」

……梅茵真的太厲害了。

因為梅茵教了我識字和計算，還有怎麼算錢和寫訂單，所以就算我沒有半點商人的常識，還是勉為其難可以完成工作。要是沒有梅茵，擔任指導員的都帕里一定早就把我拋在旁邊不管了。

我答答答地撥弄計算機，進行計算。雖然速度還很慢，但也因為和梅茵一起練習過，所以我覺得只要再習慣一陣子，一定可以追上其他學徒。

「路茲，老爺找你。請來一趟辦公室。」

馬克先生叫了我的名字，要我前往店裡的辦公室。我回應後站起來，感覺得到四周的人都投來羨慕的眼光。

「又是路茲……」

「老爺說過他是梅茵的聯絡人，所以一定又是和梅茵有關的事情吧。」

背後傳來其他都盧亞的交談聲，我走向辦公室。他們說的都是事實。我因為和梅茵是青梅竹馬，負責與梅茵聯繫，才能成為商人學徒。所以，我會盡心盡力做好梅茵的聯絡人這份工作。

……而且，這份工作也只有我做得來啊。

「哦，路茲你來啦。我要問你梅茵的事情……」

一走進辦公室，看著木板和紙張的老爺就這麼說著抬起頭來。

「關於梅茵進入神殿，你身邊的人有什麼反應嗎？」

「除了梅茵的家人和我之外，應該沒有人知道梅茵進了神殿當巫女。都以為她和以前一樣，會在家裡工作，偶爾出入店裡吧。因為這也不是什麼光榮的事情，她的家人也不會刻意向身邊的人宣傳……我是這麼認為。」

會進入神殿的只有孤兒。而且還是只限於被父母遺棄，或是沒有了可以收留照顧的親人，這種孤苦無依又尚未受洗的孩子。如果已經參加過洗禮儀式，只要能找到工作，住進學徒宿舍，那裡的師傅就會幫忙照顧。雖然生活會很辛苦，但就算父母不在人世了，也不至於流落街頭。

但是，在孤兒院裡長大的孩子卻有著各式各樣的傳聞，像是都被貴族當作傭人使喚、這輩子再也無法離開神殿。聽說孤兒們都無法從事正當的工作，也不能參加洗禮儀式和成年禮，並不被列為城裡的一分子，而被當成是不存在的人。要是讓人知道了自己的孩

子進了這種地方，一定會有人在背後對梅茵一家人指指點點。

「雖然梅茵是以青衣巫女的身分進入神殿，但我想大部分的人還是無法理解，而梅茵要是和棘手的貴族扯上關係，我們也不知道會對哪裡、又造成怎樣的影響。所以你盡可能不要多嘴。最近好像還有人在梅茵四周打聽消息，你也要小心。」

老爺說他今天去商業公會的時候，芙麗妲說有個男人好像在蒐集梅茵的資料。

「雖然那個大小姐在懷疑可能是生意上的新對手，但是，梅茵是要進入神殿。就算貴族那邊有人在打探她的消息也很正常。路茲，你因為和梅茵簽了魔法契約，只要有人想查就查得到你的名字。你也要注意自己身邊的情況。」

老爺的想法是盡可能把梅茵藏起來，我也打算遵照他的指示。老實說，我沒有和貴族接觸過，所以不知道貴族有多可怕，又有多麼棘手。但是，既然大家都這麼警戒，就表示貴族是必須防範不可的對象。

「對了，梅茵的身體應該差不多恢復了吧？」

「應該是……發燒到現在已經第三天了，差不多也恢復健康了。」

「我有事情想問她，你再帶她過來吧。」

我回答「是」，就走出辦公室。然後發現店裡頭幾乎已經收拾完畢。

「路茲，你也去收拾裡面的東西吧。第六鐘就快響了。」

聽到馬克先生這麼說，我正心想著：「已經這麼晚了嗎？」第六鐘的鐘聲就「噹啷噹啷」地響了起來。第六鐘一響，工坊和店家都要打烊。

「失禮了。明天見。」

店裡的都盧亞們不約而同離開返家。因為最後的關店，是在老爺家擁有房間的馬克先生和萊昂等都帕里的工作。我若不趕快離開，他們就無法關店。於是我急忙抱起行李，衝出商會。

跑上頂樓的房間後，開始為回家做準備。先脫下學徒的制服丟進水盆裡，換上平常穿的衣服。然後檢查水缸，確認裡頭還有沒有水。如果不先添水以供下一次洗臉，忙碌的早上根本沒有多餘的時間去汲水。

……今天看起來還不用。

鎖上閣樓的房間，衝下樓梯，踏上回家的路。因為所有人都是在第六鐘結束工作返家，所以雖然天色開始漸漸變暗，大道上還是很多人。明明風稍微變涼了，卻因為人太多而變得很悶熱。

……如果是從森林裡回來，就不會遇到這麼多人呢。

雖然現在第六鐘的時候，都要擠在回家的人潮裡移動，但以前去森林採集時，第六鐘是通知關門的時間，所以總會看到拚了命想進城的旅人，和推著他們想關上大門的守門士兵產生衝突。一群小孩子通常都是在小巷子裡穿梭，回到家裡，極少像這樣擠在人群裡面。

「啊，路茲，你回來啦。」

回到家，母親正在準備晚飯。哥哥他們也回來了。

「好了好了，大家都一樣累，快點來幫忙！」一邊聽著母親的咆哮一邊幫忙，然後吃晚飯，這就是我平常的生活。

雖然因為梅茵教我們的食譜，菜色的種類稍微增加了，但有些都需要帕露果渣這種冬天的材料，有些則是麻煩的步驟太多，所以平常的三餐很少出現。還是以麵包、湯、火腿和香腸為主。

「啊——！拉爾法！那是我的！」

「誰教你動作這麼慢！」

被拉爾法搶走了一片火腿，我立刻瞪大眼睛舉高盤子，這回換札薩從上方瞄準了我的香腸。

「路茲，你是商人學徒，又用不到什麼體力，不可能比做木工的我肚子還餓吧？」

「札薩！坐下來吃飯！」

在母親的怒吼下，我的香腸才得以保住，但從視線還是感覺得出來大家仍對我的食物虎視眈眈。得趁著母親用眼神威嚇大家的時候吃完，不然又會像剛才一樣。我急忙把香腸都扒進嘴裡，再拿起吸了湯後泡軟的麵包。

……可惡！我以後一定要報仇！

雖然存款已經多到了有餘力可以買吃的東西，但食物被搶走，還是讓人很不爽。

吃完了兄弟間你爭我搶的晚飯後，就準備上床睡覺。不早點睡隔天會起不來，況且太陽一下山，天色變暗後也沒有事情可做。為了節省蠟燭，最好還是早早上床睡覺。

噹啷、噹啷——提醒市民就寢的第七鐘響了。

……梅茵應該差不多恢復精神了，那明天去探望她吧。

公會長的煩憂

「沒有其他議題了吧？那麼，現在大會議室正在舉辦今後要推出販售的新款點心試吃會。請各位有空的話就順路前往吧。還準備了各位隨從的份。班諾，聽說你要來，芙麗妲可是幹勁十足。你會過來的吧？」

我一說完，班諾就滿口黃連似的苦瓜臉站起來。看他臉上明白寫著「再不高興也得去」，我就忍不住洋洋得意，內心感到痛快。看到班諾目露兇光地瞪過來，我反而通體舒暢，用鼻子哼笑著走出會議室。

大店的店主們都興致勃勃地走向大會議室，我正好與眾人相反，步上階梯，回到公會長室的椅子坐下。

……接下來就拭目以待吧。

試吃會是由梅茵提議，孫女芙麗妲加以實踐的新挑戰。目的在於向眾人宣揚今後即將販售的點心磅蛋糕是渥多摩爾商會的商品，也為了找出哪些口味更加受到客人的喜愛。

在這裡自然聽不見樓下的喧囂，但我還是豎起耳朵，想聽聽有沒有什麼動靜。

「谷斯塔夫老爺也很在意樓下的情況吧？」

從以前就一直隨侍在側，可謂是我左右手的康吉莫「哐」地放下倒了茶的茶杯，面目含笑地說道。肯定是想起了之前在討論試吃會的時候，芙麗妲這麼說了：「爺爺不可以來喔。擁有強大影響力的爺爺一來，就沒有人會注意到我們的努力了！」

難得有這個機會，雖想親眼瞧瞧孫子們認真工作的模樣，但看來也只能安分地待在幕後。雖然有些無趣，但芙麗妲說得不錯，身為商業公會長的我若是出席，就很難讓人意識到這是「渥多摩爾商會的試吃會」。

「芙麗妲小姐真的變得很有精神呢。這也是託了梅茵的福吧？」

康吉莫高興地這麼說道。我也想起了芙麗妲為了舉辦試吃會到處奔走的模樣，笑得瞇起了雙眼。

以前因為身蝕的緣故，芙麗妲經常發燒，不知道什麼時候會在哪裡昏倒，所以在與貴族簽約之前，幾乎是足不出戶地在家裡長大。與貴族簽約後，為了讓芙麗妲成年之後能夠在貴族區裡生活，也都一直待在家裡接受教育。住在這裡侍候她的侍女們，也非常地疼愛芙麗妲。

芙麗妲在洗禮儀式不久前，遇見了同樣為身蝕的梅茵，大概是受到了朝著自己想做的事、勇往直前地向前衝的梅茵影響，現在變得十分活潑好動。這次的試吃會也是芙麗妲詢問了梅茵的意見，自己一手策畫主辦。當然，家人也提供了協助，但芙麗妲卻展現出了難以想像她才小小年紀的敏銳度，和善用人力的手腕。

「雖然好奇試吃會的情況，但結果肯定不錯。就等人來報告吧。」

「谷斯塔夫老爺都這麼說了，試吃會一定會非常成功。畢竟谷斯塔夫老爺在做生意上，直覺從來沒有出錯……現在也正如您所言，艾倫菲斯特迎來了新的變化。」

康吉莫說完露出微笑。他說得沒錯，我在做生意上的直覺鮮少出錯。

「……正因如此，沒能把梅茵招攬過來真是扼腕。髮飾、絲髮精、磅蛋糕、酒漬水果、植物紙……我現在就已經能預見到，梅茵做出來和想出來的東西，都將為艾倫菲斯特帶來巨大的轉變。」

由年輕一代的班諾，引領著梅茵、芙麗妲和路茲這些剛受洗完的年幼孩子做事，艾倫菲斯特的商業將面臨巨大的改變。

康吉莫緩緩地點頭，看著我說：

「現在梅茵的影響範圍還只有平民區而已。但是，谷斯塔夫老爺說過她雖然還小，卻是珍貴的商人幼苗。那麼就要小心留意，別讓她被討厭變化的貴族擊垮，更要推薦給擁有雅量願意接受變化的貴族，妥善交涉，細心栽培。」

用不著提醒，這我也知道。這就是商業公會，以及促使商業公會成立、擁有悠久歷史和傳統的渥多摩爾商會的職責所在。

渥多摩爾商會的歷史淵遠流長。早在現在的艾倫菲斯特出現之前，就存在於艾倫菲斯特這塊土地上。前任領主也是領主跟前最受倚重的商人，一直以來都向貴族販售食材。

新上任的領主，都會帶著自己的專屬工匠前來，比如裁縫師和家具工匠。帶著手藝符合自己喜好的工匠同行，對於貴族來說是理所當然的事情。但是，只有食材沒辦法這麼做。就算可以帶著專屬廚師前來，食材也只能在當地取得。

長年以來，渥多摩爾商會都向周邊的農村購入品質絕佳、適合賣給貴族的食材，再販售給前任領主和貴族。包括與農村往來、辨別當地特有的當季蔬菜，和對品質的保證，都是從遠方帶來的人做不了的工作。正因如此，即便領主的位子上換了人，渥多摩爾商會依然可以持續經營這樁生意。

同時，也受命擔任協商的角色，來調解既有貴族與新進貴族間專屬店家的衝突。因為需要一個組織來管理艾倫菲斯特的所有商店，並成為連結貴族的窗口，還能在大店間產生利益衝突時出面斡旋，商業公會於焉誕生。

「谷斯塔夫老爺，達米安少爺來了。」

是來報告試吃會的情況吧。要他進來後，我便催促走進來的達米安趕緊報告。

達米安是我的孫子、芙麗妲的哥哥。雖然還未成年，但已經在好幾間店累積過都盧亞的經歷。我正考慮等現在的契約結束，讓他接著進奇爾博塔商會當都盧亞。

「磅蛋糕的評價非常好。每位客人的眼神都非常認真，比較各種口味。」

「哦……那班諾呢？」

達米安露出苦笑，聳起了肩。

「他一進入會場，就叫梅茵去換上奇爾博塔商會的學徒制服。」

「本來想讓人以為梅茵是渥多摩爾商會的人，看來是失敗了。」

尹勒絲所云「梅茵在夢裡知道的事情」，不該只由一家店獨占，應該為整座城市所用。單靠新興的奇爾博塔商會，無法全部都攬下來。本想讓外人以為梅茵與渥多摩爾商會也有關聯，並非只有奇爾博塔商會獨占著利益，這下子是失敗了。

「班諾又想讓自己的商會陷入困境嗎？」

如果只有髮飾和絲髮精也就罷了，但植物紙也是紙，明明只要把羊皮紙協會改名為紙張協會，交給協會一併掌管就好了，班諾卻要自己一手包辦。居然往和服飾全然無關的領域出手，真不知道這小子在想什麼。

吩咐達米安回到試吃會的會場後，我慢慢地吐出大氣。

「像奇爾博塔商會這樣，只有一家店卻想獨占莫大的利益，只會播下火種。我也不是不能明白班諾的心情，為了保護自己的店，他才這麼急著擴展勢力。但是，他現在也該放寬自己的視野了。雖然還血氣方剛的班諾這小子是不會懂的吧。」

想讓整個艾倫菲斯特共同獲利的商業公會，和只想讓自己商會業績成長的奇爾博塔商會，雙方的理念可說是背道而馳，也因此衝突不斷。近來都因為班諾不懂瞻前顧後，只想著要獨占利益，搞得我每天都頭痛欲裂。

「理念不合，不只是因為經商上的做法不同，我想谷斯塔夫老爺也有責任喔。」

康吉莫十足刻意地大嘆口氣，搖了搖頭。

「……我當初可是基於好心。」

「如果沒能讓對方感受到老爺的好心，那就沒有任何意義，如今對方也已經有了那麼根深柢固的成見，我們也無能為力。」

奇爾博塔商會的擴張不過是這幾十年來的事，尚未經過百年。一名縫製貴族衣物的裁縫師獲得了奇爾博塔的稱號，她的丈夫再成立了專門販售服飾的工坊，這便是奇爾博塔商會的起源。

隨著業績順利成長，到了班諾的父親那一代，奇爾博塔商會的規模更擴大到了足以列為大店的程度。本以為會就這麼順利發展下去，班諾的父親卻不幸橫死城外。

然而，一個才剛成年的小鬼頭，支撐不了這麼大規模的商會。再這樣下去，奇爾博塔商會只會倒閉。難得成長到了這樣的規模，就這麼倒掉太可惜了。此外如若沒有能夠代理的店家，要與貴族往來就會變得非常困難。

我的第一任妻子離世後，當時為了重振生活，也為了渥多摩爾商會的存續，於是妻子死後便立刻再婚。雖然第二任妻子也已經先我一步，但孩子們都已經長大成人，也到了考慮把家業交接給大兒子的年紀，所以此後未曾再娶。

在這樣的情況下，我便向上代老闆的妻子，也就是班諾的母親提出再婚，想要藉此向奇爾博塔商會伸出援手。再繼續拖下去，員工只會相繼離開，沒有經驗的年輕人更會犯下無法挽回的失誤，最終導致滅亡。只要放眼未來，就知道比起已死之人，保護商會更加重要。

我提出再婚的時候，班諾的母親不僅有個剛成年的兒子，底下還有幾個孩子，所以本以為一個要撫養這麼多孩子的母親，會欣然地答應這門親事。

然而，結果出乎意料。奇爾博塔商會的回覆竟是：「豈有此理！」為什麼會是這樣的回答？百思不得其解的我，周圍的人卻是不約而同嘆氣。

「男人和女人的想法不一樣。一般丈夫過世了，女人不會馬上就考慮再婚。要是父親能先等一段時間，待對方的悲傷稍微平復，又因為要撫養孩子，感受到了現實的困苦，這種時候若再伸出援手，對方也會毫不遲疑地接受吧。」

聽到兒子與媳婦這麼勸告，我才恍然大悟。在很多事情上，男人與女人的看法確實都不相同。

「要是留下來的不是女人，結果就會不一樣了嗎……」

不出所料，不願和奇爾博塔商會更新契約的都盧亞們一個個離開商會，往來客戶也變少了，才剛成年的班諾立刻就坐困愁城。儘管上代老闆提拔的馬克具有經商手腕，以都帕里的身分稱職地輔佐班諾，但還是無法阻止商會的沒落。

雖然心裡清楚，但肩負協調利益重任的商業公會長，也不能沒有任何藉口就援助奇爾博塔商會。一個在經商上擁有獨到眼光的年輕人倘若就此隕落，委實太可惜了——我正這麼感嘆時，班諾的戀人因病倒下，就這麼與世長辭。

必須在商會的處境變得更加艱難前設法挽回！這點道理，身為商會老闆一直苦撐至今的班諾肯定明白的吧。於是我向班諾提議與自己的女兒成婚。

結果，回覆又是：「豈有此理！」

……班諾明明是男人，為什麼也是這樣的回答？

「奇爾博塔商會並不是注重生意上的往來而與對方訂婚，而是從小就情投意合的戀人。戀人才剛去世就提議婚事，也難怪會讓對方感到不愉快吧。」

於是我不再拐彎抹角，直接為自己的兒子向班諾的妹妹提親，結果其中一個逃也似地嫁到外地，另一個則與旅行商人成親。從此往後，班諾不管什麼事情都要與我反抗作對，實在教人頭疼。

「以前的關係還劍拔弩張，但幸好後來賣了身蝕的消息給他，又通融了一個魔導具給梅茵，現在和班諾的關係才緩和了一點……」

「這應該只是谷斯塔夫老爺樂觀的解讀吧？在我看來，倒覺得經過梅茵這件事，班諾先生對您的戒心好像又增加了。」

我聽了皺起眉。

「為何？我可是把為了芙麗妲想方設法蒐集來的魔導具讓給了梅茵，多少該對我心存感恩吧？」

「保住了一命的梅茵也許會對您心懷感激，但因為您謊報了魔導具的金額，想藉此把梅茵拉攏進來，恐怕會讓班諾先生更加警戒。」

「這是因為不光班諾，連梅茵也不停地帶來奇怪的新產品，搞得市場大亂。要是讓那兩個人聯手，不知道會帶來什麼嚴重的後果。我只是想盡可能把他們隔離開來。」

「不管是奇爾博塔商會還是梅茵，每一次谷斯塔夫老爺想插手都沒能如願，恐怕這一次也一樣吧。」

康吉莫說完輕嘆一聲。就在這時，突然有隻白鳥憑空飛進了門窗緊閉的房內。這等情景有時數年才會發生一次，我正瞠大雙眼，白鳥就化作了信件落到手邊。是來自貴族的緊急委託。

往常都會由在貴族宅邸裡工作的平民下人，送來寫有會面日期的信件，只有緊急到連這點時間也等不了的時候，才會用這樣的魔導具捎來委託函。雖然曾在領主會議的前後時期收到過，但如今時節已經進入夏季，我完全想不到會有什麼急事。

「到底發生什麼事了？」

展信一看，是來自神殿的委託，內容是要調查梅茵的財務狀況。關於即將進入神殿當巫女的梅茵，其個人擁有的資產和工坊的營運狀況都要一五一十呈報。

「……梅茵要進入神殿？」

前陣子才聽說梅茵登記成了梅茵工坊的工坊長，將一邊留在家裡工作，一邊在班諾的庇護下開發新商品，但要進入神殿當巫女這件事卻是聞所未聞。但尹勒絲曾聽梅茵說過，她以後再不願意也會接觸到貴族，指的就是進入神殿這件事嗎？

既沒有魔導具，又無意與貴族簽約的梅茵，只剩下半年到一年可活。所以我才放鬆了戒備，心想班諾就算要獨占梅茵做的商品，大概也做不了多少東西。

但是，如今若要進入神殿，情況就另當別論了。神殿裡有名為神具的魔導具，也有實為貴族之子的青衣神官與巫女。梅茵既能靠著己力延長壽命，也能夠與貴族簽約。

……雖然很有可能會受到非人的對待。

神殿裡有孤兒院，一般人的認知，都是沒有了監護人的平民孤兒才會進孤兒院。貴族之子會收到青衣，孤兒則收到灰衣，兩者的待遇天差地別。只要因為儀式而多次進出神殿，就能發現到這一點，且進神殿繳納商品的時候，也會親眼目睹到實際情況。灰衣神官的處境，可說是對青衣神官絕對服從的奴隸。

就是因為無法容忍芙麗妲遭到這樣的對待，我才找了為人溫厚又老實的貴族與她簽約。但梅茵若想要活下去，恐怕會遭遇到許多無法容忍的事情。

……班諾知道嗎？

倘若一知半解就與貴族接觸，很有可能賠上性命。我仔細地回想班諾近來的舉動。

「工坊長的登記、新簽的魔法契約，全部都是為了梅茵……嗎？」

既然他要繼續庇護梅茵，對於新興的奇爾博塔商會來說，也許就能接觸到新的貴族，進而帶來商機。但是，這項賭注的風險還是太大了。

「再怎麼年輕氣盛又不顧後果，也該有點分寸哪，班諾。」

而且，當奇爾博塔商會犯下了什麼致命疏失時，商業公會也將在某種形式下慘遭池魚之殃吧。

「……唔，頭好痛。」

既然梅茵要進入神殿，最好放棄把她拉進渥多摩爾商會。畢竟芙麗妲成年後就要進入貴族區，不曉得日後會不會對她帶來影響。與芙麗妲簽約的漢力克大人，是僅依人品所挑選出的簽約對象。是位下級貴族，在貴族區的影響力不大。

至少在確定梅茵會與怎樣的貴族，又簽訂怎樣的契約之前，和她保持距離才是上策。

「雖然對很高興交到了朋友的芙麗妲可能有些殘忍，但還是要以芙麗妲的安全為最優先考量。」

我一邊嘆氣，一邊回信寫下梅茵的財務狀況。最好盡量彰顯梅茵擁有的價值，讓對方慢些採取動作。事實上，梅茵在新商品上確實擁有豐富的知識，若想利用她賺錢，將能坐擁數之不盡的財富。

……雖然貴族不會因為這麼點事情就改變應對措施，但如今中央發生政變，在欠缺魔力又欠缺金錢的情況下，多少還是有些幫助吧？

「看來得叫班諾過來一趟，問個清楚。」

「要寄封會面邀請函過去嗎？谷斯塔夫老爺。」

「麻煩你了。」

康吉莫開始在木板上寫起要送去奇爾博塔商會的會面邀請函。就在這時候，芙麗妲橫眉豎目地跑了進來。

「爺爺，不好了！班諾先生這次居然說他要栽培廚師！連在料理方面，他也想要活用梅茵的知識！梅茵明明就說過，料理方面的事情都想交給尹勒絲的！」

……除了原先業務範圍的髮飾、勉強和美容能沾上邊的絲髮精，到後來完全偏離了主要業務的植物紙，接下來還想涉獵飲食嗎?!

「居然一而再地想要跨足到其他領域……絕對不會有什麼好結果。班諾想搞垮自己的商會嗎?!」

我忍不住大聲怒吼，憤然起身。康吉莫從旁勸道：

「谷斯塔夫老爺，請您冷靜。我們都很期待老爺的身手。至少在芙麗妲小姐成年之前，都得請您扛起這份重責大任……」

死性不改，依然一心只想追求商會利益的班諾，和即將進入神殿，要在一知半解下接觸到貴族的梅茵，這兩個人又要聯手。奇爾博塔商會的氣焰太過猖狂，今後要如何調解他們與其他大店間的關係，這份苦差事全都落到了我頭上。

……班諾這臭小子！也體諒一下老人家的辛勞！

後記

好久不見了。大家好，我是香月美夜。

非常感謝各位購買本作，《小書痴的下剋上：為了成為圖書管理員不擇手段！【第一部】士兵的女兒（Ⅲ）》。

第一部就在這本第三集劃下了句點。

雖然因為芙麗妲和公會長而撿回了一命，卻是有期限的生命。於是梅茵選擇了和家人一起生活，並且竭盡所能把書做出來。路茲也在向母親表明了自己的想法以後，展現出了要成為商人學徒的決心。

結果，梅茵卻在舉辦洗禮儀式的神殿裡頭，發現到了自己夢寐以求的圖書室。梅茵發現的神殿圖書室是所謂的鎖鏈圖書室，會用鎖鏈把書本鏈起來。在書本昂貴又珍貴的時代，會用鎖鏈鏈起圖書以防遭竊。聽說有些更貴重的書本還會放進書櫃裡，再由三名保管人員分別保管鑰匙，如果不用三把鑰匙一起打開，就無法打開書櫃。

想在有限的生命結束之前與書為伍。梅茵順著自己的渴望勇往直前，提供了高額的奉獻金，還威懾了神殿長，讓神官長答應了自己的要求，即將進入神殿成為青衣巫女。

至於穿上青衣，成為了見習巫女的梅茵，又將如何大展身手，請看《小書痴的下剋上：為了成為圖書管理員不擇手段！【第二部】神殿的見習巫女（Ｉ）》。敬請期待第二部。

然後，我想拿到書的讀者都有發現，第三集非常厚。這是因為想把用梅茵以外的觀點寫成的短篇集〈後來，在進入神殿之前〉都塞進來，經過一番苦戰後才達成的結果。因為與第二部的內容有很大的關聯，無法刪除，也不可能出版只收錄了番外篇的第四集，所以費了一番工夫。

為了用這樣的頁數出版第三集，據說相關工作人員也都傾盡全力。真的非常感謝TO BOOKS的所有工作人員。

此外，這一集和前兩集不同，封面是我提出的要求。因為是第一部的完結篇，特別請椎名優老師畫了一家人齊聚團圓的插畫，真的非常謝謝老師。

最後，要向購買本書的各位讀者獻上最高等級的謝意。

接下來的第二部預計秋天發行。期待屆時再相會。

二〇一五年五月　香月美夜

至今為止的常識全不管用也不怕！

小書痴的下剋上

第二部 神殿的見習巫女Ⅰ

香月美夜 著 **椎名優** 繪

參加完洗禮儀式，梅茵以「青衣見習巫女」的身分，開始在神殿工作。儘管圖書室裡滿滿的書正等著自己，但她卻也面臨了一連串的難題。令人頭痛的侍從、無禮的貴族，讓梅茵親眼見識到何謂「階級社會」。梅茵更發現了孤兒院裡殘忍的真實面貌，雖然體弱多病，她決定和路茲齊心協力，改善這個世界……

國家圖書館出版品預行編目資料

小書痴的下剋上：為了成為圖書管理員不擇手段!.
第一部，士兵的女兒．III / 香月美夜著；許金玉譯．
-- 初版．-- 臺北市：皇冠，2017.10
面；　公分．--（皇冠叢書；第 4655 種）(mild；9)

譯自：本好きの下剋上 司書になるためには手段を選んでいられません．第一部，兵士の娘．III
ISBN 978-957-33-3338-8（平裝）

861.57　　　　106016446

皇冠叢書第 4655 種
mild 9

小書痴的下剋上

爲了成爲圖書管理員不擇手段！

第一部 士兵的女兒III

本好きの下剋上
司書になるためには
手段を選んでいられません
第一部 兵士の娘III

作　　者—香月美夜
譯　　者—許金玉
發 行 人—平　雲
出版發行—皇冠文化出版有限公司
台北市敦化北路 120 巷 50 號
電話◎ 02-27168888
郵撥帳號◎ 15261516 號
皇冠出版社（香港）有限公司
香港銅鑼灣道 180 號百樂商業中心
19 字樓 1903 室
電話◎ 2529-1778　傳真◎ 2527-0904
總 編 輯—許婷婷
美術設計—嚴昱琳
著作完成日期— 2015 年
初版一刷日期— 2017 年 10 月
初版六刷日期— 2024 年 2 月
法律顧問—王惠光律師

讀者服務傳真專線◎ 02-27150507
電腦編號◎ 562009
ISBN ◎ 978-957-33-3338-8
Printed in Taiwan
本書定價◎新台幣 320 元 / 港幣 107 元